いっしん虎徹

山本兼一

角川文庫
24174

目次

青空が、痛いほど冴えている。

長曽祢興里（のちの虎徹）が、お白州で平伏していると、御殿の奥深いあたりから声がかかった。

「この刀は、よく切れるか」

鋭く訊問する語調であった。

「むろんにございます。どんな兜でも、一刀のもと、真っ二つに断ち割ってご覧にいれましょう」

興里は頭をさげたまま答えた。

「ならば、ただいまこの場にて切れ味を見せるがよい」

「かしこまって候」

顔をあげると、裃をつけた侍が、抜き身の刀を三方にのせて捧げてきた。階を降りて興里の前に置いた。

おのれが鍛えた刀ながら、みごとな出来栄えである。ことに地鉄の冴えがすばらしい。清冽な光が、鉄の奥深くからにじみ出て輝いている。

「わたくしが、切るのでございますか」

「そうだ。おまえが切れるというたのだ。おまえ自身が切って見せよ」

興里は唇をかんだ。

「したくができておるぞ」

ふり返ると、土を硬く叩き締めた土壇に黒錆地の兜が五つならんでいる。いずれも、見覚えのある筋兜だ。かつて、興里自身が鎚をふるって鍛えた兜にまちがいない。

――おれがこしらえた兜を、おれの刀で断ち割れというのか。

「そのほう、甲冑師の分際で心得ちがいもはなはだしい」

かさねて鋭い声が浴びせられた。

「刀鍛冶でもないくせに、天下無双の名刀を鍛えたなどの妄言、許しがたし。まことに兜が断ち割れたならばさし許すが、さもなくば、おまえの素っ首、この場で叩き落とすゆえ覚悟しておけ」

「かしこまって候」

興里は大声でこたえた。

おのれの鍛えた刀には、絶対の自信がある。全身全霊を込めて鍛錬した刀だ。兜も極上の鍛えながら、この刀は、なにしろ材料につかった鋼がちがう。鍛錬の気合いがちがう。兜どころか、大筒でも断ち切る自信がある。

座したまま白襷を手早くかけ、侍烏帽子をはずして鉢巻をしめた。

刀の柄(つか)をにぎると腕をまっすぐ前にのばし、おのが正面で天にむけて立てた。二尺三寸五分（約七一センチ）。反(そ)り浅く覇気あふれる凜冽(りんれつ)な姿の刀である。蒼穹の光を浴びてなお、潤いをふくんで輝いている。

立ちあがると、一礼してうしろに向き直り、土壇の前に進んだ。

五つの兜がならんでいる。

それぞれの兜の下に、五つの顔があった。四人の子どもたちと、妻女のゆきである。みな、青ざめた顔でまぶたを閉じている。

――切れる、切れる。なんでも切れる。

つぶやいて、迷いを払うと、興里は大上段に振りかぶった。

臍下丹田(せいかたんでん)に気を落とし込み、自分にからみつくすべてのしがらみを断ち切る気合いで頭上から一気にふりおろした。兜とその下の幼い頭が、瓜のごとく断ち割れた。

二つめ、三つめ、四つめ、兜と頭をつぎつぎと両断した。

最後の兜の下に、妻のやつれた顔があった。

妻のゆきはおだやかに観念している。端正な顔立ちがいじらしい。

――すまぬ。鍛冶の意地じゃ。

心のなかで手を合わせて拝み、刀を振りかぶった。

大上段にかまえた刹那(せつな)、ゆきの頰を一筋の涙がつたうのを見た。

興里は、そのまま動けなくなった。

「どうした。早く切らぬか」

天井からの声に叱咤(しった)されたが、脂汗(あぶらあせ)がながれるばかりで眉ひとつ動かせない。体が強(こわ)ばり、息が荒くなった。もがいても動けない。全身にびっしょり汗をかいている。力を込めて動こうとするが、金縛りにあい、わずかに体が身震いするだけだ。もがけばもがくほど、見えない呪縛につよく締めつけられて動けない——。

ふっと、まぶたが開いた。

からだが軽くなった。手も足も動かせる。

まわりには、冷ややかな闇と静寂がひろがっているだけだ。

いつもの蓆(むしろ)に寝て、ぼろぼろの掻巻(かいまき)にくるまっている。匂いと気配は、どうやら越前福井のじぶんの家である。年の瀬の冷たい風に、陋屋(ろうおく)の戸が鳴っている。

真っ暗な闇に手をのばすと、となりに寝ている妻の顔にふれた。指先でさえ、ゆきの頬の白さが感じられた。

「どうなさいました」

「なんでもない。すこし夢を見た」

「さようですか」

「具合はどうだ？」

「はい。今夜は、よろしゅうございます」

それが嘘だと、興里にはわかる。妻のゆきは、宵から力のない咳(せき)をしていた。

「ゆき……」

「はい」

「江戸に行くぞ」

「…………」

「江戸にはよい医者がいる。おまえの病を治してくれる」

「…………」

「おれは、江戸で刀鍛冶になる。天下の名刀を打つ。もはや、そうするしか生きていく道がない」

　四人の子どもたちが、やせ衰えたあげく、病で亡くなったのは、とどのつまり、米と銭がなかったからだ。

　関ヶ原の合戦はすでに昔の物語だ。大坂の陣でさえ、知っているのは年寄り侍だけになった。長曽祢興里は腕のよい甲冑（かっちゅう）鍛冶だが、泰平の世に鎧兜（よろいかぶと）の注文はない。

　そこに襲ってきたのが大飢饉である。百姓は飢えて死に、侍でさえ食いかねている。田舎の甲冑鍛冶は、米も銭も目にせぬ日が多かった。

　それでも興里は、鍛冶場の火と鎚音（つちおと）を絶やさなかった。

　困窮のなか、わずかでも銭があれば、惜しげもなく高価な鋼（はがね）と炭を買った。注文がなくても、極上の兜を鍛える。それが鍛冶の意地だった。

　わがままな鍛冶の亭主を、妻のゆきはなにもいわずささえた。ささえた末に病に臥（ふ）せってしまった。隠しているが、目がずいぶん弱っているらしい。咳もする。

「江戸に行って、おれは刀を打つ。もう決めた。それで、よいな」

「……はい」

妻のかすかな返事を、興里は腹におさめた。苦労をかけるのは分かっている。しかし、このまま越前にとどまっていては、ますます貧するばかりだ。死して餓鬼となるしかない。

闇のなかで、また妻に手をのばした。

指先にふれた女の命が、はかなく切ない灯火に感じられた。

一

雪でおおわれた出雲の谷に、大きな屋根が見えた。あたりは二尺（約六〇センチ）の雪に埋もれているが、その高殿の板屋根は黒く濡れて湯気を立てている。

谷に夕闇がおりはじめている。あわい藍墨をとろりとながした空に、大屋根の煙出しからおびただしい火の粉が噴き出している。

舞い上がる火の粉を見上げ、長曽祢興里は、凍えてかじかんだ足を踏みしめた。

慶安二年（一六四九）一月のなかばである。越前と同じで、この山奥も春はまだ遠い。

江戸に出るまえに、興里は、どうしてもこの出雲の谷に来ておきたかった。ここでなければ見られない神代からの秘宝があるからだ。

むろん、鉄のことだ。

「はいってござっしゃい」

案内の下男が、高殿の板戸をあけると、熱をおびた風が月代に吹きつけた。あとにつづいた興里は、なかを覗いたとたん息を呑んで立ちつくした。

高い屋根の下で、とてつもなく大きな火焔が燃えさかっている。

「大きな火じゃのう。八岐大蛇に見まごうたわい」

興里のつぶやきに、下男がうなずいた。

「これがたたらの炎勢でございますがね。神代の昔は、野良でやったといいますけん、遠くからながめた者は、大蛇と思うたかもしれん」

巨大な火焔を見上げて、興里のがっしりした肩がちいさく震えた。貧しい食事をつづけていても胸が厚く腕が太いのは、長い年月、真っ赤な鉄に鎚をふるいつづけてきたせいだ。火と鉄のことなら、たいていは驚かないつもりだったが、この炎はまったく別ものだ。

まわりの床は、盛りあげて叩きしめた乾いた土だ。ゆるく盛り上がった土のうえに粘土でつくった長方形のたたら炉がある。大きな石棺に似ている。長さ一丈（約三メートル）、幅三尺（約九〇センチ）、高さ四尺といったところか。興里がつかっている火床の万倍も火力があるだろう。

たたら炉の両脇に足踏み式の吹子がある。それぞれ四人の男たちが褌一本で綱にぶらさがり、分厚い板を踏みこむと、炉の上で炎が高々と燃え上がる。ゆっくりと地を轟かせ、単調にくり返す風は、巨大な化け物の息吹にも聴こえる。

興里には、たたらの炉が、魔獣に見えた。

――魔獣がうめいてのたうちまわり、鉄を産もうともがいている。

たたらの炎は、それほど大きく猛々しい。

「あの炉のなかには、何百俵もの炭がぎっしり詰まっておるのじゃろうな。どれぐらいの炭と砂鉄を使うのかのう？」

二人の男が、炉の両側を歩きながら笊に盛った炭をすこしずつ入れている。なかで均等になるよう気づかっているのがわかった。

炉の上に、真っ赤に熾った炭が見えている。新しく投入された黒い炭が、すぐ灼熱に燃えて炎を噴き上げた。

「さて、この炉ならば、一代（一回の操業）に、まずは炭が三千五百貫（約一三トン）、砂鉄が三千貫（約一一トン）でございましょう。それを四半刻（約三〇分）ごとに入れ、三日三晩休みなく吹きつづけるのでございますがね」

三千五百貫の炭といえば、ふつうの四貫入りの俵にして九百俵ちかい。たしかに高殿の奥には、二カ所にわけて、高い屋根裏に届くまで炭が積み上げてある。

「しかし、凄まじい……」

山吹色のたたらの炎は、規則正しい脈風にあおられて吹き上がる。眉が焦げてちぢれるほどの熱気を浴びているのに、全身に鳥肌がたっている。たたらの凄まじい火焔に、興里の太い骨が顫えている。

――火は、風だ。風が火をあおり、炎を猛らせる。

朱夏の太陽のごとく猛った業火でなければ砂鉄は沸かない――。

熟知しているはずのその原理が、壮大な規模でおこなわれているのを目のあたりにして、興里は、神代の幽玄にふれた思いがした。このたたら場で働いている男たちが、鉄を吹いているというより、火の神に仕えているかに見えた。

「いや大蛇や化け物などであるものか。これは、盛大な火祭りじゃ。火の神を招いて、この世でいちばん強靱な鉄を産ませる火祭りじゃ」

目を見張ってつぶやいた興里を、かたわらの男がせせら笑った。墨染めの単衣は、筒袖で裾がみじかい。黒い頬かむりの奥の瞳が鋭く光っている。

「村下（技師長）の辰蔵親方ですがね。こちら、安来の鉄問屋永井孫兵衛さん方から、いつもうちの鉄を買うてもろうちょる越前鍛冶の客人ですげな」

下男が村下の辰蔵に会釈をして、興里をひきあわせた。興里はなじみの鉄問屋に、ここを教えられたのだ。

村下はうなずくと、頬かむりをとって汗をぬぐった。

「驚いたじゃろう。この大きな炎勢を見ると、たいがいの小鍛冶は腰をぬかすけん」

たたらの山内で鉄を鍛えて加工するのが大鍛冶、それを使って刀や武具などをこしらえるのが小鍛冶である。

小鍛冶ながらも興里は、鉄の鍛錬について誰より工夫をかさねてきたつもりである。その自信が、みごとにへし折られた。こんな大きな炉で鉄を吹くところなど、一度も見たことがない。想像していたより、はるかに大きな炉であった。

「これほどの火と風を御さねば、砂鉄から鉄は吹けぬか……」

「大きなたたらのほうが、きれいな鉄が吹ける。小さいたたらでは、どうしても、混じりもんが多いけんな」

そこにこそ、興里の知りたいたたら製鉄の秘密があるにちがいない――。

「ちかごろ、越前に送られてくる鉄が、びっくりするほど冴えておる。どうすればあんな美しげな鉄になるのか知りとうて、ここまでやって来たのだ。そうか、たたらの炉を、大きゅうしたのか……」

村下の辰蔵が、興里を見直した顔になった。

「鉄が変わったのに、よう気づいたな」

「あたりまえじゃ。朝から晩まで鉄を睨みつづけておる。赤めて叩き、沸かして叩き、折って、曲げて、水に浸けてどうなるのか、硬さ、甘さの感触も、手鎚をにぎったこの右手がしっかりおぼえておるとも」

「刀鍛冶か」

「いや、甲冑(かっちゅう)鍛冶じゃが、これから刀鍛冶になるつもりじゃ。どんな名物、大業物(おおわざもの)にも負けぬ天下の名刀を鍛えてやるとも」

辰蔵が、炎を見つめたまま鼻で笑った。

「よしたがよかろう。同じ小鍛冶とはいえ刀剣はまるで別物。安物の数打ち刀ならともかく、業物、名刀となれば、そう簡単にはゆくまい。その歳で修練をはじめても、まっとうな刀は打てやせんけん」

興里はことしで三十六だ。辰蔵のことばには、たしかに重みがある。刀の鍛錬が、一朝一夕でうまくいかないことなど、百も承知だ。しかし、鉄(かね)のことなら、興里には自負がある。

「もう腹をすえて決めたこと。数打ちのなまくら刀など打つものか。五郎正宗が裸足で逃げ出す刀を鍛えてやるわい。天照大神(アマテラスオオミカミ)も素戔嗚尊(スサノオノミコト)も、わしの刀を欲しがるぞ。将軍から町奴(まちやっこ)まで日の本の侍が、皆わしの刀に涎(よだれ)をながす日がくるぞ」

村下の辰蔵があきれ顔で眉をひそめた。

「元気のええことじゃ」

「心のかまえと腹の太さがわしの取り柄。それさえあれば、出来ぬことなどあるものか」

村下がちいさく首をふった。

「出来たと思えば、出来ておらず、出来なんだと思えば出来ておる……。それが、たたらの鉄じゃけん」

「…………」

冷水を浴びせられた気分で、興里は黙した。身につまされることばだ。

「鉄はやっかいじゃ。そう簡単に人様の思いどおりにはなってくれん」

たしかにその通りなのだ。鉄ほどやっかいな素材はない。だが、頷きたくなかった。

「教えてくれ。炉をこれほど大きくしたのはいつからだ？　はなから、こんなに大きかったのか」

腕を組んだ辰蔵が首をふった。

「このところ、すこしずつ炉を大きゅうしちょるが、うちらでも、こんな大きな炉を作ったのは、初めてじゃけん」

――では、うまく鉄が吹けるとはかぎらぬではないか。

たたら場に、みょうに張りつめた空気があるのはそのせいか。そう思ったが、口にはしなかった。

「まあ、好きなだけ見てござれ。これだけの大きな炎勢、小鍛冶などは一生見ることもなかろう。ただし、鉄問屋の添え状があっても、ここでは客あつかいせんけんな。おるならば、働いてごせ。炭運びでも手伝うならば、いくら見ておってもかまわんけん」

「ありがたし。よろしく頼む」

ここにいられるなら、下働きでもなんでもするつもりだった。むしろ、砂鉄から鉄を吹くたたら場のすべての工程にたずさわりたかった。それが、これから刀鍛冶として立つ興里の血となり、肉となる。

燃えさかる火焔に見とれていると、ふと冷ややかな視線を感じた。

ふりむくと、高殿のすみに奇妙な人間が立っている。

炭を運び、砂鉄を混ぜ返し、忙しく立ち働く男たちのなかにあって、その老人のまわりだけ空気がゆがんでいる。

柱にもたれているにしては、立ち方が不自然だった。首をがくりと落とし、口は、なかば開いたままだ。炎に照らされているのに、顔が青ざめている。

――死んでいるのか。

村下(むらげ)の辰蔵が、興里の不審げな表情に気づいた。

「あれは、まえの村下じゃ、通夜は、おとといすませてあるけん」

その骸(むくろ)が、なぜたたら場の柱にくくりつけられて立っているのか――。

老いて痩せた村下の死骸は、生きている辰蔵とおなじ裾のみじかい墨染めの筒袖を着て、居心地よさそうに微笑んでさえ見える。

「ほれ、鼻ほぜとったらいけん。手伝わんか。炭とりの笊(ざる)に炭を盛ってごせ」

「おう。心得た」

旅支度のままの手っ甲をはずして懐につっこんだ。手拭いや頬かむりをすると、興里は身のたけの何倍もある炭の山を仰いだ。

二

長曽祢興里が、生まれてから一歩も足を踏み出したことのない越前を旅立ったのは、出雲のこのたたら場にくる半月ばかり前のことだ。正月の祝いももどかしく旅支度をととのえて家を出た。

「お気をつけて行ってらっしゃいませ」

妻のゆきが、しずかに頭をさげた。

「おまえは養生しておれよ。わしがおらねば、炭を切らずにすむ、向鎚を打たずにすむ。安気に寝ておればいい」

嫁に来てからの十余年、ゆきは休みなく甲冑鍛冶の仕事を手伝った。来たばかりのころは、弟子が大勢いて、活気のある鎚音がひびいていた。よく太った丈夫な赤ん坊が、つぎつぎと生まれた。乳がよくほとばしり、いつも笑い声がたえなかった。

歯車が狂ったのは、八年前、寛永十八年（一六四一）の飢饉からだ。

翌年は、さらにひどい飢饉となり、米がゆたかに実る越前でも、農民がつぎつぎと飢えに斃れた。疫病による牛の大量死、噴火、夏の大旱、秋の洪水と霜。悪いことばかりが相次いだ。

武具や甲冑の注文は、ぴたりと途絶えた。ゆきの乳が涸れ、赤子が死んだ。老いた父と母が亡くなった。あたりを走り回っていた五つの女の子が死に、さらに、向鎚がふるえるほどに大きくなっていた長男と次男がたてつづけに病で亡くなった。

それでも興里は、兜を鍛えつづけた。

弟子たちに食わせる米も雑穀もなくなってからは、妻のゆきが、鉈で炭を切り、桶の水を運び、弟子の代わりに大鎚をふるった。桃のようだったゆきの頬が、しだいに痩けて青白くなり、床に臥せりがちになったのは、働きづめの上に、ろくな食べ物を口にしていないせいだろう。

そんな暮らしの果てに、鍛冶の夫は、江戸に出て刀を打つといいだした。

「春になったら、近江の彦根に連れて行ってもらえ。それまでゆっくり体を休めておれよ」

彦根城下の船手松原口に、長曽根という在所がある。鉄にたずさわる長曽祢一族父祖の地で、いまでも何軒かの縁者がいる。近くに住む弟にたのんで、春になって雪が溶けたら、ゆきを駕籠にのせてそこまで連れて行ってもらう段取りがととのえてある。

弟は、江戸になど行かず、越前で鍬や鎌を打つがよかろうと止めたが、興里は耳を貸さなかった。ひたすら頭をさげて、残していくゆきの面倒をたのんだ。

出雲にまわる興里は、春になったら近江に行く。

そこでゆきと落ち合い、おぶってでも江戸に連れて行くつもりだ。ゆきも、いまならまだ旅ができる。ちかごろ、とんと気力を失っているので、このままほっておいたら、露が消えるように、この世から消えてしまう気がしてならなかった。

興里は、越前の敦賀（つるが）から西にむかう船に乗った。

荒れた海にへきえきしながら出雲の安来湊（やすぎみなと）に上がると、すぐに鉄問屋（かねどんや）の永井孫兵衛をたずねた。船が大波に揺れつづけたので、しばらくは、歩いていても地面が揺れていた。

「これは、長曽祢様でございますか。とても、お初にお目にかかるとは思えませんな。いつもたくさんのお買い上げ、ありがとう存じます」

鉄問屋の主人永井孫兵衛は、上物の紬（つむぎ）を着てあらわれた。興里と似たほどの年回りだろう。しばしば注文の手紙を書き、剛毅（ごうき）で聡明そうな筆跡の返事をもらっていた。鉄を介してのつきあいが長いので、興里にしても、初めて会う気がしない。

「よい鉄（かね）を送ってもらったおかげで、よい兜（かぶと）ができた。ありがたいことと思うておりもうした」

興里の鍛える兜は、越前では格別に評判が高かった。それは、出雲のよい鉄（かね）があってできたことだ。

「わたしどもでは、長曽祢様がどんな怖いお方かと案じておりました。なにしろ、やれ鉄（かね）が甘すぎる、硬すぎる、目が粗すぎる、もっと粘（ねば）らせろと、あれだけ微に入り細にわたった注文をつけるお手紙もめずらしいですけんな」

届けてほしい鉄（かね）について、興里はいつもことこまかに注文を書き連ねていた。あちこちの鉄問屋に、鉄の品質についての注文をつけたが、結局、この永井孫兵衛だけが、最後まできちんと応えてくれた。

「よい兜を鍛えようと思えば、どうしてもよい鉄がいる。注文がこまかく厳しくなるのはあたりまえじゃろう。ほかの鍛冶は、注文をつけぬのかのう」

「ええ。わたしどもの鉄を、黙っておつかいいただいております」

興里は首をかしげた。素材の鉄に注文をつけぬ鍛冶なら、ろくな仕事が出来ぬにちがいない。

「せっかくここまで来たのだ、兎にも角にも鋼を見せてもらいたい。なによりも鋼じゃ。よい鋼が見たくて、うずうずしておる」

「むろん、ご用意してありますがね」

うなずいた孫兵衛が手を叩いて命じると、すぐに若い手代が二人がかりで浅い木箱を重そうに運んできた。

箱には、二十ばかりの仕切りがあって、その数だけ、拳ほどの大きさの鋼の塊がはいっている。

たたら炉で吹いた巨大な鉄塊を割り、小さく砕いた鋼だ。

吹いたばかりの鉄の塊は、千貫にちかい大きさのうえ、部分によって鉄、鋼、銑と品質がまるでちがっている。ちいさく砕いて、特別に質のよい鋼だけを選ぶと、とても量が少なくなる。興里にしても、産地の異なる最上級の鋼を、これだけいちどに比較するのは初めてだ。

ちなみに、鉄、鋼、銑は、炭素の含有量から区分される。当時、炭素という概念は知られていなかったが、鍛冶たちは長い経験から、どのように扱えば、炭素の含有量が調整でき、用途に適した強度やねばりが得られるかを知っていた。鋼は、刃鉄とも書き、刀剣を鍛えるのにもっとも適した強靭な素材だと認識されていた。

「なにしろ、口やかましい長曽祢様のご来訪ですけん、八方白の極上品ばかりご用意いたしました」

箱に収まっている鋼の塊は、いずれも銀よりはるかに白く艶やかに光り輝いている。四方ばかりでなく、八方から見て白く光るので、そんな名で呼ばれている。

ひとつを手に取ってみた。海綿のような気泡が混じっているが、掌にのせると、ずしりと重いのがここちよい。障子を開いて、雪の庭に射した太陽の光にかざすと、無垢の金よりまばゆく煌めいた。なんの混じりものの加減か、あざやかに澄んだ青、赤、橙、黄、金に光っている部分がある。

出雲の山中には、鉄師と呼ばれる製鉄業者が何軒かあるが、鋼の質は、たたらと村下によって、すこしずつ違っている。

いや、そもそも、鋼を産するのは、出雲ばかりでない。石見の出羽や播磨の千種など、昔から知られる鉄の産地で、ちかごろずいぶん質のよい鋼を産するようになっている。場所によって砂鉄の質がちがうし、たたら炉の吹き方も異なっているので、鋼の性が微妙にちがっているのだが、いずれ劣らず上質な山陰の鋼のなかでも、興里は出雲鋼の輝くばかりの質感に魅せられていた。そのすばらしい出雲鋼がたくさんならんでいるなかで、どの鉄師の鋼がよいか白羽の矢を立てようというのである。迷わないはずがなかった。

興里は、鋼の塊をひとつずつ、ゆっくり吟味した。見つめ、掌で重さをたしかめ、撫で、ときに舌の先で舐めた。それを箱にもどし、また全体をながめてくらべる。

寒さをいとわず、明るい縁側に出て一刻ちかくも矯めつ眇めつながめていると、席をはずしていた孫兵衛がもどってきた。どの鋼がよいか決めかねている興里を見て、すっかりあきれた顔になった。

「まだお選びですか。なみなみならぬご執心ぶり。よほど特別な兜でも鍛えなさるおつもりか」

剛の刀をはじき返す兜を入念に鍛えるには、なによりも鋼の吟味が肝腎である。それにしても、興里の執着ぶりは尋常ではない。血走った目で鋼をにらんでいる。

鋼を見つめたまま、興里は首を横にふった。

「いや、甲冑師はもうやめじゃ。刀を打つことにした」

「それは……」

あとの言葉を孫兵衛はのみこんだ。鉄を商っているだけに、鍛冶職のなかでもどの商売が繁盛しているかは熟知している。

寛永末年の全国的な大飢饉のあと、甲冑師たちが食い扶持を稼ぐのに汲々としているのは、孫兵衛もよく知っていた。

「しかし、長曽祢様ほどの腕の方が、兜造りをおやめになるとは、なんとも惜しいかぎりでございますな」

ふたりがいる座敷の床の間には、興里が鍛えた十六間筋兜がかざってある。

阿古陀というすこし古風な形で、頬の両側を守る吹返がない。鉢は、おだやかで風雅な膨らみと曲線を見せながらも、ほどよい緊張感があって精悍である。浅い眉庇とうなじを覆う細めの錣がことのほか秀麗である。

てっぺんの八幡座から放射状にひろがる十六本の接ぎ目が覆輪（縁の覆い）で包まれた筋金になっている。その細工の無駄なく精緻なことは、いくら眺めていても見飽きるということがなかった。

前立ては、獅子の顔を銅で打ち出した小ぶりの獅噛で、大きく広げた口と、金の鍍金をほどこした目玉の飄逸さに、じつに味わいがある。彫り物は、たいていそれ専門の金工職人がいるものだが、この痛快な獅子の頭は、興里自身が彫ったのだと知って、孫兵衛はひどく驚いたものだった。

鉄錆地が黒光りするその筋兜をながめるたびに、孫兵衛はいつも身の引き締まる思いがする。

同じ鉄を素材としていても、鍛える者によって、武具の仕上がりはまるでちがってしまう。興里が鍛えたその筋兜は、鋼（はがね）が薄く叩き延ばしてあるので、とても軽くてかぶりやすい。

じつは、越前の興里に注文したその兜が船便で届いた当座、孫兵衛は、あまりの鉄の薄さ、軽さにちょっと鼻白んだ。

——こんなに薄くては、合戦の役になどたつまい。

そう馬鹿にしたのである。

いつも少量しか買わぬくせに、偉そうに鋼の注文をつけてくる越前の鍛冶が、いったいどれほどの腕前かと思ってわざわざ大枚を送って取り寄せてみたのだが、筆先だけの虚仮威（こけおど）しだったようだ。癪にさわるので、こんな兜は真っ二つに断ち割って送り返してやろうとたくらんだ。

庭に土壇（どだん）をこしらえ、据え物切りの心得のある侍に頼んで切りつけてもらった。

半球形の兜は、内部が空洞のままでは、どんな名刀でもわずかに切り込むことしかできない。それだけ突っ張りの力が強く、刀を弾き返すからだ。そのため、試刀のときは、土壇に丸く土を盛り上げ、兜のなかにぎっしり土を詰めておく。

ところが、折れたのは刀のほうだった。やわな刀ではない。重ね（棟（むね）の厚さ）が厚く、頼もしいほど肉のついた豪刀である。叩きつけるように切り込んだのだが、興里の兜は、薄くてもしっかり念入りに鍛えられていて、わずかにへこみ傷がついただけだった。同じ侍に似たような兜を試してもらうと、真っ二つに断ち割れた。

それ以来、孫兵衛は、興里の手紙を一字一句おぼえるまで読み返している。鉄のことにこれほど精通している小鍛冶はいるまいと、全幅の信頼を置いている。

「なぜ、甲冑師をおやめになるのでしょう。いくら兜の売れぬ世でも、長曽祢様ほどの腕前なら、高値で売れましょうに」

じつは、高い値で売れても、それ以上の手間がかかっているので、銭はほとんど残らないのだ。

「もう、兜は飽きた。刀を鍛えたくなったのだ」

越前と甲冑師の仕事を捨て、江戸に出て刀鍛冶をめざすのは、貧窮や妻の病ばかりが理由ではない。

まだほかにも大きなわけがあった。その理由を口にする気にはならず、興里は鋼(はがね)の塊を見つめた。

この世に生まれ落ちて三十六年。甲冑鍛冶の家に生まれた興里は、物心つく前からおもちゃ代わりに鎚(つち)をにぎった。以来、飽きることなく鉄を叩き、鍛冶仕事をつづけてきたが、いまの興里は、出口のない迷宮を彷徨(さまよ)っていた。

――鉄(かね)が鉄(かね)と激突する。

兜と刀がぶつかり合うのが合戦だ。

――おれが鍛えた最上の兜を断ち割る刀を鍛えれば、おれはひとまわり大きくなれる。

貧窮のなかで、注文のない兜(かぶと)を鍛えるうちに、そんなことを考えていた。蛇がおのれの尻尾を喰らうごとき迷妄かもしれないが、追いつめられたどん底の境遇を脱するには、甲冑師としての越前でのちいさな名声に満足している自分をぶち壊して、踏み越えるべきだと思った。これまでの卑小なおのれを乗り越えるために、刀を打つのである。

「これだな。こいつが一番だ」

興里は、箱の中からひとつの塊を選んで掌にのせた。初春の淡い陽射しにかざすと、白銀のごとく冴えた鋼は七色の虹をはなって光った。

「やはり、それを選ばれましたか」

「どこのたたらだろうか」

「仁多郡の上阿井にある可部屋でございますよ」

興里はうなずいた。その名は知っている。つい数年前に操業をはじめたばかりの鉄師だが、〈菊一〉の印がついたそこの板鉄は、ことのほか鍛錬の具合がよかった。

板鉄は、たたら炉で吹いた鉄塊を砕き、大鍛冶場で平たく叩き延ばしたものだ。加工の具合によって、包丁鉄（割鉄、錬鉄）と左下鉄（鋼）の区別があるが、真っ赤に沸かして大鎚で叩き、不純物を取り除いてあるので、そのままでも刃物の心鉄や鉄砲の筒、さまざまな道具の素材としてつかうことができる。あの板鉄を造るたたら場なら、鋼ももちろん極上のはずだ。

「こいつは、いい鋼だ。良すぎて気味が悪くなるくらいに良い鋼だ」

皮肉ではなかった。可部屋の鋼は、よくいえば、純度が高くて光り輝き、悪くいえば光りすぎる。言ってみれば、性悪な遊び女(め)のように、鍛冶の魂を惹(ひ)きつけてやまない。
その鋼で刀を鍛えたらどうなるか――。鍛刀経験の浅い興里には、まだよくわからない。

「ちかごろは、どこのたたらも鉄(かね)がよくなりましたが、可部屋ならば、いつもまちがいなく極上の鋼を吹いておりますとも」

永井孫兵衛に添え状を書いてもらい、安来から雪の山道を四日歩いて、興里はようやく、可部屋のある谷にたどりついた。

本家の屋敷で番頭に挨拶すると、ちょうど今朝、たたらに火入れしたばかりだという。なによりもまず炉を見せてもらうように頼み、下男の案内で、さらに谷の奥に踏みこんだのだった。

そこでたたらの炎に魅了された長曽祢興里は、鍛冶の意地がいつになくはげしく滾(たぎ)るのをおぼえていた。

三

たたらの炎を見つめて過ごすうちに、興里(おきさと)は、ここがとてもこの世とは思えなくなっていた。出雲(いずも)の谷は、どこかで神の国か霊界にでもつながっているのかもしれない。

――黄泉(よみ)の国にでもまぎれこんだか。

死が支配する地底の黄泉の国で、たたらという妖獣が、もだえながら鉄の子を産もうとしている。そんな妄念にとらわれるほど、炎に照らされたたたら場は、不思議な空間だった。

――これは、やはり鉄を産ませる火祭りじゃのう。

柱にくくりつけられた老人の屍が、その火祭りをいやがうえにも盛りあげている。

「炭を盛ってごせ」

顔を真っ黒にした炭焚き男に命じられた。

「おう」

短く返事をして、笊に炭を盛った。炭は、小鍛冶が好んでつかう軽い松炭とはちがって、雑木を生焼きにした大きく重い棹炭である。それを小さく切りもせず、そのまま燃やす。二人の炭焚きが、炉のむこうとこちらで端からすこしずつ炭を投じると、火の粉が盛大に舞い上がった。

高殿のすみに砂鉄町（砂鉄蓄積場）がある。村下の辰蔵が、長い柄のついた平たい木の鋤で、砂鉄をていねいに混ぜ返している。辰蔵のわきに、もう一人の村下がいる。表の村下である辰蔵に対して、炉の反対側をまかされた裏の村下である。その男も、砂鉄を混ぜ返している。辰蔵が目配せすると、裏の村下が辰蔵と同じ間合いで一貫（約三・七五キロ）ばかりの砂鉄を鋤ですくった。

二人の村下は、炉の右と左にわかれ、炎に顔を炙られて歩きながら、しずかに砂鉄をそそぎいれた。炉のこちら側とむこう側で、四度同じ作業をくり返し、砂鉄を少しずつまんべんなく炉全体にいれている。

一仕事終えた辰蔵が、もどってきた。黒手拭いの頬かむりをはずすと、木綿の焦げた匂いがした。

「越前の出じゃというたな。これから刀の鍛えを学ぶなら、下坂の弟子にでもなるつもりか」

興里は首を大きくふった。

「あんな下手くそに弟子入りしても、糞の役にも立たぬわい」

越前の刀鍛冶といえば、当今、まず下坂康継の名があがる。

徳川将軍家と越前松平家の二家に抱えられた鍛冶で、家康から康の字をたまわり、刀に葵の紋を切るのを許されている。

天下に名がとどろいているが、興里の見るところ、ろくな鍛冶ではない。初代はまだしも、さきごろ亡くなった二代目など、ほとんど無法な六法者で、鍛冶としての腕前はひどいものだった。

下坂康継家は、相変わらず御用鍛冶をつとめているが、いまは先代の弟と嫡男で三代目の跡目を争っていて、とても刀に身をいれているとは思えない。

「ほたら、だれに弟子入りする？」

「だれの弟子にもなるものか。甲冑造りで鍛えた腕前。わしの兜を断ち割る刀を鍛えれば、それこそが古今無双の名刀となるわい」

「たいした自信じゃ……」

つぶやいた村下の辰蔵は、もう興里に関心をうしなったらしく、炎を見つめている。

炎の色と具合で、炉のなかを知る――その基本は、小鍛冶が使う小さな火床も巨大なたたら炉も同じはずだ。

番子たちは、相変わらず吹子の嶋板を踏み続けている。交代で仮眠をとり、三日三晩、風を止めることなく踏み続けるのだ。

表と裏二人の村下も、炭焚きも、雑用の小廻りも、これからわずかな仮眠をとるだけで、四日目の夜明けまで鉄を吹きつづける。

炎は、赤すぎもせず、青すぎもせず、黒みもなく、ころあいの山吹色だ。しかし、村下の辰蔵は、満足していないらしく、首をひねった。

辰蔵は、たたらの炉壁に近づくと、しゃがんで耳をそばだてている。

「音か……」

興里がつぶやくと、炭焚きの男がうなずいた。

「しじっておらんのじゃろう。まだ一日目のこもりじゃから、そんなにしじりはせぬが」

「しじる……、こもり……？」

「小鍛冶には、わからぬか」

「教えてくれ。知りたい」

無心にたのむと、炭焚きが得意げに話しはじめた。

「真っ赤に灼けて飴のように熔けた砂鉄が、炭から炭へと滴って落ちるとき、ちりちりとしじるんじゃ。その音を聴いておれば、釜の機嫌がわかるけんな。一日目のいまは、こもりというて、沸きやすい種類の砂鉄をいれて釜の底に熱を溜めておるばかり。いうてみれば、釜という子袋のなかに、蕩けた鉄の湯をためておる。明日ののぼりから、真っ赤な鋼の塊が育っていく。釜の底の土をどんどん食い尽くして大きゅうなるんじゃ。そんときは、大層しじってもらわねば鋼はできん」

小鍛冶にはまるで想像のつかない鉄の変容が、炉のなかで行われているらしい。炉のことを釜と呼ぶいい方が、いかにもふさわしく響いた。

「わしも聴かせてもらおう」

興里が炉のそばに行こうとすると、炭焚きが舌を鳴らした。

「秘伝じゃ。聴かせてくれるもんけぇ。ほど穴ものぞかせてくれれんけん」

「けちくさい村下じゃのう」

吹子の下からは、片側二十本ばかりの管が、扇のかたちにひろがってたたらの底に通じている。竹の節を抜いて紙を巻き、泥を塗った木呂管だ。吹子の風はそこを通ってたたらに送り込まれる。

その木呂管一本ずつのすぐ上の炉壁に、その管の数だけ木の栓が挿してある。村下の辰蔵がかがみこみ、木の栓を抜いてのぞいている。ほど穴から釜のなかの具合を見ているのだ。

「あれも、見せてはくれぬか」

「さあな。おまはんは、よそ者じゃけぇ、見せぬこともないかもしれん。見たところで、どうせ真似はでけんじゃろ」

頭をさげて頼むのは業腹だ。これから三晩もあれば、盗み見る機会があるだろう。

興里は、耳を澄まして、風の音を聴いた。

火は、風がおこす。風が、火の勢いを決める。風がとどこおれば、火がとどこおる。火がとどこおれば、炭は熾(おこ)らず、砂鉄(こがね)は沸かない——。

地の底で化け物がうめくような吹子(ふいご)の風のなかに、わずかだが、濁った音がまじっている気がした。

「風の道が詰まっておりゃせんかのう」

炭焚きの男にたずねたが、首をふった。

「わしには、わからん。わしらは、村下(むらげ)に命じられるままに動くだけじゃけん。失敗して鋼(はがね)ができなんだら、首をくくらねばならんのは村下じゃ。わしらに責めはないけぇ、そればっかりは気楽じゃがね」

操業に失敗して鋼のできないことが、ときおりあるらしい。大量の砂鉄(こがね)と炭と労働力を無駄にしたのだから、そうなれば、村下は夜逃げをするか首をくくるしかない。出雲の山奥には、失敗してそのまま地中に埋もれてしまったできそこないの鉄の塊がいくらでもあるのだと、炭焚きがつぶやいた。

「吹子の踏み加減はどうじゃ。いつもと同じか？」

わきの番子に声をかけた。

「そねぇいなもん、なんの違いがあるもんけ」

何人もがとりついて足で踏む吹子では、微妙な風の感触などわからないのだろう。越前の鍛冶場で興里がつかっていた手押しの吹差鞴ならば、風を送りこんだときの微妙な感触で、火床のなかの状態がわかる。火床の内部に風を送り出す羽口の前に炭でも詰まっていたら、柄を押し引きする手にもどかしさが伝わってくる。

「村下は、なにを気にしておるのかのう」

炉壁に耳をそばだて、ほど穴をのぞき、炉の両端の底にふたつずつ開いている大きな穴をのぞき、村下の辰蔵は首をひねっている。裏の村下と眉をひそめて話し合っている。なにか不具合があるにちがいなかった。

「ノロが出とらんけん。もう、とっくに出とらんといかんのじゃ」

炭焚きの男がささやいた。

「ノロか……」

それは、役にたたない鉄糞、すなわち鉄滓のことだ。これだけ大きな釜ならば、とてつもない量の鉄滓が出るはずだ。

「たたらは、ぎょうさんな炭と砂鉄を喰ろうて、怖ろしいほどの鉄糞をひりだす。糞が出なんだら、鋼はできんけんな」

興里はうなずいた。砂鉄から不純物を取り出してこそ、すばらしい鋼が得られるのだ。そのための大きな釜である。

「砂鉄は、三千貫（約一一トン）ちゅうとったのぅ。それで、どれだけの鉧ができる？」

たたらを吹いてできるのは、鉧と称する巨大な鉄塊である。

金の母と書くように、鉧こそが、すべての鉄の大本である。三日三晩もかけてすこしずつ砂鉄をそそぎいれるのは、土釜のなかでゆっくり胎児をはぐくむように、その鉧を大きく育てているのだ。

鉧には炭素量の多い銑や、鋼（炭素量〇・〇三〜一・七パーセントの鉄）、炭素を含まない純粋な鉄、あるいは、木炭や、製錬されていない砂鉄がそのまま含まれていることもあって、材質は均一ではない。そこまでは、鉄問屋に話を聞いて知っていたが、興里は、まだその鉧の実物を見たことがない。

「こげに大きなたたらをこしらえたのは、初めてじゃけぇ、よう分からんが、五百貫から七百貫くらいのができるじゃろうな」

その鉧の大きさもすさまじいが、興里には、その前のことばのほうが重く感じられた。そうなのだ。さっき村下にも聞いたことだが、これほど大きなたたらはこれまでになかったのだ。可部屋では、たたらの炉をどんどん大きくしている。そこにこそ、可部屋の鋼の秘密があるはずだ。

「そんなに大きくしてどうする？」

「あほらしい。一回ずつ釜を造るのに、どれだけの粘土を使うてどれだけの手間がかかると思うちょるか。いっぺんにようけの鋼ができれば算盤がええけんな」

炭焚きのことばが、興里の耳に突き刺さった。

「なんじゃと、これだけたいそうな大きな土釜を一回ごとに造るのか」

炭焚きが、気の毒そうな顔をした。

「なんにも知らん間抜けな小鍛冶じゃな。炉を壊さんかったら、たたらの底にできた鉧をどうやって取り出すかいの」

たしかにその通りだ。三昼夜かけて大きく育てた鉧は、炉を壊すしか取り出す方法がないに決まっていた。巨大な炎に幻惑されて、興里はあたりまえの顚末さえ思いつかなかったのだ。

「大きいたたらのほうが、鋼がよう光るっちゅうて、刀鍛冶はよろこんでおるそうじゃ。わしらには、ようわからんがな」

興里は、あらためてたたら炉を見つめた。巨大な炎を噴き上げる化け物は、一度ずつ築いては壊すのだ。その儚さゆえに火祭りに見まごうたのか。

炉底の穴を、長い棒で突いていた裏の村下が叫んだ。

「出た。初花（はつはな）が出たけん」

駆け寄ると、赤子の頭ほどの湯路穴（ゆじあな）に、まばゆく明るい日の出の太陽のごとき光があふれている。そこから、真っ赤に熔（と）けた鉄滓（ノロ）がゆっくりながれてきた。

鉄滓（ノロ）の先端は、竜宮の珊瑚が枝をひろげるように斜面の溝をながれ、明るい紅（くれない）の光を放っている。

「これで、ええけん。もう世話ないだら」

鉄滓（ノロ）は溝をながれるうちに、熟した柿よりなお深い朱色に変じた。火の粉をはぜ、小さな炎をあげている。

日の出色の穴からゆったりながれ出てくる鉄滓（ノロ）は、かがやくほどの紅、夕焼けの茜（あかね）色、緋色、小豆（あずき）色、蘇芳（すおう）など、深みのある赤をさまざまな彩りに千変万化させている。

湯路穴（ゆじあな）から、炉の内部が見える。ふつふつゆらぐ灼熱の光を見つめていると、興里の全身に力があふれてきた。

――出来る。出来る。必ず名刀が出来るわい。おれは、必ずおれを越えられるわい。

すばらしい鋼（はがね）ですばらしい刀を打てる自信が、興里の小さなからだに漲（みなぎ）っていた。

四

可部屋（かべや）の屋敷は、山奥の谷間に不似合いな壮麗さである。

安来湊からこの仁多郡に来るまでのあいだに、いくつかの鉄師の屋敷を見かけたが、どれも大庄屋さえおよびもつかぬ豪壮なかまえだった。なかには白塗りの蔵が二十もならぶ屋敷があって、鉄がもたらす富の莫大さを思い知らされた。

谷の奥のたたら場にいた興里は、可部屋の主が呼んでいるというので、面喰らいながらも屋敷にもどってきた。大鉄師の当主がいっかいの小鍛冶になんの用があるというのか。

下男に案内されて玄関の土間に立つと、檜がすがすがしく薫った。建てて間もないあたらしい屋敷だ。部屋が幾十あるかわからないほど広い。着古した棒縞の袷をよくはたいて炭の粉を落とした。

青畳を敷きつめたひろい座敷にとおされた。

書院のついた床の間にかざってあるのは、高麗青磁の花生けである。漆塗りの燭台にろうそくが惜しげもなく灯されている。いくつもの火鉢に炭火が熾り、部屋が暖めてあった。

あらわれた可部屋の当主桜井三郎左衛門直重は、月代のきれいな白皙の好男子であった。まだ、三十ばかりか。

可部屋はつい数年前、安芸の可部郷からこの仁多の谷にうつって来たばかりだと、安来の鉄問屋で聞いていた。

鉄師の引っ越しは、とてつもない大移動だ。たたら操業には、砂鉄を採取する鉄穴師、炭焼きの山子、たたら場の村下や炭焚き、吹子を踏む番子、そこでできた鉧を破砕する大銅場の鋼造り師、それを鍛錬して左下鉄や包丁鉄をつくる大鍛冶場の鍛冶たち、できた鉄を運んで山からおろす馬子など、あわせれば数百人の人間がかかわっている。それだけの人間をうごかすのだから、よほどの人望と器がなければ、鉄山の棟梁である鉄師はつとまらない。当主は中年か初老の人物だろうと想像していた。

若い当主が、親しげに口をひらいた。

「長曽祢ちゅうたら、おまはんは才市殿の親戚じゃろう」

「才市ならば、わしの叔父じゃ。叔父貴をごぞんじか」

「会うたことはないが、うちが安芸にいたころから、直接の注文で鉄をたくさん買うてもろうとる。やれ、鉄がええの悪いのとうるさいことしきりじゃ。もっとも、あげなお客がおってくれると、こっちも張り合いがある。鉄がええときは、えかったと礼状がくるけぇな」

叔父の才市ならばそうだろうと興里は思った。

才市は越前から江戸に出府して久しいので、しばらく会っていないが、むかしから、鉄の品質については人一倍口うるさい男だった。

やはり鉄について、一言いわずにおけない興里の亡父とよく議論していた。ふたりとも鉄が好きというより、鉄以外にはなんの関心もない男だった。興里は、そんな男たちのあいだで育った。

長曽祢一族は、鉄の一族である。甲冑師が多く、兜、鎧、籠手などの製作が得意であるが、鐔も彫るし、刀剣の彫り物もする。鐔や刀の彫り物には一族独自の力強さと雅趣がただよい、きわめて評判がよい。鎖鎌、分銅、また、馬具の轡や建築の金具、錠前など、武家用の鉄と金属にかかわることなら、たいていのことはやってのける。

一族は、もともと近江国犬上郡の出である。石田三成の佐和山城下に、長曽根という繁華な町があった。琵琶湖に面した湊で、長曽根千軒といわれるほどに栄えていたと聞いている。それがいまの彦根城船手松原口の在所で、数軒の縁戚が住んでいる。春になって、興里が妻のゆきを迎えにいくと約束したのはそこである。

関ヶ原の合戦で佐和山城は落城。三成のために武具を鍛えていた長曽祢一族は、命からがら小舟で逃げたのだと父や叔父がよく語っていた。

戦乱のさなか、湖北から越前にのがれた一族は、徳川家康の次男結城秀康が城を築いたばかりの北庄にたどり着き、そこに定住した。そこで、甲冑師、鍛冶職人としての仕事を再開したのだった。北庄はやがて福居（福井）と名を変え、町は繁華になった。鍛冶の仕事も繁盛した。

「才市殿は、徳川様に仕えて、ええ仕事をしておるけん、なによりじゃ」

お抱えになったわけではないが、江戸に出た長曽祢才市は、抜群の技倆を見込まれて、将軍家の仕事をよく請け負っているらしい。

一族や鍛冶仲間で噂になっていたのは、日光東照宮の建築金具と錠前のことである。何人もの鍛冶が工夫をこらして金具をこしらえたが、どうにも将軍家光の御意にめさなかった。

ところが、才市が彫り物をすると、たちまちお気に召して、それから、金具は才市、と御名指しになったそうだ。なにしろ将軍家の御廟（ごびょう）の仕事なので、莫大な金子（きんす）をたまわったとの話が越前まで伝わってきた。

何年か前、越前に帰ってきた才市叔父に、どんな仕事をしたのかたずねると、東照宮唐戸（からど）の落とし金具に、亀や蝉（せみ）の彫り物をしたのが気に入られたのだといった。

才市の彫り物は、ただ美しく飾るだけではなく、使いやすさに力点がおかれている。金具のつまみを、実用的で握りやすく、なおかつ美しく彫りあげるには、なみなみならぬ美意識と腕が必要だ。

――たいしたご出世じゃのう。

興里が水をむけたが、才市はさして自慢でもなさそうだった。

――あんなものはのう……。

あとを続けなかったが、言いたいことはわかった。銭にはなったが、仕事としてさしておもしろみがなかったにちがいない。

鍛冶の仕事でおもしろいのは、なんといっても武具なのである。

ことに、刀と兜は、侍が命のやりとりをする道具だ。一点の気のゆるみも許されないだけに、鍛え甲斐がある。刀工が強靱な刀を鍛えれば、甲冑師はそれ以上の兜を鍛える。その鬩ぎあいこそ、鍛冶の醍醐味だ。

興里は舌なめずりするほどその緊迫感に魅せられている。

目の前のわかい鉄師直重が、興里の心中をうかがったようにつぶやいた。

「やっぱり刀が打ちたいのか。刀は、別格じゃけんな。なにしろ、鍛冶のくせに受領になれるわい」

作刀の難しさ、おもしろさもさることながら、同じ鍛冶なのに、刀鍛冶だけは、世間から一段高い地位にあると認められている。鍛冶のくせに、和泉守や近江大掾などの受領銘を許されているのも、刀を打っていればこそであった。

「神に捧げる神剣や宝剣はあっても、神聖な錠前などというのは、聞いたことがないけぇな。鍛冶が刀を打ちたがるのも無理はなかろう。しかし、鉄は、これから……」

襖のむこうで声がかかり、話の腰がくだけた。女子衆が膳部をはこんできた。蒔絵の膳に、焼き干しの鮎や具だくさんのけんちん汁、見たことのない黒いきのこの和え物など馳走が盛られている。

「遠来の客人に、なんのもてなしもないが、まずは、一献」

直重がうながすと、若い女子衆が花筏を金蒔絵にした片口をさしだした。

興里は酒が飲めない。無理に飲めば頭が痛くなる。飲めないが、断るほど無粋ではない。盃をうけ、直重とともに、わずかに舌の先を濡らした。越前では見たことのない透明な酒だった。

「摂津は池田郷、家康公御朱印つきの清酒(きよざけ)じゃ。めずらしかろう」

「濁り酒より、よほど口当たりがよいのう」

飲めなくとも、味はわかる。

「米の糠(ぬか)を磨いて落とし、樽の上澄みだけを汲(く)んだ酒じゃけんな。米も鉄も、よけいな混ざりものをそぎ落とせば、ぐっと質がようなるわい」

「そのこと。鉄(かね)の話を聞きたい。鉄師桜井家の当主は、あの大きなたたらで、どのような鉄を吹くつもりじゃ？」

興里がたずねると、直重の目が笑った。やはり鉄の話が好きなのだ。

「わしらが、なぜ、安芸から、この出雲に移ってきたと思うか」

「福島様が、改易(かいえき)になったからではないのか」

桜井家の先代直胤(なおたね)は、大坂夏の陣で討ち死にした塙団右衛門(ばんだんえもん)の嫡男(ちゃくなん)である。豊臣家が亡(ほろ)んだのち、直胤は、母方の姓である桜井を名乗り、安芸五十万石の福島正則に仕えた――と、これは安来の鉄問屋(かねどんや)で聞きかじった知識である。

「そんなのは昔の話だ。福島様が改易になられたのは、もはや三十年も昔。まだわしが産まれる前の話じゃ。主家をうしなったわしの父親は、安芸で鉄山(かなやま)をはじめた。しかし、安芸や吉備(きび)の砂鉄(こがね)は、赤目(あこめ)でな、どうにも混ざりものが多い。父の仕事を手伝ううちに、

わしは、そのことに気づいた──

残念なことに興里には、砂鉄の知識がない。越前では砂鉄はほとんど得られないし、自分で砂鉄を精錬したことはなかった。たたらでの製鉄について、興里は知らないことだらけだった。

「安芸や吉備の赤目は、土にふくまれている量が多いゆえに、簡単に掘りやすい。それに低い熱でも沸きやすいのはええのんじゃが、山にあるときから錆びておるけん、使いようがむずかしい。なにより、赤目のたたらでは銑しかでけんので困ってしまう」

赤目砂鉄は、現代的な知識でいえば、チタン酸化物などの不純物が多い。見た目には黒いが、掌でもんだりすれば、赤い色がつくのでそれとわかるのだと直重はいう。

「このあたりの砂鉄は、真砂というてな、土に混じっている量は少ないが、いかにも黒々として混ざりものがない。もろい銑ではなく、硬く立派な鋼ができる。おまはんも、安来の問屋で、うちの鋼のみごとさに惚れてやって来たのじゃろう」

半分はそのとおりなのだが、半分はちがっていた。

興里は、ことばを選んで、そのことを慎重に口にした。

「正直にいえばな、わしは、まだ鋼のことが、よく分かっておらんのだ。むろん、兜を鍛える鋼なら、どんなことでも分からぬことはない。しかし、わしは、これから刀を打つつもりじゃ。刀の鋼は、兜の鋼とまるで違うゆえ、一から勉強するしかないと覚悟いたしておる。可部屋の鋼は、なるほど出雲一。伯耆、石見、どこの鋼とくらべても、随一の輝きだ。たしかに、わしは鋼の光り具合に魅せられてここまでやって来た」

料理に手をつけぬまま、興里は、直重の目を見すえた。

「しかしな、光り輝いておるから、頑丈なよい鋼とはかぎらぬであろう。わしが知りたいのはそこじゃ。ここまで来たのは、どんな鋼が最上かを知りたいからだ」

盃を干した直重の目に蔑(さげす)みがただよった。

「鋼はな、なによりも冴(さ)えて輝いておるのが第一等じゃ。それが分からぬとは、おまはん、長曽祢一族を騙(かた)る風来坊か。長曽祢ならば、それくらいのことは、先刻承知であろう」

「ばかをぬかせ。わしが望む最高の鋼とは、折れず、曲がらず、よく切れる、そういう刀になる鋼のことだ。輝いておるゆえによい鋼とはかぎらぬわい」

「わからぬ鍛冶じゃ。論より証拠。うちの鋼で鍛えた刀を見てみるがよい」

手をたたいて女子衆(おなごし)に命じると、しばらくして手代が何振(ふ)りかの白鞘(しらさや)を抱えてきた。

「まずは、これをご覧(ろう)じろ」

すらりと抜きはなった刀身は、ろうそくの炎をはじき返し、まばゆく光っている。

「…………」

興里はことばを失った。

たしかに、その刀の地鉄(じがね)は、驚くほど冴えている。しかし——。

膳をわきにどけると、膝でにじって直重のそばに寄った。

　拭い紙を手にした鉄師が、刀身に塗った丁子油をきれいにぬぐい取り、打粉を打ってさらによく油をぬぐい、地鉄を見やすくしてくれた。丁子油の甘い香りが、興里の心をさわがせた。

「拝見したい」

「ご存分に」

　柄をにぎって受けとると、刀を捧げて一礼した。まず、刀身をまっすぐに立てて眺めた。

　二尺二寸（約六七センチ）ばかりの尋常な刀だ。反り浅く、先の身幅の狭い刀身は、ちかごろよく目にする姿である。

　興里は、左手で着ている袷の袂をつかむと、そこに刀の棟をのせて目をこらした。刀の姿も刃文も、もはや、目に入らなかった。見たいのは地鉄である。この刀の鋼そのものだ。

　鋼の内に秘められた力を見透かそうと、目を凝らした。

　切先から鎺元まで、舐めるように見つめた。光をもとめて燭台のそばに寄り、わずか一、二寸まで刀身に目をちかづけると、地鉄の冴えているのがよくわかった。

　――冴えた鉄にはちがいない。

　直重が自慢するだけのことはある。安来の鉄問屋で丹念に見比べてみて、出雲のたたらのなかでいちばん美しく輝いていたのは、ここの鋼なのだ。

しかし、興里はうなずかなかった。

自分が理想と考えている鋼とは、いささか隔たりがある気がしたのだ。

――これはちがう。光りすぎる。これなら、あいつの刀と同じじゃ。

鍛冶の鍛え方の手柄ではなく、地鉄そのものが光っているのである。それを自慢にしている越前鍛冶の顔がうかんだ。

「どうじゃ、光っておるであろう。いかにも切れそうであろう」

黙ってうなずいたが、興里は刀から目を離せなかった。なにが自分の気がかりなのかをたしかめたくて、地鉄を見つめつづけた。

なにかが違う。なにかが不満であった。

この刀の鋼には、悪くいえば、安女郎の化粧にも似た底の浅さが見えている。

「そんなに驚いたか。むかしの刀と比べると、まるでちがうであろう。古い刀は、やはり、曇っておるけんな」

鉄師直重が、べつな一振りをとりあげて、白鞘を抜きはらった。

右手で柄の下端をにぎり、刀身をまっすぐに立てた。細身の太刀だ。腰のあたりで深く反った優美な姿は、よほど古い時代の作であろう。

「世の中には、むかしの刀を、古刀の名刀のとありがたがる侍が多いが、わしにいわせれば、いまの刀のほうが、ずっと鉄がよい。大きなたたらで真砂砂鉄を精錬した鋼は、天衣無縫の光を放つけんな。無垢の金や銀よりよほど美しいわい」

ちらりと目に入ったそちらの刀に、興里のこころが惹かれた。

手にしていた刀に一礼すると、鞘に納めてそっと畳に置いた。

黙礼して、直重が手にしている刀を受けとった。刀を捧げ持ち、拝礼してから眺めると、すぐに地鉄に目が吸い寄せられた。

さきほどの新しい刀とちがって、こちらは地鉄がしっとり潤いをもっている。見ているだけでも、こころが和んで落ち着く。ぎらぎらしていないのが嬉しい。見ている自分の気持ちがしっとりと刀身にしみこみ、刀を握っている自分が、そのまま鉄に溶けこんでいく気分だった。

「わしは、こちらの刀のほうが、地鉄がよいと思うのう。鉄に深みと味わいがあるわい。安女郎と天女の気品のちがいじゃ」

正直につぶやくと、とたんに、直重の顔がけわしくなった。

「聞いたふうなことをぬかす。それは青江の古くさい刀じゃ。一文字の、長船のと、いずれも悪い刀ではないが、うちの鋼で鍛えたほうが地鉄がよいに決まっておる」

「青江か……」

青江は備中、一文字と長船は備前の古い鍛冶集団である。吉備路の古い刀は、いずれも地鉄がしっとりして潤いがあり、ことに青江は、見ているだけでも鉄の品格のよさが感じられる。柔らかさのなかに潜んでいる強靭さが、品良くにじんでいるのだ。

直重は、吉備の鉄は不純物の多い赤目だといった。だとすれば、この鉄の気品の高さ、高貴さは、混ざり物の手柄なのか。

「こっちの刀とその青江、斬り結べば、折れるのは青江じゃ」

当主のことばに、興里はちいさく首をかしげた。それは、実際に試してみなければ誰にも断言できないことなのだ。

頑固な小鍛冶が、なかなか納得しないので鉄師が毒づいた。

「ふん、青江より劣るとは、この康継も舐められたものよ」

直重が口にした鍛冶の名前に、興里の心がはじかれた。思ったとおりの名だった。

「やはりそれは康継の作か」

「そうよ。越前四郎右衛門康継じゃ。同じ越前の鍛冶仲間ゆえ、存じ寄りであろうな。うちの鋼が気に入って、ようけ買うてくれるわい。ええ刀鍛冶じゃ」

興里は口のなかが苦くなった。四郎右衛門康継は、先年亡くなった二代康継の弟だ。二代康継には嫡男がいるが、まだ若くて、跡をつぐ技倆も器もない。どちらが三代目をつぐのか、血族にとっては大問題だろう。

白木の柄をはずした直重が、茎を見せた。遠目からでも、そこに刻まれた紋はすぐにわかった。

「立派な刀じゃ。なにしろ、三葉葵の御紋が許されておるけんな。これぞ天下の名刀。いや、天下無双の刀じゃ」

ろうそくの光にきらめく康継の刀をながめて、興里は、奥歯をかみしめた。腹にたぎる怒気を必死に鎮めた。妬みではない。鍛冶の意地だ。腹の沸騰を力にかえて、興里は決意した。

——なにがなんでも、康継などに負けられるものか。

自分にそう言い聞かせてから、思わず眼を見ひらいて虚空をにらんだ。

「どうかしたのか？」

直重が不思議そうな顔をむけた。

「いや、おのれの気がまえの小ささに気づいた。康継のなんのと片腹痛い」

鉄師は、目の前の鍛冶の心がわからず、目を瞬かせた。

「わしはな、わしを踏み越えねばならん。わしの刀が、わしの兜を断ち割る日がくれば、それこそが、日の本一の名刀じゃ」

興里の語気のあまりの強さに、鉄山の若い当主が、つい引き込まれてうなずいた。

五

夜の雪道をたどって、たたら場にもどった。あたりの雪を照らす提灯の光に、ほのかな暖かみがあった。

墨流しの空に火の粉が見えた。高殿の煙出しから激しく噴き出している。提灯のちいさな火でさえ、暖かみがある。炎もあれだけ大きくなれば、火の神が降りてくるであろう。ここが出雲だと思ぅせいか、伊邪那美命が産み落とした火神のことが、どうしても頭からはなれない。

「おまはんがなにを思うたか知らんがな、可部屋の鋼は日本一のよい鋼じゃ。そのことだけは、忘れるなよ。ろくに鋼を見たことのない小鍛冶に、鋼のことがわかってたまるものか」

後ろを歩いている鉄師桜井直重が大声をあげたが、興里の頭には入らなかった。

――よい鋼とはなにか？　ただ光りかがやくだけがよい鋼なのか。

折れず、曲がらず、よく切れる刀を鍛えるのに、もっともふさわしい鋼はなにか？

その答えを、興里はまだ知らない。近いうちに必ず見つけるつもりである。

高殿の戸をくぐると、興里は思わず後ずさった。

すぐ目の前に、ちょうど屍の顔があったのだ。首から顎にかけて紫色の死斑のあらわれた顔が、うつろに濁った眼で興里を見ていた。

「小鍛冶は肝っ玉も小めぇな」

あとにつづいた直重が笑った。

屍をかかえた男たちが、直重に頭をさげた。なにかがあると聞いてたたら場にもどったのだが、なにがあるかは聞かされていなかった。

「どうにもこうにも、たたらの沸きが悪ぅございますので、まえの村下を贄に捧げますけん」

辰蔵のことばに直重が鷹揚にうなずいた。

「ああ、そうしちゃるがええ。村下も本望じゃろう」

「屍を贄にするのか……」

つぶやいた興里を、直重がふり返った。

「金屋子さんは、死人が好きじゃがな。なんぼ田舎の小鍛冶でも、それくらいのことも知らぬのか」

鉄の神である金屋子神ならば、興里も越前の鍛冶場に祀っていた。鍛冶場をしまったとき、女神の絵を描いたその御札は油紙にたいせつに包んで、いまも腹に巻いている。

金屋子神は、醜女の神である。

それゆえ、嫉妬深く、女が鍛冶場に入ることを嫌う。

弟子の消えた貧乏鍛冶ではそんなことも言っておられず、嫁のゆきは鍛冶場に出入りしていたが、それでも月のさわりがあるときは、けっして入らなかった。

出雲のたたら場ではさすがに掟が厳格で、飯を運んできた女でさえ、高殿の軒の下には立たない。山内に暮らす女たちは、金屋子神に妬まれないよう化粧をせず、髪を梳らない。

血の汚れである赤不浄を嫌う金屋子神は、死の汚れである黒不浄をむしろ好む——。

それは興里も知っていたが、屍を贄に捧げるとは思いもよらなかった。

骸が、たたら炉のわきに置かれた。

砂鉄町(こがねまち)の前にすえた釜に湯がたぎっている。直重が榊(さかき)の枝を手にすると、一同が頭をたれた。直重が榊の葉を釜に浸し、骸と一同に湯を飛ばして清めた。

短い祝詞(のりと)が終わると、二人の村下(むらげ)が、硬直した骸の足と肩を持って、炉のわきに立った。

辰蔵が声をかけて、骸を左右にふった。

「そぉれ、ひの、ふの、みぃ」

反動をつけて炉に投げ込むと、炭が崩れてすさまじい火の粉が舞い上がった。

炎の色が青くすくんだ。たちまち着物が焼けて灰になった。痩せた骸が焦げて肉の臭いを放った。音を立てて、肉が焼けていく。

興里は目を大きく見開いた。骨になるまで見ておきたかった。

凄絶な火焔(かえん)が死体を焦がしている。青い炎のなかの村下は、すでに黒い影でしかない。その影が見る見るうちに細くなっていく。すくんでいた青炎勢(あおぼせ)が、いきおいのよい赤炎勢(あかぼせ)に変わっていく。

「これで沸(わ)くじゃろう」

村下(むらげ)の辰蔵がつぶやいた。興里が首をかしげた。

「こんなまじないが効くのか……」

「まじないと思うか？」

聞きとがめたのは、鉄師(てつし)の直重だった。

「ただのまやかしであろう」

　直重が、炉に柏手(かしわで)を打って拝礼すると、みなもそれにならった。

「ものを知らぬ鍛冶じゃな。字は読めぬのか」

「無礼な。読み書きくらい心得ておる」

「ならば、書物を読め。唐(から)の本には、よいことが書いてある」

　興里は黙した。手習いはしたが、四書五経になじんだことはない。

「古い時代の唐に、干将(かんしょう)という鍛冶がおったのを知っておるか」

　知らなかった。

「王の命令で剣を打ったとき、鉄(かね)が沸かなんだ。妻の莫耶(ばくや)がみずから神への贄(にえ)となって炉に身を投じたら、みごとに沸いたそうだ」

「作り話であろう」

「そうとも言い切れぬ。人の体には、脂(あぶら)もあれば骨もある。骨には鉄(かね)を熔(と)かすはたらきがあるかもしれぬ。何百人分もの爪と髪をいれたら沸いたという話もある」

「まさかな。それで沸けば苦労はなかろう」

「沸かぬときは、なにを試しても沸かぬゆえ、みな苦労しておる。この釜の土が、どれほど吟味してあるか、おまえは知らぬであろう。土に混じっているなにかが、鉄(かね)を沸かしたり、沸かさなんだりする。それがなにか分かれば苦労はないが、まるで分からぬ。わしらにできることは、ただ、あちこちの土を試して、いちばん具合のいい土で釜を築くことじゃ。それでさえ、必ず鉄が沸くとはかぎらぬ」

「…………」

「おまはん、この釜の下がどうなっているか、知らぬであろう」

鉄師が強い目で、興里を見すえた。

「たたらの下か？　土ではないのか？」

「ふん。気楽な奴じゃ。そんなことで鉄が吹ければ、猿でも鉄を吹くわい」

高飛車な物言いだが、興里はなにも反論できない。知らないということが、とてつもなく悔しいことだと身にしみて思い知った。

「悪いときは、なんでも試して見ることじゃ。試さねば、失敗するだけ。そうではないか」

その点は、素直にうなずく気になった。この若い鉄師は、興里より鉄について知っていることがある。それは認めねばなるまい。

鉄をあつかう鍛冶の仕事は、失敗することが多い。あつかいを間違った鉄は、使い物にならない。後戻りできない仕事なのだ。それを避けるために、興里も鍛冶場でさまざまなことを試してきた。

「わしも死んだら、たたらで焼いてもらうつもりじゃ。土のなかで虫に喰われて朽ちるよりよほどよかろう」

そのことばにも、興里はうなずいた。

鉄師直重は、鉄に生き、鉄に死ぬ重い覚悟をもって、たたらを営んでいるのだ。そうでなければ、鉄にうるさい興里が、かりそめにも魅せられる鋼は吹けまい。

しばらくのあいだ、直重はじっと立って炎を見つめていた。

炎のなかの黒い影は、細い枝ほどになって、もはや、頭が残るばかりだ。

吹子の風は、あいかわらず、妖獣の息吹のごとくくり返し吹き続けている。心なしか、風が力強く聞こえる。吹くたびに炎が高々と噴き上がる。

「沸いたがね。沸きおったがね」

かがみ込んで、ほど穴から、炉の内側をのぞいていた辰蔵の声がほがらかにひびいた。

それが屍を投じたせいかどうか、興里にはわからない。それでも、一人分の肉と骨を投じたことで、風の音がなにほどか変わった気がした。

「見てもかまわぬか？」

興里がたずねると、辰蔵がうなずいた。

「かまわん。どのみち、おまはんにたたらが吹けるわけではないけんな」

駆け寄って、炉壁のすぐわきにしゃがんだ。腰をかがめて、指一本の太さの穴をのぞいた。

思いのほか粘土の壁が厚い。炉の上部は、五寸ばかりの厚さだが、底にちかいあたりの壁は一尺ばかりも厚さがある。そのむこうに灼熱の世界があった。

穴は、内がひろがっているので、炉のなかがよく見える。

おびただしい熱で、炭が明るい朱色にゆらいでいる。その底に、とろりととろけた鋼が溜まっている。うんと明るい満月が、とろけて熱にふるえている。満月の雫が、ふるふるとしじりながら炭を滴り落ちていく。

興里は、すいこまれるように穴に顔を寄せた。

熱さなど、感じない。自分の目の前、土の壁のすぐむこうに、鋼が満月の色に熔けてゆらぐ世界がある。そのことが、身の震えるほどに嬉しくてならない。

「まだ釜の壁が厚い。これから三晩かけて、鉧は釜の土を喰ってノロを出す。鉧が大きくなったころには、底の壁はよほど薄くなっておる」

「そうか……」

穴に目をつけて、興里はなかをのぞいた。小鍛冶の火床より、はるかに高い熱で全体が沸いている。身じろぎもせず、じっと見つめていた。この場所から離れたくなかった。

「おまはん……」

背中で鉄師がつぶやいた。興里は、ほど穴から目を離さなかった。

「よほど鉄が好きなんじゃな」

うなずくのももどかしかった。ほど穴のむこうの妖艶な炎と熱の官能美に、興里は酔いしれていた。

六

三日目になると、寝ずの作業がさすがに辛くなってきた。

「炎に酔うたようじゃ」

濁った頭で興里がつぶやくと、炭焚きの男が声をあげて笑った。

「おまはんなんぞは客人ゆえ、気楽なもんじゃ。わしらは死ぬまでたたら吹き。一つ目になっても吹きつづけるんじゃけん」

三日三晩一操業を一代と呼ぶたたらを、千代吹けば一つ目小僧があらわれると聞いた。やはり、ここは、この世ならぬ人外魔境にちがいない。

「晴れたようじゃな」

見れば、屋根の煙出しから、明るい陽光が射し込んでいる。重い雲がたれこめて雪のちらつく日がつづいていたが、煙出しのすきまに、ひさしぶりの青空が見えている。

外に出て、興里は大きく背伸びをした。甲冑鍛冶の仕事も重労働だが、たたら場の仕事は過酷であった。

遅い朝日が谷の上に顔を見せて、一面の雪がまぶしく燦めいている。木の枝に滴がしたたり、雲母のごとく光っている。足もとの雪をすくって顔を洗った。雪が真っ黒になった。目も耳も鼻も、どこもかしこも炭の粉にまみれている。

谷の雪踏み道を、下男が駆けてくるのが見えた。あわてふためいて、足がもつれている。

「たいへんじゃぁ、たいへんじゃけん」

張り裂けんばかりの声に、たたら場の男たちが戸口から顔を見せた。

「なんじゃい。なにごとじゃ」

「そっ、その男、油断したらいけんぞ」

下男が、興里を指さしていた。

「どねぇいした」

辰蔵がたずねた。

「ひっ、人殺しじゃ。人を殺して、逃げてきおったんじゃ」

「ああん、なんじゃ、それは」

顔は洗ったが、頭の芯は眠気に朦朧としている。興里は首を大きく捻った。骨が鳴って、軋んでいた肩がすこし楽になった。

「人殺しじゃとぉ」

興里の後ろで、誰かが奇妙な声をあげた。

「こっ、こいつが親の仇じゃっちゅうてな、ついいましがた若い男がやって来た。本家の親方が話を聞きなさってな、そげに悪い奴なら、助太刀して成敗してくれようとおっしゃって、いま、ここに連れて来るけん、逃げんようにふん縛っておけっちゅうご下命じゃ」

「よっしゃ。逃がしたらいけん。みなで押さえろ」

村下のことばにふり返る間もなく、興里は雪に押し倒された。手を後ろにねじ上げられ、身動きがとれない。

「なにをする。はなさんか」

「あほ。はなせばたちまち逃げるであろう」

「逃げるものか。わしは人など殺めてはおらぬ。なにかの間違いじゃ」

「信じられるか。縄を持って来い」

すぐに麻の縄で後ろ手に縛り上げられた。

「親方のおいでじゃ。起こせ」

乱暴に引き起こされ、雪にすわらされた。

鉄師桜井直重と四、五人の男たちがやって来た。家の者らしいが、腰に刀や脇差をさし、六尺棒を手にした者もいる。

なかに一人、見覚えのある顔がまじっていた。

「なんじゃ、正吉か。人殺しのなんのというから、何事じゃと驚いたが、こんなところまで、なにをしに来た」

「父の仇を討ちに来たんじゃ。観念せぇ」

正吉は越前福井の刀鍛冶貞国のせがれで、まだ十六、七の若者だ。興里は、貞国の鍛治場でしばしば鍛刀の仕事を見せてもらい、刀について教わった。もちろん、せがれの正吉もよく知っている。

股引（ももひき）をはいた旅支度の正吉は、脇差を抜いて腰だめにかまえた。こわばった顔は本気である。

「なんじゃぁ。わけを話せ。わしがいつ親の仇になった。わしは身に覚えがないぞ」

まわりの者は、止めるようすがない。桜井直重は、腕を組んでなりゆきを見守っている。

「おい、止めてくれ。仇のなんのと怨まれる覚えはない。知らぬことだ。間違いだ」

脇差をかまえた正吉の目が、血走っている。憎々しげな瞳で興里をにらみつけている。大きな体が、いまにもこちらに突きかかって来そうだ。

「おまはんが、この男の父御（ててご）を殺害して、越前から逐電したのじゃというておる。まことなら、許しがたい悪行じゃ」

「待て。待ってくれ。知らぬことだ。どうした正吉。親父殿は亡くなったのか？　正月に行ったじゃろ。あのときは、息災にしておったではないか」

越前を出る前の日、興里は、貞国の鍛刀場に挨拶に行った。別離を告げ、刀についてあれこれ教えてもらった礼をのべた。

「親父が刺し殺されたのはあの夜じゃ。興里、おまえの仕業にちがいない」

「刺された？　まことに死んだのか」

「しらを切る気じゃな。殺したのはおまえであろう。親父の腹に刺さっていたこの脇差がなによりの証。おまえのじゃもの。おまえの家に行ってみれば、すでに出雲にむかったという。人の親を殺し、しゃあしゃあと旅立つなど、とてものこと許せんわい」

正吉が叫んだ。

「わしの脇差……。そんなものは知らん。貞国殿は、恩義のある人じゃ。刀のことを、いろいろ教えてもろうた。ありがたいと感謝こそすれ、殺すいわれなど毛の先もないわ」

「黙れ。おまえじゃ。おまえしかおらぬ。さあ出せ。盗人め。うちの行光が欲しゅうて、夜中に忍び込んだであろう。親父に見とがめられて、刺したんじゃ」

「行光が盗まれたのか？」

「あの行光が、神棚に隠してあるのは弟子たちも知らぬ。おまえ、取り出すところを見ておったではないか。おまえを見込めばこそ、親父は人に見せぬ行光を見せたのだ。それじゃのに、恩を仇で返すとは、まさに鬼畜の所行。さあ、とっとと、行光を出せ。行光を出してから、存分に成敗してくれるわい」

興里は頭をたれた。疑われたことがあまりにも情けなく、うなだれるしかなかった。

「さあ、黙って行光を出すならば、すっぱり心の臓を突き殺してやる。出さぬとならば、耳を削ぎ、鼻を削ぎ、身を一寸ずつ刻んでも、隠し場所を白状させてやるわい」

「荷物には短刀なぞ、ないがな」

いつの間にか、炭焚きの男が興里の荷物を持ち出していた。振り分けの小行李を開いて、雪のうえになかみをぶちまけた。下帯や手拭い、腹の薬など、顔を赤らめたくなるものしか入っていない。

「どこぞに隠したか。それとも、もう売り払うてしもうたか」

「後生大事に身につけておるかもしれんぞ」

辰蔵にうながされて、炭にまみれた男たちの手が興里のからだをまさぐった。袖をまくり、裾をはだけ、腹に巻いた晒や褌のなかまで調べられたが、もとより行光の短刀など隠しているはずがない。

「情けなや……」

「白状する気になったか」

「あほらしい。なんでわしが、貞国殿を殺めて行光を盗まねばならぬ」

「旅立ちの挨拶に来た日、おまえは物欲しげにしきりと行光をながめておったではないか。欲しゅうてたまらなんだのじゃろう」

それは本当だ。貞国が秘蔵していた行光は、すばらしい短刀だった。なごりに、頼んで見せてもらった。

藤三郎行光は、三百年ばかりも昔の相州鎌倉の鍛冶だ。五郎正宗の父だったといわれている。文句なしに鎌倉を代表する名工である。

「あの行光はよい。極上の行光だとも」

もともと貞国のような鍛冶が所有できる短刀ではない。二百両や三百両ならば、たちどころに買い手がつくほどの大名道具である。

むかし貞国が京に出たとき、三条大橋のそばに筵をひろげた露店の道具屋があって、そこに赤錆びて転がっているのを何文かで買ったのだと聞いていた。よく干した蟹の爪の殻で、ていねいに茎の錆を落とすと「行光」の銘があらわれた。

刀剣の茎を記録した銘尽をあたってみると、朴訥な鏨使いは、まちがいなく行光の銘であった。

しかし、銘などなくとも、あの行光は、なによりも地鉄がとてつもなくよい。目利きが見れば、かならず行光と極めがつく品にまちがいない。

冴え冴えとしていながらけっして光りすぎない潤いと気品があった。あの地鉄を見ていると、ただひたすら精良な鋼を鍛えることだけに一生を費やした生真面目で、真っ正直な鍛冶の顔が浮かんでくる。冴えて、澄んだ八寸五分の短刀を、興里は一生忘れることはないだろう。旅立ちの前日にも、請うて見せてもらい何度もため息をついた。興里は、すっかり惚れ込んでいた。

「わしは、殺さぬ。殺さぬが、疑われたのが身の不運。仇を討ちたいなら、すっぱりやるがよい」

後ろ手に縛られた興里は、着物も晒もはだけたしどけない姿ですわっている。一月の出雲にしては、めずらしく晴れた朝だ。こんな朝に死ぬのならば、それもわが運命かと思えてくる。

「仇は討つ。その前に行光じゃ。行光をどこに隠した」

「……あれは、わしの腹におさめたわい」

「なんじゃと、あの短刀を呑み込んだのか」

正吉が眼をむいた。

「阿呆め。おまえも鍛冶の子なら、ちぃとは考えて口をきけ。行光の地鉄の美しさを、しっかり目に焼き付け、腹におさめたということじゃ。わしが地鉄を見るときには、あの行光が物差しになる。あれより美しい地鉄ならば、それは最上作じゃ」

興里は、行光の短刀をまぶたの裏にくっきり浮かべることができる。やや反りごころのある姿に、重ねのころあいは、まことに気品がある。板目に杢目がまじった地肌には、沸（鉄の微粒子）がゆたかについていて、細い直刃はことばがないほど優しくおだやかで美しい。

——刀はなによりも品だ。品格のある刀こそ美しい。

見せながらそうくり返した貞国の声が、興里の耳にはっきり残っている。

「情けなや。わざわざ盗み出さずとも、わしの目がしっかりと覚えておる。なんならば、腹を切りさいて見るがよい。行光の短刀、出てくるであろう」

怒気をはなった興里に、正吉がたじろいだ。

黙って見ていた桜井直重が口をはさんだ。

「下手人は、まことこの男かのう。毫も悪びれたところがないけん、そうとも思えぬな」

「いいや、こいつじゃ。この脇差が証じゃもの」

手にしていた脇差を正吉がかかげた。

「親父を刺したこの脇差、その興里が打ったものに間違いない」

「なんじゃとぉ」

興里が、身を乗り出した。

「おい、よう見せろ。見せてくれ」

「見覚えがあるじゃろう。親父の腹にこの脇差が刺さっておったんじゃ」

興里の眼の前に脇差がつき出された。

反りの浅い姿はだらしがない。地鉄は白けてねむく、刃文はのらりと緩んでいる。ただ刀の形をしているというだけで、それ以上のものではない。

「いくらわしでも、こんななまくら刀は打たぬぞ」

興里も何振りかは試しに刀や脇差を鍛えたが、満足のできる領域にははるかに遠い。いずれも細かく砕いて古鉄にしてしまった。それでも、ここまでひどくはない。

「おまえの銘が切ってある。こんなもの、ほかに誰も持ってはおらんじゃろう」

「銘じゃと、見せてみろ」

目釘を抜いて黒糸巻きの柄をはずし、正吉が茎を見せた。

興里――と、確かに切ってある。律儀な鏨の運びは、興里が兜に彫る銘に似ている。

「似ておる。器用に真似てある」

「決まっておる。おまえの脇差じゃからな」

「いや、わしはまだ刀に銘を切ったことは一度もない」

銘を切るほどの刀が打てるのは、まだずいぶん先になるだろう。

「もういっぺん見せてくれ」

桜井直重がのぞきこんだ。茎を見てからじっくり脇差全体をながめ、首をかしげた。

「どうじゃ。その鉄の鍛錬の悪いこと。いくらわしでも、もっとましな刀が打てる。素人ではないにせよ、鉄のあつかいを知らぬ新弟子の作であろう。鋼を沸かしてもたもたしとったから、そんなねむい地鉄になってしもうたんじゃ」

興里の見立てに、直重がうなずいた。

「たいがいそんなところじゃろう」

「いいや、この男の力量ならばこんな程度。下手が悔しゅうて逆恨み、親父を殺めおったに相違ない」

正吉の興奮はおさまらない。ますます猛ってくる。

「この男、小狡そうな顔をしておるし、いかにも小癪で憎々しげな奴じゃ」

直重がつぶやいた。

「ほっておけ。顔と気性は生まれつきじゃ」

縄のいましめがなければ、突き飛ばして殴るところだ。

「じゃがな、刀欲しさに、恩義ある者を殺める悪漢とは思えぬ」

直重のことばに興里はほっとしたが、意外でもあった。そんな風に思ってくれるのが、ありがたいより、むしろ不思議だった。

「それに、その脇差、よく見ればこやつのものではなさそうじゃ。こやつなら、鉄のあつかいを、もうすこし知っておる。わしは、この男のこしらえた兜を見たが、それは見事なもんじゃった」

見たなどとは、聞いていなかった。見たとすれば、安来の鉄問屋永井孫兵衛のところでだろう。一言も口にしなかったが、直重は興里に一目置いていてくれたのだ。

——よくぞ、わしの兜の鍛えを認めてくれたもの……。

胸のつかえがおりて、興里は涙がにじんだ。

「いや、この男に決まっておる。行光に目がくらんでの凶行じゃ」

「わしは知らぬ。そんな恥ずかしい刀に銘など切るか。百歩ゆずってわしの刀じゃとしても、どうして置いてくるものか」

「気が動顛して忘れたのであろう」

「いや、知らぬ。だれぞが、わしを罠にはめようと、わざとそんな刀をこしらえたんじゃ」

興里と正吉がにらみ合った。

炭と砂鉄を入れる時分になったので、たたら場の男たちは、高殿のなかにひきとった。雪にすわらされた興里は、すっかり尻が冷えているはずだが、不思議と寒くも冷たくもない。

「情けなや、情けなや……」

涙がぽろぽろ流れた。恩義ある貞国が殺されたこと、疑われたこと、縛られていること、あの美しい行光が消えたこと、すべてが口惜しかった。

「さて……」

鉄師が顎をなでて考えている。

「行光となれば、世に知られた名刀。欲しがるのは、こやつばかりではあるまい」

正吉の目がとまどった。

「秘蔵していたとはいえ、名高い刀ならば、何人かは知っておったであろう」

「それは、研ぎにも出し、鞘もつくらせた……。しかし、研師にも鞘師にも、他言は無用と念を押してある。父からそう聞いておる」

行光があると知ったならば、藩主でさえ欲しがるだろう。持っているのを知られたら、やっかいに決まっている。

「隠し場所が神棚ならば、誰でも見つけそうじゃな」

「………」

正吉の目が光を失った。体が小刻みにふるえている。

「この男、悪人かもしれぬが、鉄への精進ぶりから判ずれば、道はけっして踏み外さぬはず。父御殺しの下手人はべつにおるのではないか。わしは、そう見た。すくなくともこの山内では、仇討ちのこと、無用にしてもらおう」

鉄師のことばが、重くひびいた。

しばらく震えていた正吉が声をあげて泣き崩れた。膝を折って、雪に突っ伏した。

直重が興里の縄を解いてくれた。

興里は正吉の肩を抱えた。

「だれかがわしを陥れた。姑息な奴じゃ。恩義のある貞国殿を殺めた奴、わしも許してはおけぬ。きっと探し出して、仇を討とう。わしを、信じろ」

正吉は雪に伏して泣き続けている。

大きな泣き声が、明るい雪の谷にいつまでも響きわたっていた。

七

奥出雲の山に雪まじりの風が吹きつけている。

厚くたれこめた灰色の雲と、雪をかぶった冬枯れの木立をながめていると、興里は水墨画の世界にまぎれこんだ錯覚におちいった。寂寥のなかにも懐かしい安らぎがある。

降りしきるぼたん雪が、生まれ育った越前とおなじように重く湿っているせいか。

谷を曲がってしばらく歩くと、まったく異質な景色がひろがっていた。その一帯だけ樹木も雪もなく茶色い山の土が露出している。なんの潤いもない不毛な光景であった。

「ここが鉄穴場じゃ。たたらでつかう砂鉄はここで掘っておる」

先頭を歩いていた鉄師桜井直重がふり返った。

雪がないのは、そこが垂直に切り立った崖になっているからだ。

崖のすそに何人もの男がとりついて、鍬をふるっている。
四、五丈（一二～一五メートル）はありそうな高い崖の根方に、男たちが鍬を打ち込む。なんどか打ち込むと、崖そのものが上から崩れ落ちてくる。
崖は砂のようにもろい。

根方をえぐって掘ると、こらえかねたように、すさまじい量の土砂が真下に崩落する。重さで勢いがついているので、へたをすれば掘っている者が土砂に埋まってしまう。鍬を打ち込みつつ、上の崖が崩れ落ちてくる間合いを見はからって身をかわさなければならない。

「砂鉄の山じゃというから、もっと黒い土かと思うておった。わしには砂けの多いあたりまえの土にしか見えぬな」

興里はかがんで足もとの土くれを手に取った。白みがかった砂っぽい土である。石と砂のなかばとでもいうか、指でつまむと簡単に崩れて砂になった。

じつは、このあたりの山はすべて風化した花崗岩でできている。なかに含まれている磁鉄鉱の微粒は不純物がすくなく、世界的水準から見ても品位が高い。この優良な砂鉄があればこその出雲の鋼である。

「おまはんには、これがただの土にしか見えぬか。小鍛冶は気の毒じゃな。わしには、掘っても掘っても掘り尽くせぬ宝の山に見えるわい」

直重があわれむ顔つきになった。悪意が感じられないだけに、興里は自分の無知をすなおに恥じた。

「宝の山か……」

興里にはまだ実感がわかない。

よく鍛えた上質の鋼は、春の光をはらんだ青空よりもなお鮮烈にかがやいて美しい。いまここにひろがっている土の世界とは、まるで対極のきらめきがある。

この荒涼たる山から、どうすれば美しくかがやく鋼が抽出できるのか——。いくら想いをめぐらせても、うまく結びつかない。

見上げれば、厚い雲から雪が降りつづいている。鈍く曇った光のなかで、出雲の山はくすんでしか見えない。

「砂鉄など、どこにも混じっておりゃせんがのう」

しゃがんで土をいじっていた正吉がつぶやいた。

「一貫（三・七五キロ）の砂鉄を得るには、二百貫の土を洗わねばならぬ。目で見たところで簡単には見つからぬ」

正吉は舌を鳴らして土をほうり投げた。手の土をはたきながら、恨みがましい目で興里を見ている。父貞国を殺した仇として、まだ興里を疑っているのだ。

「この山こそ宝の山だと見抜いた直重殿は、ずいぶんご慧眼でありますな」

いやみのつもりではない。興里はあらためて鉄師桜井直重の風貌をながめた。蓑も笠もつけず、足袋さえはいていない。草鞋だけの足で雪のなかにすっくと立つ直重が、とてつもなく頼もしげに見えた。なんの変哲もない山を歩きまわり、良質の真砂砂鉄の鉱床を見つけた鉄師の手腕をあらためて見直さないわけにはいかない。

「わしが慧眼だったわけではない。出雲こそ鉄の宝庫じゃと、神代のむかしに探し当てた者たちがおったけん……」

直重が厚い雪雲を見上げた。

「この雪は、どこから来るか知っておろうな」

なんの話か興里にはわからない。

「雪ならば、天からに決まっておろう」

正吉が口をはさんだ。

「越前でも、雪の雲は北の海から来ぬか」

直重のことばに、正吉がゆっくりうなずいた。

「たしかにそうだのう」

寒い季節になると、雪を降らす雲が北の海をわたってくる。春になるまで、越前の空はずっと厚い雲におおわれたままだ。

その雲がどこから来るかなど考えたことはなかった。

「雪の雲を見上げるたびに、わしは思うのだ。この雲は、海のずっとむこうの韓の国からわたってくるのではないかとな。神代のむかし、海をわたってやってきた韓の鍛冶がおったと、このあたりでは言い伝えられておる。韓の鍛冶が乗った船は、雪雲といっしょに北風に吹かれてやって来たのではないか」

そんな神代のむかしに、韓の国から鍛冶がわたってきたことを、興里はしらない。

「その者たちこそ、出雲の砂鉄を見つけた手柄がある。韓の鍛冶がわたってこねば、だれも出雲の豊饒に気づかないままだったかもしれんけぇな」

雪はまだ降りしきっている。空を見上げると、大きな雪片が数かぎりなく舞い降りてくる。見上げながら立っていると自分が空に舞い上がっていくようだ。興里は寒さよりおのれの小ささを感じて肩をすくめた。

山の土にわずかに混じる砂鉄を選別し、たたら炉で吹いて鉧にする——。その塊を砕き、鍛えて強靭な鋼をつくる——。

知ってしまえば当たり前の作業にすぎないが、太古の昔、その技法に気づいた男がいた。さらに海をわたってその技術を出雲に伝えた男がいた。そのことに思いを馳せるのは新鮮な驚きである。

その技が連綿と伝えられたおかげで、小鍛冶である興里が甲冑や刀を打てるのだ。

「この土からどうやって、目に見えぬ砂鉄を選りだすのかのう？」

正吉が不思議そうにつぶやいた。興里もそれが知りたい。

「水が流してあるだろう。もとからあった川ではない。遠くの山から水を引いておるけん、途中には窟道も掘らねばならん。長さ何里にもわたって井手（水路）がこしらえてある」

山の切羽の下に、小川ほどの水路がある。ここが山の中腹であることを考えれば、水源はさらに高い山になければならない。かなり遠いところから水を引いてきているはずだ。

柄の長い鍬をつかって、切り崩した土砂を黙々と水路に流している男がいる。蓑笠をつけているが、水に足をつけての仕事だけに草鞋に素足だ。革足袋をはいている興里は、自分が恥ずかしくなった。

「身のこごえる仕事じゃのう」

「夏にすればええのに。砂鉄ならば積んでおいても腐らんじゃろ」

正吉のことばに、鉄師直重が首をふった。

「鉄穴流しをすると、鉄で川の水が赤く染まる。赤い水では田の稲が枯れてしまうけん、松江の殿様が、秋の彼岸から春の彼岸までしか鉄穴流しをしてはならぬと、法度をお定めになった。出雲山中に九家ある鉄師は、すべて藩侯の御支配をうけておる。勝手放題に山を崩し、鉄を吹いておるわけではないけぇな」

出雲をおさめる松江の殿様は、松平直政(なおまさ)である。かつての福井藩主松平忠直(ただなお)の弟で、奇矯なふるまいの多い兄忠直にくらべると、はるかに英邁(えいまい)であるらしい。そういえば桜井の屋敷には時に殿様が立ち寄るため、専用の豪奢(ごうしゃ)な門がつくってあった。

「山ひとつ崩して土を川にながすけん、下では川が埋まって大水になることがある。そうならんように気もつかっておる」

水路にそって直重が歩くと、土砂をながしている男が深々と頭をさげた。ただでさえ寒い山のなかで足を水につけての仕事は、さぞやからだが凍(こご)えるだろう。

直重は会釈をかえした。

「ごくろうじゃな。帰ったら、嬶(かか)にあたためてもらえ」

男が顔をあげて笑った。若い男だ。嫁をもらったばかりにちがいない。

直重が歩くと、山の男たちはみな深々と頭をさげる。直重はていねいに会釈を返し、ひとりずつことばをかけた。母のようすはどうだ、子どもの怪我は治ったか……、男たちの家族について詳しく知っているのだ。

「一人ひとりのことをよくご存じやのう」

自分よりはるかに年下の鉄師(てつし)に、興里は畏敬の念をいだいた。

「ここの男たちが、水を厭(いと)わず寒さをこらえて働いてくれておるけぇ、たたらが吹けるのじゃ。その男たちの苦労をおろそかにしたら罰があたるわい」

「足袋をはかずに素足なのは、鉄穴師(かんなじ)たちの苦労を知るためであったか」

「べつに、そんなつもりではないがな」

直重はうなずきもせず、水路わきの小道を足早にくだった。あちこちに男がいて、鍬をふるい水のなかの土砂をながしている。

茶色く濁った井手のながれは、谷を下るばかりではなかった。櫓の上の樋を通り、谷を横切っているところもある。

しばらく歩くと、水路は溜め池にながれこんでいた。

落差をつけて四段の溜め池がこしらえてある。

「この洗い池で砂鉄を沈め、砂を取りのぞくのだ」

冷たそうな池の水に膝までつかった男が、鋤で底に溜まった白砂をすくい、わきの樋に捨てている。

四段の溜め池でその作業をくりかえすと、砂と砂鉄が選別され、最後の乙池に黒い砂鉄だけが溜まるのだという。

いちばん下の乙池のわきに、人の背丈の何倍もある大きな山があった。男たちが水底の砂鉄をすくっては、そこに積み上げている。

興里は雪をはらいのけ、砂鉄を手ですくってみた。

ずっしりと重みがあり、冷たさに手がしびれた。

わずかに白い砂がまじっているが、芥子粒よりこまかい砂鉄の粒子は、いかにも黒々として頼もしげだ。

正吉もしゃがんで砂鉄を見ている。

生涯、鉄とむきあって暮らす小鍛冶でも、山で砂鉄を採掘する現場を見ることはめったにない。

その現場を目の当たりにしたことで、興里はからだの底から大きな力が湧いてくるのを感じていた。

思いは正吉も同じらしい。やはり刀鍛冶だ。父の仇のことは忘れたかのように、砂鉄に見入っている。

「その砂鉄をたたらで吹いて鋼にするのじゃ。手間がかかっておろう」

「まったくだ」

「炭も手間がかかるぞ。なにしろたくさん燃やすけぇな」

「ああ、すさまじいほどじゃな」

「一代のたたらを吹くのに、どれほどの広さの山の木を切って炭を焼くと思う？」

一代に三千五百貫（約一三トン）の炭をつかうとは聞いたが、その炭を焼くために、はたしてどれほどの森を切り倒さねばならないのか、想像はまるでつかない。

「一町歩じゃ」

それならば十反、三千坪だ。ちいさな峰のひとつぶんか。一代に峰ひとつ――。

「うちのたたらは、一年に六十代吹くけぇ、それだけで六十町歩いる。楢の木が育つのに何年かかるか知っておるか」

それも知らなかった。

「三十年から五十年かからねば、炭に焼けるほど太くなってはくれんけぇ、山林が三千町歩なければ、安心してたたらを吹きつづけることはできんのじゃ。樹を伐った山に新しい苗を植えるのもわしらの仕事だ」

鉄師桜井家は、とてつもない大地主でもあったのだ。興里はいつも自分がつかってい る鋼が、どのようにして土のなかから取り出されているのかを初めて知った。初めて知って、心の根が震えていた。

「こんなに手間がかかっておるとは知らなんだ。いや、頭がさがる」

「頭なんぞさげてもらわんでかまわんけぇ、うちの鋼でよい刀を鍛えてくれ。それがなによりの果報じゃわい」

「心得た。きっとそうさせていただこう」

「親方。いや、桜井様。お願いの儀があるんじゃがのう」

正吉が砂鉄をにぎったまま勢いよく立ち上がった。

「なんじゃ？」

「この正吉も鍛冶の端くれ。これから一生、鋼を鍛えて生きるつもりじゃ。鉄穴場の切羽崩し、迷惑ではありましょうが、すこしだけでも手伝わせてもらえませぬか。山を切り崩して土を掘ることこそ鉄の根本と知ったからには、一度この手で掘ってみたい。それもまた、鍛冶の修業になりましょう」

正吉の父貞国は律儀な鍛冶だった。その心をせがれも受けついでいるのだ。仇討ちのことはもはや念頭になく、鉄への熱情が湧きあがってきたらしい。

「のう。長曽祢の親方も、手伝いたかろう」

正吉が、興里を誘った。

「よういうた、正吉。わしもあれこそ鍛冶仕事の根っこの根っこじゃと思うた。直重殿、ひとつお願いしたい。わしらに手伝わせてくださらぬか」

興里が頭をさげると直重が苦笑した。

「もの好きな小鍛冶どもじゃ。わしは屋敷にもどるが、鉄穴師頭の茂平に頼んでやる。好きなだけ掘るがよかろう」

八

鶴のくちばしの形に尖った打鍬は、柄が長く慣れない者にはあつかいにくい。興里が打ち込んでも、うまく切羽の土に食い込まない。

「そねぇなへっぴり腰では、どねぇにもならんの」

鉄穴師頭の茂平に悪態をつかれた。

茂平が手本を見せると、たいして力を込めているわけでもなさそうなのに、切羽がえぐれ、上の土が落ちてくる。

しばらくは鉄穴師（かんなじ）たちが半畳をいれてからかっていたがそれも飽きたらしい。興里と正吉（まさきち）は足手まとい以外のなにものでもなかった。

茂平の指示で、切羽（きりは）のいちばん端につれて行かれた。

「ここで好きにやってくれればええけぇ」

なんどか手本を見せてくれた男も、しばらくして持ち場に帰ってしまった。

雪はまだ降りつづいている。

かじかむ手をこすりあわせて暖め、しっかりと打鍬の柄をにぎった。勢いをつけて打ち込んだつもりでも、わずかに先が食い込むだけだ。なにかこつがあるのだろうが、それがつかめない。

「歳はとりとうないもんじゃのう。腰がはいっとらんわ。貸してくれ」

打鍬をにぎった正吉は、力まかせになんども切羽の土に打ち込んだ。何尺かの高さで土が崩れ落ちたが、本職の鉄穴師たちの技にはほど遠い。

鉄穴師（かんなじ）が切り崩せば、切羽（きりは）のいちばん上から、いちどに大量の土が落ちてくる。正吉のやり方では、体力ばかり消耗してすぐにへたばってしまうだろう。

腰が痛かった。興里が上半身をうしろに反（そ）らして腰をのばした刹那（せつな）、鋭い打鍬（うちくわ）の先が目の前をかすめた。

「なんじゃぁ、もうへたばったか」

よろけて手がすべったのだと思った。

「あほ抜かせ。父貞国(さだくに)の仇(かたき)、ここで討たせてもらうのじゃ。行光(ゆきみつ)の短刀どこに隠した。白状すればよし、言わぬとこの鍬(くわ)を頭にぶち込むぞ」

正吉の目にぎらついた光があった。興里を信じたわけでも諦めたわけでもなかったのだ。

人を呼ぶのは、ためらわれた。騒ぎにはしたくない。疑われていることが情けなくてしようがなかった。

「よう考えてくれ。わしがなぜ貞国殿を殺さねばならぬ」

「そんなせりふは聞きとうない。白状せんならせんでもかまわぬ。じゃが、仇は討つ」

正吉が、間合いをつめた。興里は切羽のくぼみに立っていた。鉄穴師(かんなじ)たちからは見えない場所だ。

打鍬をにぎった正吉が飛びかかってきた。

「やめんか」

鍬の先が風を切った。鋭く尖(とが)った鍬だ。重量があるので、頭に喰らったら骨を砕いて突き抜けるだろう。

興里は追いつめられた。背中が土で冷たい。逃げ場がない。

打鍬が正面の頭上から襲ってきた。

体をかわすと、鍬の先が土にめりこんだ。正吉はすぐに引き抜き、また襲ってくる。二度、三度くりかえすと、切羽が軋(きし)みはじめた。

「危ない、崩れるぞ」

興里は身をかがめて正吉の腰に飛びついた。

そのまま押し転ばすつもりだったが、体勢がくずれた。興里は横に転がり、正吉は鍬をにぎったまま切羽に激突した。

すさまじい音とともに、大量の土砂が崩れ落ちた。

興里の背よりも高く土が盛り上がっている。正吉の姿は見えない。

「どこだ」

正吉は深い根方に埋まっている。助けを呼ばねばならない。

「おぉい。頼む。助けてくれ。生き埋めじゃぁ」

大声でさけぶと、鉄穴師たちが駆けてきた。

「ここに埋まってしもうた。頼む。助けてくれ。恩人のせがれじゃ。死なせるわけにはいかんのじゃ」

「平鋤をもってこい」

頭の茂平の指示で、男たちが動いた。

「早うしてくれ。息ができぬであろう。死んでしまうではないか」

「わかっておる」

「ならば、その鍬を貸してくれ」

「あほ。鉄の鍬を振るったら、それこそ頭にぶち当たって殺してしまうけぇな。こんなときは木の平たい鋤で土をどけるのがいちばんじゃ」

茂平が手で土を掘った。興里も掘った。たちまち指の皮がやぶれて血が噴き出した。

平らな鋤が何本もとどくと、作業がはかどった。男たちが、土をすくってはどけた。

興里は手で掘り続けた。

「正吉。すぐに助けるぞ。生きておれ」

「どのあたりか見当がつくか」

「いちばん奥の根方じゃ」

茂平がくちびるを舐めた。助からぬといわんばかりの顔つきだ。

「なんじゃあ、死んでおるとでもいうのか」

「精一杯掘るだけじゃ」

あちこちから大勢の男たちが手助けに集まり、群がって土をどけた。

懸命に掘っているが、崩れた土に、ぼたん雪が白く落ちるたびに、興里は心が締めつけられた。

「生きておれ。生きていてくれ」

叫ばずにはいられなかった。

「さけべ。さけぶがいい。土のなかでも聞こえるかもしれん」

崩れ落ちた土砂のほとんどを取りのぞいたころ、ようやく土中から、ねずみ色の縞柄があらわれた。

着物の襟があった。肩だ。首が出てきた。うつむいて埋まっている。髷が出てきた。さらに土を掻いて、顔をあげさせた。

「しっかりせんか」

正吉は生きている。かすかだが息をしている。

「そっと掘り出せ。そこは手で掘れ。そっちを鋤で掘れ」

茂平が男たちに的確な指示をあたえた。肩から下はまだ土の中だ。鋤でまわりを大胆に掘りさげると、ようやく腰があらわれた。

「いかん」

茂平の声がひきつった。

「また切羽が崩れる。逃げろ」

興里は正吉の胴をかかえて引っぱった。太腿が埋まっていて土から引き出せない。

「逃げろ」

茂平の声を最後まで聞かぬうちに、興里は背中にとてつもない重さと衝撃を感じた。まわりが暗くなり、すぐに意識が遠ざかった。

気がついたのは、薄暗い小屋のなかだった。胸がつぶれるほどの息苦しさに咽せて目を開いた。口のなかが砂だらけだ。

「自分ですすげるか」

目の前に椀がさしだされた。鉄穴師頭（かんなじがしら）の茂平が、興里の顔をのぞきこんでいた。

「正吉は？」

たずねてから椀の水を口に含んだ。寝たまま桶（おけ）に水を吐き出した。二度、三度すすいでもまだ、口のなかは砂だらけだ。

「生きておるけぇ、安心しろ」

茂平があごをしゃくったので、反対側に寝返りをうつと正吉が寝ていた。青ざめた顔で、口を開いたまま、小刻みに震えている。まちがいなく生きている。

着物はつぎはぎだらけの麻だ。乾いているのを着せてくれたのだろう。

「まだ話すのは無理じゃがな」

「そうか。よかった。なによりだ」

興里は胸のつかえがとれた。

「二度目の崩れが軽くて助かった。おまはんなどは、たいして埋まっておらんがの。どこか痛むところはあるか」

寝たまま、指の先からほぐすように動かしてみた。骨の節々が痛みこそすれ、大きな怪我はないようだ。

床に手をついて上半身をおこした。首をまわしてみると、ちゃんと動いた。

「運のええ男じゃな」

「まこと大事なくてよろしゅうございました」

女が囲炉裏の鍋にわいた白湯を椀にすくってくれた。茂平の嫁だろう。

「生き埋めは、しょっちゅうあるのか」

「しょっちゅうあってたまるか……」

吹いてさましながら湯をすすると胃の腑が暖まった。

狭い小屋のなかは、ひどく饐えた臭いがこもっている。

見れば、すみの暗がりに老人が寝ていた。痩せこけてうつろな目が濁っている。そばに、何人かの子どもたちが騒ぎもせずうずくまっている。

「親父殿か？」

茂平がうなずいた。

「ふしぎなことがあるもんじゃ」

興里は首をかしげて、茂平のことばが続くのを待った。

「親父はな、わしが子どものころ切羽で生き埋めになった。ここに来る前の安芸での話じゃ。土の重さで腰の筋でも切れたのか、それから二十七年間ずっと寝たきりじゃった。食って糞するだけが生きておる証だわや」

興里は身じろぎもできずこわばった。返事ができなかった。

「ずっと死にたがっておったが、自分では死ぬこともでけんけぇ。それがな……」

茂平の目が潤んだ。真っ赤に腫れている。

「それがな、おまはんらを連れて帰ってきたら、死んでおった。ふしぎなことがあるもんじゃ。なんしてかのう。なんして今日死んだかのう……」

床を這って、興里は老人のそばに行った。

合掌して冥福を祈った。

濁った目が虚空をにらんでいる。まぶたを閉じさせようと撫でつけたが、しっかり開いたまま閉じなかった。

「目ぇが閉じんのじゃ。土のなかがさぞや暗くて怖かったんじゃろう。わしは親父からその話しか聞いたことがないけぇ。寝たきりで土のなかの話しかせん親父じゃったけぇ」

また掌を合わせて興里は祈った。

老人の魂が、成仏してくれるように心の底から念じずにはいられなかった。

九

たたらに火を入れて三日目の夜半を過ぎた。外はまだ墨より深い闇に沈んでいるが、しばらくすれば夜が明けるだろう。

吹子を踏む男たちの脚に力がこもっている。一日目、二日目より風音が野太く力強い。

火の神が、陣痛に呻いている。

風が吹くたびに、濃い山吹色の炎勢がたかだかと燃え上がる。炎の猛々しさがいやましている。

　たたら内には金屋子様の
　金の御幣が舞遊ぶ
　たたら吹け吹け米の値も上がる
　やがて鉄の値も上がる

番子の唄が、ひびいている。

村下や炭焚きたちは、黒く汚れて寝足りぬ顔をしかめている。それでもようやく鉧出しにこぎつけられる安堵からか、高殿にはみょうに浮かれた空気がながれていた。泣いても笑っても、ここまでくれば炉を壊して巨大な鉄塊を取り出すしかない。三日三晩の張りつめた空気が、一気に解き放たれ奔出しようとしている。

昼間、鉄穴山に行って、崩落する土砂に埋もれた興里は、しばらく鉄穴師頭茂平の小屋で休ませてもらってから、たたら場にもどった。

擦り傷があちこちにできたが、大きな怪我がなく生きてもどれたのは幸運であった。

茂平の父親がちょうどそのころ、黄泉路に旅立ったのは、どういう命の巡り合わせだったのか——。地の底に棲む物の怪に呼ばれた気がしてならない。

土に埋もれたときの重く冷え切った闇の感触は生涯忘れられないだろう。

全身が押し潰される苦しさと身動きのとれぬもどかしさに、地の底の死の国をかいま見た思いがした。興里にはわずかな土しかかぶさっていなかったと聞いている。大量の土砂に長い時間埋もれていたならば、いったいどんな恐怖を味わって死に至るのか。

正吉(まさきち)は高殿のすみの板の間に寝かせてある。炭焚(すみた)きたちの休憩場所だ。そこで、目と口を開いたまま呆然と中空を見つめている。よほど苦しく怖ろしかったにちがいない。

土砂から掘り出した正吉は、虫の息だったそうだ。鉄穴師(かんなじ)たちが介抱し、全身をさすって暖めてくれたという。

しばらく休んで回復した興里が、背負って帰ろうとすると、ぐったりしていた正吉が、突然暴れ出した。どこにそんな力が潜んでいたのか。仇(かたき)におぶられるのが、なんとしても嫌だったらしい。

せんかたなく茂平に世話を頼み、あずかってもらうことにした。

小屋を出てしばらく歩くと、茂平が興里を呼びもどしに追いかけてきた。もどってみると、正吉の目が興里にすがった。小屋に残されるのが心細くなったにちがいない。こんどは素直に背中におぶされた。

たたら場にもどって村下(むらげ)の辰蔵に顛末を話した。

「寝かせておきやれ」

それが村下のことばのすべてだった。鉄穴場(かんなば)でだれが死のうが生きようが、村下はたたらの火焔を見つめているしかない。

まっすぐに立っていたたたらの炉壁は、いま、内側にかたむいている。床に接した部分に、一筋の長い亀裂が走り、炉の内部の火が見えている。ひとたび闇の世界に封じ込められたせいか、火が真夏の太陽より白くまばゆく見える。

「壁が内にかしいでおりますのぅ」

村下の辰蔵に声をかけた。

「もうすぐ鉧が生まれるけぇな」

粘土でつくった炉の底には、すでに巨大な鋼の塊ができている。ずっしり沈み込むその重さで炉壁が内にひきこまれ、崩れそうになっているのだといった。

炉壁の亀裂から炎の色を見ていた辰蔵が両手を挙げて、大声で叫んだ。

「吹子を止めろ」

綱にぶらさがっていた番子たちが、脚をつっぱり、動きを止めた。風の息吹が静まり、吹子の板が大きな音を立てて軋んだ。

静寂のなかで、炉の炎勢がすくんで、青くゆらいでいる。

いつのまにやって来たのか、羽織を着た桜井直重が、角樽を手に立っていた。

炭焚きが土器を配った。直重が手ずから角樽の酒をついでまわった。

「いよいよ鉧出しじゃけぇ、御神酒で清めてくれ」

なみなみとつがれた酒を一同が呷った。金屋子の神棚を拝んで柏手を打った。

村下の辰蔵の痩せた顔がさらにひきしまっている。疲労のなかにも底知れぬ活力があった。

「木呂管を抜け」

炭焚きが逆風用の管をはずした。粘土に挿してあるだけなので簡単にはずれていく。直重が見守っている。

「釜（炉）を壊せ」

辰蔵の声に、男たちがはじかれた。

炭焚きが、柄の長い鉤で釜の壁を引っかけた。力をこめて外に崩す。真っ赤に燃えた炭があたりにあふれ出した。熱い。暑い。

大槌をふるって釜の粘土を割る。

真っ赤な炭と熱があふれる。釜の粘土が赤く灼けている。火の粉と粉塵が濃密に舞い、高殿いっぱいに火神が暴れまわる。

「すっ、すさまじいな」

ふりむくと、正吉が杖にすがって立っていた。あふれだした怖ろしいほどの炭火を横目に見て、寝てはいられなくなったのだろう。これほどの炭が赤く熾っているのを見たら、鍛冶なら落ち着いてはいられない。

真っ赤な炭の山はおびただしい熱を放っている。汗をしたたらせた男たちが、酔ったように作業をつづけている。崩した釜の壁と炭をわきに寄せ集めている。

興里は、柄の長いえぶり（木製の炭掻き）をつかって手伝った。肌がじんじん熱く火照る。

「鉧の上の炭もどけるのか？」

「どけんかったら、鉧が出てこれんけん」

辰蔵がうるさそうに汗をぬぐった。男たちが、炭を掻くと、赤く灼けた鉄塊がのぞいた。

「あれか……、あれが鉧か」

「けっ。ほかになにがある。火の神でもござらっしゃると思うたか」

辰蔵はふりむきもせず作業をつづけた。

「南蛮の釜からは、世にも美しい女神があらわれたことがあるそうじゃ」

桜井直重が大声をあげた。

「まさか」

「ほんまじゃが。色白でえらいべっぴんの女神じゃったそうな」

「それで、どうなった？」

興里がたずねると、直重がもっともらしくうなずいた。

「惜しいことに、すぐに真っ黒に焼け焦げてしもうたげな」

笑いながらも、赤い炭が手際よく取りのぞかれていく。なかから大きな鋼の塊が姿をあらわした。

炉の底いっぱいにそだった鉧である。真っ赤に灼け、まだ、ふつふつ沸いている。炎がまとわりついている。

下半分は床に埋もれている。

それでも、はっきり形が見えた。鬼がまな板にでも使いそうな大きくて長いごつごつした四角だ。

「生まれたのう。真っ暗な地面のなかから、真っ赤な鋼が生まれたのう」

興里は立ったままおののいていた。膝の震えが止まらない。

「ええ鉧じゃ。よかったわい」

直重がつぶやいた。

「よい鉧か。そうか、見ただけでわかるか」

「ああ、わかる。鉧の両脇が肩をいからせたように盛り上がっておるだろう。ああなっておれば、間違いない」

興里はうなずいた。このたたら場の仕事を忘れまいと心にきざんだ。

「みなの衆、ご苦労じゃったな。しばらく休んでくれ。辰蔵、ご苦労だった。いつものようによい鉧にまちがいない。このあともよろしく頼んだぞ」

鷹揚にねぎらうと、直重は帰って行った。

村下の辰蔵が、ほっとした顔で眼を潤ませている。神経をすり減らした不眠の努力が、砂鉄の粒をここまで育てあげたのだ。

男たちが板の間にひきあげた。ごろりと横になって、すぐに寝息を立てた者もいる。

一刻ばかり冷ましてから、高殿の外に引き出すのだという。

興里はそばに寄って真っ赤な鉧を見つめた。見ていると愛おしさが増して、鉧に頬擦りさえしたくなってくる。

――この鉧なら、よい刀が鍛えられる。

いまになってみれば、桜井家の鋼が、いいの悪いのなどと知ったような口をきいていた自分が恥ずかしかった。

山を崩して砂鉄を掘り出し、たたらを三日三晩吹きつづけて鋼を作り出す。その叡智に興里は心の底から感服していた。

鉄は、人が自然と格闘してこそ生み出せるのだ――。

それを思えば、心がわななく。心が滾る。鍛冶という仕事の奥深さとやり甲斐の大きさを感じずにはいられない。

ふと、背中に人の気配を感じてふり向いた。

おぼろに赤い鉧の光に照らされて正吉が立っていた。

「どうした？　ええ鉧じゃろう」

興里は、自分のことのように自慢した。

正吉の顔が醜くゆがんだ。

やにわに興里を押し倒そうと突きかかってきた。

興里は正吉の手を両脇にはさみこんで踏ん張った。後ろに転べば鉧の灼熱地獄で大火傷をする。

踏ん張ったまま四つに組んで押し返した。じりじり押したが、正吉が信じられないほどの力を出した。

鉧のまぎわまで押しもどされた。

――うっちゃりをかけるか。

それでは正吉を鉧に抱きつかせてしまう。

腰をおとして四股足でふんばった。

「あほたれぇ」

腹の底から力を湧かせた。足の指をにじって踏み戻すと、正吉を投げ飛ばした。

「きかぬ奴じゃ。わしは仇ではないというておろう」

「諦めんぞ。けっして諦めんぞ」

すわりこんだままの正吉が、興里を恨めしげににらんでつぶやいた。

夜が白々と明けた。高殿の大きな木戸が開かれると、外は気持ちよく晴れて白銀の世界が広がっている。

鉧はすでに黒ずんでいるが、朝の光をあびてもなお、内に熱の赤みをたたえている。

コロを当て、男たちが総がかりになって梃子棒で押すと、動きそうもない巨大な塊がしずかに動いた。太い丸太のコロが熱で燃え上がる。

ゆるやかな斜面を滑らせ、外の雪の上に押し出すと、激しい音を立てて湯気が立った。

「ごくろうだったな。ゆっくり休んでくれ」

村下の辰蔵が、誰にはばかることなく大きな欠伸をして蒼天を仰いだ。

十

陽だまりの雪が溶け、蕗の薹が芽吹いている。いつの間にか春が足もとまで来ていた。

「この山内で仇討ちはまかりならぬと申し渡したであろう。わしの言うことが聞けぬか」

鉄師桜井直重が、きびしい顔で正吉を怒鳴りつけた。

「しかし、この男は父貞国の仇……」

「それが真実かどうか、ここでは詮議できぬ。不服ならば即刻立ち去るがよい」

屋敷の玄関先である。長羽織と野袴で身支度を整えた直重が、笠を手にまさに出立しようとしていたところだ。

興里と正吉を連れてきた村下の辰蔵は、また正吉が興里を襲ったのだと話した。

「興里も興里じゃ。恩義ある鍛冶の子であろう。潔白が証せぬのは、おまはんの不徳となじられても仕方あるまい」

興里と正吉は地面にすわっている。

主人を見送るために、奥方、番頭や手代、女子衆たちがならんでいた。

「正吉を得心させられぬのは、まことにわしの不徳。幾重にも恥じ入りましょう」

興里は頭をさげた。たしかに徳が足りないせいだろう。貞国の家で行光の短刀を見せてもらったときの目つきが、よほど物欲しげで卑しかったにちがいない。

「わしは出かけねばならんけぇ、おまはんらの相手はしとられん。辰蔵、あとは任せる。頼んだぞ」

「いいえ、この二人、とてものこと、わしの手には負えませぬ。こうして親方に尻をもちこむのは、よくせきのこと。これ以上の厄介がつづくなら、たたらの吹き具合にもかかわりますけぇ、任せるとおっしゃられたら、追い出すしかありません」

「騒ぎの火種を置いておくわけにはいかん。正吉は出て行ってもらおう」

「いや、正吉が悪いわけでは……」

つい、弁護のことばが口をついて出た。

桜井家の当主が、威厳のある顔つきで二人を見すえた。

「ならば、二人とも出て行ってもらおう。山を下りてから存分に仇を討ってごさっしゃい」

直重が草鞋の緒を締め直した。山旅の身支度だ。腰の脇差がいかめしい。供が三人。いずれも屈強にして聡明そうな鉄山の男たちである。

「わしは出かけるけぇ、このままとっとと出て行け。山での騒ぎは御免こうむる」

笠をかぶりながら言い捨てると、直重は歩き始めた。

「お世話になり申した。おかげさまで、たたらの一部始終、とくと見せていただいた。これから刀を鍛えるとき、この山を思い出して気持ちを引き締めさせていただきます。さすれば、必ずや名刀が……」

歩きはじめた直重がふり返った。

「たたらの一部始終を見ただとぉ」

「よいものを見せていただいたと感謝しております。おかげで火の神が、わしの体に宿ったようじゃ。これでよい刀を打たねば……」

「阿呆(あほう)な鍛冶じゃ。よほどの間抜けじゃ、おまえは」

直重の目に憤懣(ふんまん)がみなぎっていた。

「なにをおっしゃる。鉄(かね)のことはなんでも知っておるつもりじゃったが、この山で目がひらかれた。どこが阿呆であると仰せか」

「床釣り(とこつり)の話をしたか？」

直重が辰蔵にたずねた。

「いいえ。鉄(かね)を吹く話はずいぶんしましたが、床(とこ)の下の秘伝は口外しておりません」

辰蔵が首をふった。

「床の下……。秘伝……。あのたたらの床の下になにかあるのか？」

ひょっとしたら地のなかで魔物でも飼っているのか。そんな妄想がうごめいた。

直重が眉根に深い皺をよせて興里をにらみつけている。

「ええい、手間のかかる小鍛冶じゃ。しょうこともねぇ、ついて来るがよい。とっとと、支度をしてこんか」


青空にめぐまれ、残雪の山道を歩いた。

出雲の森はどこまで歩いても果てることなく続いていそうな気配があった。

谷をながれる雪解け水は鮮烈だが、木々の枝にはあたらしい芽吹きのきざしがある。

「いつのまにか季節がめぐっておるのう。ろくに眠りもせず火ばかり見ておったので気づかなんだが、もう春じゃ」

歩きながら興里がつぶやくと、真ん中を歩く桜井直重があきれた。

「気楽な小鍛冶じゃ。長生きするだら」

「人殺しが長生きしては世も末じゃ」

前を歩く正吉が舌を鳴らして吐き捨てた。

「言うとくがな、このあたりの山は、どこまで歩いても桜井のもんじゃけぇ、勝手な真似は許さんぞ」

直重が叱りつけた。

「へぇ……」

正吉は直重に従順だった。腕のたちそうな供が三人ついている。怪しげな振るまいにおよぶ気配はない。

「二人とも目ン玉を谷の清水でよう洗っておけ。一人前の口をきくのは、たたらの下の地面のなかを見てからにしろ」

地面のなか、ということばに、正吉の背中がおののいた。幸い怪我はなかったが、興里よりはるかに怖い思いをしたはずだ。

「たたらの底にどんな秘伝があるというんじゃ」

「すぐそこじゃ。いまに見せてやる。あれを知らずに、たたらのことが分かったなどと、金輪際口にしてほしゅうないけぇな。そのために連れてきたんじゃ」

道のわきに新しい小屋が何軒かならんでいる。幼い子どもたちが雪解けの泥道で遊んでいた。ちいさな集落を抜けてしばらく歩くと、谷のふところに気持ちのよい高台があった。

「あそこじゃ」

見れば、大勢の男たちが仕事をしている。なにかの普請(ふしん)にかかっているらしく、石や材木が積み上げてある。

「わざわざご足労さまでござります」

その場の全員が、直重に深々と頭をさげた。

「おう。ずいぶん深く掘ったな」

平坦な広場の真ん中に、大きな穴が掘り下げてある。深さは二丈（約六メートル）ちかくもあるか。縦横もそれぞれ二丈ばかりの四角い空間が、石垣でしっかり固められている。底には小砂利が敷き詰めてある。

「床釣り（たたらの地下構造）も、ここまでしておけば、安心できますけぇ」

責任者らしい男が直重に図面を見せた。若いが、人間としての芯の強さが顔ににじみ出ている。鉄を仕事とする男は、武家とはまたちがった覚悟を秘めている。

「この穴は、たたらの湿気を防ぐためじゃな。ここに新しいたたらを造っておるのだな」

鉄をあつかう作業はなによりも湿気を嫌う。湿り気の多い出雲の山で、よくぞよい鋼が吹けるものだと感心していた。たたら場の地下構造の深さを初めて見た興里は、全身の肌に粟が立った。

「そうじゃ。そのとおりじゃ。それくらいは分かるか」

直重がうすく笑っている。

「ここまで掘らねばならんのかのう」

正吉が目をむいている。

刀匠や甲冑師が、鍛冶場に火床を造るときは、土間を一尺（約三〇センチ）ばかり掘りさげて粘土を入れる。湿気を遮断し、熱を逃がさないためだ。

たたら炉の大きさを考えれば、たしかにこれくらい掘り下げねばなるまい。それでも実際に目にする驚きは強烈だった。

「底の真ん中に溝を切り、四辺に松の丸太を埋めました。荒砂利の上に小砂利を敷き終わったところですけぇ、これから炭をならべます」

「ここ一面に炭を敷くのか？」

「そうじゃ。そこに粘土を厚く盛り、その上に石で本床を組む。本床のなかにも炭をぎっしり詰め込むけぇ、釜の熱が逃げぬわい」

「そこまでするか」

感嘆の声をもらしたのは正吉だった。鍛冶の血がどうしようもなく騒ぎはじめたらしい。

「そればかりではないぞ。本床の両わきには小舟っちゅうて、石組みの穴をつくってお く。そのなかに木をぎっしり詰めて燃やしてしまうけぇな、そこはすっくり空洞になる。地面の湿気はみんなその小舟に吸い取られる仕組みじゃ」

若い男が得意そうに説明した。

「こたびは釜が大きいけん、小舟は二対にしようと考えております」

「存分に工夫してくれ。よい鉄が吹けるじゃろう」

満足そうにうなずいた直重が、興里をふりかえった。

「砂鉄七里に炭三里っちゅうてな、砂鉄は遠くまで運べるが、一年に何十万貫もつかう炭を運ぶのはひどい手間じゃ。こっちの谷に新しくたたら場をこしらえれば、山子（炭焼き）の掛かりがずいぶん減らせる。さいわいこの徳三がよい村下にそだってくれたけぇ、一からここを任せることにしたんじゃ。どうじゃ、たたらの床の下がこんなになっておるとは思いもよらなんだであろう」

「これが物の怪の子袋か……」

興里がつぶやいた。

「子袋？」

「この床釣りがなければ、鉧は育つまい。たたらの釜が、三日三晩、砂鉄を孕んで鉧をそだてて産み落とすのじゃ。これが子袋であろう」

首をかしげていた直重がうなずいた。

「たしかに、そうもいえるな」

「負けじゃ。気持ちのええくらいすっくり負けてしもうた」

興里はその場に膝を折った。なにかに祈りたい気持ちだった。

「負け？　なにに負けた？」

「山じゃ、鉄師じゃ、村下じゃ。わしゃ、おまえらみんなに負けてしもうた」

「勝ったつもりでおったか？」

興里は首をふった。われ知らず涙がこみあげてきた。

「初めてたたらの炎を見たときは大きさに驚いた。鉧出しを手伝うて、これは地の底に棲む物の怪が赤子を生むのじゃと腰を抜かした。しかし、まだどこかで高をくっておった。これなら火床を大きくしただけだとな」

「ちがったか？」

「ああ、ちがった。そうではなかった。いま、わしの心はひれ伏しておる」

「なににひれ伏す？」

「知恵じゃ。おまえら鉄の男たちの知恵じゃ。たたらにも驚いたが、床釣りの工夫を知って、心底たまげておる。とてつもない仕組みじゃ。ここまでせんければ、湿った山中で鉄は吹けまい。出雲につたわる千年の知恵に、わしゃ、負けて打ちのめされた。完敗じゃ」

悔しくはなかった。むしろ、すがすがしい。出雲の山奥には、小鍛冶がひたいを地にすりつけても学ぶべきものがたくさんある。

「大げさな男じゃ。そこまで驚くか」

直重があきれている。

「ああ、驚いた。こんなにすごい拵えがしてあるとは知らなんだ。正吉も驚いたであろう」

正吉がめずらしい生き物でも見るように、興里を見つめていた。

「この床釣りの工夫は、たしかに凄まじい。しかし、わしには、おまえのほうがよほど凄まじく思えてきた。どうしてそこまで夢中になれる。たかが鉄のことではないか。そんなに大騒ぎする話か」

心の底から、興里のことを不思議がっているようだった。

「たかが鉄などと言うな。よい鉄を鍛えるのに、鍛冶がどれだけ苦労するか知らぬおまえではあるまい。知恵のない者に、よい鉄は吹けぬ。運のない者に、よい鉄は鍛えられぬ。一生懸命ひたひたと命を削って精進してさえ、うまく扱いきれぬのが鉄だ。それを承知でなお励むのがわしら鍛冶だ。そうであろう。のう、そうではないか」

まわりの男たちが静まりかえっていた。みなが興里のことばに耳をかたむけている。

「よい鉄を鍛えたいなら、親も子も忘れて、朝から晩まで鉄のことを考えねばならぬ。ただただ鉄のことだけ考えろ。休むなら鉄を見て休め、遊ぶなら鉄で遊べ。さもなければ、よい鍛冶になどなれぬわい」

風が谷を吹きわたった。渓流のせせらぎが耳にここちよい。

正吉が肩を落として溜息をついた。

「負けた……。おまえが出雲に負けたなら、わしはおまえに負けた。悔しいが、そう思えてきた。ようそこまで手放しで鉄のことに夢中になれるのう」

直重が口をはさんだ。

「こ奴は、ものを感じる力が強い男だ。床釣りの深さを見ただけで、われらが鉄の性にどれほど通暁しているかを知り、おののいておる」

「さようなものですか」

「この男、かならずやよい鋼を鍛えるであろう。よい刀鍛冶になるであろう。こんな男が、おまえの父親を殺すと思うか」

伸びた月代をなでつけ、正吉は首をかしげた。

「そうかもしれませぬ。しかし、わしにはまだよく分からぬ」

「この男、逃げも隠れもせんじゃろう。おまえも鍛冶として身を立てるなら、ついて行けばどうじゃ。弟子になれば、いつでも仇は討てるけん」

直重が磊落に笑った。

「ちょっと待て。弟子のなんのと、勝手に決めるな。わしはこれから妻女と江戸に行く。こんな物騒な弟子をつれて歩けるか」

鉄に感じやすい小鍛冶がわめき声をあげた。

「おまえの仇は逃げる気じゃ。腰に縄でも結んで離すでないぞ。殺すのはいつでもできるけんな」

奥出雲の鉄師桜井直重がひときわ声高に笑いはなった。

それから、なお幾代かたたらを手伝ったのち、興里と正吉は、直重とたたら場の男たちに深々と頭をさげていとまを告げた。

十一

出雲から妻の待つ近江にむかうのに、興里は備中にぬける道をえらんだ。山路とはいえ、峰や峠をひとつ越えるたびに春が濃くなってゆく。

備中、備前とつづく吉備路も古代からしられた鉄の王国である。

――備中青江。

桜井家で見たその刀に強く惹かれた。まさに深く澄みきった碧水のごとき肌をしていた。

ぜひとも鍛冶場を見せてもらいたいと思ったが、すでに青江の地に鍛冶はいないとのことである。

「応永（一三九四～一四二八）を過ぎたころには、四散してしまったらしい」

桜井直重は、残念そうにそう語った。まばゆく光る自家の鋼を一級品と自画自賛しているが、この男も、名匠たちの営為をかろんじているわけではなかった。

青江の鍛冶たちにどんな事情があったのか。すがすがしい鉄を鍛えた男たちの命運に、興里は自分の境涯をかさねた。よい鍛冶ならば、ところを移っても、どこかでよい刀を打ち続けたであろう。

山道をたどり、備中にはいった。村をいくつかすぎた。

谷道を登っていると、よく晴れているのに上空を風が吹いていているのがわかった。

登りきって峠に立つと、風が強く吹きつけていた。見晴らしのよい峠だ。山々がどこまでもかさなりあい、春の陽射しを浴びている。

「笠が飛びそうじゃ。こんなところでは、休むこともできんのう」

正吉が竹筒の水をさしだした。興里を信じたのか信じていないのか、数日いっしょに旅をしても、殺意はなさそうだった。

「かわった名の峠だと思うたが、この風が由来か」

昨夜泊めてもらった杣人の家で、明日は鞴峠を越えることになる、と教えられた。このその峠のはずだった。

備中の山々に吹いた風が、どうやらこの下の谷に集まって峠までかけのぼってくるらしい。谷が細くなるにつれて風は強まり、そのまま峠に吹きつけるのだ。

しばらく風に吹かれていると、荷をかついだ老爺と子どもが登ってきた。

興里たちと会釈をかわすと、休みもせず、熊笹の茂るわきの道に踏み入っていく。

「そっちにも村があるかのう」

興里がたずねると、老爺は首をふった。

「いや。なんもねぇ」

「なら、なにしに行く」

ただの挨拶のつもりだった。

「たたらを吹くんじゃ」

そのことばに、虚をつかれた。

「なんだと。そっちにたたらがあるのか」

大声をあげたのは正吉だった。

「あるとも」

老爺はもう熊笹の道をわけいっている。

「見せてくれんか。わしらは越前の鍛冶じゃ。たたらがあると聞いては、黙って通りすぎるわけにはいかんわい」

正吉が老爺のあとを追った。

「越前の鍛冶が、なぜこんなところにおる？」

「出雲のたたらを見てきた。鉄のことなら、なんでも知りたい。学びたいのじゃ」

興里の言いたいことを正吉が語っている。

「出雲のたたらか。あっちのは、ぼっけぇ大きいらしいのう」

「ああ、大きかったとも。こっちのはどうじゃ？」

「こっちのっちゅうてもなぁ。わしのはこれじゃけぇ」

立ち止まった老爺が荷をおろした。

谷に突きだした尾根の背である。そこはひときわ風が強い。笹を刈って、わずかの地面が開いてある。

ひと抱えほどの粘土の筒が立っている。さし渡しの口径は二尺（約六〇センチ）にも足らぬだろう。高さは胸のあたりまである。

「これか？　これがたたらか？」

「ああ、たたらじゃ」

「これで鉄が吹けるのか？」

「阿呆だまなこと言うなや。吹けるとも。金之助爺ちゃんはたたらの名人じゃけぇな。その鉄で、鉈も打つけぇな」

十ばかりの子どもが荷を置きながら怒った。荷は山ほどの炭である。

「そりゃ、すまんことを言うてしもうた。謝らねばならんな」

興里がていねいに頭をさげると、子どもが機嫌をなおした。

「金之助とは、鍛冶になるために生まれてきたような名前じゃのう」

「庚申の生まれでな。鍛冶とは関係ない。金とも銭とも無縁の爺じゃ」

庚申の日に生まれた子は泥棒になるとの言い伝えがある。名前に金の字をいれておけば金に困らず泥棒もせぬとの親心だろう。

「たたらと鍛冶はどこで習うたかのう？」

「どっちも、わしの爺さんがやっておった。鉈も鍬も高くて買えやせんけぇ、鉄から自分でこしらえたんじゃ。この孫ぐらいのときからずっと手伝うたけぇ、忘れやせんわい」

「鉈をもっておるか？」

「あるがのう」

「見せてくれぬか」

老爺がためらった。

「おまはんら、鍛冶じゃというたな。素人の細工を見ても、おいりゃあせんじゃろ」

「いや、見たい。見せてくれんか」

興里はくいさがった。わずかに話しただけでも老爺の生真面目さは見てとれた。

——鉄は人。

それこそ、興里が出雲で学んだことのすべてだった。

生真面目な人間が、生真面目に条件をととのえ、生真面目に吹いて鍛える。そうすれば金屋子の女神が微笑んでくれる。美しい鉄を手にするのに、それ以外の道などないのだ。

金之助が腰の鉈をはずした。

「素人のこしらえたもんじゃ。笑うちゃおえんぞ」

両手で鉈を受け取り、額に捧げて拝んだ。

桜の皮を巻いた鞘をはらうと、なかからすっきり美しい鉈があらわれた。

天空にかざしてみた。

春の昼下がりの青空に、負けず劣らず青くかがやいている。強い風のなかにすっくと立ち、凜としてゆるぎがない。

「とても素人技ではないのう」

正吉がせがんだので手渡した。正吉もまたその鉈のみごとさに嘆声を発した。

「なにしろよい鉄の肌じゃな。いや、驚いた。山家にも名人がおるもんじゃのう」

鉈には黒ずんだ石気や鍛え疵があり、いかにも素人の作であったが、それでも地鉄の澄んだ美しさには、古刀めいた味わいがあった。ただ光りかがやくのではなく、鉄そのものがもつ奥深い冴えがあるのだ。大げさにいえば、桜井家で見た青江や、貞国のもっていた行光とも共通する鉄の味わいである。鉄のことによほど精通していなければ、これほどの地鉄は鍛えられまい。

なんどもくり返しながめてから、ようやく金之助に鉈を返した。

「いまからこのたたらを吹くのか？」

「そのつもりじゃが。もっと炭を運んでこねばおえん」

「この坊と二人でかのう？」

金之助がうなずいた。

「ならば、わしらにも手伝わせてくれ。このたたらを吹くところ、ぜひとも学ばせてもらいたい」

いったん下の村にくだって、のこりの炭と道具を四人で峠まで運び上げた。あいかわらず風が強い。

たたらの釜で、子どもが火を焚きはじめた。柴を燃やして釜の粘土を乾かしている。

炎が高々と燃え上がった。

筒のかたちをしたたたらの釜そのものが煙出しになって炎を噴き上げている。送風の効率がとてもよいのだ。

「谷の風が鞴（ふいご）か……」

この場所にたたらをつくった老爺の知恵に興里はうなった。

釜の底に開けた穴に谷をかけのぼってきた風が吹きこむように土の壁で風の道がこしらえてある。

「春になると南からの風が強うなるけん、いまの季節がいちばんええんじゃ。わしの爺も、ここでたたらを吹いておった。その爺も、そのまた爺もここで吹いておったちゅうど」

「このあたりの地面を掘ると、鉄糞（かなくそ）がいくらでも出てくるぞ。こんなに大きい塊を見つけたこともある」

子どもが両手をひろげて自慢げに話した。

「ありゃ、失敗して大きゅうに吹きすぎたんじゃろう」

金之助がしずかに炭をいれた。

春の夕暮れがせまり、はるかに見下ろす谷のところどころに夕餉（ゆうげ）の煙がたなびいている。

宵の明星が明るく輝いている。満天の星のもとでのたたらになるだろう。

「雨になったら、どうする?」

野だたらに屋根はない。

「天気も読めずにたたらを吹く間抜けはおらんわい」

老爺が、木の板に革の袋をはさんだ鞴をとり出した。先端の管を釜の底にはめた。尻に付けた柄を押すと風が送れる仕組みである。

「天羽鞴か」

古い時代の鞴は、そんな名で呼ばれていたと出雲でおそわっていた。韓の鍛冶がつたえた道具にちがいない。

「名は知らん。大きい鞴はよう担ぎ上げんで、これを持ってくる。ここの谷風だけでは、風の力が足りんでおえん」

子どもが鞴を押すと、釜の上の炎が立ち上がった。風の起こし方の呼吸がころあいで、手慣れている。風の活かし方を知っている。

金之助が木箱のふたを開けた。なかは砂鉄だ。

暮れなずむ天を仰いで柏手を打った。子どもがそれにならった。興里と正吉も頭をたれた。西の空は黄色く澄んでいるが、天空はもう藍が濃い。

杓子で砂鉄をすくい、釜の上からしずかにそそいだ。

夜空に火の粉が舞い上がる。

「いつもは狭い田を耕して苦労ばかりしておえんが、ときにこうやってたたらを吹くと、わしゃ、生まれてきてほんまによかったと思うけんな」

炎に照らされた金之助の顔は、老いの年輪がおだやかににじんでいる。よい歳のとり方をした男だ。

「天と地のあわいで一晩中、火を焚きつづけていると、それだけで天津神様にちかづける気がするんじゃ」

　聞けば、砂鉄は川底に溜まっている赤目をすくい、炭は自分で焼いたという。手伝いは孫がひとり。畑仕事のあいまに、すこしずつ鉄を吹く準備をするのが楽しみでたまらないのだといった。

　赤子に粥でも食べさせるように、老爺はやさしく炭をつぎ、砂鉄をよそい入れた。興里と正吉は交代で鞴を押した。星空に立ちのぼる炎は、老爺のいうとおり、天の精霊への祈りに見えた。

　炭を足し、砂鉄をそそぎ、鞴を吹く。

　やがて底の穴からノロがでた。ゆっくりとながれる真っ赤な初花は、天界の曼珠沙華かと見まがえた。

　一晩中、鞴を押し、炎を立ち上がらせた。

　満天の星のせいか気持ちが冴えて、いささかも眠くならないのが不思議であった。鞴を押すのが楽しくてたまらない。

　東の空が黄色く染まると、炎が透明になった。

「もう鞴を止めてよいけん」

　さえざえとした朝日が山並みのむこうに昇ったとき、金之助がそう命じた。

釜を崩して炭をのけると、南瓜ほどの鉄塊があらわれた。

「ええ鉄が吹けたぞ」

鉄塊はぼそりとしていた。熟れた柿の色に赤まっているが、どこかくすんでいる。

「これは銑か？　鋼の鉧ではなく銑か」

「そうじゃ。銑じゃ」

興里はうなった。たたらを吹けば、鋼をふくんだ鉧ができると思いこんでいたが、老爺はこの小さなたたらを吹いて、銑をつくっていたのだ。

炭素含有量の多い銑は、硬いが脆い。そのままでは鍛錬に適さず、鍋などの鋳物にしか使えない。

ただし、卸しという鍛冶の技法で、炭素量を減らし、鋼に精錬しなおすことができる。

「金之助殿の鉈は、銑を卸したのか？」

卸す、研す、颪す、鎩す、あるいは左下るともいう。鉄にふくまれた炭素を減らし、ねばりのある鋼につくりかえるのが卸しである。

たたら場では、大鍛冶場で鎚をふるい、銑を叩いて炭素を減らしているが、そればかりが卸しの技法ではない。小さな火床で熔かし、その雫を集めて卸すこともできる。

銑を卸すのが、銑卸し。

釘や碇など古鉄を卸すのが、古鉄卸し。

鍛錬に適さないもろい鉄も、いまいちど卸しなおせば、刀剣にふさわしいすばらしい鋼に生まれ変わるのである。

甲冑師としての興里は、この卸しの技法が誰より得意だった。

深みある鉄の美しさは、なんといっても卸しから生まれるのだ。

「銑から卸したのだな、金之助殿の鉈は」

桜井家のたたらで吹いているように、ちかごろは輝きのよい鋼がかんたんに手にはいるので、いまの刀鍛冶はそれをそのまま鍛えることが多い。しかし、銑から卸した鋼のほうが、じつははるかに味わいが深いのである。

「そうじゃ。このたたらで吹いた銑を細かく砕き、火床で卸してから鍛えたんじゃ」

「もういっぺん見せてくれぬか」

金之助が腰の鉈を抜いた。

銑卸しと知ったせいか、鉈の地鉄がひときわ深淵なあじわいをもつように感じられた。

「昨夜の夜空のようじゃろう」

金之助の声が、いささか自慢げだ。

「満天の星のことか」

ほうっと煙るような天の河のことかと思った。

「いいや、星のむこうにある闇じゃ。きのうは闇夜でも、空が晴れて冴えておった。それに気づかなんだか？」

興里は、思わず膝を打った。

「それだ」

たしかに、昨夜は闇夜だったが雲ひとつなく空が冴えきっていた。

同じ闇夜でも、どんより暗い空もあれば、冴えて澄み切った闇空もある。金之助はそれを言っているのだ。

「わしゃ、ゆうべの夜空のように澄んでさらりと冴えた肌にしたいと、いつも願うて鍛えておる」

金之助のことばを骨に刻みたかった。

「天界につたわる秘伝書を読ませてもろた心地じゃ。ありがたい」

「爺ちゃんのわざは、やっぱりすごかろう」

「ああ、すごい。恐れ入った名人じゃ」

さらりと冴えきった闇夜の空。

そんなすごい鉄がつくれば、神韻縹渺、刀鍛冶としてなによりの誉れである。

出雲と備中に立ち寄ったおかげで、興里は対極にある二種類の鉄を学んだ。

桜井家が吹いたきらびやかに光る鋼。

金之助が吹いた深みをたたえて光る鋼。

興里には、まだ自分が鍛える刀のすがたは見えてこない。

どんな刀を鍛えるにせよ、大きく異なる二つの技法を知っていることが、なによりの力になるはずだった。

「もう返してくれんか。大切な鉈じゃ。くれてやるわけにはいかんけんな」

金之助の声にふりむくと、まばゆい朝の光のなかで正吉が舐めるように鉈を見つめていた。その眼は思慮深げで、鉄に惚れきっているようだった。

十二

近江の湖水は、春めいておぼろに霞んでいる。備中から、備前、播磨、大坂、京を歩いているうちに桜が盛りになっていた。

彦根城下の長曽根で遠縁の家をたずねあてると、妻のゆきが縁側にすわっていた。暖かい陽射しのなかで、なにもせず、じっとまぶたを閉じている。庭にも満開の桜の木があった。

「いま着いたぞ」

ゆきが、ゆっくりと眼をひらいた。興里の顔を見た。微笑みがこぼれるまでに時間がかかった。

「ようおいでなさいました」

「おまえもよう来れたな。道中、難儀はなかったか」

「はい。無事に連れてきていただきました」

「あいつはどうした？」

越前からここまでゆきを送り届けてくれるよう興里は弟にたのんだのである。

「お帰りになりましたわ。兄貴みたいにいつまでも遊んではおれんとおっしゃって」

興里はうなずいた。なにを言われても、いまは感謝するしかない。

「よいことがあったようでございますね」

ゆきがつぶやいた。

「なぜわかる？」

「わかりますわ、嫁ですもの。おまえさまは、とても嬉しそうなお顔をなさっておいでございますよ。鍛冶のことで、いろいろご勉強なさることがあったのでございましょう」

「ああ、あったぞ。山のようにあったわい。おまえにも、たたらの火を見せてやりたかったのう。それはすごい炎であった。のう、正吉（まさきち）」

「そりゃもう、怖ろしいほどにたいへんな火でしたのう」

「あら、正吉さんもいらしたのね」

妻のつぶやきに、興里は冷水を浴びせられた。正吉はさっきから興里の横に立っているのに、ゆきには見えていなかったのだ。視野がずいぶんせまくなっている。

「おまえ、ずいぶん目が悪くなったな」

ゆきは首をふった。

「だいじょうぶでございますよ。ちゃんと見えております。そんなことより、正吉さんは、おまえさまが貞国(さだくに)親方を殺したとおっしゃって……」

「心配するな。もう誤解はとけた。貞国殿は気の毒だったな。正吉は、早く越前に帰って、母親を大事にしてやるがよかろう。仇(かたき)のことはおよばずながらわしも気をつけておく」

「いや、帰らぬことに決めた」

「なんだと？」

「越前には帰らぬことにした。鍛冶場と母親のことは、兄たちがしてくれる。わしがあわてて帰らずとも、なんのさわりもないわい」

正吉には、二人の兄がいる。刀鍛冶としてそろそろ一人前だ。あの二人ならば、貞国のあとをついで家を守(も)り立てていくだろう。

「帰らずになんとする」

「江戸に行く」

「なんじゃと」

「興里殿といっしょに江戸に行く」

興里は正吉の目をたしかめるように見た。何を考えているのかは、読みとれなかった。

「江戸でなにをする？」

「刀を打つに決まっておろう」

「どこでじゃ？」

「興里殿の鍛冶場でじゃ」

「弟子にせよというのか」

「甲冑はいざ知らず、刀ならば、わしのほうが一日の長があるぞ。わしを置いておけば役に立つやざ」

正吉が興里を見すえた。

興里は正吉をしげしげながめた。体は大きくとも、まだあどけなさの残る若者だ。出雲から近江までともに旅をして、骨柄はよくわかった。ものごとの手際と段取りは悪くない。鍛冶としての資質はじゅうぶんにあるだろう。

それでも駄目だ。弟子にとるわけにはいかない。興里は首を大きく横にふった。

「断る。おまえは、越前に帰って、わしが貞国を殺したのではないと知らせるがよい。みなが案じておるであろう」

「そんなことならば、手紙でことが足りる。頼む。いっしょに江戸につれて行ってくれ」

「駄目だ。許すわけにはいかん。足手まといになる。わしは、これから江戸でいちばん、いや日本でいちばんの刀を打つ。そのために、出雲で鉄の根本を学んだのだ。しばらくは、食うにもことかくであろう。おまえを連れていく余裕などないわい」

正吉が手にしていた笠を投げた。興里は身がまえたが、両手を突きだした正吉は、いきなりその場で土下座をした。

「頼む。お願いいたします。わしは、興里殿のことを見ていて、すっかりほだされてしもうた。おまえさまはすごいお人だ。命のすべてを鉄に滾らせておる。生きる力が、すべて鉄にむかっておる。うちの親父もええ鍛冶じゃったが、おまえさまほどすさまじゅうはない。お願いでございます。弟子にしてくださいませ」

額を地にすりつけた姿は、まんざら嘘や芝居ではなさそうだ。言葉つきまですっかり変わっている。

「断る」

「しかし、それでは向鎚はどうなさる。なんにせよ、大鎚をふるう先手がいなければなりますまい」

「向鎚ならば、嫁が……」

と言いかけて、興里はことばを呑み込んだ。縁側にすわったゆきは、病み衰えて蒼白な顔をしている。とても大鎚など持てそうにない。

「正吉さん、干支はなんですか？」

ゆきがたずねた。

「へっ？　生まれ年は戌ですが……」

「ならば、うちのいちばん上の子と同じです。十六ですね」

正吉を見るゆきの目が細くなった。

四年前に死んだ長男は、戌年の生まれだったか——。興里は覚えていなかった。生きていれば、こんなにも大きくなっているのか。

「正直にいうて、わしは、刀鍛冶などつまらぬ仕事だと思うておりました。鉄なんぞ相手にして面白いわけがないと決めてかかっておりました。けれど、興里殿を見ていて、まるで気持ちが変わった。鉄を鍛えるのは男子一生の仕事じゃ。刀鍛冶ほどやり甲斐のある仕事はなかろう。わしも、日本一の刀が鍛えたい。幾重にもお頼みいたします。弟子にしてくださいませ」

「弟子になるというても、わしは、刀のことはまだようわからぬ。おまえのほうが一日の長があるのではないのか」

興里は皮肉をこめてつぶやいた。

「いや、興里殿ならまちがいなくよい刀を打つ。それくらいのことは、たたら場での目を見ていればわかる。わしの目利きに狂いはない」

「ふん。一丁前の口はきけるのだな」

興里は顎をなでた。春の陽射しがここちよい。意地を張って断りつづけるのも大儀であった。

ゆきは、と見れば、おだやかに微笑んでいる。

風がそよいで桜の花びらが舞い飛んだ。頭をさげたままの正吉の大きな背中に、何枚もの花びらが落ちた。

興里はうなずいていた。

「よかろう。弟子に取り立てよう」

「まことでございますか。ありがたい」

「ただし……」

「はい」

「弟子となるからには、万事わしに従わねばならぬ。わしが、烏が白いといえば、烏は白いのだ。それができるか」

「かしこまった」

ふたたび頭をさげた正吉は、背中をこわばらせたまま動かなかった。

十三

江戸の町は、人と喧噪があふれていた。

荷車や駕籠が駆け足で往来するので、もたもたしていると突き飛ばされてしまう。

品川から神田にむかう道すがら、興里たちは、喧嘩腰の語調でなんども邪魔だとののしられた。

「気ぜわしい人の多い町ですこと」

興里の背中におぶわれていなければ、病人のゆきなど、たちまち転んで怪我をしてしまうだろう。

興里の目に、江戸は埃っぽく乾いた町に見えた。

――町だけではない。人が渇いている。

道を歩く侍や町人たちは、だれもが気ぜわしげで、他人のことなどまるで眼中になさそうだ。

――この町でどんな刀を打つべきか。

初めて見る江戸の町を歩きながら、興里はそればかり考えていた。

渇けば渇くほど、人は潤いを求める。この町の侍ならば、しっとりと深い光をたたえた刀を欲しがるだろう――。雑鬧を歩きながらも、興里の頭には鉄と刀のことばかりが浮かんだ。

右も左もさだかでない江戸で、興里が頼りにしているのは叔父の才市である。

叔父には江戸に出たいと手紙を書いておいた。興里が出雲に行っているあいだに、福井にとどいた返事を、妻のゆきが持って来ていた。

　江戸の鍛冶は、みな下手くそ也。おまえの兜ならばいかようにも高く売れ候。神田銀町の御用鍛冶才市とたずねれば知らぬ者なし。

江戸に出て刀を打ちたいとは、書きにくかった。どのみちしばらくは、甲冑を鍛えて銭を稼がねばならない。刀を打つのはそのあとだ。

日本橋を渡ると、大きな通りがさらに人でごった返していた。魚市場があるのだ。すでに競りは終わっているらしいが、大勢の人間が往来している。

歩いていた男に、神田銀町をたずねると、

「すぐそこだ。まっつぐ行きな」

と教えられた。真っ直ぐの意味だとは、しばらくわからなかった。

室町、十軒店、石町と、晴れやかな大店のならぶ広い道を過ぎると、どこからともなく炭火の匂いがただよい、鎚の響きが聞こえてきた。鍛冶の多い町らしい。

「懐かしい音……」

興里の背中で、ゆきがつぶやいた。

その名のとおり銀細工の店があったのでたずねると、才市の家はすぐにわかった。

「立派なかまえでございますね」

ゆきが驚いたのも無理はない。

才市叔父の家は、間口の広いたいそうな大店である。軒先に、へに才の字を白く染め抜いた茶木綿の長暖簾がさがっている。漆喰壁の奥から鎚音が聞こえてこなければ、商家とまちがえるところだ。

暖簾をわけてなかをのぞいた。

土間の奥が広い仕上げ場になっていた。五、六人の男たちが、鑢をかけ、彫り物に精を出している。

「いらっしゃいませ。御用でございましょうか」

立ち上がった小僧が如才なげにたずねた。棒縞の着物を着て前掛けをしたところなど、田舎鍛冶の小僧とちがって粋な風情さえある。

「才市殿はおいでかのう。甥の興里が来たというてもらえばわかるが」

小僧がていねいに頭をさげた。

「主人はただいま来客中でございますので、しばらくお待ち願えましょうか」

框にすすめられた座布団に、ゆきをすわらせた。長旅で疲れているだろうが、才市の顔を見るまで旅支度をとくわけにいかない。

ゆきはしずかに瞼を閉じた。鍛冶場に通じる木戸は閉まっているが、三挺掛けの鎚音が耳にとどいた。

「上手な向鎚さんですこと」

鎚音を聴けば、鍛冶の力がわかる。鋭く切れのよい向鎚である。いい鉄が鍛えられているはずだ。

仕上げ場をながめた。

天窓が開き、明るい光がさしこんでいる。手元が明るく仕事がやりやすそうだ。

どの男も、熱心に細工に取り組んでいる。道具類はきちんと整理され、床には埃ひとつ落ちていない。鍛冶場の鎚音がやむと、鑢や鏨の音が小気味よく響いた。

奥から人の出てくる気配があった。

「あまり難しゅう考えてもらわずともよい。できるだけいろんな方面に声をかけたいのだ。わしがお抱えになれば、才市殿にも悪いようにはせん。あれこれ便宜をはかるゆえ、相身互（あいみたが）いでゆこうではないか」

声に聞き覚えがあった。あらわれた顔を見れば、越前鍛冶の四郎右衛門康継（しろうえもんやすつぐ）である。

「あてにしてもろうても、わしには力がないからのう」

首をふった才市叔父は、困惑している。

「なにをいう。将軍様の御意にかない、才智ゆえに才市の名をたまわったほどの男。力がないということがあるものか。口添えしてくれるだけでよいのだ」

叔父が若いときの名を捨て、才市と名乗りを変えたのに、そんな由来があったのは初めて知った。軽々しく自慢などする男ではないから、越前に帰ったときも吹聴しなかったのだ。

「おう。来ていたのか」

興里に気づいた才市が、目をほそめた。

「興里か……」

やはり顔をむけた康継が、眉をひそめた。あからさまな嫌悪が顔にへばりついている。

四郎右衛門康継と興里は、いささか因縁がある。

去年の夏、越前でのことだ。

父の死により、幼くして越前福井藩主となった松平光通（みつみち）は、いたって武を好み、家中の士気高揚のためにしばしば剣術の試合を催していた。

それだけでは飽きたらず、領内の名高い刀鍛冶と甲冑師に、会心の出来の刀と兜を持ち寄るように触をだした。集まった刀と兜を品評していちばんよい仕事をしている鍛冶に、褒美を出すというのであった。鍛冶たちを励まし、飢饉で疲弊した越前の人心を一新する狙いである。

刀では、康継の作が第一等に選ばれた。福井藩お抱え鍛冶の彼は、閣老たちに賄をして万が一にも自分の作が選に漏れないよう工作したとの噂がながれていた。

兜は、興里の作が選ばれた。いちばん得意な阿古陀形の筋兜をさしだしておいた。

藩侯じきじきにご褒美を賜るというので、城に呼び出された。

陽射しの強い暑い日だった。

床几こそあたえられたが、大勢の侍に見守られて白州にすわっていると、裁かれてでもいる気分だった。

「両人ともみごとな出来栄えあっぱれじゃ。まさに越前一の鍛冶である」

十三歳の藩主は、康継の刀と興里の筋兜を無邪気に褒めた。

「そのほうらの刀と兜を見ていると、ふと思ったことがある。余は、先日、韓非子を学んだ。そのほうら、矛盾という故事を知っておるか」

じきじきの御下問であった。

「おそれながら、無学にして存じませぬ」

康継が答えた。興里も知らない。

「楚の市に矛と盾を売る男がおった。その矛は天下無双でどんな強靱な盾をも貫き、その盾はやはり天下随一でどんな剛の矛も通さぬという口上じゃ。さて、その矛でその盾を突けば、どうなると思うか」

幼く甲高い声がひびいた。松の幹で油蟬がやかましく鳴いていた。

「苦しゅうない。直答を許すゆえ、思ったとおりを答えてみよ」

康継はなにも言わない。太い首に汗をかいている。

興里は唇をなめて言上した。

「おそれながら申し上げます。鉄を相手に鍛冶をしておりますと、目の前にはっきりあらわれたものしか信じなくなりまする。矛と盾のお話、実際に試してみるしか、答えを知るすべはありますまい」

白州に陽炎が立っていた。頭のなかが茹だるほどに暑かった。

「よくぞ申した。韓非子では、男が逃げ出したことになっておる。いやしくも天下無双を誇るならば、互いに打ちおうてみねばならぬ。唐の工人どもは腰抜けじゃ」

頭をさげた。興里の答えがお気に召したことだけわかった。

「この刀でこの兜を試してみることにした。いみじくも申したように、武はなにより実践じゃ。論より証拠。試すにしくはない」

侍たちがすぐに支度をととのえた。見ているうちに白州に土壇が築かれ、興里の筋兜がすえられた。白襷をかけた侍が、康継の刀を持ってかまえた。

侍たちが見守るなか、康継の刀が振り下ろされた。

きんっ、とやけに高い音がした。

興里からは、どうなったのか、よくわからない。すくなくとも、一刀両断されたわけではなかった。刀も折れてはいない。

侍が、兜と刀を子細に点検している。そのまま、館のなかの藩主の御前に持って行った。

幼い藩主が、しげしげと兜と刀をながめている。その時間がとてつもなく長く感じられた。藩主のそばで、家老がなにやら耳打ちをしているのが見えた。

「大儀であった。ますます精進せよ」

それきりであった。どちらが勝ったとも、負けたとも分からなかった。

あとになって漏れ聞いた話が二つある。

──興里の兜は、なんの疵もつかず、康継の刀は刃こぼれした。

もうひとつの話はこうだ。

──刀を振り下ろす直前、興里が「待った」と声をかけて兜の位置を直した。気合いを挫かれた侍は、力がこもらず、兜が割れなかった。

すくなくとも、あとの話はまったくでたらめである。興里は、声などかけていない。

両者に褒美が出たのは、家老の判断であっただろう。どちらが勝っても負けても、越前一の鍛冶が誉れを逸する。

康継とはそのとき以来、顔を合わせていない。因縁のある男と、江戸で鉢合わせするとは思ってもみなかった。

康継が、憮然とした顔で口をひらいた。

「江戸に逃げて来たのか？」

「なにを言う。なぜ逃げねばならん」

興里は目をつり上げた。

「貞国を殺したであろう。わしとの勝負に負けた悔しさに悩乱しての所業にちがいない」

「負けただと。聞き捨てならんことをぬかす。わしの兜は割れておらぬではないか」

「いや、ほとんど断ち割れんばかりに深々と切れ込んでおった。本来ならば、わしの刀の勝ちとの御裁定。甲冑師を貶めぬ御仁慈に感謝するのだな」

「とんでもない。わしの兜に切れ込みなどなかったわい」

「わしははっきり見たぞ。たしかにざっくり割れておった」

興里はいきり立ったが、所詮は水掛け論である。

「おまえはなんだ、貞国のせがれであろう。これから仇を討つところか」

康継の眼が正吉にとまった。

「いや……」

　正吉が口ごもった。あらためて父の死を思い出したらしく、目がとまどっている。

「この男はな、鉄狂いじゃ。鉄のことしか頭にない。よい鉄を見れば、人を殺してでも手に入れる。そんな男じゃ。さっさと仇を討たねば、おまえまで殺されてしまうぞ」

　唇をかんだ正吉が、興里を見つめた。

「それくらいにしてもらおう。これでもわしは叔父じゃ。興里に人殺しなどできぬことは、よく知っておる」

　才市が口をはさんだ。なにか言いかけた康継が、ことばを呑み込んだ。

「まあよい。いずれ馬脚をあらわすだろうて。才市殿、さきほどの話、よしなに頼みましたぞ」

　会釈だけ残して康継は出て行った。

「なにを頼まれたのかのう？」

　興里が才市にたずねた。

「埒もない。あいつは、康継三代目を襲名したがっておる。その手助けをわしにせよというのだ」

　いまここにいた四郎右衛門康継は、二代康継の弟だ。

　二代康継には、市之丞という嫡男がいる。

　弟と嫡男のどちらもが、三代目康継の名跡を継ぎたがっている。

　初代康継が徳川家康に見いだされ、二代康継は、将軍秀忠に気に入られていた。

康継家は、徳川家のお抱え鍛冶として扶持をもらう身でありながら、越前松平家にも抱えられ、そちらからも扶持をもらっている。鍛冶としては、異例の取り立てである。そのため、一年おきに江戸と福井を行き来して、両家のために刀を打っていた。江戸には、神田紺屋町に拝領屋敷がある。

弟四郎右衛門と、嫡男市之丞の確執は深いらしく、どちらもが三代目に執着している。とりあえずは、江戸に市之丞、越前に四郎右衛門が住まっているが、四郎右衛門は野心が強く、なんとしても将軍家のお抱えになりたい。そのため、しばしば出府してあちこちにはたらきかけているのだ——。

それが才市叔父の説明であった。

「そんなことより、長旅、疲れたであろう。まずは草鞋を脱いで足をほぐせ。ほれ、桶にすすぎを持って来てやれ」

小僧の持ってきた桶には、湯が張ってあった。ゆきの足を湯につけてやった。

「もったいのうございます」

「病人は黙っておるがよい」

足をもみほぐしてやると、ゆきがうっとりと気持ちよさそうな顔をした。

十四

駿河台に、よい医者がいるというので、ゆきを連れていった。

神田から坂道を登ると、掌にのるほどの富士山が、春のおぼろに霞んでいた。

幕府の御番医師狩野玄英の屋敷は、小さいながらも明るく清潔だった。

「将軍家のことだ、お抱え医者といっても、千五百石取りの典薬頭から、まだ修業中の寄合医者まで大勢いる。そのなかでも、狩野先生は正真正銘の名医だ。非番の日はご自宅で町人を診療してくださるから、おれが連れて行ってやる」

才市叔父のことばに甘えた。才市は、狩野玄英にたのまれて、医術の道具をあれこれ細工しているのだという。

病人溜まりで待っていると、何人かの患者のあとに、ゆきだけ呼ばれて診察部屋にはいった。

しばらくして、興里と才市が呼ばれた。

狩野玄英は、五十がらみの実直そうな医師だった。落ち着いた風貌に経験の豊かさと判断の冷静さがにじんでいた。桶の水で手を洗いながら、才市に礼を言った。

「この秤は、まことに使いやすい。やはり才市ならではの工夫だな」

薬簞笥のまえの机に、真鍮でつくった小さなてんびん秤がある。少量の薬種を量るのにつかうのだろう。真鍮で枠をつくり、秤の皿がふらふら揺れないように細工してある。

「おそれいります。先生、それで、お見立てのほうは、いかがでしょうか」

部屋のすみで着物をなおしていたゆきが、興里のうしろにすわった。

「労咳（肺結核）のことは、知っておったのだな」

「はい。承知しておりました」

興里がはっきりと返事をした。

去年の夏、福井の藩侯から褒美をもらったので、興里は鉄問屋や炭屋にたまっていた払いをすませることができた。

それから、ゆきを医者に見せた。労咳だと診断した医師は、養生の大切さを説いた。

「なにしろ精のつくものを食べ、毎日安楽にしておるのがなによりの薬やざ。暖かいところにおればよいのだが、そうもいかんわいのう」

医者のそのことばが、興里に越前を出る決意をさせた。越前の冬は寒い。暗鬱に曇っている。そのまま福井にいては、ゆきの命が衰えていくばかりに思えた。

──江戸の冬はからりと晴れていて暖かいぞ。

才市叔父にそう聞いていた。江戸ならばゆきも元気になる気がした。

もうひとつ、耳から離れない才市のことばがあった。

──関東の海は明るい。正宗など相州伝の刀が明るいのは、あの海の明るさだ。

地鉄の研究に余念のない才市は、刀の鉄もあれこれ調べ、相州鎌倉に住んだ鍛冶たちの地鉄を高く評価していた。

越前や加賀の刀は、空の色と同じように暗い地鉄が特徴だ。

興里は、青々と澄みきった明るい地鉄を鍛えたい。

だから、江戸に出る気になった。

「労咳は養生がいちばん。長旅で疲れておるゆえ、しばらくは安静に寝ておるがよろしかろう。魚など、精のつくものをたくさん食べなさい」

「わかりました」

越前でもらった褒美は、出雲をまわった路銀にほとんど消えてしまった。すぐに甲冑を鍛えなければ米を買う銭もない。

「眼の病は、労咳とはべつだ。ずいぶん見えにくくなっておるな」

ゆきはうつむいて黙ったままだ。

「正直にお答えせぬか」

「いや、さきほどきちんと調べさせてもらった。見える範囲がかなり狭くなってきている。奥方は、鍛冶仕事を手伝うことがおありか?」

「はい。手伝わせておりました」

逼迫して弟子を置かなくなってからは、ゆきが向鎚をふるっていた。

「奥方の眼病は、底翳(白内障・緑内障)に似ておるが、すこし違う。鍛冶の者に、同じような病があったのを診たことがある。強い光を見続けておるのが原因かとも思う」

「どうなりましょうか?」

たずねられた玄英が興里を見すえた。

「悪くすれば、すべての光を失う」

言い切ったあとの沈黙が深かった。外で物売りの声が聞こえる。

「すぐに見えなくなるのでしょうか？」

興里がたずねた。

「そうとは言えん。五臓六腑の陰陽の精気、みな上りて目に注る、というくらいでな、この病もまた養生が第一だ。陽の気が上れば、回復も考えられる」

「お薬は？」

「さて、鍾乳雲母散を試すならば、鍾乳がいるし、神麴丸を試すならば、胡麻一石を三十回蒸して粉にせねばならぬ。烏鶏胆というてな、唐の四川にしかおらぬ黒い鶏の胆をしぼって点眼する方法もある。医書にいろいろと処方はあるが、いずれの薬もわしはまだ試したことがない。験があるかどうかもわからぬのだ」

「あの……」

「どうした？」

興里はふり返って妻を見た。居心地悪そうに顔をくもらせている。

「わたくしでしたら、だいじょうぶでございます。目は、ちゃんと見えておりますもの。すこし、左右が見えにくいだけでございます」

「先生の話をうかがっておったであろう。すべての光を失うかもしれんのだ」

「そうならないかもしれませんでしょう」

玄英が首をかしげた。

「すぐに悪くなるとは限らん。何年もそのままという患者もあった」

「だったら……」

「黙っておれ。江戸まで来て、せっかくよい先生にめぐり合えたのだ。治していただかぬという法があるものか」

興里は、玄英に向きなおって頭をさげた。

「先生、薬料(やくりょう)はなんとでもいたします。ぜひとも治してやってくださいませ」

「わたしからもお願いいたします」

才市も深々と頭をさげた。

駿河台から駕籠(かご)を頼もうとしたが、ゆきがどうしても嫌がった。

「まだ銭はあるやざ。駕籠くらいだいじょうぶだ」

「いいえ、せっかくのお天気ですもの。歩いて帰りたいんです。よろしいでしょうか」

言われてみれば、空は雲ひとつなく晴れわたっている。鬢(びん)にそよぐ風がことのほか心地よい。

「鍛冶仕事で目が悪くなるやもしれんとは、知らなんだのう」

才市叔父がつぶやいた。鍛冶は、朝から晩まで火床(ほど)の火を見つめなければならない。それで失明するかもしれぬと言われてもどうしようもない。

それきり病気の話は終えて、三人でぶらぶら歩いた。近江でゆきと逢ってから、ただ無事に江戸に着くことだけを考えていた。正吉と交代でゆきをおぶったが、やみくもに江戸を目ざしただけで、景色をながめ、名物を賞味する余裕などなかった。

ようやく江戸に着いて数日。やっと落ちついた気分になった。

辻を曲がると、坂の下に江戸の町並みがひろがっていた。黒い甍のむこうに、銀色に光る海が見えた。

「大きな町ですね」

「ああ、大きな町だな」

「明るい海」

ゆきがつぶやいた。

興里はうなずき、両腕を思い切り高くあげて、伸びをした。

「ああ、明るい海だ」

――まずは、この町でいちばんの鍛冶にならねばならん。

そう自分につよく言い聞かせた。

十五

不忍池の蓮の葉が、桜色の朝の光につつまれている。

長曽祢興里が江戸に出て五年。承応三年（一六五四）九月の夜明けである。

興里は上野池之端にじぶんの鍛冶場をかまえた。今日、火床に初めての火を入れる。

暗いうちに起きた興里は、井戸端で下帯一本になり、水をかぶって身を清めた。いやがうえにも気持ちがひきしまった。これからよい刀だけを打つのだ。そのことしか考えまい。

――余念を抱くな。

水をかぶりながら、そう戒めた。

ただひたすら名刀の凜冽な姿を思い、潤いのある地鉄を望み、たおやかな刃文を願う。その一事に、これからの生涯を費やすのだ。

決意には、なんの揺るぎもない。

冷水に火照った体を拭っていると、東の空が明け初めた。

漆黒の空がゆっくり藍色にゆるみ、濃い藤色になったかと思うと、やがて鮮やかな薄紅から桃色、そして桜色にかわった。

広い空がすっかり桜色に染まっている。

空ばかりではない。不忍池も、そのむこうの上野の山も、目に見える世界のすべてが、淡くおだやかな桜色の光に包まれている。

おもわず手を合わせて空を拝んだ。

――われに名刀を鍛えさせたまえ。

鮮烈な色彩に染まった天と地が、刀鍛冶としての興里の門出を祝福してくれている。

「瑞兆でございますね。ふしぎな色」

ふり返ると、妻のゆきが手を合わせている。窶れていた白い頬が、このところすこしふっくらしてきた。ありがたいことに、眼のぐあいも悪くないという。

「まことに天地は玄妙だ」

興里はちかごろそう思っている。

天地は、ときに造化の妙を見せて、人を驚かせる。

万物を桜色に染めつくす今日の朝焼けはひとしおだが、日月星辰のいとなみ、四季折々天然気象の変化のすべてが、興里には、豊饒な美しさと摩訶不思議な摂理をはらんでいるように見えるのだ。道ばたの一木一草、石ころひとつを眺めても、そこに秘められた美と天然の摂理に驚くことがある。

鍛冶は、天地の玄妙にたずさわる仕事である。

木から火を生む。土から鉄を取りだす。火で鉄を沸かし、鍛える。水に浸けて硬く焼き締める――。木、火、土、金、水の五行がたがいに相生、相剋しあって、はじめて強く美しい刀が鍛えられるのだ。

その変化の作用は天地の摂理にほかならない。

鍛冶が胸を張っては烏滸がましい。

鍛冶は、天地の玄妙な摂理を借り、それを一振りの刀に凝縮させるにすぎない。

――人の力など、乾坤の悠久に比して微々たるもの。

それが、ちかごろの興里のいつわらざる実感だ。

しかし、そう思った刹那、いつでも興里の腹の底から強い意志の力が怒濤となって湧き上がってくる。

——天に屹立する刀をつくるのは微力な鍛冶だ。

天地の無窮に、とまどうばかりが人ではない。

そこにしっかり足を踏ん張って立つのもまた人である。

人は天にむかって咆吼することができる。大地に爪痕を残すことができる。

大地から採りだした鋼がわずかにひと塊あれば、鍛冶は、刀が造れる。

その刀は、千年を経てもなお、手にする人のこころに、破邪顕正の勇気と永劫不変の慈悲を芽生えさせる。そんな刀こそ鍛造したい。そんな刀だけを鍛えたい。

鍛冶場開きの決意をかみしめているうちに、東の空が黄色く染まり、野のはずれに白く照り輝く太陽が顔を見せた。見上げればすでに上空は青い。池の水が銀色にきらめき、山の緑がまばゆい。

「これから忙しくなる。からだに無理をするでないぞ」

ゆきをふり返った。無理をさせてしまうのは、いつも興里なのだ。

ゆきはくるりと襷をかけると笑顔を見せた。

「無理もいたします。鍛冶屋の女房が、火入れの日に寝ていたりしたら笑われますもの」

武州の気候があっているのか、医師狩野玄英の薬石が奏効したのか、ゆきの体は江戸に来てから調子がよくなった。

それでも、ときに無理をするとてきめんに寝込んでしまう。

ゆきの笑顔に、興里はこころの内で手を合わせて鍛冶場にはいった。


このころの池之端は、江戸のはずれで、ついこのあいだまでいちめんに茅が茂っていた。東叡山寛永寺の門前町として、ようやく町屋が並びはじめたばかりである。上野の山のふもとには、田畑がひろがっている。不忍池のほとりに艶っぽい出合茶屋が建ちならぶのは、まだ百年も後の寛延年間（一七四八～五一）のことになる。

裏の戸をひらくとすぐ池のほとりに出られるのが気に入って、興里はここに鍛冶場を開くと決めた。馬喰の親方が建てた家が空いていた。

大工を入れ、馬屋を鍛冶場に改装させて火床を掘った。池に面した広い板の間が陽当たりのよい仕上げ場になった。障子を開けておけば、顔をあげて眼を休めるたびに、不忍池と上野の山がながめられる。二階に畳敷きの部屋がいくつかあって、興里夫婦と手伝いの弟子が住み込める。

鍛冶場のしたくは、すべて整っている。納屋には松の炭を積み上げた。あとは、火床に火を入れるだけだ。

この五年間、興里は神田紺屋町の刀鍛冶和泉守兼重の鍛冶場に住み込み、鍛刀の技法を学んだ。

兼重は、やはり越前出身の刀鍛冶である。晩年の藤堂高虎に気に入られた縁で、伊勢藤堂家のお抱え鍛冶として禄をもらっている。五十なかばだが、いよいよ腕と気力が充実し、作刀に余念がない。鍛刀場は大きく、弟子の数が多い。

江戸にでた興里は、しばらく才市叔父の家に居候させてもらった。叔父の鍛冶場を手伝いながら、江戸の刀鍛冶のようすを調べた。

あちこちの刀屋や研師をたずね、うるさがられるのもかまわず、刀を見せてもらい質問をかさねた。

「兼重という鍛冶が、いい刀を打っておる。勢いもありそうじゃのう」

叔父に相談した。

入門するかぎりは、腕のいい鍛冶でなければならない。腕ばかりでなく、人間として勢いのある師匠につきたかった。

「あいつなら越前のころから顔なじみだ。たしかにいい鍛冶だ。すぐそこだから、おれが話してやるよ」

兼重の鍛刀場は、才市叔父の銀町のすぐとなりの紺屋町にあった。

叔父につきそわれて弟子入りを頼みに行くと、鍛冶場わきの板の間で、兼重は渋い顔をつくった。

茶色の小袖は、飛び散った火の粉で穴だらけだ。鎚（つち）をふるう鍛錬の烈しさが思われた。それでも律儀に袴（はかま）をつけ、黒い侍烏帽子（さむらいえぼし）をかぶっているのは、お抱え鍛冶としての矜持（きょうじ）であろう。手や胸元にあるおびただしい火傷のあとは鍛冶の誉れである。

「三十半ばを過ぎて、刀鍛冶の修業とは遅すぎるのう。いくら甲冑師（かっちゅうし）として腕がよいかもしれんが、その歳から刀は打てんじゃろう」

越前なまりで首をかしげた兼重に、才市叔父が、江戸になじんだ伝法な調子でまくしたてた。

「こいつはね、長曽祢（ながそね）の一族でもとびきり人間のかまえがいいんだ。その男が、刀を打ちたいと言いだしたからには、よほどの決心ができている。四の五のいわねぇから、こいつの鍛えた兜（かぶと）を見てくれ」

人間のかまえ——ということばを、才市叔父は、しばしば口にする。

——人間は、かまえだ。かまえができてなくちゃ生きていけねぇ。

そう弟子を叱っているのを聞いたことがある。

興里は、持参した櫃（ひつ）から兜を取りだした。江戸に来てからこしらえたいちばん得意な阿古陀形（あこだなり）の筋兜（すじかぶと）である。

両手で受けとった兼重が息を呑んだ。

しばらくのあいだ黙ってあちこち見つめていた。じぶんの頭にかぶって、顔をほころばせた。

「これはいい兜だ。いいものを見せてもらった」

兜をしずかに櫃のふたに置くと、ていねいに頭をさげた。

「こんなによい兜が鍛えられるならば、なにも苦労して刀を打つことはあるまい。甲冑師の看板をあげれば、すぐに江戸中で評判になるじゃろう」

興里は首をふった。

「泰平の世の中ゆえ、だれも兜など買いませぬ」

「越前の田舎では売れもすまいが、江戸は広い。これだけの兜なら、欲しがる侍がいくらでもおる。なんならわしが藤堂の殿様に売り込んでやってもよい」

兼重のことばに、興里はもういちど首を横にふった。

「合戦がなければ、甲冑は鎧櫃の肥やし。飾り物はこしらえたくないのです」

「では、なにを造りたい」

その問いかけを、興里は待っていた。

「刀です。刀以外にありません。生きる力となる刀。天の神を地に招き降ろし、地の精気を天にむけて立ち上げる刀こそ、命を賭して打ち鍛えたいと覚悟しております」

しばらく黙って兜を見つめていた兼重がかさねてたずねた。

「それは、どんな刀だ」

「崇高なる気品をたたえながらも、なお凜冽。覇気横溢して、邪気を払い、和気と清明を満たす刀こそ至宝と存ずる」

「どんな姿をしておる」

興里はことばを詰まらせた。

「未熟にて、まだ見えてはおりませぬ」

唇をかんで兼重の眼を見すえた。兼重の口もとがゆるんだ。

「よくしゃべる男だのう。刀を打つのに能書きはいらんじゃろう」

だめか、と諦めかけた。

「こんな男がいるのも、鍛冶場のにぎやかしになる」

興里は入門をゆるされた。

実際に住み込むと、弟子というより客分のあつかいをしてくれたが、興里はいちばんあたらしい弟子として身を粉にして働いた。正吉(まさきち)もいっしょに住み込んだ。

妻のゆきは、才市叔父の屋敷の陽当たりのよい二階に住まわせてもらい、具合のよいときだけ、縫い物などを手伝った。ありがたいことに、叔父が狩野玄英(かのうげんえい)の薬礼(やくれい)まではらってくれた。

才市叔父には、ずいぶん甘えることになったが、ここは、意地をはらないことにした。恩はいずれ返せばよい。

住み込んで最初の三年は、鍛刀法の修得に専念した。鉄の鍛錬も、初心にかえって一から学んだ。

つぎの二年は許しを得てすこし暇をもらい、使っていない火床(ほど)で甲冑をつくった。甲冑造りは、兼重にとって新鮮らしく、あれこれ質問しながらしきりと眺めていた。

骨牌金を細かい鎖で丹念に編んだ鎖腹巻。肩から手の甲まですべて細かい鎖で緻密に編み上げた小田籠手。それに阿古陀形兜を組み合わせ、雄壮な具足を仕立てた。

正吉に手伝わせて何領かつくると、兼重が高い値で買い手を見つけてくれた。

その金で鍛冶場のしたくがすべて整った。一、二年は刀が売れなくとも鋼と炭がたっぷり買えるたくわえができた。

あとは、ただよい刀を鍛えるだけである。

十六

仕立ておろしの白い麻の直垂を着て侍烏帽子をかぶった。

「よくお似合いでございますよ」

袴のひもを結び終えて微笑んだゆきが、かるく咳きこんだ。

新しい鍛冶場を開くしたくで、このところ、ずいぶん無理をさせた。江戸に来てよくなっていたのに、亭主がじぶんの鍛冶場を開くとなったら、すぐに逆もどりだ。これでは先が思いやられる。

「やっかいな亭主だな」

興里がつぶやいた。

「とんでもありません。大切な旦那様でございますよ」

ゆきが興里の胸に寄り添った。

「足手まといにはなりません。二世も、三世も、契らせてくださいませ」

抱きしめようとすると、すっと身をかわされた。いたずらっぽく微笑んでいる。

「さあ、火入れ式をなさいませ」

深々と頭をさげている。興里は土間に降りて鍛冶場にむかった。

馬喰の馬屋だっただけに、鍛冶場は広い。柱や床はきれいに洗い上げ、大工に細かい注文をつけて使いやすく直した。

屋根に煙出しをつけさせ、左官に壁を漆喰で塗らせた。材料や道具類を置く棚が、具合よく仕上がっている。

壁には、灼けた鋼をつかむ鋏箸が、数十本かけてある。大きなやっとこに似ているが、形や大きさがすこしずつ違い、工程によって使い分ける。

弟子がふるう大鎚も、重さ一貫半（約五・六キロ）から三貫（約一一キロ）まで、何本もそろえた。いずれも興里がじぶんで手作りした鍛冶道具である。

鍛錬につかう火床の地下は、二尺（約六〇センチ）掘り下げて隙間なく石を組んだ。砂利を盛ったうえに薄い鉄板を敷き、なお乾いた灰をいれて突き固めた。ここまでしておけば、大敵の湿気は上がってくるまい。出雲のたたらの知恵がここに生きた。

火床穴をそこに築いた。

その細長い窪みこそ、鍛冶場の命である。鞴の風が窪みのなかに吹き出し、炭を真っ赤に熾すしかけは快調だ。

そこで鋼の塊が、ふつふつと沸く。

鋼に命を吹きこむ窪みである。

古い時代、山の陰や女性の陰門を陰と呼んだのは、そこが命をはぐくむ窪みだからであろう。火所、火土と書くこともあり、火窪、火壺の別称がある。

火床の穴は内法の幅七寸（約二一センチ）。長さは六尺（約一八二センチ）。兼重の鍛冶場よりはるかに長くこしらえた。ていねいな仕事をするためのあたらしい工夫である。

焼き物につかうよい粘土で、全体をしっかり固く築いた。

火床のすぐ横に、鞴をすえた。

糸柾の杉板でつくらせた腰高幅広の差し鞴は、長さ四尺の箱だ。

鞴師が運んできたときは、柄を抜き差しする感触が重すぎて気にいらなかった。

なかの風板に貼った狸の毛皮を、直させると、思いのままに風の強弱があやつれるようになった。

風が火床のなかに吹き出す穴には、丸い素焼きの羽口がはめてある。風の吹き出し方は完璧だ。

火床前の横座にすわったとき、あらゆる作業がなんの滞りもなく段取りよくすすめられるように道具を配置した。

炭火から取りだした鋼は、右わきに置いた鉄敷にすぐのせられる。

真っ赤な鋼にかける泥汁の桶、水桶、鋼にまぶす藁灰を盛った鉄の盆、作業に欠かせない藁の手箒にいたるまで、きちんと気に入った位置に置いてある。

道具の配置に無駄があると、段取りと手際が悪くなり、鍛錬はうまくいかない。

鋼をあつかう動作に、ひと呼吸ずつでも余計な時間をかけると、それだけで鋼が甘く馬鹿になる。

鍛冶の仕事は、一瞬一瞬が勝負だ。どの工程にもきわめて繊細な感覚がもとめられる。研ぎ澄まされた心のない男に、強靱で美しい刀は鍛えられない。

準備は万端ととのっている。

「本日は、火入れの儀、おめでとうございます」

真新しい直垂を着た正吉が頭をさげた。

新しく雇った久兵衛と直助も神妙に頭をさげた。二人ともまだ十をいくつか過ぎたばかりの小僧である。

「ああ、よろしく頼むぞ。いよいよこれからだ」

鍛冶場ができるのを聞きつけて、何人かの親が、子どもを働かせてくれと連れてきた。

興里は、子どもに掃除をさせ、飯を炊かせた。その仕事ぶりを見れば、段取りのよさと手際がわかる。久兵衛と直助は、それなりの仕事をした。

弟子が三人いれば、大鎚の三挺掛けで鍛錬ができる。

ここに住み込んでから、三人とも毎朝起きがけに池のほとりで大鎚をふるっている。膂力の鍛錬には怠りがない。

久兵衛と直助も、新しい直垂を着ている。すべて、ゆきが間に合うように仕立てあげた。

――無理をさせてはいけない。

心中そう戒めているが、けなげな女の笑顔に、つい甘えてしまう。

鍛冶場をもう一度点検した。掃除は行き届いている。入り口の注連縄もかけた。白木の祭壇をしつらえて、金屋子神をお祭りした。秋の野菜と瓶子の酒をそなえた。

炭箱に盛った松炭を見ると、大きさが不揃いでざくざくだ。久兵衛か直助が切ったのだろう。

鍛冶場のすみの炭切り場にいった。

「わたしがやります」

正吉が鉈をにぎったが、興里は首をふった。

「かまわぬ。今日はおれがやりたい」

直垂の袖ひもをしぼって、ちいさな床几にすわった。

輪切りにした丸太が置いてある。

太く長い松炭を一本つかむと、皮をこそぎ落とし、丸太の台に立てた。

縦半分に割り、さらに半分に割った。丸太の縁で斜めにしてさくさく切った。一寸角よりすこし小さめに切れた炭が、すとんすとんと下に落ちた。

甲冑師の時代から、炭切りは好きな仕事だ。同じ大きさに切りそろえておけば、火が均等に燃え、熱がふっくら籠もる。火熱にむらがあれば鋼の沸きにむらができる。

久兵衛と直助が、眼を丸くして見ている。ごぼうでも切るように炭が小気味よく切れて落ちる。下手な者がやると、炭が粉になってあたりに飛び散る。

無心に炭を切りつづけた。もうひとつの台で正吉が切っている。鉈の音だけが鍛冶場に響いている。

この五年で、正吉は変わった。

興里も変わったはずだ。

いまは、よい刀を鍛えることだけを考えている。

刀の鍛錬は、失敗の多い仕事だ。どんな名工がやっても、うまくいくばかりとはかぎらない。何十振り打っても、満足のゆく刀はなかなか出来ない。

さまざまな要素と条件がからまりあって鍛錬の疵ができてしまう。地鉄がねむく白む。刃文が美しく焼けない——。死ぬまで刀を打ちつづけたとして、満足できる会心作が、いったい何振りできるか。

兼重の鍛冶場で学んだのは、なによりもそのことだ。

鉄の仕事は、失敗すると後戻りがきかない。どこかでわずかでもゆるい仕事がまじると、平凡で覇気のないつまらない刀しかできない。

よい刀を鍛える方法は、ただひとつ。

全身全霊で鉄と向きあうこと――。

鉄と真摯に向きあい、わずかのゆるみもなく条件をととのえて鉄を鍛える。

そのことに一生を費やすと決めたのだ。


「長い火床だな」

祝儀の角樽をもってやってきた兼重が、鍛刀場で最初に目をとめたのは火床だった。

たぶん、それを言われるだろうと思っていた。

長い刀を打つにしても、鍛錬用の火床は三、四尺もあれば足りる。たいていの鍛冶は、それくらいの火床をつかっている。

興里の火床は、はるかに長い。六尺もある。

長いが、炭を熾して鋼を沸かすのは、手前の三尺ばかりである。そこは深く掘り下げ、両側に厚い粘土の壁を立ち上げてある。むこう半分の三尺は浅い窪みだ。

「鋼の出し入れのとき、そちらに炭を掻き寄せます」

兼重が眉をうごかした。

「なぜ、そんなことをする」

「鋼をそのまま炭に突っ込めば、せっかく塗った泥が落ちてしまいます」

鋼の塊を赤く沸かすとき、藁灰をまぶし、泥の汁をかけてから炭に入れる。風をさえぎり、鋼の芯までじっくり高温の熱を伝えるためである。

「炭をいったん掻き寄せて、また炭をのせて包んでやれば、泥が落ちず、すっくり熱に包めます」

火床を見つめたまま兼重がうごかない。

師匠である兼重は、真っ赤に熾った炭の堆積から無造作に鋼の塊を出し入れしていた。鍛冶場にいたときはなにも口にしなかったが、それでは雑だと、興里は内心気になっていた。

鋼にかけた泥が落ちて、風が鋼の肌に直接あたると、炭素が抜けて脆くなる。もとより鋼の状態を見きわめながら火と風を調整するのだが、炭にこすれて泥が落ちるようでは、せっかくかけた意味がない。

「泥が落ちるのは、腕が悪いからだ」

兼重が苦く笑った。

「たくさんの熾火でじっくり鋼を包みたいのです。そのほうが芯まで熱く沸かせます」

「そいつはなかなかの工夫だ」

才市叔父が口をはさんだ。

「身内で誉めるとみっともないが、この男は、長曽祢の名をあげる鍛冶になりますよ」

兼重がうなずいた。

「たしかに、こんな火床の工夫は、わしも考えなかった」

溜息をついて、兼重が床几にすわった。

「仕事は下手がいいのう」

火床を見ながらつぶやいた。

「不器用で下手な男だと思っていたが、ますます下手になりおった。よいことだ。下手がいい」

「下手が、ですか……」

興里にはわからない。

「ああ、下手がいいのう。下手がいい」

兼重がくり返した。

「ほうじゃのう。下手がよろしいのう」

才市叔父があいづちを打った。

「下手なやつほど手を抜かずにやる。懸命に、必死にやる。ありがたいことに、鉄はそんな男が好きだ。下手のままでいろ」

師匠のことばに、興里は頭をさげた。よい師匠にめぐりあえたことを感謝せずにいられなかった。

十七

湯島天神の神主が祝詞をあげた。

兼重と才市叔父が何人かの弟子をつれてきたほかに、大家や町内の書役、木戸番らも顔を見せた。

神主が幣をはらって鍛冶場を清めると、一同が拝礼して、柏手を打った。御神酒を鍛冶場の四方にまいた。

いよいよ火入れである。

興里は鉄敷にむかってすわった。

鉄敷の四角い鏡面は、きのう一日、久兵衛に砥石で磨かせた。文字通り鏡のごとく平らに艶やかに光り、開けはなった戸のむこうの青空を映している。

——よい刀が打てる。

そう確信した。

親指より太い鉄の火付け棒を鋏箸でつかんで鉄敷にのせた。

右手に握りしめた手鎚で、鉄の棒を小刻みに叩いた。棒の先がしだいに赤みをおびてくる。さらにくり返し叩くと小豆色に赤らんだ。

杉を薄く削った付け木に硫黄が塗ってある。

赤らんだ鉄の棒をあてると、すぐにちいさな炎が立った。

折り畳んだ紙に火をうつした。紙には、八幡大菩薩、天照皇大神、春日大明神の神名を墨書しておいた。

燃え上がった紙を、よく乾燥させた大豆の枝といっしょに火床の炭にのせた。

左手で、ゆっくり鞴の把手を水平に抜き差しした。鞴の木の弁が、たたん、たたんと乾いた音をたてた。

下からの風が炎を煽った。

気持ちのよい風の音が、炎を大きく燃えさからせた。

松炭は、かるい。かろやかに赤らんで燃え、風とともに火がまわる。

しばらくのあいだ、風音だけがひびいた。

火床の炭が真っ赤に熾った。神々が火床に舞い降りた。

興里は、鋏箸で子どもの拳ほどの鋼の塊をつかんだ。

播磨千種の鋼で、銀白色に輝いている。

できれば出雲可部屋の特上八方白をつかいたかったが、手に入らなかった。

上質の出雲鋼は、江戸の康継家が、葵の御紋にものをいわせて買い占めているらしい。

可部屋の桜井直重に手紙を書いたが、返事はまだない。

結局、兼重が鉄問屋からいつも買っている播磨の千種鋼をつかうことにした。

まねごとだけの火入れ式はしたくない。最初から真剣な本番の仕事をする。

興里が目配せすると、正吉が柄の長い十能で火床の炭を掻き寄せた。

鋼の塊を鋏箸でつかんで火床に置くと、正吉が赤い炭をやさしくかぶせた。火床に真っ赤な炭が盛り上がった。

鞴の柄を、ゆっくり抜き差しした。

炭の山に青い炎があがった。なんどか風を送るうちに山吹色の炎にかわった。

鋼を埋めた火床を見つめるとき、興里はいつも真っ赤な炭火のなかの状態を頭のなかで思い描いている。

炭のなかの鋼がどんな状態になっているのかは、取り出さないかぎりわからない。

しかし、なんども取り出して状態を確かめたりすると馬鹿な甘い鋼になってしまう。

長く火に入れすぎてはいけない。よけいな時間をかけてはいけない。

短時間のうちに適温まで加熱し、すばやく作業する。これから手がける何十もの工程のすべてに、見極めと迅速さがもとめられる。

甲冑師のころから、興里は火床のなかの鋼の状態を正確に見抜く目をもっていた。

まだ温度の低い小豆色なのか、ふつふつと沸いてまわりに灼熱のとろみが滴る状態か。

片側だけが熱されていないか、芯まで赤く蕩けているか——。

火中の鋼を見抜く眼力がなければ、一人前の鍛冶とはいえない。

——そろそろか。

そう思ってからも、興里はしばらく鞴の柄を抜き差しして風を送った。新しい火床だ。

試しに火を入れ、道具をこしらえるのにつかってみたが、こころもち粘土に湿りが残っている。

炎を見つめた。

右手は鋏箸をにぎっている。

ふっと横をむいて鉄敷に目をやった。

青空と白い雲が映っている。

いまこのとき、天と地の万物がじぶんに力を与えてくれている。

目配せの合図で炭を掻き寄せさせ、鋼の塊を取りだすと、ころあいのよい小豆色だった。

鉄敷の白い雲にのせた。

「そっとやれ」

半身にかまえた正吉が、足を前後に開いて踏ん張り、腰のわきで大鎚をかまえた。鎚の平を鋼にのせた。叩くというより、鋼を押さえつける気持ちだ。鋼がまだ熱になじんでいないので、はじめから強く叩くと粉々に砕けてしまう。

しばらく押さえつけ、また火床で赤めた。取りだして、こんどは軽く叩かせた。

そんなことを二度、三度、くり返しながら、鞴の柄をすばやく抜き差しして風をつよく吹き込み、温度を上げていく。塊がしだいに平たくなっていく。

興里が手鎚で鉄敷のわきを二度叩いた。

甲高い音を聴いて、三人の弟子が大鎚を頭上高くかまえた。

左手で鞴を抜き差ししながら、興里は右手の藁箒を水桶につけて鉄敷を濡らした。気ぜわしい風の音が鍛冶場に響いている。大勢の人間が見守っているのに、無人の荒野を吹く野分のごとき風であった。

左手を止めた。風の音が止まった。

すばやく鋼を取りだした。真っ赤に灼けている。鉄敷にのせた。

「強くッ」

興里が短く叫んだ。

正吉が最初の一撃を思い切りふりおろした。その瞬間、爆発にも似たすさまじい音がとどろき、鉄滓が飛び散った。

水が、大鎚と熱の衝撃で一瞬にして水蒸気と化し、猛烈な音を発したのだ。

間をおかず、三挺掛けの大鎚が早い調子でかろやかに響いた。

重い大鎚を頭の真上までふりかぶり、正確にふりおろす。鋭い鎚音が間断なく響いた。

音は冴えきって、なんの濁りもない。

「よしッ」

赤く灼けた塊が、せんべいほどに平たくなった。

打ち延ばした鋼を水桶につけると、勢いよく泡を立てながら、きしんだ音を立てて砕けた。

どの音も、幼い頃から鍛冶場で聞き慣れているが、今日はとくべつ気持ちに深く響いた。

鋼の塊をふたつ打ち延ばして、神前にそなえた。神主が幣（ぬさ）をはらって清めた。一同がまた拝礼して、火入れ式を終えた。

場所を座敷にうつして直会（なおらい）をした。

ゆきは、大きな鯛と赤飯、大皿に山盛りの煮物を用意していた。

昼間のふるまい酒で、男たちは機嫌がよかった。

「町内に刀鍛冶がいるっていうのは、勇ましくっていいやね」

恰幅のいい大家が笑っている。このあたりの町内は寛永寺の所有地で、住んでいるのは寺の御用人足や掃除人足が多かった。

江戸の町はずれのことで、表の通りはさみしいが、それでも、唐物屋、金魚屋、鐔（つば）屋、真鍮（しんちゅう）屋、錫（すず）道具屋などがならんでいる。

興里が地借りして建物を買い取ったこの家は、池の側に建っていて、表から裏の池まで土間が通じている。間口は広くもないが、角家で陽当たりがよい。

「おまえなら、日本一の刀が打てる。きっと精進せいよ」

才市叔父が、機嫌よく酒をついでくれた。

ふだんは呑まない興里も、今日ばかりは盃を伏せなかった。歌が出たので、愉快に手を叩いた。

にぎやかな笑いの席にいても、心の奥は熱く沸いていた。

――出来る。出来る。出来る。必ず出来る。

酔いとともに、熱く滾る刀への思いが、興里のからだをかけめぐっていた。

十八

夜明け前に目が覚めた。

井戸端で顔を洗っていると、濃い藍色に沈む蓮の葉のむこうから、明け六つ（日の出）の鐘がひびきわたった。上野の山に建ちならぶ寛永寺の甍と塔が、しだいに闇からうかびあがってきた。

ちぎれ雲が薄紅に染まっている。

空は、縹色に淡く澄んだ秋の色だ。

いよいよ今日から刀鍛冶として一本立ちの暮らしをはじめる。

板敷きの間で弟子と朝餉の膳をならべた。

昨夜炊いた飯の湯漬けである。腹に飯を収めておかなければ、弟子は重い鎚がふるえない。

「漬け物はないのか」

「すみません。あると思っていたら、ぬか床にもうなくって。昨日、お客さまにお出ししてしまったんですよ。皆さん、よく召し上がったから」

飯炊きに雇った若い娘では、気がまわらないことが多い。

もの足りなさを感じながら湯漬けをかき込んでいると、ゆきが盆を持ってきた。

「塩で揉んだだけですが」

小皿に薄切りの大根が盛ってある。弟子たちの膳にも同じものを配った。

ゆきは、ここに引っ越して来る前から、所帯道具の用意などずいぶんよくたち働いた。

これ以上の無理はさせられない。

「ゆっくり寝ておれというたであろう」

「はい。そういたします」

すなおにうなずいて台所の土間にさがったが、すぐにまた盆をささげてきた。こんどは熱い湯気の立つ汁椀がのっている。

「骨湯にいたしました。暖まりますよ」

椀のなかは、昨日の直会で食べた鯛の骨だ。熱湯を注いで醬油をたらしてある。椀を手にしただけで食欲をそそる香りがひろがった。

興里は、骨湯を飯にかけて食べた。滋味とぬくもりが全身にいきわたった。

「美味いな。だがもう寝ておれ」

言いつけたが、うなずかない。ゆきは若いころから頑なところがあった。

「あなたがこれから大事なお仕事をなさるのに、寝てはいられません」

「せっかくよくなっておったのに、また悪くなったらどうする。無理をすると取り返しがつかんと先生がおっしゃっていたではないか」

引っ越しの前、医師の狩野玄英のところに付き添って、病状をたずねた。

——養生の甲斐あって落ち着いているが、病気が治ったわけではない。

との診断だった。油断は禁物であろう。

ゆきが目を細めた。

「鍛治屋の女房ですもの、鎚の音を聞いていれば元気でいられます。よい鎚の音を聞かせてくださいませね」

やわらかい笑顔を見せられると、興里はそれ以上なにも言えなくなった。

鍛冶場にはいると、小割りにとりかかった。

昨日、平たく延ばして水圧しした鋼を、手鎚でさらに細かく割る仕事である。

ただ割るだけではない。

細かく割りながら、割れぐあいと断面の色や輝きで、鋼の質を読み取り、選別していく。

鋼の質とは、とりもなおさず、鋼にふくまれている炭素量のことである。

産地によっては燐などが溶け込んでいて鍛錬に向かないものがあるが、この千種鋼はその点では安心してよい。

このころの鍛冶は「炭素」を知らなかったが、炭素の量によって鋼の性質がどのように変化するかは、詳しく知っていた。火と風を自在にあやつって炭素量を増減させ、鋼の性質を変化させる術を心得ていた。刀剣の鍛錬においては、その技術こそがすべての作業の根幹であるといってよい。

炭素量がすくなく甘く軟らかい鋼を大水、炭素量が多く強く硬い鋼を小水という呼び方もあるが、鍛冶たちのあいだでは、軟らかい鉄、硬い鉄というだけで通じたであろう。

その見極めには、たしかな眼力がなければならない。

興里は、鋼を鉄敷にのせて手鎚をふるった。

小気味よく割れるならば、炭素量と硬さがちょうどよい。

断面を見ると、冴えた銀白色に光っている。きれいに光っていれば、強靱な刃となる硬い鋼である。

ざらついたねずみ色の断面もある。炭素量の多い銑がかんでいるので、それはまた別の箱に取り置いた。これは溜めておいて、いずれ卸し鉄としてあらたな命を吹きこむ。

手鎚をふるって、親指くらいの大きさに割っていくと、ときに割れない部分がある。

そんな鋼は、甘く軟らかすぎて刃にはつかえない。これもまたべつの箱に取り分けておいて心鉄につかう。

日本刀の鍛造には、いくつかの造り込みの技法があるが、いずれのやり方にも共通しているのは、軟らかい心鉄を、硬い皮鉄で包むという点である。

硬い皮鉄に焼き入れをすると、鋭利な刃ができる。

折れず、曲がらず、よく切れる――。

刀剣のその特徴を最大限に発揮させるには、なによりも、材料につかう鋼の微妙な硬軟を正確に見抜かなければならない。

「どんなもんですかのう」

心配そうに見守っていた正吉がたずねた。

「よい鋼だ。これならよい刀が打てるぞ。天下の名刀を鍛えて見せよう」

「それは、なによりじゃのう」

正吉は越前の訛りが抜けていない。兼重の鍛冶場には、やはり越前から来ていた者が多かったから、ことばは生国のままだ。父貞国のことは、めったに口にしなくなった。

殺害の下手人は、いまだに捕まらない。

鍛冶場のすみで炭切りをしていた久兵衛と直助も緊張がほぐれたらしい。

どうやら、小割りをしていたときの興里は、よほど恐ろしげな顔つきをしていたようだ。

その日は、水圧しのつづきをして、それを小割りした。

重さにして一貫半の鋼を砕いて割ったときには、外がすっかり暗くなっていた。

刀二振り分の鋼が用意できた。

つぎの朝、興里は、土間に筵を敷いて梃子棒を置いた。

梃子棒は、二尺余りの鉄の棒で、手元の握りには木綿の細縄が、緩まぬようにきつく編んで巻いてある。

棒の先には、長さ四寸、幅二寸の薄い鉄板を鍛着しておいた。

「炭切りはよいから、今日はそばで見ておれ」

興里が三人の弟子に声をかけた。

久兵衛と直助は、鍛冶の仕事をまるで知らない。早く仕事のながれを教えて、鍛冶場の段取りをよくしておきたかった。

「ええ親方じゃのう。ありがたいと思わねば、罰が当たるぞ」

正吉が久兵衛をこづいた。

「ありがとうございます」

二人の小僧が大声をあげて、頭をさげた。

炭切り三年、という。

どこの鍛刀場でも、入ったばかりの弟子は炭切りしかさせてもらえない。二十人以上も職人がいる兼重の工房では、炭切り場が別にあって、炭切り専門の職人がいた。炭を切るだけで一生を終えるのである。

名のある刀工の鍛冶場ではたいていそんなもので、仕上げ専門の職人や茎の鑢かけだけに専念する弟子もいた。大名家のお抱え鍛冶となれば、たくさんの刀を納めねばならず、そうやって作業を効率化しなければ数がそろえられない。

興里は、数を打つつもりはない。

打ちたいのは、ひらりとしたよい刀だ。

兼重の工房に居候させてもらった五年のあいだに、打ちたい刀の姿は、くっきり見えてきた。

鞘を抜き払ったとき、ひらりと目に飛び込んでくる刀――。

凜冽な覇気で敵を圧倒し、なお、冴えた気品をはなつ刀――。

反り浅く、地鉄の肌が細かく詰まり、刃文の互の目（並べた碁石を横から見たような波）が美しくのたれる刀――。

まぶたを閉じれば、じぶんの打ちたい刀の細部まで浮かんでくる。

それをこれから鍛えるのだ。

――早く姿にしたい。

はやる気持ちをおさえて、じっくり仕事をするつもりである。

興里は、昨日打ち砕いて選別した鋼をもってこさせた。

木箱に、ぎっしりと小割りの鋼が詰まっている。

それをこれから梃子棒の先の台に行儀よく積み重ねていくのだ。

鋼のかけらをつまんで見つめた。

平たく叩き延ばしたときの、周りの縁の部分は、黒っぽい〝耳〟になっている。そこが刀身に残ると、黒い疵になることがある。外側に向けておけば、鍛錬のとき大鎚が叩き飛ばしてくれる。

鋼のかけらは不揃いだ。

なかなか行儀よく並ばない。

隙間があくと、やはり疵になる。小さなかけらを詰めて埋める。

興里は、鋼の小片をためつすがめつながめ、小さな梃子台に置いていく。

大きすぎたり小さすぎたりして、長方形の台に、なかなかうまく収まりがつかない。

はみ出すのはかまわないが、隙間はつくりたくない。

小割りのかけらを筵にならべ、どれを置くか選んでいく。

「あっ」

直助が声をあげた。

「なんだ?」

「その隙間には、これが……」

直助のつまんだかけらを置いたが、すこし大きすぎた。

「これは、そこに……」

正吉がつまんだ小片を受け取ってよく見ると断面がざらついている。銑をかんだのが混じっていた。

「これはだめだ」

首をふって、銑(ずく)の箱に投げ込んだ。

それきり声がとぎれた。だれも声も手も出さず、黙って見つめている。

興里はひとつずつ鋼の破片を見つめ、よく確認して置いていく。積み方になにか納得できないものを感じると、崩してまた最初から積み直した。

三人の弟子は息さえしていないのか。膝に手をのせ瞬(また)きもせずじっと見つめている。

小片を置いた。ちがう。べつのを置いた。これもちがう。また換えた。となりのを置き換え、そのとなりのも置き換えてみる。

ごまかしはきかない。手を抜けば、かならず出来上がった刀にあらわれる。

じぶんが満足し、納得するまで並べてみるしかない。

積んで崩し、また積んで崩して積み重ねた。

「これでよかろう」

ようやく満足のいく積み重ねができて顔をあげた。三人の弟子が青ざめた顔で見つめていた。

いつのまにか外が黄色く暮れている。

暮れ六つ（日没）の鐘と山に帰る烏の声が、不忍池から聞こえた。

十九

「よいか。そっとやれ。そっとだ。気を抜くな」

横座にすわった興里が声をかけると、大鎚を手にした正吉が顔をこわばらせた。

昨日、まる一日かかって梃子棒の先に積み重ねた鋼を、火床で沸かすのだ。

越前でも鋼の沸かしは得意だった。兼重の鍛冶場でもやらせてもらった。やり損じたことはない。

だが、鍛冶場を開いて初めてのじぶんの刀だ。

気負いがまるで違っている。

積み重ねた小割りの鋼を、水で濡らした紙でそっと包んだ。こよりにした紙で結び、藁灰をまぶして泥汁をかけた。

「窓、閉めろ」

これから、炎との格闘がはじまる。

炎の状態を凝視し、取りだした鋼の沸きぐあいを見極めるには、闇がいちばんだ。

つっかえ棒ではね上げてある窓を、直助と久兵衛が、興里にちかいところから順に閉めた。

なにごとも、段取りが大切だと教えてある。はやく暗闇に目を馴染ませるには、手元から暗くなっていくほうがよい。

闇になった鍛冶場を、火床の火が赤く照らしている。

火を見つめながら、興里は鞴の柄を抜き差しした。

強い風を送った。

鞴の把手（にぎりて）は、しっかり握る。甲冑師（かっちゅうし）時代からのくせだ。

鍛冶仲間には、把手を握らず、掌（てのひら）で押す者がいる。

——雑な奴だ。

そんな投げやりな仕事ぶりを見ただけで、興里は気分がよくない。

鞴の箱は、やわらかい杉材でできている。

柄は硬い樫（かし）の木だ。

こすれると、やわらかい杉の穴が削れて広がる。そこから風が漏れ、火床（ほど）への吹き込みが悪くなる。

把手をしっかり摑み、樫の柄が杉板の穴にふれないよう、薄紙一枚の隙間をあけて水平に抜き差しする。

どこまでも繊細に、ていねいに、五感と筋肉のすべてを総動員して取り組む。

そうやっていてさえ、失敗するのが刀鍛冶という仕事の怖さだ。

「炭ッ」

短く命じた。久兵衛が笊（ざる）の炭を火床（ほど）にあけた。火の粉が舞い、青い炎が立ち上がる。

把手を抜き差しするたびに、黒い炭の影が、赤く染まっていく。火床の温度が上がっていく。

山吹色の炎がたった。

目配せで合図すると、久兵衛が炭を掻き寄せた。

興里は梃子棒を左手で持ち上げた。重い。たっぷり七百匁（約二・六キロ）はある。右手ににぎった手箒は藁をきっちり硬く巻きたばねたものだ。それで、棒の途中をささえ、火床のなかにしずかに置いた。

久兵衛が、そっと炭をかぶせた。

風をゆっくり送った。急に熱してはいけない。中心部までじっくり熱するには、時間が必要だ。

鉄を相手にする仕事には、時間をかけねばならぬところと、かけてはならぬところがある。段取りは体に染み込んでいる。

火床を見つめた。盛り上がった炭の山から炎が吹き上がっている。

風を送りつづけていると、炎のなかで火の粉が爆ぜて花になった。

「おまえら、この火の花をよく覚えておけ」

久兵衛と直助が、そばに寄って炎を凝視した。

炎のなかで、ちいさな火花がいくつも開いて散っている。

炭の粉ではない。

鋼にふくまれていた炭素が、舞い上がって爆ぜているのだ。線香花火の出ばなと同じ勢いのよい火花である。

「こいつが爆ぜたら、沸いてきた兆しだ。つぎの段取りをしておけ」

二人の小僧が切れのよい返事をしてうなずいた。

鍛冶場では、いちいち言葉で指示できない。弟子たちが親方のすることの先を読んで準備してくれなければ困る。

耳を澄ました。

風の音に、ちがう種類の音が混ざっている。

地のなかで虫でも鳴いているような音が、かすかに聞こえている。

鋼が、沸きはじめたのだ。

梃子棒の握りからも、ジュクジュクと、鋼の沸く感触がつたわってくる。

鞴の柄を早く抜き差しした。鞴の木の弁が、早打ちの太鼓のように気ぜわしい音を立てた。炎が大きく立ち上がり、火の花が舞い散った。

そこで鞴をとめた。

久兵衛が、十能で炭を掻き寄せようとした。

「まだだッ」

風を止め、燠火のなかに熱を籠もらせて、中心部までさらによく鋼を沸かすのである。

興里には、火のなかの鋼が見えている。まだだ。もうすこし――。

しずかに弱い風を送った。炭が真っ赤に熾り、火床の熱が最高に高くなっている。

梃子棒を前後にゆすると、炎のなかで火の花がいくつもはじけた。

ここまで火花が舞い散れば、鋼はすでに明るい黄色に蕩けているはずだ。

「炭を寄せろッ」

久兵衛が炭を掻き寄せた。

取り出すと、鋼は、興里が脳裏で描いていたとおりの明るい黄色に沸いている。泥と熔けた鋼が混じって、油のようにとろりとした雫になって垂れている。油沸かしという理想の状態だ。

すばやくそっと鉄敷にのせた。

「それっ」

興里が声をかけた。

正吉が沸いたばかりの鋼を、大鎚で叩く段取りだ。

小割りの鋼は、ただ積み重ねて沸かしただけで、まだくっついていない。強く叩くと、ばらばらになってしまう。へんな隙間があくかもしれない。さっき、そっとやれと、くどいほどに念を押したのはそのためだ。

腰で大鎚をかまえた正吉が動かない。鎚の先がこきざみに震えている。

「なにしとる。鎚で押さえろ」

正吉はうごかない。口をへの字に曲げ、全身をこわばらせている。

「馬鹿もん。鎚をのせろッ」

軽く大鎚をのせれば、重さで鋼と鋼がくっつきあう。それだけでよいのだ。

「早くしろッ」

興里は立ち上がりかけたが、積み沸かした梃子棒をそのままにはできない。

久兵衛と直助は、と見れば、怯えた顔で立ちすくんでいる。

じりじりと苛立たしい時間が過ぎた。

鋼が冷えた。すでに小豆色にもどってしまった。

冷めた鋼を、火床に戻した。

「炭ッ」

久兵衛が、寄せてあった熾火を十能でかけた。

「足せッ」

笊の炭を足して盛り上げた。

正吉をにらみつけた。

「なにしとるかッ」

「す、すみません。崩してはならんと思うと手がすくんで」

腰で大鎚をかまえたまま動けずにいる。

興里は唇をかんだ。

こんなことをなんどもくり返しては、鋼が馬鹿になる。ねむい鋼になって、焼きが入らず、刃がつかない。

兼重の鍛冶場で正吉にはなんども先手をつとめさせたが、今日はよほど緊張しているのか。

火床のなかの鋼を、無駄に冷ますわけにはいかない。

——さて。

正吉は役立たずだ。任せられない。久兵衛にも直助にも無理だ。

——いた。

ちゃんと先手が出来る人間がひとりいる。あいつなら大丈夫だ。どんな時でも必ずうまくやる。

「ゆきを呼んでこい」

「…………」

三人の弟子が顔を見合わせている。

「呼んでこい。鍛冶場を手伝えというてこい」

「すみません。こんどはちゃんと……」

「もうよい」

「こんどは……」

「もうよいと言うておる。ゆきを呼んでこい」

にらみつけると、正吉がうつむいた。

「呼んでこい」

久兵衛を見すえた。すぐに駆けだして戸口を出て行った。

興里は、鞴の風をゆっくり送った。また芯からじっくり熱し直した。

小走りの下駄の音が響いて、ゆきが入って来た。袂に白襷をかけ、着物の裾をからげている。

「積み沸かしの仮付けだ」

ゆきがうなずいた。それだけですべてが伝わる。

「はい」

久しぶりに、妻のその返事を聞いた。越前の鍛冶場で、ゆきはきびきびとよく働いた。望んだとおりの呼吸で動いてくれる。大鎚の強弱の加減は絶妙だ。

鞴の風をころあいに吹くと、炎のなかで火の花が舞って爆ぜた。

「そりゃっ」

掻き寄せた熾火から、満月の色に熱した鋼を取りだして、鉄敷にのせた。

腰に大鎚をかまえて待っていたゆきが、こつんこつんと微妙な加減で、鋼を四、五回叩いた。鋼のかけらが気持ちよく鍛着したはずである。

梃子棒をあやつり、鋼を藁灰の盆にのせると、大鎚を置いたゆきが駆け寄って手際よく灰をまぶした。

「よしッ」

鋼を手元に寄せて、泥汁をかけ、火床にもどした。

そのまま三度、鋼を沸かして、叩き締めた。

ゆきは、ひとりで大鎚をふるった。

すこしずつ強くしていく強弱の調子が、興里の気持ちにぴったりそぐっていた。三度目が大沸かしである。

ここまでくれば、鋼はひとつに固まっていて、崩れる心配はない。

火床の炭を真っ赤に熾して梃子棒を前後にゆすり、くるりと上下を回転させた。ふつふつとした感触が腕につたわり、火の花が盛大に爆ぜて散った。

「そりゃぁッ」

大声で気合いをかけ、蕩けるほどに黄色く沸かした鋼を取り出した。

ゆきが頭上高くふりあげた大鎚に、満身の力をこめて正確に打ちおろした。素早くふりかぶり、ふりおろす。それをくり返した。

三十回ばかり大鎚を打ちおろした。

ばらばらだった破片が、溶融して完全にひとつの塊となった。まだ黄色いうちに、四角く叩き締められた。

「よくやったッ」

大声でねぎらうと、大鎚を手にしたゆきが、こわばった顔で額の汗をぬぐった。

二十

夜になって、ゆきは高熱を発した。

「すまぬ」

手拭いを桶の水でしぼって額に置くと、すぐに熱くなるので何度もかえた。返事さえできぬほど、ゆきは困憊していた。息が不規則なうえにかすかで、このまま死んでしまうのではないかと案じた。

正吉を駿河台に走らせて、狩野玄英に往診をたのんだ。

駕籠で駆けつけた玄英は、理由を聞いて興里を怒鳴りつけた。

「馬鹿者。二度とそんなことをさせたら、命がもたんぞ」

もらった薬を煎じて飲ませた。全身が汗で濡れている。夜中に二度、寝間着をかえてやった。

汗を拭き、手拭いで額を冷やし、朝までつききりで看病すると、すこしは熱が下がった。息もおだやかになった。

外で雀が鳴き始めたころ、薄く目を開いた。

「無理をさせてしもうたのう」

ゆきがうなずいた。

「無理は平気です。無理をしなければ、よい刀は打てませんでしょう」

興里は首をふった。

「無理はわしがすればよいことだ」

「いいえ……。あなたが懸命になさっていることを、ただぼんやり見ているわけにはまいりません。できることがあれば、手伝わせてください。お願いでございますよ」

ゆきの手を握った。嫁に来たとき、柔らかくすべすべしていたのを、はっきり覚えている。世の中にこんな柔らかいものがあるのかと思うほど、ゆきの肌は白くすべらかだった。

炭切りを手伝わせたので、いつの間にか指にささくれができた。大鎚（おおづち）を持たせたので、掌（てのひら）に肉刺（まめ）ができた。

興里の気持ちを、ゆきが察したらしい。

「鍛冶屋に嫁にまいりました。わたしも鍛冶の仕事が大好きです」

「そうか」

うなずいて、ゆきの頬に手をやった。頬はいまでも白く柔らかい。

額に手を置いて、まぶたを閉じさせた。

「眠るがよい」

「はい」

ゆきが素直に答えた。短い返事に、熱い思いのほとばしりを感じた。こんなわがままな亭主を、本気で愛（いつく）しんでくれている。

「あなたの……」

「ん？」

「手が好きでございます」

「こんな手がか？」

じぶんの両手を、あらためて見つめた。鍛冶屋の手だ。節くれだってごつごつして、火傷の跡だらけである。

「しばらくのせておいてください。わがままですけど……」

ゆきの目が、いたずらっぽく甘えた。

興里はいまいちど額に手をのせた。ちいさな寝息をたてるまで、そのままにしていた。


鍛錬は、つぎの段階にうつった。

積み沸かしをして、四角く固めた鋼の塊を、また蕩けるほどに黄色く沸かして大鎚で鍛える。

ここからが本番の鍛錬である。

二度とゆきを使うわけにはいかない。

「しっかりしろ。性根を入れてかからんか。そんなことでは、これから鍛冶として生きていけんぞ」

正吉を叱りとばし、大鎚を握らせた。すでに微妙な鎚の加減は必要ない。全身の力を込めて正確に打てばよいのだ。

「出来るな？」

「いままではなんでもなくやっておったのを親方もご存じのはず。昨日ばかりは、炎に照らされた親方の顔が閻魔大王に見えた。怖くなってしもうたんじゃ」

「最初の一振りだ。それくらいの気合いが入らんでどうするか」

鍛冶場に入るとすぐに窓を閉ざした。横座にすわり、鞴の風を送った。

盛り上がった真っ赤な炭火から炎が立ちのぼる。山吹色の炎が弟子たちの真剣な眼差しを照らしている。

――そろそろ、ころあいか。

梃子棒をにぎりしめた。炭に埋めた鋼のふつふつとした感触が伝わってくるが、まだすこし弱い。

――もっと風が欲しいか。よし。

把手を素早く短めに前後させて風を強く送ると、鋼がしきりと沸く感触が伝わってきた。梃子棒をゆすると、炎のなかに小菊のような火花がたくさん爆ぜた。

鋼は充分に滾っている。

手鎚で鉄敷を打ち鳴らすと、弟子たちが大鎚をふり上げてかまえた。

「いくぞ」

火床から鋼を取りだした。

四角い鋼が思っていたとおりの満月の色合いにとろりと沸いている。

鉄敷にのせ、水で濡らした藁箒で表面についた鉄の滓を落とす。

「そりゃッ」

大声で気合いをかけた。

正吉が大上段から大鎚をふりおろした。正確に鋼の上面をとらえた。

一撃目は、爆発にも似た音がとどろく。蕩けていた鋼が、四方八方に火の粒となって飛び散った。興里の胸元に大きな鉱滓がへばりつき、音を立てて肌を焦がした。

熱い鉄の粒を払い落としもせず、興里は気合いをかけた。

「強く打てッ。強くッ」

三人の弟子が、三挺の大鎚を素早くふるった。甲高い鎚音が、早い拍子でくり返し軽やかに響きわたった。興里は鋼の天地を返し、四方すべてを叩かせた。

大鎚がぶつかるたびに、黄色く熔けた鉄滓が盛大に飛び散り、不純物が抜け出る。

数十回くり返して叩くうちに、鋼が半分の厚さになって延びた。

柄のついた大きな鏨を、真半分のところにあてた。

「叩けッ」

正吉がころあいの強さで鏨の尻を叩くと、鋼に深い切れ込みが入った。

切れ込みから先の半分を鉄敷の外に出した。

心得た正吉が、突き出した半分を叩いて折り曲げた。

直角に折れ曲がった鋼を、こんどは鉄敷のうえで叩かせ、くるりと完全に折り返した。

長く延びた鋼が、二つに折れて重なり、また四角い塊になった。

そこを大鎚で叩かせ、しっかり鍛着させた。

「よぉっしッ」

興里は右手にぎった手鎚で鋼を叩いた。赤い鋼が手鎚をしなやかに受け止めた。

——粘りのあるいい鋼だ。

鋼を藁灰の盆にのせて転がし、灰をまぶした。手元に引き寄せて泥汁をかけた。

火床にもどすと、久兵衛が赤い炭をそっとかけた。

「炭を足せ」

黒い炭の上に、青い炎が立った。

鞴の風と木の弁の開閉する乾いた音が単調に響いた。興里は、ゆっくり息を吐いた。

火床の横座は、まともに炎に炙られる。全身から汗がふいていた。

折り返し鍛錬を二度やって、昼飯にした。

女子衆がもってきた握り飯を食べて熱い麦湯を飲んでいると、直助が恐る恐るたずねた。

「親方は、鉄と話ができなさるんですか」

突然、なにを言い出したのかわからなかった。

「鉄と話などできるもんか」

笑い飛ばしたが、直助は納得していない顔つきだ。

「でも、親方が鉄に話しかけておいでのように見えました」

「そうか？」

興里は首をかしげた。そんなことをしているつもりはない。

「おれにも、お話しなさっておいでに見えました」

久兵衛がしきりにうなずいている。

「言われて見れば、たしかに話しかけておられますのう」

正吉までそんなことを言う。

三人に言われて火床を見た。いまは熾火がこんもり熾っている。思い当たる節がないでもない。

「そうかもしれんな」

意識して話しかけているわけではない。火床にむかっているとき、つねに鋼の状態を気にして頭のなかでつぶやいている。

――まだだな。もっと風が欲しいか。

そう思えば、短く素早く鞴の把手を抜き差しする。

――沸いたな。そろそろか。

そんな独り言めいた心の中の問いかけが、鉄と話しているように見えたのかもしれない。

その日の午後、もう二回、折り返し鍛錬をした。

「粘りのあるよい鋼だ。だめな鋼ならば、三度折り返すともうぼそっとしてくっ着かなくなる。ここが見極めどころだ」

山吹色に蕩けた塊を手鎚で叩き、興里は粘りけのある感触に満足した。

折り返し鍛錬を、八回くり返した。二振りの刀を同時に鍛えているので、それだけで何日もかかった。

「ここまでが下鍛えだ」

「まだやるんですか」

直助の顔があきれている。毎朝早くから重い大鎚をふるわされて、相当くたびれがでているらしい。腕や肩の筋肉が痛んでいるはずだ。興里にも覚えがある。大人になりきらぬ体に、大鎚はきつい。

「本番は、まだこれからだ。なんども折り曲げて重ねればこそ、鋼に強靱な命が吹きこめる。いい加減なところで手を抜いたら、鍛冶の仕事はそれでお終いだ。斬り合いの最中に、刀が折れてみろ。いったいどうなる」

直助が顔をゆがめた。

「それで斬り殺されたら、鍛冶を怨んで幽霊になります」

「だったら手なんぞ抜けまい。一心不乱に鍛えるだけだ」

下鍛えを終えた鋼は、じっくり沸かしながら、こんどは四分（約一二ミリ）角の細長い角棒に叩き延ばす。

正吉一人に中腰で大鎚をふるわせ、気長に根気よく叩かせた。なんども沸かし直し、四角く真っ直ぐに叩き延ばす。その作業にまる二日かかる。

四尺ばかりの角棒に延ばすと、真ん中で切断して二本にした。

「それを合わせてみろ」

冷めた二本の棒を久兵衛に持たせた。

両手に持った二本の角棒を合わせ、久兵衛が目を丸くした。

「すげぇ。これぽっちも隙間ができねぇや」

二本の角棒は、吸いついたように密着している。

「髪の毛一本の隙間もないように叩いてるんだ。鍛冶っていうのは、それくらいの仕事ができる。どうだ、見直したか」

正吉が先輩風をふかせて自慢した。

その長い棒を、こんどは短く切りそろえる。

ちいさな拍子木に切った鋼を、隙間なくぴったり積み重ね、また沸かして蕩かす。大鎚で押さえてひとつの塊に鍛着させる。

もはや、正吉も怖じなかった。やはり鍛冶の子である。絶妙の先手となって大鎚をふるった。横座にすわる親方と、鉄敷をはさんで向い合って立つ弟子は、親方の呼吸を読んで大鎚をふるわなければならない。

ふたたび四角い塊にした鋼は、さらに上鍛えする。折り返し鍛錬を、また八回。

「ずいぶん小さくなりました」

直助が驚いている。

「それだけ悪いもんが飛び出していったのだ。お前たちが全身の力で叩き出したのだ。鍛冶の力が、鋼を強くするんだよ」

七百匁（約二・六キロ）あった鋼の塊が、折り返し鍛錬を十数回くり返すうちに、半分以上は減ってしまう。出来上がった塊は二百匁ほどしかない。

あとは不純物が鉄滓となって飛び散ったか、黒っぽい酸化鉄の鉄肌として剝離したか。

そこまで鍛えてあればこそ、鋼はこれ以上ないほどの粘りと強靱さを帯びるのである。

「こいつを刀の皮鉄につかうのだ」

日本刀は、硬い皮鉄と軟らかい心鉄を重ね合わせるところに最大の特色がある。性質のちがう鋼を重ねることで、折れず、曲がらず、よく切れる刃物ができるのだ。

最初に鍛えた皮鉄とはべつに、軟らかい心鉄を鍛えた。

小割りしたとき、割れにくかった鉧を、やはり積み沸かして固め、五、六回折り返し鍛錬した。

最初に鍛錬した皮鉄を平たく叩き延ばし、柏餅の皮があんこを包むように心鉄を挟んで包む。まくり、あるいは甲伏と呼ぶ一般的な造り込みの技法である。

つぎにそれを長く叩き延ばし、刀の形にする。

まずは、まる一日かけて素延ばしする。

正吉ひとりが先手をつとめた。

興里が手鎚で鉄敷を叩くと、正吉はその強弱を聞き分けて、大鎚の力を加減した。

なんども火床で沸かしながら、ひとかたまりの鋼が、長さに二尺余り、幅八分に延びていく。

「でりゃッ」

興里は、ときに奇声を発して、気合いをかけた。初めての刀が生まれてくる喜びが、全身を駆けめぐっていた。習作は何振りか鍛えたが、この刀にじぶんの銘を初めて切ろうと意気込んでいる。いやがうえにも気合いが高まり、おのれの全身が鋼になったかと思うほど、鍛刀への意欲が漲っていた。

細長く素延べした鋼は、先端の棟の側を三角に切り落とし、手鎚で刃の側を叩き延ばして尖った切先を打ち出す。

「ここで刀の姿が決まる。髪の毛一本でも切先の形がちがえば、べつな刀になるぞ」

興里は全身に気魄を込めて手鎚を振るった。

三人の弟子は、呪縛にかかったように興里の仕事ぶりに魅せられていた。

素延べして切先を打ち出した鋼は、まっすぐな直刀の形をしている。

それを赤め、反りのある刀の姿に打ち出す火造りは、興里がすべて手鎚一本でおこなう仕事である。切先から叩き始め、丹念に刀の姿を打ち出していく。

一心に手鎚をふるう興里は、おのれの身に天つ神が降臨したかと思うほど気持ちが冴えきっていた。手鎚の一振り一振りに六根清浄の仏意が宿っているのだと感じた。手鎚をふるうたびに、じぶんの身が神か仏に近づいていく気さえしていた。張りつめた気魄がここちよかった。

四人の男たちは、来る日も来る日も、夜明けから日没まで、火床と鋼だけを見つめていた。

刀の鍛錬は、苦行にも似ている。

精進しなければ、よい結果は得られない。

精進したところで、よい結果が得られるとはかぎらない。

なにも考えず、ただ鉄だけを見つめ、鉄だけを相手にする。

そんな日々が、風のごとく吹きすぎていった。

二十一

二階の座敷は、東南に向いていて陽当たりがよかった。障子を開くと、不忍池と上野の山の眺めがよい。いつのまにか山の緑が、黄色く変じていた。

初冬の空は、澄明な深みをもった縹色に晴れているが、風がすこし冷たい。ちいさな群れをつくった鴨が、蓮のあいだを泳いでいる。

「毎日、よい音が響いておりますね」

　このところ、言いつけ通りに養生していたせいか、ゆきは顔色がよくなった。冷えないように綿のたっぷり入った布団と掻巻を買ってやった。

「冴えた音であろう。久兵衛も直助も、よくやってくれている」

　鍛冶場を開き、鍛刀を始めてひと月ちかくがたつ。日がな大鎚をふるう力仕事のつらさに、新弟子が逃げ出しはすまいかと案じていたが、二人ともよく辛抱している。

「こうして寝ていましても、鎚の音を聞いているだけで、生きていく力をいただいている気がいたします」

「そうだな。おれもそうだ。弟子たちの大鎚のおかげで、生かしてもらっている気がするのう」

　ゆきが、くすりと笑った。

「嘘でございましょう。ふふ」

「なぜ、嘘だ」

「わたしの旦那様は、天上天下唯我独尊。不動明王か阿修羅でも降臨したごとく心根の強いお方でございます。むりに合わせていただかなくても、けっこうでございますよ」

「そんなこともないがな……」

「あなたらしくもありませんこと。あなたに謙遜は似合いません」

　妻のいうとおり、興里にはおのが力量に対する自負が、はち切れんばかりに漲っている。兼重のところで打った習作の刀でさえ、師匠の刀をはるかに凌駕するできばえだと思っている。甲冑師として存分に鉄を知り尽くした男が、虚心坦懐に作刀の技法を学んだ。これで古今無双の名刀が打てないはずがない。

「あなたの腕自慢が、わたしは大好きですよ。無邪気にはしゃいだ子どもみたいですもの」

誉めたわけでもなかろうが、いやな気はしなかった。

「でもね……」

ことばを途切らせて、ゆきが外に目をやった。青空高くに雲が筋をひいてたなびいている。つづきを待ったが、なにも言わない。

「なんだ？」

「寒くなりましたね」

興里は立って障子を閉めた。

「今朝は、こんなにゆっくりなさっていてよろしいんですか」

「火造りした刀のセン掛けも終わった。今日は土置きをする。ゆったりした気持ちでやりたいのだ」

手鎚で刀身の姿を叩き出したのち、こんどは赤めずにセンという工具で余分な肉を削って形を整えた。

出来上がった刀身に、これから焼き刃土を塗って焼き入れをする。土の塗り方、置き方によって刃文の流麗さが決まる。あせらず、満を持してやりたい。

「ちゃんと寝ておれ」

仕上げ場に行くつもりで、ふすまに手をかけた。

「このごろ思うんです」

ふり返ると、ゆきが淡く微笑んでいた。

目でたずね返した。

「あまり根をお詰めになりませんように。張りつめすぎるとよくない気がいたします」

「そうしよう」

返事をしたものの、高まっていた意欲に水をさされたようで、気分が悪かった。病人でなければ、怒鳴り飛ばしているところだ。


仕上げ場の土間は、言いつけたとおり、たっぷりと水がまいてあった。

セン掛けで成形した刀を、あらためて眺めた。茎の尻をにぎって腕を前に伸ばし、刀をまっすぐ立てた。こうやって眺めれば、全体の姿がよくわかる。

反り浅く、先の細い鎬造りの刀である。削った地鉄が美しい銀色に輝いている。

板の間に、重い欅の塗り台がすえてある。

端に打ち込んだ鎹に、刀の茎を挿し、下に楔を嚙ませた。刀身を斜めに空中に突き出したまま固定した。焼き刃土を置くときは、刀を宙に浮かせるとやりやすい。

「藁灰と清水で油気をきれいに洗っておくことだ。そうせぬと、焼き入れしたときに土が落ちてしまうからな」

三人の弟子が、しっかりうなずいた。

興里は、調合して壺にしまっておいた焼き刃土を板の上に出して竹の箆で練った。

焼き刃土は、刀工の秘伝中の秘伝である。

陶器につかう良質の粘土に、砥石の粉や炭の粉を混ぜて作るが、どこの粘土を選ぶか、砥石や炭の粉はどれくらいの粒子まで擂り潰すか、ほかになにを混ぜるのか、やり方はさまざまで、それぞれの刀工に独自の工夫がある。

ほとんどの刀工は、一子相伝の秘伝として弟子に製法を教えない。頑丈な錠前をおろした部屋で土置きし、弟子を隔離してしまう刀匠もいる。

その点、興里の師匠兼重は寛容であった。隠しもせずに、すべてを教えてくれた。

「おれの師匠の兼重殿はどんなことでも教えてくれた。見ただけで真似ができたらたいしたもんじゃ、と胸を張っておった」

おのが腕に対する強烈な自負があればこそ、兼重は教えたのだ。

同じ調合で土を作ったところで、微妙な割合の違いや粒子の大きさの違い、あるいは塗るときの厚さ、さらには鋼の質、焼き入れをする水の温度によって、刃文のつきかたはまるで違ってくる。相当な腕がなければ真似などできない。

「まずは、こうやって……」

つぶやきながら、興里はゆるく練った焼き刃土を箆ですくい、刀の表に薄くのばした。

「おまえらは、なんでもすぐ教えてもらえて幸せな弟子じゃのう。ほんまにいい親方にめぐりあったぞ」

正吉が二人の新弟子に言い聞かせた。二人の若者が頭をさげた。

「気にするな。いずれおまえらも、長曽祢の一門として刀を打つであろう。そのとき下手な刀を打たれたら、わしの名折れだ」

正吉の顔がすこし曇った。

「ああ、おまえは親父殿の名を継いで、貞国を名乗るがいい。それが供養だ」

正吉が首をふった。

「いえ、親父はよい鍛冶でしたが、親方はまるで違っています。鋼の神が降臨したほどの気魄。わたしはぜひ興の一字をいただきたいもの。興……、興正がいい。興正にさせてください」

正吉のなにげない言葉が、なぜか、ざらりと興里の自負を逆撫でした。

「馬鹿もん。親父殿の不運を思っていったまでだ。おまえなどが興の字を名乗るのは百年早い。満足に大鎚もふるえぬ若造がなにをぬかす。すこしは鉄のことがわかってからものをいえ」

むやみと腹が立ってしょうがなかった。

目を落とすと、すでに塗った土が乾きかけている。

「水を撒け」

正吉が桶に水をくんできた。目の端で見ていると、ざばっと乱暴にぶちまけた。

「阿呆たれ。もっとていねいに撒かんか」

「すみません」

「もうよい。正吉は鉄敷を磨いておけ。久兵衛と直助は炭切りをしておれ。ちゃんと皮をそぎ落とせよ。この前のように皮が残っておると松脂が爆ぜて火の花と見まちごうてしまう」

出来の悪い弟子に苛立っていては、存分な土置きができない。

口うるさく小言を投げつけてしまったので、心に波が立っていた。興里は立ち上がって障子を開けた。

不忍池がうすく曇っている。見上げれば、ちぎれ雲が太陽を隠していた。

雲が風にながれ、雲の端に白くまばゆい陽光が滲んだ。白雲が、陽の光を透かして匂い立つほどの和らぎをもって見えた。

――これだ。この艶やかさだ。

刃文は、互の目のたれを焼くつもりである。ゆるやかにここちよく波打たせ、波の線は冴えた匂い口にしよう。

焼き入れのときにできる鉄の微粒子が、肉眼で見えないほどの細かな粒になれば、そこが雲のように匂い立って美しい。

焼き上がりの刃文が、脳裏にくっきり浮かんだ。

塗り台に向かうと、興里はなんの雑念もなく土を置いた。篦を動かし、ただ美しい刃文の焼き上がりだけを祈った。

つぎの日、焼き刃土が乾いたのを確かめて、焼き入れにとりかかった。

「小炭をいれろ」

鍛錬とはべつの火床に火を点じた。長い刀身をいっときに赤めるために、炭を熾す窪みが長くこしらえてある。

「炭を足せ。もたもたするな」

こまかく切った小炭はすぐに燃え尽きる。焼き入れは一瞬の勝負だ。刀身全体をむらなく赤め、素早く水舟に浸ける。微妙な温度のちがいで、刃文が違ってしまう。ここで失敗したら、いままでの苦労が水泡に帰す。興里はいつになく苛立っているのを感じていた。

暗くした鍛冶場で、鞴を抜き差しすると、炎が高く上がった。

刀の茎に長い焼き柄をはめて、炭火にさしこんだ。時間をかけて、切先から鎺元まで刀身全体を小豆色に赤める。

摂氏でいえば、小豆色に赤まった鋼の温度は七百三十度から八百度。ちなみに、火床で鋼が山吹色にふつふつ沸くのは千三百度。出雲のたたらで朝日の色に溶融してしじるのが、千五百度である。

炭から刀を抜いて、色を確かめた。全体が赤らんでいる。もうすこしでころあいだ。

水舟（みずぶね）に指の先をつけた。湯を入れてぬるめにしてある。これも適温だ。

風を強く吹きこんで火床のなかの炭を浮き上がらせ、しずかに刀を引き抜くと、そのまま水舟につけた。

泡が立って盛大な湯気が立ちのぼった。泡の音が、余韻をもって長く聞こえた。

二振りの刀の焼き入れをした。火入れ式以来、同時に鍛えてきた刀である。

もどかしい気持ちで仕上げ場に駆け込み、土間の砥石（といし）にむかった。

刀身にこびりついた土を荒砥（あらと）で落とした。疵（きず）がないか気にかかる。

大きな疵はなかった。

下手をすると、焼き入れのときに、割れが入り、石気（いしけ）や炭気が黒く出る。しなえた皺（しわ）や、気泡のふくれが出ることもある。

興里は舐（な）めるように刀を見た。

安堵した。大きな疵はない。これならよい刀に研（と）ぎ上がるだろう。

「見てみるか」

正吉に手渡した。

「はい」

頭をさげて受け取った正吉が丹念に刀を見ている。

「どうだ」

「すばらしい出来だと思います」

満足して、二振り目の土を落としにかかっていると、正吉がちいさな声を上げた。

「ここに……」

指さしたところを見れば、刃先から七寸ばかりの物打ちに、睫の先ほどのちいさな罅があった。吸い込まれるように眼を寄せた。

長さにして一分（約三ミリ）。

焼き入れのときにできた刃切れである。

荒い砥石の研ぎ筋にまぎれていて見落としたのだ。

埃屑ほどの罅割れだが、場所が場所だけに致命的だ。こんな割れ目でも水がしみれば、そこから錆が出る。

壁にかけてあった手鎚をつかむと、興里は渾身の力をこめてふりおろし、刀を真っ二つに断ち折った。

二十二

十月も終わりに近づくと、不忍池の蓮が立ち枯れはじめ、寒さの気配がちかづいた。

それでも空はよく晴れ、夏よりいっそう研ぎ澄まされた深みをもっている。

「江戸の空は青いな」

昼に、にぎり飯を食べ、白湯を飲んでいると、池の上の空のさわやかさが目にしみた。

「越前の空は何色ですか？」

久兵衛がたずねた。

「あほたれ。越前だって、空は青いに決まってる」

正吉が怒鳴りつけた。

「ああ、冬の越前の空は鉛の色をしておる。どんより暗くて気がめいる空だ」

それに比べたら、江戸の冬は快適だ。寒いといったところで、大雪に閉ざされるわけではない。

――冴え冴えと青い鉄になっていればいいが。

思うのは、打ち上がった刀のことばかりである。最初に打った二振りのうち一振りは刃切れがあったので断ち折った。

もう一振りに目立つ疵はなかった。研ぎに出しておいたのが、そろそろ仕上がって届くはずである。

鍛冶場の外で陽にあたりながら青空を眺めていると、表で客の声が聞こえた。

女子衆の下駄の音が、小走りに響いた。

「お待ちかねさまがいらっしゃいました」

「ああ、仕上げ場に通してくれ」

興里が行くと、茶木綿の長い包みを前に置いた若い男が行儀よくすわっていた。

#に木の字を染めぬいた紺の前垂れをかけている。日本橋本町の研師木屋の手代である。

「研ぎが上がりましたので、お持ちいたしました」

風呂敷の結び目をといて長い物を取りだした。白鞘である。一礼して両手で恭しく差し出した。

「お世話をかけましたな」

じぶんで鍛冶研ぎをしてかなりよい出来であることは確認していた。それでも本職の研師が研げば、刀はまるでちがって見える。

ことに木屋常与は、徳川将軍家から百俵十人扶持をもらうお抱え研師で、あたりまえなら新参鍛冶の新刃などおいそれと研いではくれない。兼重に無理をたのんで紹介してもらったのは、なんといっても気品のある研ぎを期待してであった。

興里は白鞘を抜きはらった。

あらわれた刀は、障子越しの光をうけて清々しい地鉄をかがやかせた。

柄を握って、まっすぐに立てた。

反り浅く、先の細る姿は、キリリと引き締まっている。よくもんだ紙で棟をうけ、地鉄のすぐそばまで目をちかづけた。

——出来た。

いささか肌立ち気味で、ざんぐりとしたこころがあるものの、小板目の肌はよく詰んで美しい。澄んだ青い光を放っている。なだらかにのたれた刃文には、思い描いていたとおり、細かい匂(におい)の微粒子が引き締まってかかっている。浮き雲の端に透いた陽光のごとき冴(さ)えぐあいだ。

満足のいく出来であった。

「御当主の常与殿は、この刀をご覧になってはおるまいな」

木屋は大勢の研師を抱える大店(おおだな)だ。主人がいちいち新刃(あらみ)を見たりはするまい。

「いいえ、手に取って拝見しております」

意外な答えが返ってきた。

「長曽祢(ながそね)様は腕がよいとの兼重様のご推薦でしたから、手前どもの主人も研(と)ぎ上がりを楽しみにしておりました」

思わず顔がほころんだ。

「さようか。なんとおっしゃっていた」

手代が小首をかしげた。

「はて、格別なにも……」

興里は鼻白んだ。これだけ出来のよい刀である。康継(やすつぐ)はもとより、師匠の兼重より、はるかに地鉄(じがね)が冴えている。姿はゆるぎがない。匂(にお)い口(くち)の細やかさは絶品である。ひとことくらい誉めてもよさそうなものだ。

「ほんに、なにもおっしゃらなんだのか?」

「いえ、そういえば……」

そうれみろ。木屋常与ほどの刀の目利きが、これだけの刀を誉めぬはずがなかろう――。

「なんとおっしゃった」

「張り切った刀だな、と」

手代はそこで唇をむすんだ。

「それだけか」

「はい。それきりでございました」

手代が顔をそらせて明るい障子をながめた。

行光（ゆきみつ）、青江（あおえ）にならぶなどと豪語するつもりはない。それでも、いま江戸で打っている新刃（あらみ）のなかでこれほど出来のよい刀はめったにあるまいとの自信がある。

「この刀、あんたはどう思う？」

刀を正面にまっすぐ立て、その向こうに手代の顔を見すえた。

「木屋の手代をしていれば、刀はずいぶんあれこれたくさん見ておるだろう」

「はい、拝見しております」

「そういう目利きにたずねたい。この刀をどう観た？」

「よいお刀だと存じます」

「世辞はいらない。ほんとうに思ったところを聞かせてくれ」

手代が唇をなめた。ことばを選んでいるらしい。

「なんといいますか……」

「なんとでも思ったことを言ってくれ。怒ったりしねぇよ」

江戸の者に詰め寄るときは、江戸の口調をつかわなければ舐められる。

「はい。よいお刀でございます……」

興里は満面の笑みをつくった。そんなありきたりの批評では満足できない。手代の口もとがすこしゆるんだ。

「ただ、正直に申しますと、いささか疲れる刀だと存じました」

「疲れるとは、どういうことだろう」

「主人の申しましたように、張り切り過ぎているといいますか、眺めておりますと、落ち着かず、いまにも駆け出したくなるような気がしてまいります」

「それを覇気というんだ。凛々と精気が横溢しているということだろう」

「いえ、それならよろしいんですが、気張りすぎていてなにか見苦しいような……」

手代が気まずそうに唇をかんだ。さすがに口が滑ったと悔いているらしい。

「いや、いいんだ。怒りゃしない。刀をいちばんよく知っているのは、なんといっても研師だ。おれは江戸一番の鍛冶、いや、日本一の鍛冶になりたい。日本橋木屋の御意見はぜひとも拝聴したい。研いだ奴は、なんか言ってなかったかい。ぜひ聞かせてくれ」

興里はとびきりの笑顔を見せた。

「いえ、とくにこれといったことは……」

ことばの含み加減から、研師がきっとなにか言ったに違いないと直感した。

「教えてくれ。頼む」

頭をさげて、すくい上げるように見すえた。

「ええ……」

「教えてくれなきゃ、店まで訊ねに行くぜ」

小さく首をふった手代が、諦めたように口を開いた。

「はい、この刀を持っていたら……」

言いかけて、口をつぐんだ。

「途中でやめたら生殺しだ。怒りゃしないさ。本当の声が聞きたいんだ」

「いえ……、あの、はい……。災難が寄ってくる、と……」

怒る気にもならなかった。

「そうか、災難か……」

研ぎ代を払うと、手代はそそくさと帰った。

そこらの安い町研ぎなら何百文かですむところを、木屋に研がせれば、小判が何枚も飛んでいく。それを承知で頼んだのは、じぶんの刀が新刃ながらも上鍛えの大業物の名刀だと信じればこそである。

気分がくさくさした。

水を飲むつもりで台所にいくと、ゆきが火吹き竹を手に立っていた。

「いま、団子を買いにやらせましたのに」

「いいんだよ、そんなもの。寝てろ寝てろ」

ゆきが愉(たの)しそうに笑っている。

「なんだ。なにがおかしい」

「誉めていただいて、よろしゅうございましたね」

「さんざんな悪態だ」

「いいえ、聞こえてしまいました。災難が寄ってくるなんて、それだけ惹きつけられる刀だということですわ。力のない刀に、だれもそんなことは言いませんもの」

「ちっ、馬鹿馬鹿しい」

「お疲れさまでした。わたしにも、拝見させてくださいましな」

仕上げ場で刀を見せると、ゆきは目を細めてながめた。越前にいたころから、ゆきにはできるだけ鋼(はがね)や刀を見せてあれこれ教えていた。鉄(かね)に対して、それなりの目が利く。

「どうだ。よい出来だろう」

「はい。あなたらしい刀ですこと」

それきり、なにも言わなかった。

その日は仕事を早く切り上げて、鍛冶場の火を落とした。

興里は刀を舐めるように見つめ続けた。

さすがに木屋だけあって、刀が秘めている力を遺憾なく上品に発揮するように研いでくれた。

ぬらりと光らせすぎずしっとりと潤いをもたせて地鉄を拭い、刃文のかたれと匂の見せ所を絶妙の気品に仕上げてある。こういう芸当は、そこらの町研ぎにはとうていできない。

——研師の腕じゃない。おれの刀がよいのだ。

見つめていると、自信がよみがえってきた。じぶんの腕に強い誇りと満足を感じた。

正吉に持たせた。やはり、舐めるように見ている。

「兼重親方の刀より姿がよほどキリキリしていますし、地鉄の出来がいいと思います。刃文もみごとです」

若い弟子にも持たせてやった。

「すごい豪刀です。将軍様に献上すればご褒美がいただけますよ」

直助の讃辞はほほえましかったが、みょうに白けた気分にさせられた。

やはり木屋の手代の言葉が気にかかった。

災難云々はともかくとしても、「張り切った刀」という主人の品評が頭をはなれない。

ためつすがめつ飽きずに眺めた。

——いい刀だ。

そう結論した。引き締まった覇気のある天晴れな刀である。

寝間の枕元に置いて寝ることにした。

抜き身のまま刀掛けにそっと置いた。

行灯の光で惚れ惚れと眺め、あらためて満足してから、床に入った。


夜半に目が醒めた。板戸が風に鳴っている。木枯らしが吹いている。

刀は、と見れば行灯のちいさな光に神々しく浮かんで見えた。

——いい刀じゃないか。

満足して、となりの寝床のゆきを見やった。穏やかな顔で寝息を立てている。

部屋が冷えきっている。火鉢でもいれてやろうと、立ち上がった。

「今夜は、冷えますわね」

「起きたか。火鉢をいれてくる」

「いいえ。だいじょうぶです」

「寒かろう。冷えるのは毒だと先生がおっしゃったではないか」

「はい。でも……」

「かまわん。炭を熾してこよう」

「いいえ。あの……」

「なんだ」

「よろしければ、あの……。いえ、なんでもありません。お休みなさいませ」

ゆきが寝返りを打った。

興里は、しばらく考えていたが、ゆきの寝床にからだを滑り込ませた。足が冷たい。背中から抱きしめて暖めてやった。病を得てから同衾したことはない。妻のからだが儚く消え入りそうに感じられた。

「うれしゅうございます」

「気にするな。寝ろ」

興里も眠かった。外の木枯らしを聞いているうちにまどろんだ。

──あなたらしい刀……。

ゆきは、そう言った。どういう意味だったのか。明日、たずねてみよう。

うとうとし始めたその時である。

キンッと張り詰めた金属音が枕元で響いた。

音にはじかれて起きた。

刀を見た。

──まさか。

信じられなかった。

行灯の光を大きくして確かめた。

切先がない。

刀の先が、丸く間抜けている。

近づいてよく見ると、切先（きっさき）の焼きの入った刃の部分が、欠けてなくなっている。焼きの入っていない鋩子（ぼうし）（切先のなかの刃文）の小丸を残して、先だけが鏃（やじり）のように割れて飛んだのだ――。

金屋子神（かなやごのかみ）の嘲笑が、闇のむこうに聞こえた。おろかな鍛冶を笑っている。

無理に張り詰めて鍛えると、切先が飛ぶことがある。兼重にそう聞いたことがあった。

割れた切先を探したが見つからない。遠くまではじけ飛んだかと、部屋の隅々まで行灯で照らしたがどこにもなかった。

「あなた、あれ……」

ゆきの視線の先を見上げると、天井にきらりと光るものが刺さっている。張り詰めていた刀が、割れた切先を勢いよく弾（はじ）き飛ばしたのだ。

――おれらしい刀か……。

飛んだのは、切先だけではなかった。

鍛冶として積み上げた興里の自負と驕慢（きょうまん）のすべてが、一瞬にして飛んで消えた。

二十三

上野には寺が多い。

寛永寺三十六坊はいうにおよばず、山のふもとにも寺院の大屋根がおびただしくつらなっている。

すこし北に歩いて町並みをはずれると、まだ冬枯れたままの田が広がっていた。朝の空が、痛いほど青い。今朝は、空の青がよほど深く濃い気がした。

「むずかしいお方だから、口のきき方に気をつけろよ」

先を歩く師匠の兼重に釘を刺されて、興里は気持ちをひきしめた。

承応四年（一六五五）の年が明け、松がとれている。

去年の秋、興里は不忍池のほとりに、じぶんの鍛冶場を開いた。そこで初めて鍛えた刀の切先が、冷え込んだ夜、自然に裂けて弾け飛んでしまった。どこかに無理があったのだ。立ち上がれないくらい落ち込んだが、一念発起。気持ちをあらたに奮い立たせて、また鍛冶場にこもった。正月を祝うのも忘れて、一心不乱に刀を鍛えた。

年が明けてようやく満足のいく刀が打ち上がった。

研ぎに出してもどってきた刀を眺めると、悪くない出来であった。いや、じつのところかなりよい。

――これならば。

ひとたび粉々に砕けた自負がよみがえるほどの出来栄えである。

二尺三寸二分（約七〇センチ）の刀は、播州の千種鋼を鍛えたので地鉄が澄みきって冴えている。

焼き入れがことのほかうまくいった。障子を開けて、初春の陽射しにかざすと、大きく波打った刃文の縁が嬉しくなるくらい青く光っている。地鉄には、狙いどおり沸き立つような小沸がついた。いずれも刃が硬く強靱な証である。

出来具合は満足したが、前のことがあるだけに、不安がよぎった。

――また、欠けるかもしれない。

そう思うと、夜も眠れない。

不安をぬぐい去るには、実際に刀を試すのがいちばんである。

「山野様に見てもらえ。あの御仁は鍛冶よりよほどの目利きじゃ」

師匠の兼重に相談すると、そう勧められた。

山野加右衛門は、刀の切れ味を試す試刀家である。ときおり兼重の鍛冶場を訪ねてきては、あれこれ作刀に意見することがあったので、興里も顔は知っている。

ちょうど山野の屋敷で刀を試してもらう約束がしてあるというので、興里は同道させてもらうことにした。

屋敷は下谷にある。

弟子の正吉に刀を持たせ、兼重とともに朝の道をたどった。あちこちで梅がほころび、かんばしく薫っている。

赤い椿の生け垣で囲まれた加右衛門の屋敷は、線香の強い香りが鼻をついた。抹香の匂いに、べつの匂いが混じっている。

玄関で訪いをいれると、若党が出てきた。

そのまま裏庭に案内された。広い庭に、土を叩いて固めた土壇が築いてある。

山野加右衛門は、袴の股立ちを取り、白襷をかけて素振りをしていた。

ふつうの武芸者の素振りとは、ずいぶん違っている。

足を八の字に開き、腕をまっすぐ伸ばして木剣を大上段にふりかざす。爪先立ちに伸び上がり、そのまままっすぐ地面まで切り落とす。

痩せた長身が大きく撓り、勢いよく前かがみになった。木剣が風を切り、すごみのある音をたてる。

何百回となくくり返すのを、黙って見ていた。朝打ち三千回、夕打ち八百回が日課だと聞いている。

終わって、手拭で汗を拭った。

「お邪魔しております。刀を持ってまいりました」

兼重が深々と頭を下げると、加右衛門がうなずいた。

眼を炯々と光らせた五十がらみの男である。これまでに六千人以上の罪人を斬ったという噂が、まんざら大袈裟とはおもえないだけの気魄がみなぎっている。

弟子に持たせていた刀袋から、兼重が白鞘を取り出した。

「お願いいたします」

両手でささげてさしだすと、加右衛門がすらりと抜きはらった。

腕をまっすぐ前にのばし、刀身を立てて全体の姿をじっと見ている。

着物の袖で刀の棟をうけて、地鉄に目を寄せた。鎺元から切先までじっとり舐めるように視線をはわせて裏に返し、また視線をはわせてうなずいた。

「よい出来だ。精進したな」

「ありがとうございます」

兼重の返事に安堵が溢れていた。

山野加右衛門ほどの目利きになれば、実際に刀を振るわずとも、地鉄を見ただけで刃味の良し悪しが的確に鑑定できる——。そう聞かされているだけに、加右衛門のことばに重みが感じられた。

「したくをせよ。ふたつだ」

加右衛門がつぶやくと、若党たちが小走りに駆け、戸板に首のない死体をのせてもどった。

屍は褌だけの裸である。首から血が抜けきっているせいか、肌が異様に青ざめて白い。

高さ一尺の土壇に寝かせ、若党たちはすぐにまたもうひとつ首のない死体を運んできた。

「本胴をかさねよ」

死体の試斬には、斬る部位によって、一寸余りの間隔で名前がついている。肩にちかいところから、摺付け、脇毛、一の胴、二の胴、三の胴と下がり、本胴はちょうど鳩尾にあたる。

若党たちは、死体のあつかいに手慣れていた。

足をたがいちがいにして横向きに寝かせ、後ろの死体が前の死体を抱くように縄で縛りつけたうえ、四隅に打ち込んだ棒杭にしっかり固定した。

加右衛門は、刀の柄をはずし、一尺以上もある長い切り柄にはめ替えた。白木に鉄の輪が三つはまり、いかにも堅牢である。

鉄の目釘を挿し、鎺元を楔で固定すると、左手で三度、袈裟に振った。

土壇の前に立ち、眼を大きく開いて屍を見つめた。青白い死体は、腕と脚をのばして硬直している。

柄を両手で握り、切先をかるく死体の胴にのせた。

足を擦り、切先が胴のむこうにわずかに出るほどの間合いに立った。

朝の光に、小鳥がさえずった。加右衛門がしずかに息をはいた。爪先で伸び上がり、腕と肘を高くのばして大上段に振りかざした。

天にむけて刀を突き立て、全身が弓のごとく反り身になった。

そのままの姿勢で二呼吸おいて、加右衛門の眼が光った。

刀の切先が、さらに二、三寸ふわりと伸び上がったかと思うと、勢いをつけて刀が振り下ろされた。

鈍い音とともに、二つ重ねの胴が両断された。

刀は土壇にめりこんでいる。胴の切り口から黒い臓物がたれて出た。

引き抜いた刀を懐紙でぬぐうと、加右衛門は、また刀を舐めるように見つめた。

「申し分ない刃味だ。二ツ胴截断の銘を切るがよい」

「ありがとうございました――」

山野加右衛門永久の截断銘が金象嵌で入っていれば、刀の値はいっきにはね上がり、数十両で売れる。山野には礼金を十両ばかりも包むことになるが、それでも、鍛冶にとってじゅうぶんな余禄がある。

仙台藩士だった加右衛門は、若いころに浪人して江戸で試刀術を学んだ。師匠は千二百石取りの幕臣中川左平太である。

中川左平太には大勢の弟子がいたが、加右衛門がいちばんの腕前だった。推挙されて、幕府の御様御用をうけたまわるようになった。将軍家所有の刀の切れ味を試す役目である。

正式な幕臣ではない。役高は十人扶持。御用が頻繁にあるわけではなく、ふだんは小伝馬町の囚獄で罪人の首を刎ねている。もとより首打ち役同心の仕事だが、寝覚めのよい役目ではないので同心たちは、なにがしかの礼銀を払っても、よろこんで加右衛門に代わりを頼んだ。

小伝馬町で斬首した罪人の死体をもらい受けて屋敷に持ち帰り、加右衛門は刀の試し斬りをする。

大名や旗本が自慢の刀をたのむこともあれば、鍛冶や刀屋が直接たのむこともある。試斬した結果は、茎に銘として刻む。

戦乱の世ならば、どんな足軽や木っぱ武者でさえ刀の切れ味に一家言あったはずだが、泰平の世では、人を斬ったことのある侍のほうが珍しい。いきおい、刀の切れ味は、試刀家に鑑定してもらうことになる。截断銘は切れ味の保証である。

胴をひとつ断ち斬る「一ツ胴」から最高「七ツ胴落」までの截断銘が現存している。ちなみに七ツ胴は関の兼房で、斬り手は加右衛門の弟子中川十郎兵衛。三ツ胴以上になると、死体を積み重ねてかたく縛り、刀に二貫目（七・五キロ）もある重い鐔をつけて台から飛び降りざまに斬ったというが、真偽のほどはわからない。

江戸期の首斬りとして有名な山田浅右衛門は、山野加右衛門の子勘十郎の弟子である。浅右衛門の家は、幕末を越えて明治十四年（一八八一）に斬首が廃止されるまで八代にわたって罪人の首を斬りつづけた。その数、無慮数万人。これもまた、まごうことなき刀の歴史である。

試斬を終えた刀をていねいに拭い、鞘におさめた兼重が、控えていた興里を招きよせた。

「本日はもう一振り、この男の刀をご覧いただきとう存じます。昨年、鍛冶場をかまえたばかりの弟子でございます」

兼重のことばに加右衛門がうなずいた。興里はすぐに白鞘(しらさや)をさしだした。

「興里でございます。よろしくお試しくださいませ」

鞘をはらうと、加右衛門は刀をまっすぐに立てて眺めた。陽光を浴びた白刃(はくじん)が銀色にまばゆくきらめいた。

黙って見つめている。

しげしげと刀を眺め、一度瞑目(めいもく)してから興里を見すえた。

「おまえ、腹にすえかねることでもあるのか」

「はっ？」

なにを言われたのか、わからなかった。

「この刀は、怒っておる」

「怒って、おりますか……」

興里は、庭に片膝をついたまま小首をかしげた。わからないながらも、思い当たる気がしないでもない。

鍛冶場での興里は、気持ちがつねに張りつめている。腹の底で、怒気が沸騰していた。

――馬鹿たれ。阿呆(あほう)め。

刀を鍛えながら心のなかで、そんな悪態をついていた。

馬鹿で阿呆なのは、自分自身だ。慢心して、すばらしい名刀が鍛えられたと天狗になっていた。

そのあげくがどうだ、切先が割れ飛んでしまった。笑い話にもならない。二度と同じ失敗をしないように、おのれへの怒りを叩きつけて鍛えたのが、この刀である。

「じつはこの前に打った刀は、切先が弾け飛んでしまいました。それもやはり刀が怒っていたためでしょうか？」

「切先が弾け飛んだだと？」

兼重がふり返った。その失敗は、師匠にも話していなかった。

「ふん」

加右衛門が鼻で笑った。

「ときにそんなことがあると聞く。なぜ切先が弾け飛んだと思う？」

切先が弾けて天井に刺さっていた理由について、興里は熟考をかさねた。

理由は大きく三つ考えられる。

鋼が強すぎたか、焼き入れの温度が高すぎたか、冷却の水が冷たすぎたか——。いずれかの理由で、無理なひっぱりがかかったまま反らせてしまったのである。

「鉄が強すぎたためと存じます。焼き入れの火と水はころあいのはず」

それしか、考えられなかった。

まっすぐ素延べした鋼は、手鎚で反りをつけつつ刀の形に造り込む。

その段階では、まだ浅くしか反っていない。大きく反り返るのは、赤めた刀身を、水に浸けて焼き入れしたときである。いっきに冷却された刀身は、瞬間的に刃のほうにうつ向くが、すぐに棟のほうに反り返る。

そのとき、さきほどの三つの理由によって無理に反ると、刃に罅が入って割れる。最初に鍛えた二振りのうち一振りには、睫の先ほどの罅が入ってしまった。

罅が入らずとも、無理な力がかかったまま反っていれば、刀は欠けやすく折れやすい。

うまく焼きの入った刀ならば、反ろうとする力と、戻ろうとする力の均衡がとれている。

均衡が悪ければどうなるか――。

いずれどこかで限界に達する。

ピンッと音を立てて切先が弾け飛んだのは、冷え込んだ夜に、刀身が限界を超えてさらに反ろうとしたからだ。

反ろうとする力が、鋼のつよさを超えた拍子に、切先が裂け、勢いよく弾き飛ばされて天井に突き刺さった。

考えたとおりにそう話した。

「間抜けな鍛冶だ」

加右衛門の眼にさげすみがあふれていた。刀を興里に返すと、加右衛門は襷をほどいた。

「わたしの刀をお試しくださいませぬか」

「試さずとも、だめな刀はひと目でわかる。その刀は簡単に折れる」

加右衛門のことばに、興里は腹が立った。

「いくらお目利きかもしれませぬが、ひと目見ただけで、あまりのお言葉。一度失敗しておりますゆえ、このたびは、鋼を充分に鍛えてねばりを出しました。その鉄の強さがおわかりになりませぬか」

「これ。口をつつしまぬか」

兼重が興里を叱った。

ねっとりとした目で、加右衛門が興里を見すえている。興里はにらみ返した。

「おまえ、甲冑鍛冶であったな」

以前に、兼重の鍛冶場で兜を見てもらったことがあった。それを憶えているのだ。

「はい。兜ならば得意中の得意。されどいまは、刀に志をもっております」

「なぜ、あの兜のように粘りのある鉄を鍛えぬか」

「同じように粘っておっては、けっして兜は断ち割れませぬ。わたしの鍛えた兜をわたしの刀で断ち割ることこそ本望でございますれば、硬く強い鋼でなければなりませぬ。それだけの鋼を鍛えたつもり。ぜひお試しくださいませ」

加右衛門が、手拭いで月代をぬぐった。こめかみが神経質に痙攣している。

「くどい男だ。わしは、試さずとも見れば鉄の質がわかる。この目でしかと見極めた。その刀は、斬り結べば、たちまち折れること一目瞭然」

興里の腹の底で、なにかが弾けた。

「この興里、生まれ落ちたときからの鍛冶。鎚をおもちゃに育ち申した。兜と刀は違うとはいえ、たちまち折れるなどと言われて黙っているわけにはまいりませぬ。ぜひとも、目の前で折れるところを見せていただきとう存じまする」

加右衛門が、肩に手をあてて首を左右にまわした。

「おまえの意地はよくわかった。よい刀を打てよ」

そのまま踵を返して立ち去ろうとする。

「お待ちください。この刀、お試しいただけませぬか」

「試すまでもない。その刀の鉄は、死んでおる」

「鉄が死んでいる……。そう仰せられたか」

「ああ言うた。おまえはせっかく鍛えた鉄を殺してしもうた」

「鉄を殺した……」

興里は音がきしむほど奥歯をかみしめた。最初に失敗しているだけに、念には念をいれて鍛えたつもりである。腹が立つというより情けなくて涙がこぼれた。

「ひとつ言うておこう」

「うけたまわります」

「おまえの刀には見どころがある。刀が怒っているというのは、悪いことではない。いささか覇気凜冽の度が過ぎておるが、なお精進せよ。よい鍛冶にならぬともかぎらぬ」

そのまま、歩き出した。

ださいませ」

「得心がまいりませぬ。わたしの鉄が死んでいること、ぜひ、この目で確かめさせてください」

ふり返った加右衛門に、両手をついて平伏した。

「心血をそそいだこの刀、折れるの死んでいるのと言われて、おいそれと引きさがるわけには参りませぬ。ぜひ、お試しのほどを」

額を地面にすりつけて懇願した。刀のことなら、なんでもできる。

「よかろう。試して進ぜよう」

「まことでございますか。ありがたや」

「ただし、おまえの命を賭けよ。その覚悟があるか」

「わたしの命……」

「そうだ。おまえはその刀をかまえよ。わしが別の刀をかまえる。ただ一撃、刀と刀で打ち合う。どうだ、試してみるか」

「…………」

「おまえの刀が折れなければ、わしの目が節穴である。そのままわしを斬り捨てるがよい。その刀に加右衛門斬りの銘を切れ。世にも稀な名刀となろう」

「折れれば……」

「わしの刀が、そのままおまえの素っ首を斬り落とす」

顔をあげると、加右衛門の黒い瞳が冷ややかに光っていた。

興里は深くうなずいた。

「承知いたしました。して、お相手していただける刀は？」

兼重が興里を叱りつけた。

「これ、なにを言うか。謝れ。山野様に謝るのだ。申しわけありませぬ。この男はどうかしております。ご放念くださいませ。ほれ、とっととおいとまするぞ」

加右衛門が、兼重に首をふった。

「口をはさむな。……そう、相手をする刀よな」

加右衛門が、土壇（どだん）を見やった。さきほど断ち割った屍（しかばね）は、すでに若党たちが片付けた。土がみょうに黒ずんでいるのは、何千もの屍の血ゆえか。

「康継（やすつぐ）を持ってこい。二代のだ」

すぐに若党が走った。

「康継でございますか」

「不服か？」

「いえ、願ってもない相手」

先代の康継なら文句はない。むしろぜひとも望みたい相手である。

すぐに若党が刀を持ってきた。黒鞘（くろさや）の拵（こしら）えがついている。加右衛門が抜きはらった。

しばらく眺めてから、興里にさしだした。

「見るがよい」

「拝見いたします」

すらりと長い。二尺五寸（約七六センチ）はあるだろう。重ねの厚い豪壮な造り込みで、地鉄（じがね）が黒っぽくぎらついた陰気な刀である。わずかにのたれた直刃（すぐは）に、しきりと〝足（あし）〟が入っている。刃文の縁（ふち）から刃に向かって明るく光り輝く筋が、何本も入っているのだ。

「よい足が入っているであろう」

「たしかに」

刀を目利きする武家は、足をはじめとする刃のなかのはたらきをよろこび、高く評価する。

こういうはたらきは、美しいだけでなく、鉄（てつ）の組織に硬軟の変化をつけ、刀身に粘りをあたえる。折れず、曲がらず、よく切れる刀だということだ。

「かまえるがよい」

康継の刀を加右衛門に返し、興里はじぶんの刀をにぎった。

たがいに中段の正眼（せいがん）にかまえた。

そよ風が春の薫りをはらんでいる。

やわらかな陽射しに、小鳥の声。

刀を誰かに向かってかまえたのは初めてだ。

加右衛門は、とろりとした眼でしずかに立っている。

切先が、興里の左眼を狙っている。

加右衛門が顔の右に刀を立て、八双にかまえた。

「剣術などしたこともなかろう。わしを斬るつもりで打ちかかってこい」

興里は動けない。

気魄のなんのというより、口惜しいことに康継の刀に怯えていた。陰気な刀だが、底深い力を感じてしまった。

「刀の使い方を存じません。そちらから打ちかかってくださいませ」

加右衛門がうなずいた。

「刀をそのまま立ててかまえよ」

言われたとおり、正眼から刀をまっすぐに立てた。

「腕と手の内をしぼって、力を込めよ」

そのとおりにした。

「まいる」

つぶやくと、加右衛門が素速く足を擦った。たちまち間合いを詰めると、康継の刀で、興里の刀の真横に切りかかった。

甲高く鋭い音が響いて、興里の刀が細竹のごとくすっぱり切れた。

先の七寸（約二一センチ）ばかりが折れて、くるくると青空に舞い飛んだ。

康継の二尺五寸は、興里の髷の先を切り落とした。

おりからの春風に、愚かな鍛冶の髪が舞い散った。

二十四

春の強い風が、吹き荒れている。不忍池にせわしげな波が立ち、上野の山の巨木が枝を大きくうねらせている。

興里のこころは、荒れ狂っていた。

刀が折れてしまったのだ。これでいいのか——。なんどもそう問い直しながら鎚をふるい、これ以上の仕事は、いまのじぶんには絶対に出来ないというぎりぎりのところで鍛えあげた刀だった。

その刀が、あっさり折られてしまった。

しかも、康継の刀に。

荒れ狂わないわけにはいかない。

さきほど、山野加右衛門は、興里の命までは取らなかった。

「あらためて呼び出す。首を洗って待っておれ」

そう言い捨てて、屋敷の奥に引っ込んだ。

加右衛門は、罪人の生き胆から薬をつくっているという。顔つきや物言いからしても、容赦のない男だ。殺すといったら必ず殺すであろう——。

殺されるのはしかたがない。死ぬのは、かまわない。命に未練などない。

しかし、まだ満足のいく刀が打てていない。いまここで死ぬわけにはいかないのだ。

「畜生。ちくしょう。ちくしょう」

髷を切られて、その場にへたりこんだ興里は、兼重にうながされ、なんとか立って歩いた。

池之端の家に帰った興里は、くやしまぎれに入り口の戸を蹴った。

「おかえりなさいませ」

迎えに出てきたゆきを突き飛ばすように土間をとおって、台所の框に腰をおろした。

「水ッ」

さけぶと、ゆきが、水のはいった碗を盆にのせてきた。一息に飲み干した。

「もう一杯もってこい」

喉が渇いていた。碗を置くと、ゆきが、また水をくんできた。

見れば、ほこりが浮いている。無性に腹が立った。

――なぜ、おれがほこりの浮いた水を飲まねばならぬ。

ゆきは、と見れば、立ったまま、うつろな瞳で興里を見ている。

「なにか、ございましたか？」

――なにか、だと。

さらに、腹が煮えくり立った。

このやっかいな妻がいるから、おれはよい刀が打てないのだ。この女が病気にならずに元気でいたら、おれはもっと存分に刀が打てたはずだ。この女こそ、疫病神だ——。

「役立たずめ」

思わず口にしていた。

ゆきが、唇をきつく結んだ。いじらしげな顔が腹立たしい。

強くにらみつけると、ゆきが下唇をかんだ。じっと耐えしのんでいる顔だ。

——けなげなふりをしおって。

そう思えば、強烈な怒りが噴き出した。

手にしていた碗の水を、ゆきの顔に浴びせた。

「なにをなさいます」

ゆきの濡れた顔が悲しげにうつむいた。ますます腹立たしい。

「気にくわぬ」

吐きすてると、ゆきがうらめしげに見つめ返した。

「なんだ。文句があるのか」

ゆきが首をふった。

「お気に召しませぬなら、お手打ちになさいませ。嫁に来た日から、命はおあずけしております。恨みなどいたしませぬ」

殊勝めかしたその言いざまが、なおまた気にくわない。

「うるさいッ」

殴ってやろうと立ち上がった。ゆきの潤んだ黒目が、まっすぐに興里を見ている。

――つまらぬ。

殴るのはやめて、興里はそのまま鍛冶場にむかった。

「親方……」

正吉がついてきた。

「お女房さんに、ひどいじゃありませんか」

「黙れッ。生きている値打ちのない女だ。知ったことか」

さけんでから言いすぎたと思った。ゆきにも聞こえただろう。

鍛冶場では、直助と久兵衛が、大鎚の鏡面を砥石で磨いていた。おどろいた顔でこちらを見ている。

興里は、立ったまま、鍛冶場を見まわした。逃げるなら、早いほうがよい――。

「畜生。くそったれ」

つい、悪態が口をついて出た。

夜逃げしようにも、鍛冶の道具は重いものばかりだ。これだけの道具をはこんで逃げるのは不可能だ。

――身ひとつで逃げ出すか。

それならできる。このまま黙って殺されるのは悔しくてならぬ。なんとしても、よい刀を鍛え、加右衛門をうならせたくてたまらない。

——逃げて、越前に帰るか。

加右衛門も、まさか北陸までは追いかけて来るまい。福井の家と鍛冶場はすでに人手にわたっているが、親戚をたよればまた鍛冶場が開けるだろう。

——しかし……。

ゆきはどうする。長旅をさせれば、また体を悪くするだろう。

いっそのこと、あんな足手まといな女は、江戸に残していくか。どのみち、生きていたところで長い命ではあるまい。そうだ、あんな女は置いていけばいいのだ——。

いろいろな思いがめまぐるしく脳裏をかけめぐる。殺されるという恐怖が、大波となって興里をのみ込んでいる。

「あっ」

大きな声をあげた正吉が、戸のむこうを指さしている。

「お女房(かみ)さんがッ」

不忍池に入っていくゆきの背中が見えた。膝まで池の水につかっている。

「ばか野郎ッ」

叫んで興里は鍛冶場から飛び出した。そのまま池に入り、ゆきに追いついたときは、腰まで水に浸かっていた。

「なにをするつもりだッ」

平手でつよく頬を打ち、引きずって岸にあげた。

ゆきは、泣いていた。うつむいたまま、泣き崩れている。

「ばか野郎」

興里は怒鳴りつけた。もう一発、思い切り打ちすえてやろうと襟をつかんだ。

ふり上げた手が、空中で止まった。

ゆきの顔が、あまりに寂しげでせつなげだったからである。

「わたくしがおじゃまなら……」

「わかった」

「……いつでも出てまいります」

「うるさい」

「わたしなど……」

「もう言うなッ」

叱りとばして、鍛冶場につれて入った。

着物を替えさせ、火床に火を熾した。ゆきを横座にすわらせた。興里はすぐうしろにすわった。

鞴で風を送ると、炎が高々と燃えあがった。

二人で、なにも話さないまま、火床の火にあたっていた。いつもは熱いとしか思わない炎に体が火照り、じわりとここちよい。

火を眺めてじっとしていた。すすり泣いていたゆきが、鞴（ふいご）の風音のなかで泣きやんだ。ゆきの背中が、遠慮がちに興里にもたれかかった。そのままずっと火を見ていた。

いつのまにか、あたりが暗くなっていた。

ひと言もことばを交わさないまま、寝間で搔巻（かいまき）にくるまり、二人で抱き合って寝た。

ゆきの肌のぬくもりにふれて、高ぶりきっていた興里のこころが、ゆっくりとやわらかくほぐれていった。

張りつめていた気持ちがほぐれると、悔しさ、ふがいなさばかりがこみ上げてくる。嗚咽（おえつ）がもれた。

とめどなく涙がながれた。すすり泣いた。

泣いている興里の背中を、ゆきがさすってくれた。その手がここちよくて、興里は朝までずっと泣きつづけた。

翌朝おそく目がさめたとき、興里は腑抜けになっていた。

——おれは、なにをしてきたのだ。

不忍池を見つめて、溜息をついた。

精魂すり減らして鍛えた刀が折れてみれば、どのみちじぶんの命など、なにほどの値打ちもない。

ただただ気怠（けだる）くもの憂く、身体もこころも、借り物のようで力が入らない。春のおだやかな日和が、よけいにうとましい。どうせなら、早く死んでしまいたい。早く殺してもらいたい。じぶんは生きている値打ちのない男だ。

越前を捨て、江戸に出て六年。日本一の刀を打つことだけを考えてきた。兼重の鍛冶場で、若い連中といっしょになって汗を流した。ようやく自分の鍛冶場を開いて刀を鍛えた。そのあげくがどうだ。

最初の刀は、冷え込んだ夜に、切先が弾けて飛んだ。

つぎの刀は、山野加右衛門に簡単に断ち切られてしまった。

――刀くらい。

どこかでそう高をくくっていたのかもしれない。

甲冑師として、長いあいだ鉄と真正面から向かい合ってきた。鉄のことなら、ことごとく知り尽くしているつもりだった。

むろん、刀の鉄は、甲冑の鉄とはまるでべつものだ。兼重のもとでの修業で、それはわかっているつもりだった。

だが、まるでなにもわかっていなかったのだ。

いまはただ、おのれの未熟さに呆れかえるしかない。

外は春の暖かさだが、不忍池の蓮はまだ冬枯れている。

加右衛門は、首を洗っておけと言った。いずれ必ず呼び出しがあるだろう。冗談で命のことを口にする男には思えない。

――死ぬ前に一振り。

と思わぬでもなかったが、もうそんな時間はなかろう。たとえ作刀の時間を許されたにしても、気力が萎えている。二階の座敷にすわって、ぼんやり池と青空をながめていた。白い雲がゆっくり形を変えていく――。ただ雲だけをながめているうちに、すぐ三日たった。

「気持ちのいい春ですこと」

ゆきがつぶやいた。

「おれは、間抜けな鍛冶だ」

「そうでございますか」

ゆきはおだやかに微笑んでいる。

「自信満々で鍛えた刀が、一振りはあっさり切先が飛び、一振りは簡単に折れたのだ。こんなあほうな鍛冶がいるものか」

ゆきは青空に浮かんだ雲を見ている。

「まったく愚かな話だ」

「わたしは、あなたのそんなところが好きでございますよ」

「愚かなところが……、か」

「はい」

からかっているのでも冗談を言っているのでもなさそうだ。ゆきの潤んだ目が、まっすぐ興里を見つめた。

「愚か、と申してしまえば身もふたもございません。あなたのひたむきさ、あなたの一心な気持ち、ひたすらよい刀を打ちたいと願う無垢な心。わたしがお慕いしておりますのは、そういうところでございます」

「その結果がどうだ。刀が折れた。やはり、ただの間抜けな鍛冶ではないか」

「よいではございませんか、間抜けでも愚かでも。師匠の兼重様がいつもなんとおっしゃっておいでか、わたしに教えてくださいましたね」

いつもむっつりして炭にまみれた師匠の顔がうかんだ。

「下手がよいと……」

「はい。わたしは、あのお言葉が、とても好きでございます」

兼重はことあるごとに、興里に言った。

——仕事は、下手がよい。

小器用に鎚をふるえば、姿のよい刀はできるかもしれない。しかし、それでは、刀に力がこもらない。

ほんとうによい刀は、下手で荒削りでも、刀匠の心意気のこもった刀だ。

はっきり言葉をならべたわけではないが、折りにふれての兼重のつぶやきから、興里は師匠の教えをそんな風にくみとっている。

「あなたの刀は、あなたそのものです。力んで力んで、これ以上ないくらいに力んで、折れてしまいました。その心の根にまちがいはないと存じます。あとは、ほんのすこし……」

「なんだ？」

「さぁ、わたしにはわかりません。でも、あなたなら、なんど失敗しても、かならず見つけてくださるはず。そう信じております」

加右衛門に命をあずけていることを、ゆきには話していない。よい刀を打ちたくとももう打てないのだ。

ゆきは目を細めて笑っている。

妻の笑顔を見ているうちに、いささかでもまた鎚を握りたい気持ちになったのが、じぶんでも不思議だった。ゆきの微笑には、それだけの力がある。

「へんなものだな」

「なにがでございますか？」

「おまえと話していると、また刀が打ちたくなった。打てる気がしてきた」

「むりをなさいますな。越前を出てから、いえ越前にいたときから、あなたは張りつめっぱなし。ときにはお休みなさいませ」

「もう三日も休んだ。わしは今年四十二の本厄だ。若いころから刀鍛冶をしていた連中は、もういっぱしの親方面をして、たくさんの刀を残しておる。わしは出遅れた」

加右衛門の目をかすめ、どこかに逃げて生き延びるにせよ、どのみちすることは鍛冶しかない。そうしたところで、はたしてこれからいったい何振りの刀が打てるだろうか。興里はまだ一振りもじぶんの銘を切った刀を打っていないのである。

「よし、いまから刀を打とう」

興里は立ち上がった。この首はまもなく加右衛門に刎ねられるだろう。それまでにせめて一振りだけでも打っておきたい。呼び出されるまでに、まだ間があるかもしれない。

「ふふ」

ゆきが、あわく笑った。

「なにがおかしい」

「いいえ。熱いお方を旦那様にもったものと、うれしくなりました」

ゆきも立ち上がった。

「お手伝いいたしましょう」

「かまわぬ。弟子にさせるゆえすわっておれ。それより、寒くはないか」

「はい。だいじょうぶでございますよ」

あれから、毎晩抱き合って眠っている。ふしぎなもので、男と女は抱き合えば互いに生きてゆく力を高め合うらしい。

仕上げ場の障子が開いて、正吉が顔をのぞかせた。

「いまお侍様が見えました」

「どなただ？」

「山野加右衛門様のおつかいの方で、なんでも、明日、下谷(したや)の永久寺に来るようにとの御伝言です」

「わかった」

出て行こうとすると、正吉が首をふった。

「おつかいの方は、もうお帰りになりました。それで、あの……」

言いにくそうに口ごもった。

「なんだ」

「約束の首、明日もらい受けるによって、しっかり洗って来るようにとの仰せです」

「さようか」

行かないわけにはゆくまい。

ゆきがうなずいている。詳しく話してはいないが、興里のようすから、おおよそのことは察していたらしい。

「それでは、今宵は風呂を立てましょう。ぬか袋で首をこすってさしあげましょうね」

ゆきは、あいかわらず微笑んでいる。

「おまえ、わしが死んでも平気か」

「平気なわけがございません。あなたが命懸けでなさっておいでのお仕事。わたしには、ただ見守っていることしかできません」

うなずいたゆきの顔は、やつれていても、したたかな力があった。

二十五

下谷三之輪（したやみのわ）村の永久寺は、目黄（めき）不動で知られている。

真っ赤な火炎を背負った不動明王が、黄色い目で参詣人をにらみつけていた。

賽銭箱に銭を投げ込み、興里（おきさと）は不動の像に手を合わせた。

――ゆきの眼疾が治りますように。

祈ることは、それしかなかった。今日ここで命が果てるのだ。ゆきのことは、才市（さいいち）叔父に長い手紙を書いた。なんとかしてくれるだろう。

悔いは、山ほどもある。

刀鍛冶として、まだ一振りの刀も打たぬうちに果てるとなれば、興里の一生は悔いだらけだ。

しかし、名刀を目ざして、一日たりとも精進を怠らなかったことだけは、地獄の閻魔（えんま）大王にでも胸を張って言える。

首は、念を入れてぬか袋でこすってきた。こんなよく晴れた春の日に死ねるならば本望である。

庫裡（くり）に声をかけると小僧が出てきた。

庭に案内されると、陽当たりのよい縁側に山吹色の衣を着た僧侶がすわっていた。丸い頭と福々しい顔に、鷹揚さと威厳がそなわっている。

おもわず庭先で平伏した。

「よいよい。ここでは礼儀は無用。面をあげよ」

その言い方が、僧の位階の高さを思わせた。

「この御方は、寛永寺大僧都圭海様にあらせられる。恐れ多くも、公方様の叔父御にあたられる方だ。そのつもりで、無礼のないようにいたせよ」

そばに控えた山野加右衛門の声だった。興里はさらに這いつくばった。

「よいと言うておるに。いや、気にするな。寛永寺におれば紫衣をまとい七条の袈裟もつけねばならぬ。それでは肩が凝ってならぬゆえ、ここでくつろいでおる。礼などはむしろ迷惑。朋輩のつもりで接するがよい」

そう言われても、おいそれと顔を上げられるわけがない。

頭のうえで加右衛門の声がした。

「この寺はな、わしが人を斬ること一千人におよんだとき、罪人たちの菩提をとむらうために堂宇を寄進させていただいた。そのときの御住持が月窓と名のっておられた圭海様でな。それ以来ご縁をいただいておる」

山野加右衛門は永久という名のりである。それがそのまま寺の名となっているのだ。

「そんなことより、刀を持ってまいったか」

先日の折れた刀を持参せよというのが、つかいのもうひとつの言伝であった。

「お目にかけるような代物ではございませんが」

「よいのだ。ここだけの話だが、わしは生まれつき血の熱いたちでな。さりとて大僧都の身で女犯を犯すわけにもまいらぬ。血が騒ぐ夜は、刀を愛でるのがなによりの薬じゃ。不思議なことに、よい刀を見つめておると、すっと血が鎮まる」

「折れた刀ではなんともお目にかけようがございませんが」

「かまわぬ。早う見せてくれ」

持参した刀袋から白鞘を取り出した。

縁側の下からさし出すと、圭海が手に取った。鞘をはらい、しげしげ眺めている。もとより、間の抜けた折れ刀である。とてつもない恥辱であった。

物打ちから先の部分を、晒に載せて縁に置くと、そちらも手に取って眺めている。

折れ口を見つめていた圭海が、突然、大きな声をあげて笑い出した。

「あはは。これは愉快。刀を見てこんな愉快な気分になったのは初めてじゃ」

興里はうなだれた。物笑いの種にしてから殺すために呼ばれたのだ。

屈辱だが、なにも言い返せない。じぶんの間抜けさが、呪いたいほど口惜しい。

「愉快、痛快な刀じゃと加右衛門から聞いておった。たしかに覇気横溢。溢れすぎてぽきりと折れたな」

「申し上げたとおりでございましょう」

加右衛門が微笑した。

「まこと、まこと。いや、おもしろいものを見せてもらった。おまえは、愚かな鍛冶じゃな。愚直なことははなはだしい」

興里はただ恥じ入るばかりである。

「恐れ入りましてございます」

「せっかくよい鉄（かね）を鍛えておるのに、それを殺してしもうたな。愚かさも、ここに極まれりというところじゃ」

「精魂かたむけて鍛錬しました。どんな兜（かぶと）でも断ち割るつもりでございましたが、このありさま。いまは途方にくれております」

加右衛門が興里に向きなおった。

「圭海様は、以前、おまえの兜をご覧になって、いたく感心なさったのだ。その甲冑師（かっちゅうし）が鍛えた刀が、たちまち折れたと申し上げると、ぜひ見たいとご所望になった」

「あの兜をこしらえた男が刀を、と思えば不思議に心がさわいだ。さぞやすさまじい刀であろうと見とうなった。たしかにこれはすさまじい刀じゃ。おまえの思いが強すぎて、鉄（かね）を殺してしまった。刀の折れたわけ、おまえはまだ気づいておらぬようじゃな」

「愚かな鍛冶でございますゆえ、鉄（かね）を殺したとの意味、いっこうにわかりかねております」

興里は唇をかんだ。

「おまえの刀は、切れろ切れろの気持ちが迸（ほとばし）り過ぎておる。どうじゃ。そうであろう」

切れるのがよい刀だと信じている。そもそも切るための刀ではないか。それで悪いのか、と開き直りたかった。

「強く鍛えようとの気持ちが、裏目に出てしもうたのだ。強くなればもろい。それを知らぬはずがあるまいに、気持ちに抑えがきかなんだのじゃな。おまえの刀は、ひとたび抜けば、だれかを斬らずにはすむまい。どうだ、そんなつもりで鍛錬しておるのではないか」

「斬るための刀と思うて鍛えました」

「たしかに、刀は人を斬るためにある。しかしな、斬るばかりのものではない。敵の刀を受けるのも刀、相手に傷を負わせず追い払うのも刀である。そのことをわきまえれば、ずいぶんと心持ちが変わってくるのではないか」

大僧都の一言ひとことが、興里の心に染みわたった。加右衛門が、刀の折れ口を見た。

「折れ口を見ればひと目でわかるが、おまえの刀は、そもそも軟らかい心鉄がすくなく皮鉄が厚い。その皮鉄は冴えておるが潤みがない。そのうえに刃の焼き幅を広くして、なお沸が厚くついておる。どれをとっても折れやすいもとだ。そういう刀は棟を打たれると刃が無理に反ろうとして簡単に折れる。それがはっきりわかったであろう」

加右衛門の絵解きのような説明に、興里は身震いした。背筋に悪寒が走って鳥肌が立った。たしかに、そのとおりにちがいない。

「お恥ずかしいかぎりでございます。たったいま、目が覚めた気がしております。よく切れることばかりを願って鍛刀しておりましたが、それでは、刀の半分しかこしらえておらなんだのでございますな。そのこと、はっきりと気づかせていただきました」

「よくぞ開眼した、と褒めてやりたいが、ちと遅かった。約束は忘れておるまいな」

加右衛門の声が暗くひびいた。

「しかと」

「わしは人間の胆から薬を製しておる」

「ぞんじております」

「このところ、いささか生き胆が品薄でな。不憫だが、おまえのをもらうことにする。そこに首を出せ」

「かしこまりました」

襟をくつろげて、興里は首を突き出した。

今日はそのつもりで一人で来た。あとで正吉が首を取りに来る。墓くらいは作らせてくれるだろう。

縁から降り立った加右衛門が風切り音を立てて刀を振った。

「よい覚悟だ。こいつで斬って進ぜよう」

顔をあげると、すぐ目の前に刀があった。黒みがかってぎらついている。ひと目見て嫌みな刀だと気にくわなかった。

「江戸三代康継でございますか」

二代康継ならまだしも、江戸三代の康継などは、鍛冶としての力量もないくせに将軍家のお抱えの名跡だけついでいるため、いかにも傲慢な刀で、見ているだけで気分が悪くなる。

こんな刀で斬られるのはたまらない。

「もうしかねますが、末期の望み、べつの刀でお斬り願えませんでしょうか」

「この刀が気にくわぬか」

「はい。まるで」

「どこが気に食わぬ。葵の御紋をゆるされた将軍家お抱え鍛冶に文句があるか」

「ございます。この刀は嫌み千万。鍛冶としての真摯さがまるでありませぬ」

「それでも、おまえの刀のように折れたりはせぬ。さあ、首を出せ」

加右衛門が刀をかまえた。

「お慈悲でございます。どんな鈍刀でもけっこうです。その刀だけはご勘弁ください」

「いや、間抜けな鍛冶の首など、これでももったいないくらいだ。四の五のぬかすな」

「いやでございます。そんな刀で斬られては口惜しゅうて死ぬに死ねませぬ」

「ならば、どんな刀を所望じゃ」

「願わくは行光。せめて青江にて斬っていただけるなら本望」

圭海が大きな声をあげて笑った。

「まこと愚かで厚かましい鍛冶じゃ。青江はさておいても、行光などは大名道具。おまえなどを錆(さび)にできるものか。そもそもおまえも目にしたことなどあるまいに」

「いえ、短刀(みじかがたな)を手にとって見たことがございます。越前の鍛冶屋がたまさか京の市にて掘り出したもの。わたくしは、その行光を見ているうちに刀への志(こころざし)、捨てがたくわき起こってまいりました」

　圭海の目がかがやいた。

「まことか。その行光、見てみたい」

「盗まれましてございます。持っていた鍛冶は殺されました」

「それは災難であったな」

数珠を手にした圭海が、掌を合わせた。

「さあ、そろそろ生き胆をちょうだいいたそう。三代江戸康継、おまえの素(そ)っ首にはこれで充分だ」

　興里はうなだれた。口惜しくて涙があふれた。どうせ愚かな鍛冶の一生である。どこで朽ち果てようと文句はないつもりだったが、江戸康継のようにつまらぬ刀で死なねばならぬとは無念でならない。

「どうした。悔しいか」

「はい。悔しゅうてたまりませぬ」

「なにが心残りだ」

「二代康継に刀を折られたうえ、三代目のつまらぬ刀に首を刎(は)ねられたとなれば、わが魂は成仏できませぬ。亡霊となって永劫に康継家の空をさまよいましょう」

涙があふれ、からだが震えて止まらなかった。

「さほどに嫌いか」

加右衛門は刀をかまえたまま、興里を見おろしている。そろそろ首を突き出さねばなるまい。

「その刀、見ているだけで鍛冶の性根の賤しさを感じてしまいます。僭越ながら、刀はなによりも鍛冶そのものと存じます。賤しい鍛冶には賤しい刀しか鍛えられませぬ」

「言うではないか。それではおまえは賤しくないのか」

圭海が真顔で見つめている。

「この身の栄華より、ただ一心に刀のことだけ考えておるつもり。よく切れてなお品格をたたえた刀を鍛えんものと精進しておりました」

「品格とは片腹痛い。おまえの刀にそれがあるか？」

大僧都の低い怒声が興里の頭上に落ちた。

「いまはまだ形にあらわれておらぬかもしれませぬ。しかし、かならずや……」

「おまえの刀は、加右衛門が観たように怒りがあふれておる。品格とはほど遠い」

興里はのどをつまらせた。おそらくそのとおりであろう。

「ただ、悪い怒味ではない。加右衛門はそう観たゆえわしにおまえの話をした。なるほどわしにもそう思えた。古来、名刀は数あれど、品格のある怒味というのは稀である。

わしは、ぜひそんな刀を見てみたい。打ってみる気はあるか」

なにを言われているのか、わからなかった。加右衛門を見上げた。

「おまえが一度死んだつもりで刀を鍛えるならば、生かして進ぜよう。おまえならば、わしの気に入る刀が打てるはずだ。やってみるか」

刀をかまえたまま、加右衛門が口にした。

「お手討ちになさらぬ、ということでございましょうか」

「それは、おまえの心しだい。わしの目にかなう刀を打つと誓うならば生かしてやろう」

「地獄に落ちようが極楽に往生しようが、どのみち鉄を鍛えることしか知りませぬ。生かしていただけるなら、この世で存分に鎚をふるわせていただきます」

縮まっていた首が伸びる気がした。

両手をついて平伏した。

「ご温情ありがとうございます」

「おまえのためではない。圭海様のお言葉だ。ちかごろの新しい刀はとんと面白くない、備中の青江、山城の粟田口、相州の行光、いにしえの鍛冶にできた品格と潤いのある刀がなぜ出来ぬ、とつねづねお嘆きであった。わしも同じ思いである。いまの武士には、いまの刀が必要なのだ。おまえにそれが打てるか」

加右衛門の目が熱い。この男も心底、刀が好きなのだ。圭海がうなずいた。

「合戦はめったになかろうが、さりとて刀は飾り物ではない。なんというても魂の拠り所、益荒男の矜持そのものである。そんな刀を打て。おまえなら出来よう」

「かさねてありがたきご温情。お許しいただけるなら、この興里、命など惜しまず、鍛刀に励ませていただきます。ご温情ついでに、ひとつお願いがございます。お聞きとどけてくださいましょうか」

「申せ」

「はい。いちど捨てたつもりの命。拾ってみれば、なにかわたしの甘さ、高慢ばかりが鼻につきます。死んだつもりで入道させていただければありがたいかぎり」

「なるほど、よい考えじゃ。生まれ変わりのしるしに得度させてつかわそう。おまえ、宗旨はなんじゃ」

「家は法華でございます。しかし、こちらは天台宗のお寺、天台に入道させていただきたく存じます」

「それでは墓のなんのがめんどうじゃ。法華にしておけ。どのみち釈迦に宗門などありはせなんだ。このわしにしても、あっちへ行ったりこっちへ行ったり。宗旨なんぞは、つけたしに過ぎぬわい」

　圭海は、そもそも侍の子であった。

　嫡男でなかったため仏門に入り、月窓と名乗る法華僧となっていた。実の姉が三代将軍家光の側室となりお世継ぎを生んだため、幕命によって日光に入り天台宗に転じた。

兄の正利などは相模国で一万石を与えられ、のちに三河で二万石に加増されている。浮き世の政治力学に翻弄される身であってみれば、宗旨などなにほどの重さも感じなかったにちがいない。

「剃刀を持ってくるがよい。それに筆と紙」

つぶやいて、じっと興里を見すえた。

「おまえ、相当な片意地者じゃな。顔に出ておるぞ」

「おそれいります」

「ふさわしい法名をつけねばなるまい」

「ありがとうございます」

しばらく興里を睨みつけていた圭海が、つっと空を仰いで、口のなかでなにかをつぶやいている。

うなずいて、紙に筆を走らせた。こちらに向けると、墨でくっきりしたためてあった。

一心日躰居士　入道虎徹

「いっしんにったいこじ……、でございますか」

「おまえの兜も刀も、まことに一心に打ち鍛えてあった。鉄は日輪を孕んだごとく光り輝いておる。それゆえの法名じゃ」

「下の名は入道とらてつ……」

「こてつと読むがよい。漢書に李広という武人が出てくる。猛獣を手で打ち殺すほどの猛者で、射術の名人であった。この男が狩りに出て虎を見つけたと思うがよい。矢を放ってあやまたず射抜いたが、近寄ってみれば、草むらのなかの石であった。矢はその石に深々と突き刺さっておったそうじゃ」

「それは粗忽な……」

「おまえにまことにふさわしい名であろう。粗忽だが、石をつらぬく執念がある」

「こてつ、こてつ……」

興里は、声に出して反芻した。語感が強く、つぶやいただけで腹の底から力が湧いてくる。

「よい名前をいただき、よい刀が打てそうでございます。名前負けせぬように精魂かたむけて鍛刀いたします」

剃刀を手にした圭海が、興里の髪を落とした。すっぱり丸めてみれば、心身ともに爽快であった。岩をも断ち切る刀が打てそうである。

「励むがよい」

「はい。入道しましたからには、朝晩、御題目を忘れず、御本尊様を拝みまして……」

「たわけッ」

圭海の叱声が飛んだ。

「はっ？」

「おまえの題目は鎚の音じゃ。仏壇なんぞ拝まんでもよい。ただ一心に鎚をふるえ、鉄を鍛えよ。よい刀を鍛えることに身命を賭けよ。それがおまえの仏道だ」

「目からうろこが落ちました。たしかに御意のとおりにございます」

平伏した興里は、圭海の言葉を胸にきざんだ。

――おれは、たった今から長曽祢虎徹として生まれ変わるのだ。

じぶんになんどもそう言い聞かせた。

二十六

上野黒門町にある本阿弥光温の店は、大きなかまえである。表の広間に、武家の客が何人かいて、番頭と話している。

町駕籠が店の前に着くと、主人の光温があらわれて深々と頭をさげた。

「ようこそおいでくださいました」

駕籠から降りた圭海は、丸頭巾をかぶり、隠居の風体である。人目に立たぬよう、いつも出迎えるのは主人ひとりで、番頭や丁稚たちは、黙礼するばかりであった。

奥座敷にとおると油蟬がやかましく鳴いている。明暦二年（一六五六）の夏である。興里が入道して虎徹の名をもらってから一年余りがたった。今年の夏は、ことのほか暑くなりそうな気配がある。

圭海が上座にすわり、ついてきた山野加右衛門と虎徹はわきにひかえた。

「お暑いなか、ご熱心さに頭がさがるばかりでございます」

光温が両手をついて挨拶すると、圭海が首をふった。

「なんのこれはわしの恋でな。千里も苦にはならんわ」

冷えた麦湯で喉を潤していると、番頭が白鞘を何本かはこんできた。受けとった光温は、一振りの脇差を圭海にさしだした。

「では、さっそく拝見いたそう。わしが先に見せてもらってよいかな」

「どうぞごゆるりと」

虎徹は頭をさげた。

精魂込めて鍛えた脇差である。じぶんで鍛冶押し（研ぎ）をして、それなりの出来であることは確かめてある。

なによりも、前の刀とは鉄がまるでちがう。

この一年、鉄のことだけを丹精した。その成果が、なんとか形になったのだ。

山野加右衛門に刀を折られるまでは、播州千種の鋼をつかっていた。けっして悪い鉄ではないが、興里流の鍛刀にはむかない。虎徹と名前を変えたからには、鉄も一から変えたかった。

圭海と加右衛門は、口をそろえて虎徹が以前に鍛えた兜の鉄のよさを誉めた。潤いのあるあの鉄をさらに工夫して刀につかえというのである。

兜にはじぶんで卸した鉄をつかっていた。銑や古鉄を細かく砕き、鍛冶場の火床で自家精錬した鉄である。

卸し鉄専用に新しい火床を造り、一年間ただひたすら粘りのある鉄を卸すことに精魂をついやした。

火床にちいさめの炭を敷き、砕いた鉄を入れて鞴の風を送ると、鬼の拳のような卸し鉄の塊ができる。材料をとことん選び抜き、混ぜ方の研究をかさね、風の具合をあれこれ工夫して、来る日も来る日も、朝から晩まで鉄を卸しつづけた。鉄が沸いて滴るときの湿っぽい音が、いつも耳にへばりついている。

なによりも難しかったのは、風の具合だ。

羽口から火床のなかに吹き出す風が、鉄にあたりすぎてもよくないし、あたらないのもよくない。古鉄の種類によってそのころあいを加減しなければならないのだ。

虎徹は、ついせっかちに鞴を抜き差しして風を送ってしまう。

それではうまくいかない。

――もうできた。

そう思ってからも、まだ悠然と風を送り続けるのもたいせつだ。

その呼吸が、身につかずに苦悶した。

失敗すると、熔けた鉄が、風の吹き出す羽口に付着してしまう。そうなれば、その日は仕事を休んで、新しい羽口に取り換えなければならない。羽口は、粘土で造った丸い輪のかたちで、口径が一寸ばかり。これを交換するには、いったん火床が冷めてから、火床の壁をいくぶんか壊さなければならないので、大きな手間がかかる。なんども失敗し、なんども羽口を換えた。甲冑のための卸し鉄なら失敗したことはなかったのに、刀のための鉄と思えば、どうしても気がはやってしまう。

卸し鉄には、なによりも鍛冶の性格がそのまま出る。卸し鉄のうまさは、性格の柔軟さ、融通無碍さに比例している。

鉄を卸す工夫というより、鉄を卸す虎徹自身を鍛え直すのに、とてつもない時間がかかってしまった。じぶんのなかにある意固地さ、頑なさを取り除かねば、けっしてよい卸し鉄はできないと思った。

日々、失敗をくり返すうちに、それでもふっと、気持ちのかるくなる瞬間があった。その呼吸をわすれずにつかむと、なんとかなりそうだった。

ちょっとましな鉄が卸せると、刀を鍛えてみたが、やはり、なかなか満足できる地鉄にはならなかった。

一年かかってなんとか納得できる鉄ができたので、脇差を鍛えた。身幅広く、切先の延びた豪放な造り込みにした。

それを研がせていたのが、仕上がったのである。

鞘をはらった主海が目を細めて、刀身に顔をちかづけた。

蟬の声がやかましい。

長い時間見つめつづけている。ときに圭海は目をそらせて小さな庭をながめた。夏の朝の光が、緑色の苔にまばゆくはじけている。なんども刀をながめてから、黙って山野加右衛門にわたした。

眼を大きく開いた加右衛門が刀身を見つめた。拷問にも似た時間がながれた。じぶんの刀は、出来がよいのか悪いのか。

たっぷりと時間をかけて見つめた加右衛門が虎徹に脇差をさしだした。

受けとる手がこわばった。

——鉄は？

それだけが、気がかりだ。

切先から目をすべらせた。潤いのあるしっとりした鉄である。

——悪くない。

だが、それだけだ。

強烈に吸い寄せられるほどの印象に欠けている。

ほろほろと、ほけやかに潤いながらも、春の雪のごとく冴えて浮きたつ鉄——。それを理想として卸し、鍛錬したつもりであった。

本阿弥の研ぎは、さすがに地鉄のもちあじをあますところなく引き出している。それでもこの程度の鉄か、と忸怩たるものがある。

「よい鉄だな。よう出来た」

圭海が満足げにつぶやいた。

「さようでございます。ここまでの鉄であれば正宗にならびましょうか。いや、郷にちかい冴えがありますな。郷をねらったか」

加右衛門も賞賛の顔だが、虎徹にはその言いぐさがおもしろくなかった。

郷義弘は粟田口の吉光、相州正宗とともに三作、すなわち日本でもっとも勝れた三名匠の一人にあげられるほどの名工である。

「正宗や郷ごときとお比べくださいますな。この鉄では、わたくし大いに不満でございます。もっと潤いをもちながらもさらりとした強さのある鉄を目ざしております」

こんな鉄では、まだ満足できるはずがない。志はもっともっとはるかに高いつもりだ。

「正宗、郷ごときと申すか」

圭海が眉をひそめた。

「申しました。あのように凡庸な鍛冶と比べられては、迷惑千万。鉄とともに生きてきたわたしの自負が許しませぬ」

この一年、本阿弥の店にしばしば通い、虎徹は数々の名刀を見せてもらった。

備前長船の長光、備中青江の恒次、伯耆の安綱などなど、本阿弥のところには、驚くほどの名刀があずけられていた。圭海とともに溜息をつきながら、一振り一振り、腹の底に沈めるように見つめた。いずれもよく錬れた鉄で、なかから湧き上がってくるような柔らかさと力強さがあった。まぎれもない名刀である。

その折り、正宗を数多く見た。郷も見た。

光温は絶賛したが、虎徹はいまひとつ感心しなかった。何振りも見るうちに、ますますその思いは強くなった。

そもそも、正宗には銘のある太刀と刀は一振りもない。短刀が数振りあるだけだ。無銘の正宗は、いずれも、本阿弥家によって極めがつけられただけで、ほんとうに正宗という鍛冶がいたのかどうかさえ、虎徹は疑わしい気がした。刀そのものはよい出来であるにせよ、顔の見えない鍛冶を評価する気にはなれなかった。

からだをゆすって圭海が笑っている。

「これは勇ましい。正宗ごときと言い捨てる心意気や大いによしとしよう。のう、光温はこの脇差、どう観た」

本阿弥光温が、困惑ぎみに首をかしげた。

「正直に申し上げてよろしゅうございますでしょうか」

「むろんじゃ。刀にじかに触れ、いちばん長く見つめているのは研師ではないか。思うところをそのまま語るがよい」

光温はすぐに首をふった。

「地鉄はともかくといたしまして、この脇差の姿には、なによりも品格がありませぬ。申しにくいことながら、鍛冶の賤しきこころがそのまま形になったような刀。わたくしはまったく感心いたしませぬ。この男、正宗を悪し様にいうておりますがとんでもない話。正宗こそまこと天下無双の鍛冶でございます。古来、刀鍛冶は、神を招き邪を破るために刀を鍛えてまいりました。それゆえに、正宗をはじめとする名刀は気高く美しく、千年も万年も艶やかに輝いております。この刀には、そんな心意気がまるで欠けております」

聞いていながら、虎徹はむしろ愉快になった。

光温が、虎徹を嫌っていることは、なんども通っているうちにわかっていた。刀剣鑑定の本家本元を自任する光温にとってみれば、平安、鎌倉の古刀こそすばらしく、新しい今の刀などそもそも研ぐにあたいしないと言いたいらしい。

圭海も、含み笑いをしている。光温が虎徹の脇差を嫌うことなど、百も承知であった顔である。

「賤しさと観たか。わしは、この脇差にあふれた怒味は、覇気のほとばしりと観た。かならずしも品格を損なうものにあらず。加右衛門はどう思う」

「されば、いささか怒味が勝っておるやに観ましたが、いまの泰平の世を思いますれば、武士の差料にはこれくらいの覇気こそ欲しいものと感じました」

「まこと至言である。いまの世にあらまほしいのは、かくのごとき刀である。どれ、地鉄を見比べてみよう。なにがよいかな」

光温の迷惑顔など意にも介さず、圭海はほくほくしている。刀の地鉄は、それだけ見ていてもなかなか特徴がつかみにくいが、二本ならべて見れば、微妙な違いがはっきりわかる。

「それでは、おもしろい物をお見せいたしましょう。いつも念をおさせていただいておりますが、ここでご覧にいれた刀のことは、けっして御他言無用にお願いいたします。圭海様ゆえに、特別にお目にかけるのでございますから、その点、くれぐれもおふくみくださいませ」

本阿弥家が研ぎにあずかっているのは、いずれも大名家や大身の旗本の秘蔵の刀剣ばかりである。本来ならば、けっして他人に見せる品ではないが、将軍の叔父の威光をこぞとばかりふりかざして、圭海は好き放題に刀を見ている。

「わかっておる。俗世とは無縁の出家じゃ。他言してなんになる」

深くうなずいた光温が、短い白鞘を手にとった。

「これなどは、鉄の味そのものにえもいわれぬ品格がございます。これに比べれば、この男の作などはまことに鉄屑も同然」

「だれの短刀かな？」

「圭海様ならば、お目利き、見誤られることはございますまい」

受けとると、圭海は鞘をはらった。

長い時間、黙って見つめていたが、やがて口を開いた。

「これはたしかにすごい地鉄だ。深い滋味があって、なお内から金剛力がしずかにみなぎってくる。よいものを見せてもらった。相州(そうしゅう)の鍛えじゃな」

「さすがにお目が利きまするな」

その短刀に、虎徹の目が吸い寄せられた。離れていても、ぐいぐい引き寄せられた。すらりとした八寸五分（約二六センチ）の刀身に細い直刃(すぐは)を焼き、板目に杢目(もくめ)がまじった地肌には、沸(にえ)がゆたかについている。ことばがないほど優しくおだやかで、なお力強く美しい。忘れようとしても、絶対に忘れられない短刀である。

「行光(ゆきみつ)だ」

虎徹は、膝でにじり寄った。

「ああ、わしもそう観た」

「大僧都(だいそうず)様は、まこと御慧眼(けいがん)でございますな。そのとおりでございます」

「お許しください」

ぶしつけを承知で、虎徹は短刀に顔をちかづけた。まちがいなく、貞国(さだくに)が持っていた行光である。殺されて盗まれたあの行光である。

「この行光、どうなさった？」

虎徹は光温にたずねた。

「どうもこうも、研(と)ぎのためにあずかったまで。おまえ、圭海様に無礼であろう。そんなことでは二度とうちの敷居はまたがせぬぞ」

「なにかわけがあるのだな。申せ」

圭海にうながされて、虎徹は拳を握った。言いようのない怒りがこみ上げてきた。

「その行光は、わしの越前の師匠の持ち物でございました。殺されて盗まれたのでございます。ここで出遭うとはまことなにかのお導きか。教えてくれ。この行光、どうした。だれからあずかった」

虎徹は光温に詰め寄った。

「なにを言い出すか。おまえの見誤りだ。これはさる御重役秘蔵の品。めったなことを申すでない」

光温の顔が朱にそまった。

「だれだそれは？　教えてくれ。頼む」

首をふった光温は、それきり口を閉ざして黙りこんだ。そよとも風のとおらぬ座敷に、ただ蟬の声だけがやかましく響いている。

二十七

火床の壁が割れていた。

卸し鉄をすると、火床が荒れる。壁に亀裂が入り、崩れることがある。それだけ激しい溶融作用が炉のなかで起こっているのだ。

虎徹は粘土で火床の割れ目を埋めた。

来る日も来る日も、一日になんどとなく卸し鉄をしている。大坂の鉄問屋からまわってくる千種や出羽の鋼より、じぶんで卸したほうが、よほどよい鉄ができる。

それでも、まだ納得のいく鉄は卸せていない。あの行光のように、浮きたつようにやわらかく、ほけやかにしてなお力強い鉄は、おいそれとは吹き卸せない。

「床の炭をちょっと湿らせろ」

「いわれずともわかっております」

弟子の正吉が憮然と答えた。

昨日、本阿弥家からもどると、虎徹は正吉に行光の短刀を見たことを話した。それからしばらく押し問答になり、正吉はすっかりへそを曲げてしまったのだ。

「親父の行光にまちがいありませんか」

「まちがいない。あの行光をまちがえるものか」

「では、取りもどしてください」

「それはむずかしい」

取り返したいのはやまやまだが、御重役の持ち物となっているのでは、盗品だと口にすることさえはばかられる。

「泣き寝入りせよとおっしゃるか」

「そうは言わぬ。時期を待て。よく調べてたしかな証拠をつかむのだ。だれが盗み、だれからだれの手にわたったのか。それを調べなければ話にならぬ」

「その調べがつきますか?」

「できるだけのことをしよう」

「どうやって調べます?」

虎徹はことばをつまらせた。

一縷の望みがないわけではない。

圭海があの行光に、ことのほか目を光らせたことだ。それも、短刀そのものより、それが盗品であるというところに興味をもったらしい。

本阿弥の店を出て帰る道すがら、圭海は駕籠のなかから虎徹に、短刀のもとの所有者や盗まれたいきさつについて根掘り葉掘りたずねた。

「おもしろいことになるやもしれぬ。ちょっと調べさせてみよう」

最後にそうつぶやいた。なにがおもしろいのか、虎徹にはわからない。行光のいまの持ち主を察している口ぶりに聞こえた。

その話は正吉にしていない。すべてはことがはっきりしてからだ。

口ごもった虎徹を、正吉は非難の目で見た。それきりへそを曲げてしまった。

正吉は、今朝も起き抜けから機嫌が悪い。火床で卸し鉄のしたくをしながら怨みがましい目をしている。

「なぜ、卸し鉄のときは、炭を湿らせるのでしょうか?」

弟子の久兵衛がたずねた。この一年で肩や腕はずいぶんたくましく育ったが、鉄のことはまだなにもわかっていない。

「ついこの前、梅雨が明けたであろう。梅雨のときは卸しが、わりにうまくいったな」

たたらの製鉄でも、火床の鍛錬でも、湿気は禁物である。しかし、どういうわけか、卸し鉄をするときばかりは、湿気のおおい梅雨がうまくいく。

「雨が降らなければ、炭をそのぶん湿らせてやればよかろう」

「なるほど。親方は知恵者ですね」

「あほたれ。それくらいはじぶんで考えよ」

鍛冶場であれこれ質問されるのはめんどうだ。弟子が多ければ何年でも見習いをさせてじぶんで気づかせればよいのだが、まだ一振りの刀も売っていない今は、弟子を増やすわけにはいかない。めんどうでも疑問を解決してやったほうが、仕事の段取りがつけやすい。

昨日、本阿弥家で研ぎ上がった脇差は、どうしても気にいらず、欲しがる圭海に懇願して持ち帰り、銘は切らずすぐ納戸に放りこんだ。あの程度の鉄では大いに不満なのだ。志ははるかに高いつもりである。

卸し鉄をするには、まず火床にちいさめの炭を盛り上げる。火を熾して、そこに砕いた古鉄を投入し、また炭を入れ、古鉄を入れる。七、八百匁（約二、三キロ）ばかりの古鉄を、そうやって三、四回にわけて火中に投じて、四半刻（三十分）も風を吹くと、底に鉄塊ができる。

鉄塊に鞴の風をあてるかあてないかによって、あまく軟らかい鉄を硬く卸すことも、逆に硬すぎる鉄を軟らかく卸すこともできる。鍛冶の仕事の根本ともいえる作業なのだ。

何百回、何千回とやってみても、古鉄の種類、火床の状態、その日の気候によって、どうしてもうまくいかないことがある。歯がみをするほど失敗をかさね、虎徹はようやく恬淡と仕事にとりくめるようになった。

「鉄肌をもってこい」

昨日、行光の短刀を見ていて、ひらめいたことがあった。今日はそれを試してみるつもりである。

直助がちいさな木箱に貯めた鉄肌を持ってきた。

鉄肌は、紙よりも薄く脆い鉄の薄片である。満月色に沸かした鋼を、鉄敷の上で折り返し鍛錬すると、酸化膜が剥離する。それを丹念に拾って貯めてある。

今日は、その鉄肌を炭の底に敷いてみようと思った。

理屈からそんな方法を考えついたわけではない。

しなやかにして、したたかな行光の地鉄を久しぶりに見て、ただいちずに純粋さを求めて卸すだけでなく、なにか力のあるもので、しっかり受けとめてやることが大切なのではないかと、直感的に感じたのである。

虎徹は、箱のなかから鉄肌の薄いかけらをひとつつまんで、窓辺で陽にかざした。

濃い藍紫にくすんだ薄片が、夏の朝の光をはじいて黒光りした。黒い光のなかに七彩のちいさな虹がある。

——うまくいけ。

無限にある鉄と鉄のくみあわせのなかに、かならず答えがある。そう信じてさまざまな試みをつづけている。

虎徹は、火床の底に敷いた粉炭を手で浅く窪ませて、軽く叩きしめた。そこに鉄肌をうすくひろげた。

——ここが、鉄の子袋だ。

出雲のたたらでは、釜を築くまえに、なんども火を焚いては、土を叩きしめた。受けとめる場所がしっかりしていなければ、育つ子も育たない。

そのうえに、いつものように小炭を盛り上げて、火を熾した。

正吉に鞴を吹かせ、虎徹は古鉄置き場に立った。

古鉄にはいろいろな種類がある。

折れ釘や古鍬、鋤などの硬い鋼もあれば、釜、鍋、薬研、船の錨といった脆い銑もある。ひとつずつ鉄の古さと質がちがっているので、断面の光り具合を見て、あまい鉄か硬い鉄かを判断する。およその時代と硬軟によって、いくつもの木箱に分類してある。

古鉄は、日本橋の古鉄屋から買ってくる。

——できるだけ古い時代の鉄を集めてくれ。

そう注文しているが、店の番頭でさえ、鉄の古今は区別がつきにくい。

古鉄(ふるがね)でも、時代の新しいものは、千種(ちぐさ)や出羽(いずは)の鋼(はがね)か、それと同じ性質だ。大きなたたらで製した鉄(かね)は、艶(つや)よく冴(さ)えて光が潤いに乏しい。やはり、古い時代のちいさなたたらで吹いた鉄(かね)でなければ、しっとりした和らぎは得られないのだと結論している。

ちょうどよい塩梅(あんばい)に古鉄をまぜて並べるのに試行錯誤をかさねた。越前で甲冑(かっちゅう)を鍛えていたころから古鉄(ふるがね)卸しは得意なつもりだったが、刀のために卸すのはまったくべつの仕事だった。日々、おのれの未熟さだけを感じている。

今日は、特別に古い釘ばかりを選んだ。

おそらくは、三百年ばかりもむかし、武士たちがまだ大鎧(おおよろい)を着ていたころの釘であろう。焼けて錆(さ)びているが、鉄敷(かなしき)の上で叩き折ってみると、折れ口が陽を浴びた春の雪のようでじつにみずみずしかった。それを細かく砕いてある。

たくさんはない。よい鉄(かね)は、いつもほんのわずかしかないのだ。

行光の短刀をまぶたに浮かべた。

――しなやかで強い鉄(かね)になれ。

この一年、圭海につれられて本阿弥家になんども通い、あまたの名刀を見せてもらった。

どの刀工の作でも、七、八寸（約二一～二四センチ）の短刀によいものが多かった。

なぜなのか首をかしげたが、ようやくその理由がわかった。

――よい鉄(かね)だけを選んだのだ。

いくら鉄がたくさんあっても、とくに質のよい部分だけを選べば、どうしても量がすくなく、長い刀を鍛えるほどの目方がない。鍛冶がほんとうに気に入った鉄だけ集めれば、短刀しかできないのだ。

虎徹は、砕いた古釘を十能ですくい、真っ赤に熾きた炭にのせた。笊の炭を入れ、また、古釘を入れた。三度くり返すと、その古釘の箱は空になった。

正吉とかわって、ゆっくり鞴の柄をうごかした。

――生きた風を送れ。

まだ幼かったころ、父の鍛冶場をのぞくと、そう教えられた。

握らせてくれた柄を抜き差しすると、小気味よい風が吹いて、火床に炎が立った。それだけのことで、一人前の鍛冶屋になった気がしてうれしかった。

――生きた風を送れ。

そのことばを、忘れたことはない。

風が死んでいれば、鉄は沸き立たぬままなまくらとなって死んでしまう。そんな鉄は焼き入れがきかず、刃がつかない。

加右衛門に折られた刀は、その逆であった。風に元気をあたえすぎて、鉄を殺してしまった。どちらもよくない。肝腎なのはころあいだ。

種類のちがう古鉄をまぜるのはやめにした。質のよい鉄だけを、ころあいに吹いていく。

窓を閉ざした闇のなかで、風の音を聴きながら炎を見つめていると、じぶんが、この宇宙星辰の真ん中にいる気がした。

火床の前にすわって鞴を抜き差ししているのが、なんともいえずここちよい。古釘がかもしだす魔力のせいか、全身が陶然として、口のなかに甘露さえ湧いてくるようだ。至福の時間であった。

——おれは、虎徹だ。

じぶんが、いままでとはまるで違う場所にいることを感じた。

いままでは、高慢な自負にばかり突き動かされていた。鉄のことなら、古今東西どんな鍛冶より知っていると気負っていた。

——なにを知っていたのか。

所詮は、人のなす業である。木、火、土、金、水の五行を操れるなどと思うのが、そもそも傲慢のかぎりだ。

天地のあわいに場所をかりて、悠久のうちのたかだか五十年、ちいさな火を熾し、鉄を蕩かす——。よい鉄を選び、丹念に鍛える——。

ただそれだけのことなのだ。

それだけのことに、この虎徹は命を賭けている。

小さな小さなじぶんが、天と地のあわいに、しっかりとすわって風をおこしている。

その風がよい鉄を生む——。

湿った音をたててしじっていた古釘の雫が、火床の底にたまりつつある。炭のなかは見えないが、炎の色とかすかな音、鞴の手応えで、虎徹にはそれがわかる。

ひとかたまりになった卸し鉄が、その重みで炉の底に沈むのを感じた。

鞴を止めて、そのまま待った。

熱を頬に感じながら、しばらく火床を見つめていた。

なにも思い煩うことがない。

日々、鉄と向きあっていられることの至福。そこにこそじぶんの矜持があると思った。

虎徹には、火床のなかが見えている。

満月の色に沸いて蕩けた卸し鉄の塊が、ゆっくりと朱色に染まっている。もうしばらく待って、夕陽の紅色におちついてから取り出すつもりだ。

三人の弟子は、だまって見つめている。池の端では蟬がしきりと鳴きさざめいている。炭火に炙られているのに、熱さを感じない。

「おい」

声をかけると、久兵衛が火床の炭を掻き寄せた。

梃子棒で炭の底をこじると、拳ほどの卸し鉄が、熾火のなかで息づいていた。角のないよい形をしている。鋏箸でつかんだ。真っ赤な表面で、小さな火花がはぜた。

正吉が大鎚を低くかまえた。

卸し鉄を鉄敷にのせ、虎徹が黙ってうなずくと、正吉がしずかに鎚を置いた。しだいに力を込めて叩いた。二度、火床で赤めなおして、二分（約六ミリ）ほどの厚さに叩き延ばした。

そのまま、桶の水に浸けた。

激しい泡音とともに、湯気が立ちのぼった。

虎徹は、耳を澄ました。

泡の音が消えたときが、勝負だ。

ピキッピキッと、鉄に小さな罅のはいる音が聞こえた。

——できたか。

音が小さく高いならば、硬くてよい鉄ができたのだ。硬すぎる鉄なら大きな音がしてそのまま水中で割れてしまうし、あますぎる鉄なら罅がはいらず割れる音がまったく聞こえない。

さっそく打ち砕いてみると、断面がことのほか冴えて力があった。

その破片のなかから、さらにほんとうによい鉄だけを選ぶと、かなしいほどわずかな目方しかなかった。握れば掌にかくれてしまうほどの量である。

翌日、その鉄を鍛錬した。

鍛え上げたのは、結局、刃の長さわずか三寸（約九センチ）余りの小刀である。

べつの鉄で柄を造りつけにして、尻に亥の目（ハートの形）の穴を透かした。

刀身に不動明王を刻み、柄には「思無邪」の文字を浮き彫りにした。彫り物には自信がある。小さな不動明王だが、猛々しい火炎を背負い力強く踏ん張っている。

仕上げ場にゆきをよんで、彫り上げたばかりの小刀を見せた。

「この字はなんと読めばよいのでしょうか」

ゆきがたずねた。

「おもい、よこしま、なし。いまのわしの気持ちだ。心のねじけやいつわり、不正直や高慢こそ、鍛冶の大敵。ただひたすらよき刀のことだけを思うてこそ、まことの鍛冶になれる。その誓いだ」

ゆきがうなずいて、刀身に眼を寄せた。

ちかごろは、調子が思わしくないらしい。

江戸の町はこのところ暑さにうだっている。ゆきの立ち居振る舞いを見ていると、からだが衰えているばかりでなく、眼もずいぶん悪くなっているようだ。それでもこの小刀ばかりは、ゆきに手伝わせたい。

「見えるか」

「見えます。ちゃんと見えております」

「銘を切る。押さえられるか」

「はい。やらせてください」

小刀は、焼き入れの前に銘を切る。

細く、肉の薄い小刀は、焼き入れが難しく、失敗することが多い。

虎徹はこれまでに何振りか小刀を鍛えたが、そのたびに焼き入れで失敗した。刀身がゆがむか、罅が入ってしまうのだ。焼き入れのときにゆがむと、あとから鎚(つち)で叩いても直すことはできない。罅は、むろん大失敗である。

この小刀に、虎徹はこれからの作刀を賭けることにした。

――失敗したら、二度と刀は打たない。

そう決めた。

そもそも、刀を鍛えようなどと考えたのがまちがいなのだ。いくら鉄のことを知っているとはいえ、三十もなかばを過ぎてから刀鍛冶の修業をしたのでは遅すぎた。

しかも、大それた志をいだいてしまった。

数打ちのなまくら刀ならともかく、古来の名刀を凌駕する刀を鍛えたいとは、身のほどを知らぬ思い上がりもはなはだしい。実際、このまえ鍛えた脇差(わきざし)など、圭海と加右衛門は誉めてくれたが、たいした出来ではなかった。その点では、本阿弥光温(ほんあみこうおん)の目利きの正しさを認めないわけにはいかない。

この小刀の焼き入れが、やはりうまくいかずに失敗したならば、二度と刀は打たない。

虎徹は、そう決めた。

甲冑師(かっちゅうし)にもどって、死ぬまで兜(かぶと)と鎧(よろい)を造る。

江戸でなら、虎徹の甲冑は高値で売れる。よけいなことを考えず、ただおのれの仕事として甲冑だけ造っていればよいのだ。

そうすれば、ゆきによけいな心配をかけず、安心させてやることができる。滋養のあるものをふんだんに食べて養生に専念すれば、病はきっとよくなるだろう。

小刀の刀身を、ゆきに持たせた。銘を切るときは、刀身を固定せず、人が手で持っていたほうが、鏨（たがね）のはこびがよい。

木の根の台に鉛の板を敷き、造りつけの柄をのせさせた。そこに、銘を切る。

細い鏨（たがね）をあてると、虎徹はかろやかに小鎚をふるった。

　長曽祢興里入道

とだけ刻んだ。道に入れるかどうかの、賭けである。

「よし。ありがとう」

「まあ……」

ゆきの顔が、みょうに嬉しそうだ。

「どうした？」

「あなたにお礼を言われたのは、嫁に来てから初めてです」

「そうか」

そうだったかどうか、虎徹はよくおぼえていなかった。

焼（や）き刃土（ばづち）を塗って火床（ほど）で赤め、水舟に浸けて焼き入れした。

水の泡立つ音が、みょうにこころに染みた。

じぶんで研いでみると、地鉄は潤いがあり、なお力強い。わずかにのたらせた刃文には、ほつれがかかり、小沸がついて足がはいっている。

虎徹は、小刀の切先を眉間に向けて見つめた。

——ゆがみはない。

失敗はなさそうだ。むしろ、よい出来である。砥石をあてつつ一刻ばかり見つめていたが、どこにも罅や刃切れはない。

最上の鉄だけをほんの一握り集めて鍛えた小刀である。虎徹のこころから悲壮な決意を絞り出した涙の雫である。

——刀鍛冶をやれ、ということか。

焼き入れがうまくいったら、刀を打ちつづけると決めていたのだ。

失敗していないのなら、刀鍛冶を続けるべきだろう。

いや、こうなったら、なんとしても、刀鍛冶の道を究めるしかない——。そう思ってから首を横にふった。じぶんで決めず、ゆきに決めてもらおうと考えた。

二階の座敷に上がると、ゆきは褥で横になっていた。

「見てくれ」

小刀をさしだすと、ゆきが起きあがった。

「拝見いたします」

両手で小刀を捧げてから、ゆきが刀身を見つめた。瞳はうるんでいて、どれくらい見えているのか、虎徹にはわからない。

長い時間、黙って見つめている。じっと待っている虎徹の首と背中に、汗がながれた。

窓からは、上野の山に立ちのぼった入道雲が見える。大きくて厚い雲が太陽を隠し、あたりが暗くなった。遠くで雷の音がきこえる。

「きれいな鉄でございます。天の河のような沸がついております」

「そうか。よい出来か？」

「はい。とてもすばらしい出来栄えです」

「それはよかった」

虎徹の体内で、こころが蕩けた。しみじみとした満足がひろがっていく。刀鍛冶の道をきわめよう。

「持っていてくれ」

「はっ？」

ゆきが首をかしげた。

「短くて頼りにならぬが、その小刀、おまえの守り刀として、いつまでも持っておれ」

「はい」

ゆきはしばらくとまどっていたが、なにかを噛みしめるように深くうなずいた。

二十八

「こんどのは、なかなか出来がいいよ。おれは青江をたくさん研いだが、おまえさんの地鉄だって負けちゃいねぇさ。しっとりと砥石に吸いつく感じがするんだ。鉄がそれだけやわらけぇのさ」

研師の梅蔵が、鍛冶場に入ってくるなり口を開いた。ちかごろ、研ぎはこの男にたのんでいる。

木屋、竹屋、本阿弥と、将軍家お抱えの研師に無理をとおして研がせてみたが、日数がかかるうえに値段が高い。しかも、名だたる古刀だけが刀だとかたくなに信じこんでいるらしく、虎徹の作など刀だと思っていないふしがある。

梅蔵ならば、仕事が早いうえ、研ぎ方について細かい注文をあれこれつけても聞いてくれる。研ぎ代も安い。神田明神下の小さな店で、若い者を二、三人つかっているだけだが、腕がよいと評判なので、古い名刀もかなり研いだことがあるらしい。虎徹にとっては、ありがたい男であった。

「それは嬉しいことを言ってくれる。康継とくらべてどうだ」

ちょうど古鉄の卸しが一息ついたところだったので、梅蔵を火床のそばに招いた。この夏、小刀に初めての銘を切ったが、その後、満足のいく刀の打てないまま、いたずらに時がながれた。

今朝、池之端にでると、蓮の枯れ葉に白い霜が降りていた。初霜である。時ばかりがすぎてゆくことに焦りを感じていた。

晒で巻いた脇差を虎徹にわたすと、梅蔵は火床で手をあぶった。

「康継なんぞのことがそんなに気にかかるのかい」

「同じ越前だからな」

「因縁があるんだろ。兜を割られた話、耳にとどいているよ」

「ちょっと待て。割られてなどいるものか」

「そうなのかい。おまえさんの兜が康継に割られたって話を、研師仲間に聞いたことがあるぜ」

何年もむかしの越前での兜割り対決が、江戸の研師のあいだで話題になるとは思ってもみなかった。あの勝負は、はっきりとした決着がついていないのだ。康継一門が、そんなふうに話をゆがめて言いふらしているにちがいない。

「まあ、康継の刀なんぞ、初代にしても二代にしても、たいした鉄じゃねぇさ。ちっとも砥石にのらず、ごろごろ転がるみたいでやりにくいったらありゃしない。ちかごろの刀は、たいていそんな具合だが、康継は南蛮鉄をつかっているせいかとくべつ硬いな」

康継は康継で、硬いなりに折れにくい鍛錬を工夫したのだろう。その点は虎徹も見習わねばならないと謙虚におもった。

「初代康継は、さすが家康様に気に入られただけあって腕はたしかさ。だけど二代っていうのはまるで感心しない。ありゃ、ただの六方者だぜ」

二代康継は初代の長男で、将軍秀忠に気に入られ、近習として鷹狩などにも供をしていたという。よほどさばけた男だったらしく、男伊達をきそう旗本たちの白柄組にくわわり、日々喧嘩に明け暮れていたようだ。虎徹の刀は、そんな男の刀に負けて折れたのだ。奥歯が砕けるほど歯がみしても、悔しさばかりがこみ上げてくる。

丸顔の梅蔵が笑った。

「二代の康継なんぞ、鎚を握ったかどうかわかるもんか」

「どういうことだ？」

「おれの見るところ、二代康継の刀は、ほとんど初代の弟子たちの作だな。ありゃ、一門の力だ」

初代康継の鍛冶場には大勢の弟子がいた。なかには相当な技倆の者もいたはずだ。彼らが二代目をささえていたのか。

しかし、そんな康継に折られてしまった虎徹はことばを呑むしかない。

——まずは康継を越えねば。

そう思い暮らしている。

「まあ、どのみち陰気でおもしろみのない刀さ。それに、初代康継は、まだしも律儀に出来のいい刀にしか葵の御紋を切らなかったが、二代なんぞは、かなり落ちる刀にも切っている。三代にいたっちゃ、江戸にしても越前にしても、どんな駄作だって葵の御紋が切ってある。ろくな野郎じゃねぇや」

「そうか」

康継など、眼中におかずともよいのだ、と思いなおした。ただひたすら、折れず、曲がらず、よく切れて、それでいてなお、品があって味わいの深い刀を鍛えるだけだ。

そのために、何軒もの古鉄屋に声をかけてできるだけ古くて質のよい鉄をより分けておいてもらっている。それでもまだ、自信をもって虎徹と銘を切るほどの刀はできていない。

「こんどのおまえさんの地鉄はいいよ。古刀と同じやわらかさがあるぜ。それはもううっとりするくらい砥石に吸いついてきたよ。雪女の肌ってのは、こんなふうかと震えがきたね。抱いたことはねぇけどな」

何種類もの砥石で研ぎ上げた刀は、小さく割った砥石を親指の先でうごかして刃と地鉄を丹念に磨いて艶を出す。梅蔵のような町場の研師は、ふだんそんなていねいな仕事をしないが、虎徹の刀を手にしていると、やりたくなってくるのだと話していた。そうやって日がな一日刀にふれている梅蔵が褒めてくれたのだから、かなりの出来だと思ってよいのだろう。

「見ねぇのかい？」

いつもなら、なにを置いてもまっさきに研ぎ上がった刀を見る虎徹が、今日にかぎっていつまでも晒を解こうとしないのが、梅蔵には不審らしい。

「見るとも」

ほんとうは見るのが怖かったのだ。このところ、何振りかの脇差を梅蔵に研いでもらった。それなりの出来であったが、それなりの出来でしかなかった。地鉄がうまくいったと思えば焼き入れが悪く、焼き入れがうまくいったと思えば地鉄に難がでた。

鍛えたいのは、身震いするほど底力のある刀である。
鉄の内側からふつふつと覇気が湧き上がってくる刀である。

その完璧な高みを目ざすがゆえに、命をすり減らして鍛刀している。これでまた凡庸な作しかできていなかったら、すべてをかなぐり捨てて出家遁世してしまいたい。

覚悟をきめて、晒をほどいた。

一尺六寸二分（約四九センチ）の脇差である。

身幅広く、反りは浅い。切先の長い豪壮な平造りだ。地鉄の肌はきめ細かくよく詰み、地沸が厚くついている。

刃文は、山が飛び飛びにならんだ互の目乱れ。刃縁に荒めの沸がついて足が入っている。

見ているうちに、顔がほころんできた。

「どうでぇ、いい出来じゃねぇか。てぇしたもんだよ」

梅蔵がじぶんの作のように自慢した。

「ああ、やっと出来たか……」

ふうっと、肩の力が抜けた。ようやく得心のいく脇差が打てたのだ。虎徹のつぶやきに、弟子たちの顔がほころんだ。

「地景がはいっている。いいぐあいだよ」

梅蔵にいわれるまでもなく、虎徹はそこが気に入っていた。地鉄のなかに、稲妻のような縦の筋が通っているのである。意図してできるはたらきではない。焼き入れのときにできる偶然の作用だが、これを好む愛刀家は多い。

窓の障子を開いて、初冬の陽にかざしてみた。しっとりとした地鉄が、内側から青く光るように美しい。

——おれの刀ではない。

古鉄の力だと思った。

どればかりかの昔、山から砂鉄を掘り、小さなたたらで吹いて鉄にした男がいた。それを鍛えて釘をこしらえた男がいた。寺かなにかにつかわれていたその釘が、数百年の時をへて、材木から抜かれた。古鉄屋がそれを買い、おれがまた買った。その古鉄の力で、よい刀ができた。

——銘は虎徹とは切れぬ。

そう決めた。

「ゆきを呼んでこい」

命じると、正吉の顔がとまどった。

「床に伏せっておいでです」

「銘を切るだけだ。搔巻(かいまき)を着たままでかまわぬといえ」

「銘切りなら、わしが押さえましょう」

正吉が脇差に手をのばした。

「おまえでは、鏨(たがね)のはこびが悪い」

なんどか正吉に押さえさせて、銘切りを試してみたが、強く押さえすぎるので、うまく刻めなかった。ゆきなら、小鎚(こづち)で鏨(たがね)を打つとき、絶妙のころあいで茎(なかご)を浮かせるので、気持ちよく銘が刻める。

「おことばですが、お女房(かみ)さんは養生がなによりも大切。それなのに、親方はあれこれ用事をさせなさるので、ちっともようなりませぬ。わしらでできることは……」

「うるさい。弟子のくせに逆らうのか」

虎徹の一喝で、正吉が眉を曇らせた。なにか言いかけたが呑み込んで、鍛冶場を出ていった。

ゆきが来た。袷(あわせ)の着物にたすき掛けをしている。ちかごろの寒さがこたえるのか、顔が青ざめている。

「銘切りだ。すぐにすむ」

「はい」

鉄敷に鉛の板を置くと、虎徹は道具箱から自作の鏨を選んだ。虎徹の鉄は硬い。きちんと焼きの入った鏨でなければ銘は切れない。

脇差に晒を巻いて、ゆきが鉄敷のむこうにすわった。横を向いてちいさな咳をひとつした。

「切っているときに咳はするな」

「はい」

虎徹は火床の残り火で手をあぶった。なんどか息をととのえて、茎にむかった。

小刻みに鏨の尻を叩くと、硬い鉄に小気味よくめり込んだ。

長曽祢興里古鉄入道
きちょうめんな楷書でそう切った。

「つぎは、かならず虎徹と刻む。そのときも頼むぞ」

「はい、おまかせください」

にっこり笑ったゆきの肌が、冷たい鉄よりなお冷ややかに見えた。

二十九

永久寺への道は、乾いた北風が吹いていた。砂塵でも舞っているのか、空はいささか白んでいる。剃りあげた頭に風が冷たい。

「親方」

後ろを歩いていた正吉(まさきち)が、思い詰めたようにつぶやいた。

「なんだ」

「わしは、いたらぬ弟子だと思うております」

「ならば、精進しろ」

「はい。精進いたします。けど……」

虎徹(こてつ)はつづきをうながさなかった。言いたいことはわかっている。行光(ゆきみつ)の短刀の調べが、まったくついていないのだ。そのことを知りたいに決まっている。

「行光のことだな」

「それは、よいのです。すぐにわかるとは思うておりませぬ。それよりお女房(かみ)さんのことです」

「ゆきのこと？」

意外だった。ゆきがどうしたというのか。

「こんなことを申し上げるのはなんですが、もうすこし、お女房(かみ)さんをたいせつになさってくださいませんか。いまのままではご病気がよくなりませぬ」

ちかごろのゆきは、たしかに具合がよいとはいえない。

虎徹としては、できるだけいたわっているつもりである。苦しいなかでも薬礼(やくれい)を惜しまず、新しい薬をつぎつぎに試してもらっている。

飯炊きや掃除には娘を二人雇っているから家のなかのことはさせていない。いまのゆきは、薬を飲んで寝ていればよいのだ。

ただ、虎徹はつい、ゆきに用事を命じてしまう。正吉は、そのことを言っているのだ。入道してから、虎徹は毎朝、頭を剃刀（かみそり）で剃（そ）っているが、それはゆきの役目と決まっている。正吉が強く言ったのでやらせたこともあったが、剃刀のあたり心地が気にくわず、その日いちにち機嫌が悪くなってしまった。それで、ゆきは無理を押しても起きて、剃刀をあててくれている。申し訳ない我がままとは思いつつ、それくらいは、ゆきの心の杖でもあるだろうとじぶんに言い訳していた。病人といえども、人に頼られ、なすべきことがあったほうが気がしっかりするはずだ。

「夫婦のことだ。おまえが口をはさむ話ではない」

「……。入門のときの約定、いまは後悔しております」

「なにか約束したか」

「親方が、烏（からす）が白いとおっしゃれば、烏は白い――。そう従うと誓いました」

虎徹は空を仰いだ。ひどく遠いむかしの話を聞かされているようだ。江戸の冬のよく晴れた青空は、いろんなことを忘れさせる。

「それでも言います。親方はひどいお方です。もっとお女房（かみ）さんにやさしくなさってください。心根（こころね）に慈悲のないお方に、よい刀は鍛えられますまい」

ふりかえって、正吉の胸ぐらをつかんだ。殴るつもりだったが、虎徹はふり上げた手をおろした。

　正吉が泣いている。

「おれはそんなに人でなしか」

　その場に膝をついた正吉が、手をついて頭をさげた。

「すぎたことを申し上げているのは重々承知しております。しかし、卸し鉄をはじめてからの親方は、まるで夜叉か阿修羅のごとく一心不乱に鉄だけを見つめ、ほかのことがまるで目にはいっておられませぬ」

「ほかのことを目にいれる暇などありはせん。鉄がすべてだ。刀がすべてだ」

　虎徹は腹が立った。それこそ、鍛冶の誉れではないか。

「承知しております。でも、お女房さんが薬礼を惜しんで、古鉄や炭、研ぎの代金にまわしておいでなのをご存じないでしょう」

「……まことか」

　大鎚で頭を殴られたほど驚いた。

「はい。お女房さんに口止めされておりますが、言わずにおれませぬ」

　鍛冶場を開くとき、甲冑を造って、かなりの貯えをした。その金はゆきにあずけてある。虎徹は金の勘定にわずらわされたくない。研ぎや炭、古鉄などの支払いがあるときは、正吉がゆきからもらって渡している。

　駿河台の医師狩野玄英のところに、薬を取りに行くのも正吉がやっている。

「お女房さんは、わしを狩野先生のところへ行かせず、お茶の水の土手でたんぽぽやよもぎを摘んで来いとおっしゃいます。それを干して、薬の袋に入れてらっしゃいます」

「毎日煎じておるのはそれか」

「はい。たんぽぽやよもぎでは、労咳も眼病も治りません」

知らなかった。新しい薬をいろいろ試していると聞いていたので、そのまま信じていた。

「ときに診察を受けるふりをなさっておいでですが、たいていは湯島の天神様にお参りして帰ってまいります。お女房さんは薬礼を刀のためにまわしておいでなのです」

そういえば、ちかごろは狩野玄英が往診に来るのを見たことがなかった。診察さえ受けていないのだ。

「そうか……」

虎徹は、古鉄屋をまわって気に入った鉄があると、値を惜しまず買い付けている。古鉄屋のほうでも虎徹をおぼえていて、よい鉄を取り残しておいてくれるので、それをまた買う。研ぎに出しても気にいらぬので、そのまま納戸に放りこむ……。いつのまにか、銭函の底が見えていたのだ。

「おねがいでございます。どうか、もう刀をお売りください。わしらの目から見れば、よい出来の刀でございます」

「おまえなどになにがわかる。わしが目ざしているのは……」

言いかけてやめた。せんないことだ。妻に薬も飲ませず、なにが古今無双の名刀か。

「立て」

虎徹は、歩きはじめた。

――刀を売ろう。

そう腹に決めた。このまえ「古鉄」と銘を切った脇差ならじぶんの刀として売ってもかまわない。あれならば、圭海がそれなりの値で買ってくれるだろう。納戸には、何振りもの刀がしまってある。自信作ではないが、そんなことは言ってられまい。あれも売ればいい――。

そんなことを考えながら、枯れ田のひろがる道を足早に歩いた。

永久寺に着くと、圭海と山野加右衛門が縁側に出てきた。このまえ打ち上げた「古鉄」銘の脇差をあずけておいたのだ。それを見ての呼び出しであった。

圭海が脇差を手にしている。

黙って見つめているのは、まさにくだんの脇差だった。

刀身に吸いよせられた圭海の眼に、ただならぬ強い光があった。ただ脇差を見ているのではなく、そのむこうにあるなにかを見すえているような気がした。

「見込んだとおりよい出来だ。おまえなら、これくらいの刀を打つであろうと期待しておった。ようやったな」

「ありがとう存じます」

やはり、ほっとした。

「これならば、三ツ胴を重ねましても、まちがいなく土壇まで斬り込めます」

山野加右衛門のことばに、圭海がうなずいた。

「そうであろう。見ていて惚れ惚れするほどの鉄だ。姿は怒味をふくみ、なお品性をたたえておる。しかし、なぜ、わしの与えた名を刻まなんだ。古鉄などという銘では、破邪顕正の気概も湧きにくかろう」

「その作がそれなりの出来になりましたのは、まだわたしの力ではありませぬ。古鉄の力ゆえ、そう刻みました。されど、これからはさらに精進をかさね、なんとしても虎徹と刻める刀を打ちまする」

「そうか。期待しておるぞ」

圭海が脇差を白鞘におさめて、虎徹を見すえた。

「まずは十振り」

「はっ？」

「刀を十振り打ってまいれ」

「十振りも、でございますか」

「そうだ」

「さように多くの刀、なんとなさいます」

「おまえを将軍家お抱え鍛冶に推挙する」

「まさか……」

「僧体でも、わしは将軍の叔父じゃ。声のかけようはいくらでもある」

虎徹は首をふった。

「お断りいたしておきましょう。よい刀を鍛えるだけがわたしの望み。お抱えのなんのは願っておりません」

「欲のないやつだ」

「しかし、なぜわたしごときを」

「おまえはよい刀を打とうとする志がだれよりも高い。それを見込んだのだ」

虎徹は首をかしげた。

「まだ海のものとも山のものともつきませんのに、わたしのような鍛冶を……」

「それだからこそ、おまえに期待しておる。手垢のついた鍛冶など推挙しても面白うない。この泰平の世を震撼せしめるほどの刀を打つがよい。まずは、十振り。待っておるぞ」

立ち上がって奥に引き込みかけた圭海が、足を止めた。

「そうそう。このあいだの行光(ゆきみつ)、持ち主が知れたぞ」

「まことでございますか」

「松平伊豆守(いずのかみ)じゃよ」

知恵伊豆として名高い松平伊豆守信綱ならば、世事にうとい虎徹でも知っている。武州川越七万五千石の藩主にして老中。九州で起きた島原の乱を平定し、幕府転覆を謀った由井正雪の変を治めたかとおもえば、玉川上水を完成させて、江戸の飲み水を確保した聡明な人物である。

「おもしろいことになるやもしれぬな」

圭海がそうつぶやいたように聞こえた。

「いや、なんでもない。なんでもないぞ」

奥に消えていく足音だけが、虎徹の耳に残った。

三十

鞴の風音に、寛永寺の鐘の音がかさなった。外はずいぶん冷え込んでいるらしく、嫋々たる余韻がみょうに冴えて響いている。

「暮れ六か……」

虎徹がつぶやくと、正吉が大きく首をふった。

「とんでもない。親方、除夜の鐘ですよ」

「もう、そんな時刻か」

朝からずっと古鉄卸しをしていた。

窓を閉ざした闇のなかで、炎を見つめ、鞴の風音だけを聴いていると、時のたつのがわからない。

選びに選んだ古鉄を、小さく砕き、すこしずつ火床に入れて風を吹きつづけると、熾きた炭の底に、拳ほどの卸し鉄の塊ができる。

できた塊を一回ごとに大鎚で叩き延ばし、鉄の具合をたしかめている。一日にできるのは、せいぜい三回。もう一度、もう一度……と続けているうちに、いつの間にか、夜がふけていたのだ。

さすがに、疲れていた。

できたばかりの鉄塊を、鋏箸でつかんで取り出した。蕩けて雫となった鉄が、明るい柿色に固まっている。よい鉄かどうかは、叩き延ばして水に浸けてみなければわからない。

「今日は、これくらいにしておくか」

「へい」

正吉が、火床の炭を十能ですくって火消し壺に入れた。久兵衛と直助が、柄の長い箒で、天井の梁や鴨居の塵をていねいに払った。毎日、仕事の終わりには、そうやって炭の粉塵を払っておく。炭の粉が溜まっていると、そこに舞い込んだ火の粉が熾火となって火事になる懸念がある。

片付けが終わって家に引きあげると、ゆきと女子衆が盆をはこんできた。

「そばを打ちました」

そういえば昼間、鍛冶場の入り口の注連縄を新しいものに取り換えた。夜が明けたら、もう新年だ。

「まだ起きていたのか」

「はい。とても具合がよいものですから」

ゆきの見せた笑顔に、虎徹はうなずかなかった。忸怩たる思いがこみあげてくる。

じぶんは、この女に、どんな思いをさせていたのか。医者への薬礼を惜しませるほど不自由な思いをさせて、いったいなにをしようとしているのか。

たかが刀――。

とは、思わない。しかし、それは、けなげな女を踏みにじっても、なすべきほどのことなのか。

「先生は、養生しろとおっしゃっていたではないか」

「はい。大晦日だというのに、掃除もなにもこの娘たちにまかせて寝ておりましたもの。先生は、すこしくらいの気散じは、むしろ薬だとおっしゃっておいででした」

たしかに医者がそういったのを、虎徹も聞いた。

先日の脇差を、圭海は五枚の小判で買ってくれた。一両出せば、けっこうな拵えのついた刀が買えるのだから、とびきりの高値である。

金を手にした虎徹は、ゆきを駿河台の医師狩野玄英のところに連れて行った。

われた。

——馬鹿もんッ。

しばらく顔を見せなかったので、夫婦して怒鳴られた。それでも、丹念に診察をしてくれた。労咳はゆっくりとすこしずつだがわるくなり、眼疾はかなり悪化しているといわれた。

——オランダ渡りの眼薬があってな、たいへん効能があるらしい。ただし……。

とてつもなく値が高いのだという。

——そんなお薬はいりません。ちゃんと見えておりますもの。

首をふったゆきを、虎徹が叱った。

——金はなんとでもいたします。

そう頼んで帰ってきたが、五両の金でさえ、炭代や研ぎ代、古鉄の支払いであっという間に消えてしまった。何十両もの大金を工面するのはむずかしい。

方法がないわけではない。

将軍家お抱え鍛冶となり、康継のように、刀に葵の紋を切らせてもらえば、虎徹の刀には数十両の高値がつくだろう。そうすれば、薬礼などなにほどでもあるまい。

しかし、それは、おのが刀への冒瀆ではないか、という気もする。葵の紋などなくても、丈夫でよく切れ、なお品格のある刀であれば、武士たちのあいだで評判になり、高値でも惜しまず買ってくれるだろう。そんな刀をこそ、志していたのではなかったのか。

思いは千々に乱れ、いっこうに定まらない。

「目の具合はよいのか」

そばの鉢を受けとりながら、虎徹はたずねた。

「はい。よく見えております。なんの不自由もありません」

ゆきが微笑んだとき、虎徹は腹を決めた。

——この女を、これ以上、苦労させてはならない。

将軍家お抱え鍛冶になるのだ。

女を泣かせて、なにが刀か。女を幸せにしてこその刀であろう。

熱いそばをすすりながら、じぶんに、強くそう言い聞かせた。


元旦、二日、三日と、朝は餅のはいった雑煮を食べたが、虎徹は屠蘇もなめず、いつものように鍛冶場にこもった。のんきに正月を祝う気分になど、なれなかった。お抱え鍛冶になるには、なによりもまず、出来のよい刀を打たなければならない。

——十振り。

と、圭海はいった。

ようやく一振り、なんとか納得のゆく脇差が打てたばかりの虎徹にとって、十振りの刀は、気の遠くなるほど高い頂である。

それでも、質のよい卸し鉄が、いくらかは溜まっている。元旦から積み沸かしをはじめて、新しい刀の鍛錬に取りかかった。

四日の朝、妻のゆきがつぶやいた。

「さしでがましゅうございますが、お年賀にうかがわずともよろしいのでしょうか。いくらお正月返上とはいえ、兼重（かねしげ）親方と才市（さいいち）叔父様のところへは、松の内にご挨拶にうかがったほうがよろしいのではありませんか」

そう言われて、ゆきの顔を見た。やつれてはいるが、どこまでも芯のしっかりした女である。

「たしかに年始の挨拶に行かねばなるまい」

しばらく兼重の顔を見ていない。才市叔父にもずいぶん無沙汰をしている。

「いくら残っている？」

小声で正吉にたずねた。銭函（ぜにばこ）の番は、あれから正吉にさせている。

「はい。三百文あります。大晦日に申し上げたままです」

「たったそれだけか」

「炭、米、味噌。年の瀬にぜんぶきっちり払いましたから、しばらくは掛けで売ってくれます」

暮らしは立っても、それでは、挨拶の手土産が買えない。

いよいよ、踏ん切りをつけるときが来たようである。

虎徹は納戸をのぞいた。

なかに十数本の白鞘（しらさや）がしまってある。

いずれもここ一年ほどの虎徹の作で、それなりの出来ではあるが、銘を切る気になれなかった刀と脇差だ。

なかから三振り、脇差をえらんで、風呂敷に包んだ。

じぶんで袴をつけ、羽織を着た。

ちかごろは、毎朝、頭を剃るのも、正吉にやらせている。不満を言い出せばきりがないが、ゆきをできるだけ寝かせてやりたいと気づかうようになった。圭海と山野加右衛門に脇差の出来ばえを認められたことで、すこしは気持ちに余裕ができたのかもしれない。

正吉に風呂敷包みを持たせ、池之端から正月の町に出た。往来には、着飾った男女が多かった。華やいだ町の空気を吸うのは、ずいぶん久しぶりだった。

上野から神田界隈にかけての刀屋は、みな顔見知りである。刀を見せてもらいに通っているうちに、すっかり馴染みになってしまった。

できれば、まったく知らないところで売りたい。

芋洗橋（現在の昌平橋）をわたって、才市叔父の住む神田銀町や兼重の家のある紺屋町をすぎ、正月の町をぶらぶら歩いた。空に舞う凧は、お茶の水のあたりか。道では娘たちが羽根突きに興じ、男の子たちが独楽をまわして遊んでいる。正吉は黙ってついてくる。

神田を通りすぎ、日本橋をわたって、そのまままっすぐ京橋までやってきた。

橋を渡ったたもとに、刀の市が立っている。名も太刀売町という界隈だ。

江戸に来た当初、なんどかのぞいたが、数打ちの駄物がほとんどなので、ちかごろは足が遠のいていた。

商いは路上である。筵さえ敷かず、武家や町人たちが、立ったまま刀を抜いて品定めしている。一振りの刀を五、六人でかこんで値踏みしている男たちがいる。新年の初市とあって、売る方も買う方も、熱がこもっていた。

正吉に持たせていた風呂敷包みをほどくと、虎徹はなかの脇差を一振り抜いた。

往来の真ん中に立ち、天にむかって切先を突き立てた。

初春の空は青く澄んで、爽やかな光が満ちている。光を浴びた刀身が、青く冴え冴えときらめいた。

長さ一尺六寸五分（約五〇センチ）。反り浅く、のたれに互の目のまじった刃文は、凛々しく毅然としている。小板目のつんだ地鉄は、やや肌立っているものの、地沸がついている。

悪い出来ではない。

——だが、それだけだ。

虎徹は不満だった。

この程度の出来に満足するくらいなら、刀鍛冶にはならなかった。

見ているだけで魂がゆさぶられ、震えがくる刀、手にした刹那、天地神明の精気が全身に湧きあふれる刀――。鍛えたいのは、そんな刀だ。

そんな崇高な出来にはほど遠いが、およばずながら懸命に鍛錬した刀である。どれほどに値踏みされるか、人目にさらしてみたい気はあった。

「よい刀だな、値はいくらだ」

つつましいながら身なりのよい武士がたずねた。

「さて、いくらならお買い上げくださいますか」

「よく見せてくれ」

手渡すと、武士は丹念に刀身をながめた。

「二分ではどうか」

「二分でございますか」

「相場であろう」

「たしかに相場でございます」

「売らぬのか」

「さて……」

首をかしげたまま黙っていると、武士は鼻を鳴らして行ってしまった。べつの刀を物色している。

「二分なら相場ですよ」

正吉がささやいた。

「値ではない。この脇差を気に入ってくださる御仁なら、ただで差し上げてもよいのだ」

「親方。ただでは困ります」

「ああ、そうだな。何文かはいただこう」

正吉があきれ顔で首をふった。

虎徹が刀を打つのは、もとより銭金のためではない。一振りの刀に、おのれの熱と力、生きている息吹のすべてを叩き込みたいからである。手にしている脇差は、まだ未熟な作にすぎないが、他の刀工に比べれば、けっして悪い出来ではない。気に入ってくれる侍があらわれたら、ぜひ腰に差してもらいたい。

新春の太刀市は、刀を買いに来た侍や町人たちで混雑していた。抜き身を手にしていると、すぐに声がかかる。

「見せてくれ」

何人かの男たちに見せた。

脇差を見るときの顔つきを、虎徹はじっと見ていた。目をかがやかせてくれたなら、その男に売るつもりだった。

何人もの取り巻きをひき連れて、上背のある伊達者がやって来た。大柄な花菱を染め抜いた黒い着物は、裏地が目のさめるような緋色である。たいそうな貫禄だ。男伊達をきそう町奴の親分格だろう。

「見せてくれるかい」

「ゆっくりご覧ください」

手渡すと、男は舐めるように刀身を見つめた。眉がひらき、瞳に光が満ちてきた。

「いい鉄だな」

「ありがとうございます」

「それに姿が気張っているのがいい」

虎徹はうなずいた。地鉄はよいのだが、姿に怒味と気負いがありすぎて、いささか品格に欠けるのだ。虎徹はそれを欠点と思っていたが、そこを気に入ってくれる男もいるのだ。

「こいつは、よく斬れそうだ」

「斬れますとも」

「これだけの鉄ならば、どんな豪刀と斬り結んでも折れやしねぇ」

「腕によりをかけて鍛えました。折れたら、この素ッ首、差し上げましょう」

「なに、おまえが鍛冶か」

「へい。わたしの刀でございます」

「銘はなんだ？」

虎徹は喉を詰まらせた。銘を切る気にならない脇差を売ろうとしているのだ。

「銘はございません」

「なぜ、銘を切らん」

「志がございます。ひと目見ただけで、だれもが震えるほどの名刀を鍛えとうござる。この脇差は、まだ未熟ゆえ、銘が切れませぬ」

「この鉄を未熟というか」

伊達者が、虎徹を見つめた。大きな黒目がおそろしげだが、虎徹は視線をしっかり受けとめた。

「はい。悔しいながら、腕がまだ志におよんでおりません」

「気に入った。志があるなら、いつか天下の大業物を鍛えぬとも限らぬ。初市の祝儀だ。二両で買いたいが、どうじゃ。未熟な若打ち、売るか」

虎徹は頭をさげた。なによりも、じぶんの刀を気に入ってくれたのが嬉しかった。

「ありがとうございます」

伊達者が小判を虎徹にわたし、取り巻き連に脇差を見せた。

「これはよい刀じゃ。おぬしらにも目の保養をさせてやろう」

「幡随院の兄貴がいうのなら、まちがいなかろう」

「幡随院とおっしゃいますと、池之端の……」

「そうさ。そこの長兵衛という男。見知ってくれ」

池之端の幡随院ならば、鍛冶場のちかくである。虎徹も長兵衛の名を聞いたことがあった。

長兵衛は、奉公人の口入れを生業としているが、人ぞ知る男伊達の頭目で、弱きを助け、強気をくじく侠気を売りものにしている。

「おまえ、名はなんという。銘は切れずとも、鞘に書いておけ」

「へい」

矢立の筆を、白鞘に走らせた。

「虎徹とお読みください」

「業物にふさわしい名だ。その銘、切ってはくれぬのか」

「まだ志におよばぬ作でございます。ご勘弁ください。そのかわり、いつか必ずよい刀を打ち上げ、堂々と銘を刻んでこれと取り換えさせていただきます」

「そいつは愉しみだ。その約束、きっと待っておるぞ」

「見上げた心がけの鍛冶だ」

「まこと、いまに天下無双の鍛冶となろうて」

取り巻きたちが、声高にほめそやしたので、あたりに人垣ができた。

「なんだ、まだ二振りあるのか。見せてみろ。おう。これもよい出来だ。こっちのより姿が気張ってるじゃねぇか」

怒味の強い刀を好んでくれる男たちもいるのだ。それが嬉しい。

「買うぞ。おれはこれをもらおう」

唐犬を染め抜いた派手な小袖の男に、小判をにぎらされた。

「虎徹たぁ、いい名だ」

「豪儀な刀だぜ。風を切る音がまるで違いやがる」

買ったばかりの脇差を振りはじめた。ずいぶん酒がはいっているのか、振り方が危なっかしい。

まわりの人垣が、声を立てて広がった。

「よしな。あぶねぇじゃねぇか」

長兵衛の声に、べつの大声がかぶさった。

「こらッ。正月から往来の真ん中で騒がしい。小うるさいのはどこの餓鬼かと思うたら、なんだ。町の奴どもか」

人垣のなかから、白い着物をぞろりと着流した男たちがあらわれた。

ちかごろ徒党を組んで江戸市中を好き放題にのし歩いている旗本奴である。粗暴で弱い者をいたぶるので、町人からは嫌われている。幡随院長兵衛ら町奴の天敵であった。

「水野十郎左衛門と白柄組のご一統か。今日は太刀売町になんの用だ。新年早々、博奕ですってんてん。刀でも売ろうって算段かい」

長兵衛が、裾をまくって啖呵を切った。緋色の裏地で、金襴の虎が吼えている。

にわかに緊張がはしった。

町奴と旗本奴の一団が、にらみ合った。あたりの人波が、大きくわきによけた。

たがいに、肩をそびやかし、目を尖らせて、相手を威圧している。犬が牙を剝いて低く呻り合うのと同じだ。

長兵衛たち町奴のうちの三人は、虎徹の脇差をすでに抜き身で手にしている。

にらみ合いながら、旗本たちの手が柄に伸びた。

「親方、逃げましょう」

正吉に袖をひかれ、虎徹は道の端によけた。

旗本奴の一人がずいっと前に出た。真っ白い絹物を着て、腰の大小は、白糸巻きの柄に、鮫の皮を研ぎ出した鞘だ。梅の花に似たもようが鞘ぜんたいにちらばっている極上品である。よほど裕福な侍だろう。

「町人ふぜいがいきがりおって。天下の直参旗本に盾突こうとは片腹痛い」

「おう、水野の旦那か。片腹痛いのはどっちだい。狂い犬みたいに、わけもなくあちこちで人に嚙みつくたぁ、旗本衆の恥っさらし。公方様が泣いておいでだぜ」

「ぬかしおって……」

水野十郎左衛門が刀を抜こうとしたとき、べつの侍が前に出た。

「わざわざ兄貴に出ていただくほどのこともありますまい。この金時金兵衛に、露を払わせておくんなさい」

金時と名乗った男は、侍にしてはいかにも下卑た悪人面である。水野に胡麻をすって取り入ろうとするへつらいがふんぷんとして見苦しい。白柄組のなかでもよほど品さがる悪党だろう。

「いや、かまうな。この男、いちど懲らしめてやらねばと思うておったところ。今日は親の命日でもなし、血迷うた素町人の殺生にはまたとない日和」

水野がすらりと刀を抜いて、上段にかまえた。

幡随院の長兵衛が眦をつりあげ、やはり上段にかまえた。

「なまくらを振り回しおってしゃらくさい。おまえらごとき、この葵の康継ではもったいないが、遠慮するな。成敗してくれよう」

言い終わらぬうちに水野が素早く踏みこんで、長兵衛に真っ向から斬りかかった。

長兵衛が、脇差を頭上にかざして、襲ってくる刃を受けた。

「あっ」

相手が康継とあれば、ぜがひでも顚末を見きわめたい。飛び出そうとした虎徹を、正吉が必死につかんでとめた。

「親方。殺されます」

たちまち、わめき声が上がり、斬り合いが始まった。

長兵衛は、水野と刀を合わせている。鋭い金属音がひびくたびに、虎徹は胸をえぐられる思いだ。

脇差の短さをものともせず、長兵衛は間合いをつめて斬りかかる。水野の康継がそれを受ける。五度、十度と両刃が交わった。刃と刃を合わせ、力押しにぎりぎりと押し合っている。

「親方、あれ……」

正吉にいわれるまでもない。斬り結ぶうちに、康継の刀は、刃こぼれしている。遠目にも、刃がささくれているのがわかる。

「おいおい、その刀、葵の御紋が泣いてるぜ」

長兵衛が嘲笑った。

「ちっ」

後ずさった水野十郎左衛門が唇をかんで刀を見ている。

――隙がある。

いま長兵衛が踏みこんで斬りつけたら、水野をばっさり斬り捨てられる。

長兵衛は踏みこまない。手にした脇差を見ている。

「今日は、勘弁してやろう。おまえなんぞ、この虎徹で斬る値打ちはありゃしねぇ」

「なんだと」

正眼にかまえた水野が、長兵衛に突きかかった。

体をかわした長兵衛の袂がばっさり切れた。さらに突きかかる水野をかわし、長兵衛が逆袈裟に斬り上げた。

水野の帯が切れた。

白い着物と襦袢がはだけ、ちりめんの下帯までほどけた。

悪党面の金兵衛が、長兵衛に切りかかった。度胸だけは人一倍あるらしい。二度、三度切り結んだが、やはり帯を切られた。

「おいおい。早く帰らねぇと、風邪ひくぜ」

いまいましげに顔をしかめると、水野が身をひるがえした。旗本奴の一団が捨てぜりふを残して逃げた。

追いかけた町奴を、長兵衛がとめた。

「やめとけ、やめとけ。可哀想じゃねぇか」

見物人に笑い声が起きた。

虎徹は、おもわず長兵衛に駆け寄っていた。

「刃は……」

「刃こぼれひとつあるもんか。いい刀だ。振りやすくて頑丈で、虎の牙でも生えた気分だぜ。喧嘩にゃもってこいさ」

長兵衛から脇差をあずかり、虎徹は眼をすりつけんばかりにして、刃をあらためた。

――だいじょうぶだ。

かすかな打ち傷があるものの、あれだけ強く切り結んでも、目立った損傷はない。

虎徹の腹の底に、強い自負が芽生えた。

――いい鉄が出来ている。

その脇差の地鉄を、あえて肌立ち気味に鍛えたのは、虎徹の意図であった。硬めの鉄だったので、折り返し鍛錬の回数を減らし、鉄を不均質なままにして、折れにくい力をもたせたのだ。

——鉄の質を読み切った。

その読みの正しかったことが、いまの切り結びで証明された。鍛冶としての自負と満足が、虎徹の全身に漲った。

三十一

池之端の鍛冶場に三挺掛けの鎚音が響いている。

こころなしか自信に満ちて聞こえるのは、虎徹のなかで、なにかが吹っ切れたからにちがいない。

人と人が、命を賭して斬り結ぶのを見たのは、この正月が初めてだった。

聞けば、京橋の刀の市では、しばしば斬り合いが起こるという。刀を手にすると、人はこころが昂ぶり、人を斬りたくなるのか。

刀を手にした幡随院長兵衛の形相が忘れられない。

——虎だ。

と、思った。

人が人を斬る、人を殺める——。虎にならねば出来ぬ所業であろう。

まっとうな剣術を修めた侍は、遠くの山を眺めるがごときおぼろな半眼で敵を見すえるのが、剣技の定法だと聞いている。

しかし、実際の斬り合いともなれば、そんな眠たげな目ばかりもしてはいられまい。必死の形相で、目を剝くにきまっている。

――刀は、人間の牙だ。

虎徹のなかで、これから向かって行く方向がはっきり定まった。

牙なれば、怒味があってもよい。

虎徹特有のすがたの怒味は、大いなる美質である。そのことに、あらためて自信をもった。それと品格は、けっして矛盾しない。

虎ならぬ人の牙であるならば、尊厳がなければならぬ。やみくもに他者の命を奪うのではなく、人には、慈悲があらまほしい。敵を慮る惻隠の情こそが品性をかもしだす。握りしめれば、こころが猛り、なお、邪を破り、正義をあらわす信念が湧き起こる刀。そんな刀こそ理想である。

じぶんの鍛えるべき刀の姿が、虎徹の目にくっきり浮かんでいる。そのせいで、鎚音も自信に満ちあふれて響くのだろう。

「どりゃぁッ。しっかり打たんか」

虎徹が気合いをかけると、向鎚をふるう正吉、久兵衛、直助に、いっそうの力がこもった。

「よしッ」

鉄敷の上の鉄のぐあいは上々だ。間の手に手鎚で叩いた感触が、ぞくりとするくらいしなやかである。

鉄を、火床にもどした。

向鎚を置いた正吉が、火床をぐるりとまわって、鞴の柄を抜き差しした。

風音が心地よい。

力強くくり返す風音を聞いていると、天地が息吹いているのかと錯覚しそうだ。

風が火を熾し、火が鉄を蕩かす。その鍛錬を、何千回、何万回くり返したかわからない。何度くり返しても、鉄はそのたびに違った顔を見せる。

右手の梃子棒をゆすると、炎のなかに火の花が舞った。

――もうすこし強く沸かそう。

そう思って、正吉に炭入れを目配せしたとき、遠くで鐘が鳴った。気ぜわしく打ち鳴らされている。しばらく耳を澄ました。寛永寺の鐘ではない。

「半鐘だな」

「火事ですかね」

鍛冶場の闇から、外に飛び出した。午の下刻（午後一時）だというのに外は薄暗い。

この冬は、雨がいちども降らず、土と空気が乾き切っている。昨夜からの強風が、塵土を巻き上げ、夜が明けたときから空は暗く曇っていた。池のほとりに立ったが、上野の山さえ灰色の砂塵に霞んでよく見えない。

「親方、あっちです」

正吉が西の空を仰いだ。灰色にくすんだ空に、色濃い黒煙が立ち昇り、赤い火の粉が舞っている。火事は、すぐ向こうの丘の上だ。

「本郷だな」

本郷には、加賀様の大きな屋敷がある。煙が上がっているのは、どうやらその門前あたりらしい。

「こっちに来るでしょうか」

強い風が乾(いぬい)(北西)から吹いている。あおられた火の手は、丘を駆け下りてくるだろう。湯島から池之端(いけのはた)一帯の町屋は、火の海になる。

虎徹は空を仰いだ。乾いた町に、黒煙が不気味に広がりつつある。

「すぐに来るぞ」

奥歯をかみしめた。なにから手をつけるべきか。

家に駆け込むと、仏壇にならべた子どもたちの位牌を懐に突っ込み、妻のゆきを負ぶって、不忍池(しのばずのいけ)のほとりにすわらせた。

「なにがあってもここにすわっていろ。子どもたちが、守ってくれる」

位牌をゆきに抱かせた。水の涸(か)れた今年は、池と家のあいだの岸辺が広くなっている。

家が焼けても、ここにいればかろうじて助かるだろう。

鍛冶道具一式を運び出し、布団、箪笥(たんす)から鍋釜、米櫃(こめびつ)まで積み上げた。

すわっているゆきに、掻巻を何枚も重ねて着せた。

「おまえたちは、家に池の水をかけろ」

二人の女子衆に桶をわたした。

寛永寺の鐘が早打ちされている。あちこちから半鐘の音がひびく。明暦三年（一六五七）一月十八日。午の下刻、本郷本妙寺に立った火の手は、強い風にあおられ、巽（南東）方向に紅蓮の炎を走らせた。

町内の者たちが、大騒ぎで家財を運び出している。女たちの悲鳴。虎徹は、近所の運び出しを手伝った。そのあいだにも、真昼の黒煙はますます色濃く太さを増している。

丘の上に、炎が見えた。こちらに走ってくる。風が焦げ臭い。

「正吉は、ここで番をしていろ。女たちと町内を守れ」

「親方は？」

「兼重親方を見てくる。久兵衛と直助はおれについて来い」

「家が焼けたら、どうしますか」

「どうにもできるものか。どんど焼きのつもりで、餅でもあぶってろ」

言い捨てて、虎徹は駆けだした。町は騒然として、男も女も、老人も子どもも、顔をひきつらせて大混乱だ。

神田にむかったが、芋洗橋で人波に押しもどされた。

火は、湯島からお茶の水の深い谷をこえて駿河台に飛び移ろうとしている。風下にあたる神田の町人たちが、上野に逃げようと、橋に殺到しているのだ。阿鼻叫喚。倒れて踏みつけにされる者、欄干から落ちる者が大勢いる。とてものこと渡れそうにない。

芋洗橋をあきらめて、下流にまわった。和泉橋も人が多すぎてわたれず、浅草橋でようやくわたれた。

そのまま、騒乱の町を駆け抜けて、紺屋町にたどりついた。

兼重の家に飛び込むと、入り口の土間で、弟子たちが大騒ぎしていた。

「親方はどうした?」

「逃げねぇっておっしゃるんで、困ってるんです」

正月に挨拶に来たとき、兼重は、足を悪くしていた。

虎徹は土足のまま家に駆け込んだ。仕上げ場をのぞくと、兼重が腕組みしてすわっている。

兼重のせがれが、困惑顔で父親の前にかがんでいる。

「親父殿。頼むから逃げてくれ。どうして背中に乗ってくれぬ」

「よけいな世話だ。おまえらだけ、早く逃げろ」

「なにをもたもたしておるのか」

虎徹は、兼重の肩をつかんでゆさぶった。

「興里か。なにしに来た」

「大火事じゃ。手伝いに参上した」

「いらぬ世話。とっとと逃げるがよい。この火事は大きいぞ」

兼重は足手まといになるのを嫌っているらしい。

「情けなや。親方を見殺しにできるか」

虎徹は、兼重の腹に肩を当て、そのまま力まかせに担ぎ上げた。

「よけいなことをするな。おろせ」

「黙らっしゃい。せがれ殿、芋洗橋は大混乱じゃ。浅草橋から逃げるがよいぞ。とりあえず、池之端においでなされ。なんとかなるであろう」

「ありがたや。そうさせてもらおう」

せがれの声を背中に聞き、兼重を担いだまま駆けだすと、虎徹はわき目もふらずに池之端を目ざした。


火事は、江戸の町を焼き尽くした。

最初の出火が、本郷から駿河台、神田、日本橋、堀割をこえて霊岸島（れいがんじま）まで、江戸の北東部を総なめにして真夜中に鎮火した。

翌日の昼前、こんどは小石川から出火、さらにその夕方には、麴町から出火。火はたっぷり三日間燃え続け、江戸城の天守、本丸、二の丸、三の丸から、大名屋敷、旗本屋敷、寺社、倉庫、橋、町家の表店（おもてだな）も裏店（うらだな）もことごとく焼き尽くした。土蔵がぽつりぽつり残っているだけで、見わたすかぎりの焼け野原となりはてた。江戸の町の六割が消失。

死者は十万人を超すといわれている。

湯島は巨大な火の柱を噴き上げて焼けた。

不忍池のほとりにいても、熱気と黒煙が渦巻いて息苦しかった。大勢の人間が池のほとりに群がり集まってきたので、危うく池に押し落とされそうになった。

火の粉を払いながら、巨大な火焔(かえん)を見上げていると、地獄の底かと見まがえた。池のほとりにうずくまった者たちは、重い沈黙のなかですすり泣いた。

「悲しいほどよく燃えます」

つぶやいたゆきを、虎徹は抱きしめた。

「火の力だ。これが、火焔(かえん)の力だ」

「あなたは、毎日、こんなものをあやつって刀を打っていたのですね」

いわれて虎徹の背筋が凍った。じぶんが朝から晩まで見つめている炎には、じつはこれほど暴虐な力が秘められているのだ。鍛冶はそれを御して刀を鍛える。刀剣に底知れぬ力が込められているのは、怖ろしい火焔の力であった。

ゆきの虚ろな目が、虎徹を見つめている。

「あなたは、つよい人……」

唇を結んだゆきが、虎徹の胸に顔をすりよせた。

夜になって、火は神田からさらに東南を焼いた。真っ赤に染まった江戸の空を、虎徹は身じろぎもせず見つめつづけた。

池之端はかろうじて焼け残った。

虎徹の家と鍛冶場、ゆきと一門は無事であった。積み上げた道具や家財のなにがしかが盗まれたが、それは些細なことだ。

焼け出された兼重と才市叔父を、虎徹は家に寝起きさせた。

どちらも家族と弟子が多く、いっときに数十人の人間が、座敷、仕上げ場から台所、土間まで足の踏み場もないほどあふれたが、折り重なってでも、寝る場所があるだけよかった。火事がおさまった夜は、凪こそやんだものの大雪が降り、焼け跡で凍死する者が多かった。

「親方は、なぜ逃げなんだのか」

兼重を仕上げ場の奥にすわらせて、虎徹がたずねた。

「この歳まで生きて、打ちたいだけの刀を打った。悔いはないからのう」

その答えに、虎徹は返すことばがなかった。じぶんは、まだ心の底から納得できる刀を一振りも鍛えていない。死を迎えるとき、はたして、そんな境地に立つことができるのか。

兼重と才市は、家と鍛冶道具、家財の一切を失ったが、とにもかくにも家族と弟子一同、無事だったのがなによりだ。浅草御門が閉ざされ、行き場を失った二万人が焼け死んだと聞かされたときは、さすがに鳥肌が立ち、背筋が寒くなった。あとすこしもたもたしていたら、虎徹も兼重も命はなかった。

大雪は、翌朝になって雨にかわった。家のなかで、膝を抱いてすわっていた。

「生きていると、いろんなことがあるもんだな」

才市叔父のつぶやきが、みょうに心に染みた。

翌日、雨があがったので神田に行った。

焼け跡には、黒く焦げた死体がたくさん転がっていた。背中に兼重を負ぶった虎徹は、一面の焼け野原をながめて、涙をながした。

「なにもかも、焼けてしまいましたな」

「ほうじゃのう。焼けてしもうたのう」

家の跡は、なかなかわからなかった。それでも、道のぐあいから鍛冶場の見当をつけて、焼け残りの瓦や材木をどけると、鉄敷が見つかった。

「あったぞ。ここだ」

黒く焼け焦げているものの、四角い形は崩れていない。弟子たちが探すと、大鎚や鋏箸、鍛錬途中の鉄や刀身が出てきた。

「いい焼き鈍しになったな」

兼重が笑っている。

ここまですべてを失うと、いっそ笑いでもするしかなかろう。うつろな心を満たすことばを、虎徹は知らなかった。

焼け跡を片づけたものの、さて、なにをどうするあてもない。家が建てられるのはまだずいぶん先であろう。

掘り出した鍛冶道具をならべ、茫然とながめていると、銀町に行っていた才市叔父が血相を変えてやって来た。

「おい。すぐに行くぞ。ついて来い。せがれ殿もおいでなさい」

兼重のせがれが、けげんな顔をした。

「どこに行くんです？」

「浅草だ」

はじかれるように虎徹が手を打ち鳴らした。

「それだ。すぐに行きましょう」

浅草には、古鉄買いの元締めがいる。

江戸には大勢のくず物買いがいるが、古鉄買いは、組合の鑑札がなければできない。このときから六十年ばかりのちの享保年間には、江戸に四百八十五人の古鉄買いがいたとの記録がある。

これほどの大火である。古鉄がいちどきにたくさん出るはずだ。

「よくぞ思いつかれましたな」

「くず屋たちは目が利かぬ。古いよい鉄も、新しい鉄も見分けがつきはせん。これからしばらく浅草に通って、よい鉄だけを選り取りするのだ」

「さすがは、才覚いちばんの才市殿。いまなすべきはそのことだ」

焼け野が原になった江戸を三人で駆けながら、虎徹は新しい力が、腹の底から湧き上がってくるのを感じた。

江戸の町が、このまま廃墟になるわけではなかろう。これからまた家が建ちならび、壮大な町が再興される。

そのときには、新しい刀が必要となる。

――新しい刀を打つのは、おれだ。

全身の血が熱くなったのは、走っているせいではなかった。じぶんこそが、新しい世の中に待ち望まれているという気負いを、虎徹は肌でひりひり感じていた。

三十二

才市叔父の古鉄卸しを、ひさしぶりに見た。朝から夕暮れまでに卸した鉄塊が七つ。それを赤め、つぎつぎと大鎚で薄く叩き延ばしていく。

水に浸けると、ピキッピキッと、短く小気味よいひび割れの音がした。

「よい音がするのう」

立ち合っていた兼重がうなった。音を聴いただけで、とびきり硬くよい鉄だとわかる。

「才市殿は、なんとも手際がよろしいな」

兼重のせがれが感心している。

「わしらのつくる鍵や金具は、刀ほど高く売れぬゆえ、数をこしらえねばならぬ。刀鍛冶のように悠長にやっておるわけにはゆかぬわい」

　段取りの手際が才市叔父は格段によい。

　火床の床をととのえて小炭を熾し、砕いた古鉄を、なんどかにわけて投入する――。やっている作業は、まったく同じなのに、道具のならべ方や、鞴の抜き差し、弟子たちの動きに、まるで無駄がなく流れるように美しい。

「思わぬ勉強をさせてもろうたな。この手際のよさ、みな呑み込んでおけよ」

　兼重が一門の弟子たちに声をかけた。

　じぶんの親方のやり方は毎日見ていても、よその親方の仕事を見せてもらう機会など、めったにあるものではない。虎徹にしても、久しぶりに思わぬひろいものをした気分だった。

　神田の家が再建できるまで、兼重と才市には、虎徹の鍛冶場をつかってもらうことにした。狭いながらも鍛冶場に火床をふやした。

　鍛冶場も家も人であふれたが、兼重親方や才市叔父と、互いの仕事を見ながら鉄の話ができるのは楽しい。

　にぎやかな鍛冶場で、虎徹は刀を鍛えた。弟子たちは、ほかの一門と競い合うように気張って向鎚をふるった。

　大火災から日がたつにつれて、浅草の寄せ場には、火事で焼け焦げた古鉄が、江戸中から集まってきた。釘、鎹、箪笥の金具、鎖、錠前、鋏、包丁、鉈、鎌、鍬、鋤、五徳、鍋、釜、鉄瓶……。およそ考えられるあらゆる種類の古鉄が、いくつもの大きな山になって積み上げられた。

寄せ場の名主に話を通して、古鉄の山をあさった。

あらためて気づいたのは、古い時代の鉄はきわめて少ないということだ。これは、と思う太い釘があれば、手鎚で叩き折って断面を見るのだが、しっとりと潤って輝く古鉄は少ない。ちかごろの大きなたたらで吹いた光りすぎる鉄が多かった。

「ないもんじゃのう」

虎徹が才市叔父にぼやいた。

「ほうじゃのう。なかなかないのう」

「古い兜でもあればよいのにな」

「ああ、わしも、それればかりさがしておるが、ないのう」

くず屋も、それは高値がつくと知っているのか、山と積まれた古鉄のなかに、なまくら刀や鑓のほか、武具はほとんど見あたらない。

それでも、何日か日をあけて行くと、古鉄の山がまたいくつも出来ている。なんども足を運ぶうちに、よい釘がいくぶんか手に入った。たぶん大名屋敷を建てるときにでも、国元から持ってきた釘だろうと想像した。

「よい古鉄があれば、ぜひ取り置いてくれ。高く買うぞ」

寄せ場の男たちに、古鉄の見分け方をおしえて頼んだ。古鉄買いに目の利く男があらわれ、本当に質のよい古鉄だけをより分けて残しておいてくれるようになった。鍛冶場では才市叔父の仕事ぶりに刺激を受けたせいか、虎徹も手ぎわが一段よくなった気がする。

「ようやく仕事のかまえができたな」

鍛錬を見ていた兼重がつぶやいた。

「褒めてもろうたのは初めての気がします」

「迷いがなくなったじゃろう。おまえはいつも迷いだらけな男だった」

親方は本人の気づかぬところを見抜いていた。たしかに、いま、迷いは微塵もない。

――武用専一。

そのことをあらためて胆に銘じている。その一点に思いを定めれば、迷いが吹き飛び、清明な心境で鉄に対峙できる。

いまや虎徹は、じぶんが死ぬまでに鍛え上げるべき刀のすべてが、くっきりと瞼の裏に浮かんでいる。

江戸のすべてが灰燼に帰する大火事であった――。

日々の暮らしと心は、なかなか落ち着かないが、ざわついた生活のなかでも、虎徹は、いっしんに刀を鍛えはじめた。

何振りかつづけて鍛えると、地鉄に格段の進歩が見られた。小板目がよく詰んで、潤いがあふれている。鎬地の鉄がことによく冴えて青い。

ただし、まだどこか刀の姿が気にくわない。思っているとおりの姿を打ち出すことができない。

怒味はあっても、見ていてひりひりするほど引き締まった緊張感が欠けているのである。

「髪の毛一本ちがえば、姿がちがうぞ。それを打ち出すのは、おまえの手鎚しかない」

兼重にいわれて、虎徹は奮い立った。

刀の姿は、素延べで決まる。

素延べは、四角い鉄塊を細長く叩き延ばす工程である。弟子たちに向鎚をふるわせ、細く長く正確に延ばしていく。虎徹はこの工程にいつも二日かける。いちど出来たと思っても、しばらく目を休めて見なおせば、欠点が見つかる。また赤めて叩き直す。

素延べした鉄に反りをつけ、ぜんたいの姿を打ち出す火造りは、虎徹ひとりの仕事である。ちいさな手鎚をふるい、息もつがず、半日かけて脳裏に描いた姿を叩き出す。なかなかぴたりと、じぶんの思い定めた姿があらわれてくれない。

何振りも姿を打ち出したが、納得できなかった。

切先がうまく優美に打ち出せれば、姿に覇気がなかった。先幅と元幅の対比がうまくいったと思えば、重ねが薄くなり過ぎた。どこかがうまくいけば、どこかが崩れる。失敗をかさねているうちに、それでも着実に一歩ずつ前進している手応えがあった。兼重や才市の目を、いつも意識して張りつめていた。それがよかった気がする。

――出来た。

と思ったときには、もう夏の盛りになっていた。焼け野原の江戸に、新しい家が建ちはじめている。真夏の鍛冶場は、めまいがするほど暑く、汗が塩になって着物に白くふいている。

火造りをして姿がぴたりと決まったので、センをかけた。

センは、刀身を削る鋼の工具である。刀身を木の台に固定し、センの左右についた柄をにぎって、刀身の表面をきれいにととのえる。

不満なく仕上がったので、土置きをした。刃文は、のたれに互の目まじりをねらった。ところどころ、刃文の波の先が尖るように工夫して土を置いた。

ゆっくり赤めて焼き入れすると、盛大ににらぐ音がして湯気が立った。上げてみると、ころあいの反りがついていた。

自分で砥石にかけて焼き刃土を落とした。研師に出してみないとわからないが、かなりの出来だと思えた。

研ぎは、神田明神下の梅蔵に出した。

正月の大火事で、梅蔵の家も全焼したが、砥石だけは、井戸に投げ込んで難をのがれたという。いまは、新しい長屋で仕事をはじめている。

梅蔵は、四日ばかりでたちまち研ぎ上げて持ってきた。

「こんどのは、まちがいなくいいぜ」

晒をほどいた梅蔵が、虎徹は脇差を虎徹にわたした。

ひと目見るなり、虎徹はうれしくなった。たしかによい出来である。

一尺六寸一分（約四九センチ）の脇差を、右手でにぎってまっすぐ立てた。

「姿が、なんともいえず凛としてるじゃねぇか。幅といい反りの浅さといい、おめぇさんらしいすすどしさがあって、そのうえ品格があらぁな」

たしかにそうだと思った。

「地鉄だって文句ねぇぜ。ちょっと肌立って見えるが、砥石にのせてみると、そりゃうっとりするくらいの研ぎ心地だ。こんなにしっとり砥石に吸いつく鉄は初めてさ」

虎徹は眼をすり寄せて刀身を見つめた。潤いのあるよい鉄だ。備中の山奥で見た老人の鉈を思い出した。古い時代のちいさなたたらで吹いた鉄の味がある。

もとより古釘から卸した鉄である。

前は、古鉄の力だと思ったので「古鉄」と銘を切った。

こんどは、ちがう。

古鉄がよかったのはまちがいないが、苦労してそれを探しだし、汗をながして鍛えたのはじぶんである。

そのことに自負がある。

「銘を切るんだろう」

梅蔵がたずねた。

虎徹は唇をかんだ。ほとんど切るつもりになっていたが、もういちど腕を伸ばして眺めた。

――これで満足するのか。

じぶんのなかで、ささやくじぶんがいた。

「刃文が、すこし寂しいな」

「そうかい。兼重親方と、おんなじ流儀だろう。いい具合だと思うがな」

たしかに刃文の土置きは、兼重に学んだ。兼重なら、これでよしとするところだ。だが――と、虎徹はもういちど考えた。

――親方を超えなければならない。

「まだだ」

虎徹は首をふった。

「これでもまだ駄目だっていうのか」

「ああ、駄目だ。虎徹の刀に、まだなっていない。虎徹なんて銘を切ったら、名前負けしてしまう」

「そんなもんかねぇ。おれは、これでじゅうぶんよい刀だと思うぜ」

腕を組んだ梅蔵がうなった。

「親方、これは売らないんですか」

正吉（まさきち）が心配げにたずねた。売らなければ、金がない。

「いや、売るさ。押さえていてくれ」

鍛冶場のすみに腰をおろすと、虎徹は鏨（たがね）を手に銘を切った。

長曽祢興里（おきさと）

そこで鏨をとめた。

「こいつはまだ、素のままのおれだ。虎徹になっていない。虎徹の刀っていうのはな、見ているだけでぞくぞく震えがくるほどいい刀なんだ。それが出来たときに、初めて虎徹の銘を切るさ」

「そんなもんですかね。おいらには、なんだかよく分かりませんよ」

正吉がぼやいた。

兼重が脇差を手に取って見ている。目を細め、ゆっくり眺めて、才市にわたした。

才市が、舐（な）めるよう脇差を見つめて、正吉にたずねた。

「いい仕事をするには、どうすればよいか知っておるか」

「そりゃ、一生懸命、死にもの狂いで仕事に打ち込むことでしょ」

「それだけでは、足らぬのう」

才市は、また脇差を見つめた。

「教えてほしいか」

鍛冶場の弟子たちが、みな才市に注目している。正吉が、お願いします、と頭をさげた。

「おまえの親方に教えてもらえ」

一同の瞳（ひとみ）が、虎徹にそそがれた。

「いい仕事をするにはな」

虎徹はなんの衒（てら）いもなくきりだした。

「はい」

正吉がうなずいた。

「なによりも、志（こころざし）を高くもつことだ。志を高くもち、けっして満足せぬことだ。じぶんをごまかさず精進すれば、いつかは必ずそこにたどりつける。それを信じることだ」

虎徹のことばに、鍛冶場が沈黙した。鉄（かね）を鍛える男たちには、重いことばだった。おのれのいまを顧みて、だれもが奥歯をかみしめた。

それぞれの一門が仕事を再開したとき、鞴（ふいご）の風音も鎚音（つちおと）も、これまでより、ひときわ冴えて聞こえた。

「興里」銘を切った脇差に、鎺（はばき）と白鞘（しらさや）ができてきたので、虎徹はそれを持って出かけた。幡随院（ばんずいいん）の長兵衛にわたすつもりである。

正月に、京橋の太刀売町で、長兵衛は無銘の脇差を買ってくれた。暮らしのたつきが立たずに売ってしまったが、できるなら売りたくなかった脇差である。仕上がりに、虎徹自身が満足していない。

ようやくじぶんの銘を切った脇差が打ち上がったのだ。まずは長兵衛のところに持って行き、前の脇差と取り換えてもらうつもりだった。いつか「虎徹」銘の刀が打ち上がれば、いの一番に持って行き、また取り換えてもらうつもりである。

「圭海様に持っていかなくていいんですか」

正吉は不服顔だ。長兵衛のところに持って行っても、金にはならない。

「大火事の復興で、お上はお抱え鍛冶どころじゃなかろう。当分は沙汰やみに決まっている」

なにしろ、江戸城の天守、本丸をはじめ、ほとんどの御殿が焼け落ちたのだ。刀鍛冶の新規お抱えなど当分なかろう。

永久寺の圭海と山野加右衛門には、無事であるとの挨拶をしておいた。いずれ、よい刀が打ち上がったら、持って行くつもりだ。

幡随院に行くと、葬式をやっていた。大勢の町人があたりにあふれている。

「出直すしかないか……」

見れば、町奴らしい男たちが多い。紋付き袴を着ていても、髷や目付きでそれとわかる。

きびすを返そうとしたとき、男たちの話し声がきれぎれに耳に入った。

「白柄組のやつら……」

「水野はぜったいに許せねぇ」

「長兵衛の兄貴が浮かばれない」

はじかれたように、虎徹は男たちに駆け寄って、頭をさげた。

「いま、長兵衛とおっしゃいましたか」

「ああ、言ったぜ。今日は兄貴の弔いだ」

虎徹は、ことばを失った。

「まさか……」

「まさかも、かかしもあるもんか。兄貴は、水野十郎左衛門に殺されなすったんだ」

いかつい男が、洟をすすった。目を赤く腫らしている。

「喧嘩ですか」

「卑怯なやつらよ。これまでのことは水に流して手を打とうなんて騙して兄貴を屋敷に呼び出し、わざと酒をこぼして湯屋に誘い込みやがった。刀のないところを襲われたんだ。さぞや無念だったにちげぇねぇ」

「刀を持たずに、殺されなさったのか」

「そうさ。まったく卑怯千万よ。あいつら侍なんかじゃねぇぜ」

虎徹の全身から力が抜けた。肩を落とすしかなかった。

「なんだ、おめぇは」

「長兵衛さんに世話になった刀鍛冶です。そうですか、刀を持たずに殺されなさったか」

読経のなか、虎徹は本堂で焼香した。供物として、脇差をそなえた。手を合わせて成仏を祈った。

――この脇差、お渡ししたかった。

取り返しのつかない手遅れが世の中にはあるのだと、虎徹はつよくじぶんに言い聞かせた。一日たりとも精進を休むことなどできないのだ。

三十三

江戸に、新しい家が建ちならんでいる。

見わたすかぎりの焼け野原が、大規模に町割りされ、防火のための広小路や防火堤(づつみ)がもうけられた。

虎徹(こてつ)は、日々、鍛冶場で刀を打ち続けている。

質の良い古鉄(ふるがね)がたくわえてある。それを卸(おろ)し、鍛える。ただひたすら、火床(ほど)と赤く蕩(とろ)けた鉄(かね)を見つめ、作業にはげんだ。

それなりの刀は出来た。興里(おきさと)の銘で売り、たつきを立てている。

悪い刀ではない。

ただし、すばらしい刀でもない。

それをいちばんよく知っているのは、ほかの誰でもない虎徹自身であった。

そんな刀でも、山野加右衛門に見せると、截断銘を許してくれた。二ツ胴截断、三ツ胴截断の銘を金象嵌すれば、二十両、三十両の金になる。

古鉄代、炭代、研ぎ代、鎺代、白鞘代——。作刀は金がかかる。高く売れればありがたい。それでも、こころは満たされない。

「虎徹」と銘を切りたくなる刀は、まだ出来ない。

忸怩たる気持ちを抱えたまま、刀を鍛えつづけた。大火の翌年、改元されて万治となった。その万治もすでに三年。虎徹の毎日は、鍛冶場で、鞴の風と鎚の音を聞くうちに過ぎてゆく。徒労感が強く、くたびれていたが、休むことなどできない。はやく「虎徹」と銘が切りたい。焦って焦って、すり切れそうな気分をひきずっていた。

暑い夏だった。不忍池の蓮の花は、そろそろ盛りを過ぎたが、江戸の空にはまだ入道雲が猛々しい。

蟬しぐれの朝、研師の梅蔵が鍛冶場にやってきた。

虎徹は、仕上げ場で、刀身に彫り物をしていた。

梅蔵は晒を巻いた脇差を手にしていた。夏前にまとめて預けたうちの一振りだろう。

「楽しませてもらったよ」

それだけ言って置いて帰った。

話し好きで、いつもなら批評をひとくさり口にしなければ気がすまない男なのに、その日は飄然としていた。

晒をほどいて脇差をひと目見たとき、虎徹の体内に、水がながれた。

さらさらときよらかな清水がながれるのを感じた。

いささかの淀みもゆらぎもなく、目の奥に銀色の刀の姿がくっきりしみこんできた。

あぐらをかき、膝のうえで脇差を手にしたまま、虎徹は動けなくなった。

——出来ている。

すなおにそう感じた。

しばらくそのまま動かずにいた。ほんとうに出来ているのかどうか、不安だった。蟬しぐれがやけに遠くに聞こえた。

じっと見つめた。

最初の印象は、まちがっていない気がした。

眼を近づけ、ちいさな罅や、鍛え疵、ふくれなど、なにか悪いところがないか探した。

どれだけ時間をかけても、瑕疵は見つからない。

疵がないばかりか、見れば見るほど、よい脇差である。姿も地鉄も、凜とした緊張感にあふれている。

一尺五寸八分（約四八センチ）。

反りの浅い姿には、髪の毛一筋の緩みもない。

すっきりした切先の伸び方といい、わずかに先幅の細くなる刀身の緊張感といい、申し分のない姿をしている。

鎬地の鉄が、青く澄みきっている。

梅蔵は、ぬらりと光る拭いをかけず、そっけない仕上げのままにしてくれている。

そのほうが、鉄そのものの冴えぐあいが一目瞭然だ。

薄衣につつまれた天女の柔肌が、極楽の淡い光を放っている——そんな風情の地鉄である。

のたれに互の目のまじった刃文には、砂流しがしきりにかかり、沸口がゆたかである。

沸はすこし荒めだが、この脇差の姿には、そのほうが力強くふさわしい。

刃文は、切先の横手の上で、まずひとつやわらかな谷をつくって細めに焼き込み、そこから調子よく波がつらなっている。単調にならず、かといって猥らにおちいらず、ぐあいのよい韻律をかもしている。

鋩子（切先のなかの刃文）は、ととのった小丸で、やわらかな気品をただよわせている。ちかごろは、特に鋩子の土置きに気を配っていただけに、その点はなにより満足だ。

刀を見る者は、まず切先に目がいく。鋩子の品がよければ、ぜんたいに崇高さがただよう。

虎徹は、右腕をまっすぐ前に伸ばし、脇差を立てて眺めた。

──さて。

もう一度、疑ってみた。

──ほんとうに出来たのか。

おのれの慢心ではないのか、疲れていて気持ちが弛(たる)んでいるのではないか、と勘ぐった。

ためつすがめつ見ているうちに、暮れ六つの鐘が鳴った。仕上げ場がいつのまにか薄暗くなっている。

「親方、夕飯のしたくができております」

正吉(まさきち)が声をかけた。

どうやら、じぶんの脇差に吸い込まれて、一日すごしてしまったらしい。

「わしはよい。みなで食べておけ」

まだ見ていたかった。油皿の芯を長く明るく灯し、また見つめた。

黄色い光で見てさえ、鉄(かね)が青く冴(さ)えている。

──これでよいのか？

何度じぶんに問いかけても、答えはひとつだった。

──出来た……。

これでいい。これでよいのだ。そう思えば、肩の力が抜けた。

長い年月、ひたすら目ざしてきた高みに、到達した喜びはなかった。へとへとになって、たどりついた疲労感のほうが大きい。

脇差を手に、二階の座敷に上がった。

寝ていたゆきが、からだを起こした。

火事の騒動で、兼重と才市叔父の一門が、一年近くこの家で暮らし、仕事をしていた。ゆきには、きつく命じて、なにもさせず寝させておいたが、それでもずいぶん気疲れしたはずだ。

駿河台の医師狩野玄英は、火事のとき焼け死んだ。患者を助けようとして、崩れ落ちた梁の下敷きになったのだと聞いている。

町が落ち着いてから何軒かの医者をたずねたが、どこも火傷の怪我人と病人であふれ、ゆっくり診てもらうこともかなわない。

ゆきが寝間着の襟をかきあわせて微笑んだ。

「よいお作が出来たのですか」

「なぜわかる」

「わかりますよ。あなたの足音ですぐにわかります」

虎徹は、ゆきに脇差をわたした。

たずねれば首をふるだけだが、ちかごろ、ゆきの目はずいぶん見えにくくなっているようだ。

一礼してから、ゆきは脇差をながめて目を細めた。

しばらくしてつぶやいた。

「うっとりする鉄(かね)でございますよ」

「よいと思うか」

「はい」

はっきり、うなずいた。

またしばらくながめてから、虎徹に顔を向けた。

「お願いがございます」

「なんだ」

「障子を開けていただけませんか」

虎徹が窓の障子を開けると、明るい月光が射し込んだ。不忍池(しのばずのいけ)に月がきらめいて、虫がしきりと鳴いている。

空に十三夜の月がかかっている。

ゆきは、脇差を月にかざした。

まろけた月の光が、脇差の肌であそぶように、ほろほろと照りかえった。さらりとうきやかな光は、なにに喩えようもなく目に染みこむ。

「きれい……」

つぶやいた妻の顔を、虎徹はとても美しいと思った。

その脇差に、倶利伽羅の彫り物をした。

不動明王の化身である竜が、火炎のなかで宝剣に巻きつき、剣尖を呑み込もうとしている図である。

裏には、梵字と護摩箸、蓮台を彫った。

「せっかくこれだけの地鉄ができたのに、彫り物をしては地鉄が味わいにくく、もったいのうはございませんか」

彫りをはじめたとき、正吉が首をかしげた。

「この鉄は、なんの鉄だ」

「古釘でございましょう」

「なんの古釘か?」

「火事の焼け釘ではございませんか」

「その火事で、どれだけの方が焼けて亡くなったと思う。よい鉄が出来たなどと慢心する前に、供養をせねば、人として生きる値打ちがなかろう」

茎にためらいなく銘を切った。

長曽祢興里虎徹入道
「尾っぽが撥ねておりますな」

虎の字の最後の撥ねが、くねくねと勢いづいて昇り、上の里の字にまで達している。

「わしの思いさ」

「さて、どのような？」

「どんな鍛冶にも負けはせぬ。この尾っぽ、踏めるものなら踏んでみよ」

睨みつけると、正吉が肩をすくめて縮こまった。


「ようやく出来ましてございます」

虎徹は両手で白鞘をささげ、深々と頭をさげた。下谷永久寺の庭に紫色の萩の花が咲いている。

庫裡の縁にずわった圭海が、ふくよかな頰に苦い笑いをうかべた。

「待たせおったのう。いや、ほんに待たせおった」

山野加右衛門が白鞘を受け取り、そのまま圭海にわたした。

「どれ」

鞘を払った圭海が目を細めた。厚ぼったい瞼からは、表情が読みとれない。

長い沈黙がすぎた。下谷の空に鰯雲が浮かんでいる。

瞼の裏で鉄の味を反芻するように、圭海は何度も瞑目した。ときに空を見上げ、萩の花を眺めて、また脇差を見つめた。

ひとつうなずいて、加右衛門にわたした。

加右衛門の眼が、脇差の表（帯びたときの外側）を、鎺元から切先までゆっくり見上げ、裏に返すと切先から見下ろした。

「よい出来でございます」

「まこと、申し分ない。古鉄卸しじゃというておったな。彫り物は、焼け死んだ者への供養か」

主海がたずねた。

「御意」

「そのような気遣いができるようになったればこそ、技倆もいちだんと増したのであろう」

主海が手を叩くと、若い僧侶がやってきた。小声で耳打ちすると、僧はいちど奥に引き込み、三方を手にもどってきた。

「褒美じゃ。取っておくがよい」

僧が目の前に置いた三方には、海鼠の形をした丁銀がのっていた。二十枚はある。小判に換算してもやはり二十両だ。

「ありがとうございます」

虎徹は、両手をついて平伏した。

「いや。楽しみが増えたわい。礼はこちらから言いたいくらいだ」

「もったいないお言葉にございます」

いまいちど脇差をながめて、圭海はしずかに白鞘におさめた。

「お抱え鍛冶の一件、大火のため、すっかり頓挫してしもうた。老中の阿部様は、お若い上様の御前で、新刀試し斬りをしたいとのご意向をおもちだが、それもまた時機を見てということになろうな」

老中阿部忠秋は、武蔵忍藩六万石の藩主で、松平伊豆守とおなじく、先代将軍徳川家光の小姓からの出頭人だ——と、圭海はつけくわえたが、虎徹には、雲の上の話である。

それにだいいち、お抱え鍛冶になりたいとは、思っていない。二十両で買ってもらえれば、ゆきの薬料にはことかかない。それで充分なのだ。

ただ、松平伊豆守の名で思い出したことがあった。

「行光の短刀のことは、おわかりになったのでしょうか。伊豆守様のご所蔵とうけたまわっておりましたが」

「あれのう……」

圭海のゆったりした頬に皺が寄った。

「ある者からの献上品と判じたが、さて、そこから先の糸がたぐれぬ」

「ある者……とは?」

「わかっておるが、いまは言えぬ」

言えぬとはねつけられてしまえば、それ以上食いさがるわけにもいかない。圭海が手にした扇をぱちりと鳴らした。

「それより、南蛮鉄で刀を打ってみぬか」

青天の霹靂に、全身がしびれた。

「まこと、南蛮鉄が手に入りますか」

「ある。使ってみたいか？」

「ぜひとも試してみとうございます」

南蛮鉄は、まだ鍛えたことがない。どんな鉄なのか、いちどはこの手で叩いてみたかった。

「御腰物奉行の書き付けがあるゆえ、取りに行くがよい。おまえには、ちと面白い場所かもしれんぞ」

深々と頭をさげた虎徹には、圭海の含み笑いの意味が、まったくわからなかった。

三十四

——よりによって。

南蛮鉄をもらい受ける場所を圭海から聞かされて、虎徹は唇をかんだ。

「紺屋町の康継の家に行け」

と、言われたのである。

たしかに南蛮鉄をいちばんよく使っているのは康継だ。

日本にもたらされた南蛮鉄は、慶長十六年（一六一一）五月、オランダ船が平戸に船載してきたという記録がいちばん古い。

この鉄を家康からもらった初代康継が、刀に鍛え上げた。

駿州打ちといわれる二尺七寸ばかりの長大な刀が何振りもあって、「以南蛮鉄」と、銘が刻んである。

本阿弥光温のところで見せてもらったが、地鉄の黒っぽい陰気な刀で、虎徹はどうしても好きになれない。

ただ、はなはだ長大な刀なのに、姿の打ち出しと刃文の焼きに、なんの破綻もないところを見れば、初代康継が相当力量のある鍛冶であったことは認めないわけにはいかない。

康継のほかにも、南蛮鉄をつかった鍛冶はいるが、それを派手派手しく銘に切り、世に知られているのは、やはり康継である。

南蛮鉄は、南インドの東海岸コロマンデルで精錬されるウーツという鋼で、寛永の鎖国後も、オランダ船が運んできているが、高価であるために買い手が少なく、ほとんど流通していない。

よいか悪いか、虎徹としてはとにかくいちど試してみたい鉄である。

「このまま行くぞ」

永久寺からの帰り道、池之端を通り過ぎた虎徹が足を速めると、正吉もあわてて後にしたがった。

神田紺屋町の康継家をたずねるのは、初めてである。先年の大火で、このあたりも全焼したが、すでに再建されて久しい。

兼重の家と同じ町内だから、むろん場所は知っている。

将軍家からの拝領屋敷で、いまの当主は市之丞康継。二代康継の嫡男である。

越前には、二代康継の弟四郎右衛門がいるため、刀屋たちは、江戸康継、越前康継と区別して呼んでいる。三代目襲名問題は、泥沼化して、ますます錯綜しているらしい。

「なんといっても将軍家のお膝もとにいるんですから、江戸康継のほうが、やはり威張ってるんでしょうね」

歩きながら、正吉がたずねた。

「そうでもないらしい」

越前の四郎右衛門康継は、ちかごろ、じぶんの刀に、堂々と「三代康継」と銘を切っている。

それにひきかえ、江戸の市之丞康継は、「二代目康継嫡子」「三代目下坂」などとしか切っていない。

跡目をあらそう二人のあいだで、微妙な力の駆け引きがあるのだろう。江戸康継の銘は、遠回しで、将軍家お抱え鍛冶としては弱気である。

老いてなお脂ぎった四郎右衛門康継の顔を思い浮かべ、虎徹は鼻白んだ。

「あれだけ強引な男だ。甥っ子なんぞ、手玉にとるのはなんでもなかろう」

四郎右衛門康継は、大火のあと、しばしば越前から江戸に出府してきている。なんどか才市叔父をたずねてきたので、虎徹も顔を合わせた。顔の広い才市に、幕閣や大名家の用人を紹介しろという話だったらしい。

「まだ、ご公儀のお抱え鍛冶を狙っているんですかね」

「さあな、なにを企んでいることやら」

四郎右衛門は、幕閣や大名家をまわり、火災で焼け身となった名刀の再刃を請け負っているらしい。江戸城内の各所に保管されていた伝来の名刀も、焼けてしまったものが、かなりある。みごとに再刃してみせれば、越前康継の株は上がるだろう。

「あの男……」

つぶやいて、虎徹は首をふった。

江戸、越前いずれの康継も、刀に葵紋を切る許しを得ている。お留め鍛冶ではないから、その刀を売るのは自由だ。

両家ともどんな凡作にも葵紋を切っている。しかも、どちらの康継も、初代、二代の刀に「三代康継　銘之」、「嫡子康継銘之」などと切って平然としている。自分の腕に対する自負をひとかけらももちあわせていないのだろう。下手なくせに、権威をよりどころに世渡りしている鍛冶のことなど、考えるだけで、じぶんの手まで汚れる気がした。

紺屋町の康継家は、十間間口の広いかまえである。紺色の長暖簾をわけて入ると、土間のむこうに板敷きの仕上げ場があり、何人もの男たちが、茎に鑢をかけたり、刀身に彫り物をしたりしている。

「いらっしゃいませ。御用でございましょうか」

小僧がたずねた。

「市之丞さんはおいでか」

虎徹がたずねると、とたんに、小僧が顔をくもらせた。

「はぁ。どちら様で？」

「長曽祢の虎徹」

「ああ、才市様のおつかいですか」

「そうではない。ちょっと用がある。康継殿と話がしたい」

品定めする眼で、小僧が虎徹を見ている。永久寺からの帰りである。圭海の前に出るので、ましな着物を選んだが、羽織はずいぶんくたびれている。

「いま鍛冶場で火をつかっておりますので、お目にかかれません。どのようなご用で？」

「御腰物奉行からの書面がある。その話だ」

さすがに役職の名がきいた。小僧の腰が低くなった。

「へい。少々お待ちくださいませ」

奥に駆け込んだので、板の間をながめた。広い仕上げ場で、七、八人の職人が仕事をしている。鍛冶場にいくつ火床（ほど）があるかわからぬが、これだけの家なら三、四十人の人間が働いていそうだ。

奥の遠い場所から、三挺掛（さんちょうが）けの向鎚（むこうづち）の音が聞こえている。単調な鎚音（つちおと）は、どこか生ぬるく、心の引き締まるものが感じられなかった。

「下手ですね」

正吉が耳元でささやいた。

「こら」

叱ったが、思いは虎徹も同じだった。向鎚（むこうづち）の音なら、どんなに小さくかすかでも、叩いている鍛冶場の光景を想像することができる。炎に照らされた弟子たちの太い腕や、横座（よこざ）にすわった親方の顔さえうかぶ。よい刀を鍛える鍛冶場なら、必ず鎚音（つちおと）がきびきびと聞こえるものだ。

「どうぞ。奥にお通りくださいませ」

番頭らしい男に案内されて、座敷に上がった。待つほどもなく、三十がらみの男があらわれた。

——役者か。

不覚にも虎徹はそう思った。小粋な唐桟（とうざん）を着込み、月代（さかやき）をきれいに剃（そ）り上げた色白のやさ男である。とても鍛冶場にいたとは思えない。

虎徹の仕事着は、鉄敷から飛び散る鉄滓で穴だらけである。手も顔も炭の粉にまみれなければ鍛冶仕事はできない。

「康継でございます。御腰物奉行様からなにかお話がありますのでしょうか」

目がいぶかしがっている。侍だと思って出てきたらしい。

「南蛮鉄をわけていただきたい。委細はここにしたためてある」

細く折りたたんだ書状をわたすと、市之丞康継が、捻り封を開いた。

「なんだ、あんたは鍛冶か」

とたんに口調がくだけた。

「さよう。長曽祢の虎徹と申す」

「長曽祢鍛冶なら、鍵か金具でも造ろうっていうのかい」

あからさまに見くだした顔に、腹が立った。

「刀だよ」

市之丞康継の眉が虎徹を侮蔑している。

「ちかごろじゃあ、長曽祢でも刀をつくりますか」

「わたしだけだがね。それで、南蛮鉄をわけてもらいたい。一貫目もあればよい」

市之丞が懐手をして首をかしげた。

「さて……」

「なにか不都合か」

「いや、代金のほど、いくらもらえばよいかと思案しているところ」

「代ならば、御腰物奉行様からお下しになる」

そう圭海から聞いている。

「さようなことは、どこにも書いてないゆえ案じておる」

畳の上に、市之丞が書状を広げた。


この状持参の者に、南蛮鉄、譲り渡さるべし

大きな字で書いてあるのはそれだけだ。御腰物奉行押田豊勝の名と花押、黒印がある。

「いや、たしかにのちほど御奉行のほうからお下しになる。そう承っておる」

「しかし、書いてなければ、下されなんだというて、催促はしにくい……」

虎徹は苛立ってきた。市之丞は、手にも首にも火傷の跡がひとつもない。そもそもそんな男が、鍛冶だということからして、なんとも腹立たしい。

「ならば、値をおっしゃるがよい。いまこの場にて、お支払いしよう」

こんな男を相手にしているのは、時間の無駄だ。懐には、さっき圭海からもらったばかりの丁銀二十枚がある。

市之丞が、なんどもうなずきながら、ゆっくりつぶやいた。

「さよう。南蛮鉄は、硬く、錆びず、朽ちず、鉄を腐らす薬を塗ってさえ、和鉄より十

倍も強い。舶来の珍奇稀少な鉄ゆえ、さて、代のつけようがむずかしい」

「されば、いかに珍奇といえども銀よりも高値ということはなかろう」

「どこにでもある、ここにでもあるという鉄ならば、たしかに銀より高いということはない。しかし、千里の波濤をこえて……」

虎徹はますます苛立った。腹から胴巻きを引き抜き、なかみをぶちまけた。二十枚の丁銀が畳にころがった。

「同じ目方の銀を払おう。南蛮鉄わけてもらうぞ」

大きな目をむいて驚いた市之丞を、虎徹はもっと大きな目でにらみつけた。

瓢箪の形をした南蛮鉄の塊は、掌ほどの大きさである。ひとつ百匁（三七五グラム）に足りない。丁銀ひとつがおよそ四十匁だから、鉄塊を十個、そのまま懐に突っ込んで康継の家を出た。

土間で待っているはずの正吉がいなかった。

外に出ると、横町で若い娘と立ち話をしている。

「帰るぞ」

声をかけて歩き出した。

小走りについてきた正吉が、耳もとでささやいた。

「ここの市之丞って旦那は、そうとうな遊び人ですね」

虎徹は返事をせず足早に歩いた。

「いま話してたのは、ここの女子衆ですよ。買い物に出ていくところを追っかけて、康継のこと、聞いてみました」

「目明かしみたいな真似をするんじゃない」

「へぇ。すみません」

それきり正吉は口をつぐんだ。

「で、なんだ？」

足早に歩きながら、虎徹がうながした。

「えっ？」

「市之丞だ。どんな男だ」

嘘をつかれたのが悔しい。小僧は鍛冶場にいると言ったのに、仕事着ではなく、洒落た縞を着てあらわれた。なぜ、そんな嘘をつくのか。

「なんでも、じぶんじゃ横座にすわらないそうですよ」

「やっぱりそうか」

虎徹は足を止めて、正吉をふり返った。

横座は、鍛冶の親方がすわる場所だ。そこにすわって鉄の沸き具合をたしかめ、向鎚を指示する。そこにいれば、飛び散る鉄滓での火傷は避けようがない。

「横座には先代の一番弟子がすわって、康継の旦那は、鍛冶場の隅にこしらえた畳の小座敷で、鼻歌でも歌ってるらしいんで」

それにしたところで、鍛冶場にいれば着物があんなきれいなはずがない。鍛冶場には炭の粉がいっぱい舞っている。

「やけに小洒落たなりで出てきおったぞ」

「炭切り場はべつにあって、鍛冶場には切った炭だけはこぶそうです」

たしかにそれなら、さして汚れない。

「馬鹿な男だ」

「吉原通いにうつつを抜かしているんで、先代の弟子もひとり消え、ふたり消え。頭数はそろっていても、腕のない連中ばかり残っているんだそうです」

虎徹の拳に、おもわず力がこもった。

――そんな男の刀に、葵の紋を切らせてよいはずがない。

腹の底から湧き上がってくる怒りは、ふつふつ滾っていて、とても消えそうになかった。

三十五

しげしげと、南蛮鉄を見つめた。

平べったい瓢箪の形をして、色はやや灰色にくすんでいる。

「どうしてこんな奇妙なかたちをしてるんでしょうか」

弟子の直助がたずねた。

「持ちやすいからじゃないか」

正吉が答えたが、虎徹にも正確な理由はわからない。

子細に点検すると、片側の表面に皺が寄ってすこし窪んでいる。

「鋳型に流し込んだのだな」

虎徹は首をかしげた。

日本ならば、熔かして鋳型に流し込むのは銑である。炭素の多い銑なら、夕陽の柿色でも溶けるが、炭素の少ない鋼は明るい正午の太陽の色まで熱しないと熔けない。摂氏にして三百度のちがいがある。

——銑なのか……。

表面を見ていると、そんな気がしてくる。なにしろ得体の知れない南蛮のものだ。どんなふうに製錬したのか、まるで見当がつかない。

鉄敷にひとつのせて、手鎚で叩き折った。

鈍い音とともに、瓢箪のくびれの部分が折れた。

断面を見ると、くすんでいるものの、銑ではなさそうだ。やはり、鋼であろう。

「火をしたくしろ」

すでに夕刻だが、試さずにはいられない。火床に火が熾るのを待ちかねて、半分に割った片割れを炭に埋めた。

赤まったところを玉鋏箸で挟んで取りだし、鉄敷にのせた。

手鎚をにぎって、軽く叩いた。

感触をたしかめながら数度叩き、つぎにすこし強く叩いた。

――もろいぞ。

手に伝わってくる感触がよくない。

試しに、鉄敷の端から半分出して、叩いてみた。

よい鉄ならば、粘りがあって気持ちよく折れ曲がる。

南蛮鉄は、二度、三度叩くうちに、ぼそりと割れて下に落ちた。

「ひでえ」

正吉が眉をひそめた。

三個、赤めて叩いてみたが、まったく同じで、脆すぎてとても鍛えられそうにない。

「銑ですかね」

虎徹は、鉄敷の上の鉄塊をじっと見つめた。赤めたときの色合いが、銑とはすこし違う気がした。ほんのかすかだが、青みをおびてはいないか。

「いや、混ざり物が多いのだろう」

微量成分の分析を知らない時代の鍛冶たちは、ただ、じぶんたちの五感だけで鉄を見抜くしかない。見た目や腕の感触の記憶をおのれに染みこませ、積みかさねておく。その積層のなかから的確に判断する。

南蛮鉄は、リンの含有量が多い。それは虎徹の知らないことである。すぐにわかったのは、このままでは、とても脆くて鍛錬にむかないということだ。

「鍛錬できますかね」

わからない。

「康継はどうやってるんでしょう」

わからない。

「日本の鉄に、ほんのすこし混ぜてるだけじゃないですかね」

それもわからない。

「康継は鍛錬の回数が多いんでしょうか」

「うるさいッ」

虎徹が怒声を飛ばした。

「試すしかない。無駄口をたたく暇があったら、つぎになにを試すか考えろ」

頭のなかで、これまでに鍛えた鉄の色や感触が交錯していた。どこのどんな鉄に似ているか。どうやったときにうまく出来たか。赤め、沸かした鉄のさまざまな色相の記憶が入り乱れ、虎徹の脳髄がまたたくうちに熱をおびた。

神田銀町の才市叔父を訪ねると、奥の土蔵の二階で仕事をしていた。

ちいさな窓の下に置いた小机に、描きかけの図面がひろげてある。錠前の工夫をしていたらしい。複雑に組み合わさった細い線が、才市の聡明さそのものに見えた。子どものころ、才市の長い指に、尊敬の念を感じたことを思い出した。

「うかぬ顔だな。なにに行き詰まった？」

この叔父は、話の早いのがありがたい。才覚いちばんの才市だけのことはある。

「南蛮鉄（なんばんがね）です。鍛えたことがありますか？」

「あるさ」

才市が、じっと虎徹の顔を見ている。

「いかがでした？」

「おまえはどうだった。ずいぶん試したんだろう」

うなずいて、窓を見上げた。金網越しの空に秋の深まりがある。南蛮鉄（なんばんがね）と対峙しているうちに、あっという間に日がたってしまった。

「硬くて錆（さ）びない、なんて言う者もいますが、どうも信じられない」

「ああ、嘘だ。日本のよい鉄（かね）がいくらでもあるのに、いまだに南蛮物だといってありがたがる奴らがいるのがふしぎだ。じぶんで考えず、人の話を鵜呑（うの）みにする連中が世の中には多いんだな」

虎徹は深々とうなずいた。

朝から晩まで南蛮鉄（なんばんがね）を見つめ、触り、赤め、沸（わ）かして鍛えてみたが、銑（ずく）のようにぼそりとしていて、いくら慎重に折り返しても鍛着せず、まったく刀になりそうもないのだ。それでいてやはり銑とはちがう。混ざり物のせいだとはわかる。

竹炭で鍛えるのがよいらしいと聞いたので、多摩まで行って竹を伐らせ、炭に焼かせた。それで沸かしてみたが、なにほどの違いもなかった。

「康継はどうやって鍛えたんでしょうね？」

「おまえはどう思う」

虎徹は腕を組んだ。

「わかりません」

実際、まったくわからない。

「あれは、ただの看板だろう。おれはそう見ている」

「看板……」

「南蛮鉄なんぞ、茎にかけらひとつ混ぜているだけだ。それなら看板に偽りありとも責められない」

「やはりそうですか。なにか秘術があるのではないかと、気が狂いそうでした」

才市が首をふった。

「二代康継の鍛冶場にいた職人に聞いた。まちがいない話だろうさ」

「そうですか……」

虎徹は力が抜けた。なんとか粘りを出そうと、およそ考えつくあらゆる方法を試してみたのだ。

「金、銀、銅、鉛などを少量ずつ混ぜて試してみたんですが、まるで埒が明きませなんだ」

才市が笑っている。

「駄目だということがわかっただけ、ひとつ利口になったと喜べ。なんでも試してみなければわからぬさ」

「では、康継の刀はなぜ黒いのでしょうか。研師や鍛冶屋のなかには、南蛮鉄をつかっているからだと言う者もいます」

虎徹は、初代康継が南蛮鉄で鍛えたという長大な刀を思い浮かべていた。地鉄が不気味なほど黒光りしている刀である。

「あれこそ日本の鉄だろう。おれは北の鉄だと見ている」

「出羽の月山や越中宇多の刀と同じですか……」

奥州や北陸の刀には、地鉄の黒ずんだものが多い。そうではないかと虎徹も考えていたが、確信がなかった。「以南蛮鉄」と銘が切ってある以上、南蛮鉄の黒さだと思いこんでしまっていた。

江戸のはじめの頃から、出雲のたたらがいたって盛んになり、安価で良質の鉄が全国に出回るようになった。

しかし、それ以前の古い時代には、各地で小規模なたたらが吹かれ、鉄がつくられていた。

古い鉄には、地方ごとの色と味があった。奥州では砂鉄ではなく、餅鉄という鉄鉱石から鉄が吹かれていた。

ふしぎなことに、鉄はその地方の空と海の色に似ている。相模など東海の鉄は、いかにも冴えて青い。北の鉄は、黒ずんで暗い。

虎徹は黙した。銘にまどわされ、本質を見抜けなかったじぶんが情けない。

才市の顔つきが、厳しくなった。

「じぶんの最初の直感を信じるがいい。それをことばにしてみろ。ただ思っているだけでは、じぶんにさえ伝わらない。黒いのか、赤いのか、青いのか。どのように青いのか。なにに似ているのか、なにと違うのか。ことこまかに突き詰めて考えよ。それを、はっきりじぶんのことばで書きとめておけ」

虎徹はうなだれた。ことばにならぬところに、鍛冶の技の精妙があると思っていた。しかし、鉄を沸かしたときの微妙な色合いでさえ、すべてことばで表現できるではないか。

満月の色――。秋の満月か春の満月か、雨の前か、埃っぽい夜か、同じ満月でもまるでちがう。とことんまで見極めれば、すべてことばにならぬはずがない。

「忘れるな。最初の直感を信じろ。おまえの世界はそこからしか開かない」

「ありがたし」

深々と頭をさげて、虎徹は叔父の才覚のほとばしりに感謝した。ことばの力で、もう一歩、先に進める気がした。

五百匁の南蛮鉄を、叩きに叩いた。

当たり前の鉄ならば、下鍛え、上鍛え、どちらも七回か八回、折り返して鍛錬すれば、よい鋼になる。重い鎚で叩き延ばすとき、鉄以外の不純物が表面から飛び散り、粘りと強靭さが生まれる。

二枚、四枚、八枚と倍々に折り返すため、十六回折り返せば、鉄塊は六万五千五百三十六枚の層となる。

回数が多ければよいというものではない。鉄の質を見極めて、もっともふさわしい折り返し回数で鍛え上げるのが、鍛冶の力量である。

「おりゃぁッ」

火床の横座にすわって、左手に梃子鉄、右手に手鎚を握り、虎徹は奇声を発して弟子に気合いをかけた。

「狙えッ」

三挺掛けの向鎚が、大上段から正確にふり下ろされる。三人の若者がならんで立ち、二貫目から三貫目もある大鎚を素早く連続してふるうのだから、はなはだ危険な作業である。気合いがこもっていなければ、大鎚同士が頭上でぶつかることもある。

虎徹は、横座にぺったり尻をすえているわけではない。片膝をすこし上げて爪先で床を踏ん張り、まちがって向鎚や灼けた鉄塊が飛んでくれば、瞬時に飛び立てる姿勢をたもっている。

叩くうちに、鉄は、不純物と酸化鉄を飛び散らせて小さくなっていく。十六回折り返して叩けば、鉄塊は最初の半分から三分の一にまで小さくなる。

向鎚で叩き延ばすと、鏨で真ん中に切れ目を入れ、鉄敷の端で折り曲げる。

「まだだな」

折り曲げるときの粘りがまるで足りない。

最初のうちは、勢いをつけて叩けば、そのまま砕け散ってしまいそうだった。大鎚を腰でかまえさせ、弱い力で、慎重に時間をかけて、押さえるように叩かせた。それだけでまたたく間に何日もがすぎた。

五百匁の鉄塊ならば、脇差が打てると思って鍛えはじめたが、すでに脇差にも足りないほど小さくなってしまった。それだけ不純物を叩き出したのだ。

また鉄塊を火床で赤めた。

「ちくしょう。性悪な南蛮鉄め」

正吉がぼやいた。

「怒れ怒れ。もっと怒れ。怒った分、鎚に力をこめろ。いい鉄になるぞ」

虎徹は愉快だった。こうなったら、徹底的に南蛮鉄につきあうつもりである。

日数をかけて鍛錬をくり返した。

——卸し鉄にするか。

あまりに粘りが出ないので、途中でそう思ったがやめた。やはり、とことんこのままつきあおうと腹をくくった。

三十回目に折り返したとき、鉄塊はすでに百匁にまで減っていた。これでは短刀にさえ足りるかどうか危うい。

——ごまかさず、ごまかされず、本当のことを、見極めろ。

じぶんにそう言い聞かせていた。看板にだまされてはいけない。見たまま、感じたままを信じて手を動かすのだ。

鉄塊が小さくなりすぎたので、向鎚を休ませ、虎徹はじぶんの手鎚で叩いた。右手を大きくふり上げて、叩き下ろすたびに、じぶんの小ささを感じた。世の中には、到達できない高みがいくらでもあるではないか。

ようやく納得のゆく粘りが出たのは、折り返し鍛錬五十五回を数えたときだった。

「よぉっしッ」

声をかけたとき、自然に顔がほころんだ。

「ざまあみやがれ」

見ていた正吉のつぶやきが、虎徹の心にかさなった。

「まったくだ。よくぞ言うた」

虎徹は愉快だった。大声をあげて笑うと、腹の底からいくらでも満足感が湧きあふれてきた。

南蛮鉄の塊は、小さくなりすぎたので、刃の長さ五寸に満たない小刀に仕上げた。

刀身の裏に「以南蛮鉄長曽祢興里入道」と刻んで焼き入れした。「虎徹」と彫るのは馬鹿らしい。

焼き入れは、うまくいった。ゆらりとのたれた刃文に、砂流しがかかり、飛焼きが入っている。潤いのある小沸がついている。

柄に彫り物をした。

龍虎梅竹

猛々しいだけではいけない。やわらいだ情緒をそなえてこそ、人がましい顔ができるのではないか。手鎚をふるいながら、そんなことを考えていた。

永久寺に持って行くと、圭海が声を立てて笑った。

「これはよい。まことと、これはよいぞ。いかにもおまえらしいわい」

寒い日だったので、座敷に上げてくれた。圭海は、何振りもの刀をならべて見ているところだった。

「いや、まことと、この小刀こそ、この男の真骨頂でございます」

山野加右衛門も愉快げに笑っている。

座敷には白い羅紗がひろげられ、六振りの刀が、抜き身でならんでいた。

古い刀ではない。座敷の端にいてさえ、今出来の新刀だとわかった。

「ちかごろの鍛冶の作を集めてみたが、どれも面白うないな。江戸の石堂や法城寺、加卜、大坂の国助、助広、国貞（のちの真改）。みんなよく出来ておるが、なにしろ鉄が光りすぎるので飽きてしまう」

たしかに、離れてながめていても、地鉄におもしろみが乏しい。

「まあ、見てみるがよい」

遠慮なく前に進んで拝見した。さっとながめて、目についたのは、拳に似た大胆な丁子刃である。

「大坂の国助だ。大坂の鍛冶は派手な刃文が好きじゃな」

地鉄はあまり感心しなかったが、どの鍛冶も刃文をよく研究している。

虎徹の刀の姿と鉄は、ほぼ完成の域に達しつつあると自負している。これからは、刃文をどのように工夫していくかが、大きな課題であった。

「おまえの刀は、幕閣に評判がよいぞ。武張っておるのに、粋だと好評だ」

——江戸には江戸の新しい刀があるべきだ。

それを鍛えるのは、ほかのだれでもない虎徹自身である。じぶんにそう言い聞かせた。

「ありがとうございます」

「いずれ、大名から声がかかるだろう。楽しみにしておるがよい」

刀を置いた虎徹が平伏すると、外でしずかな風が吹いた。障子に映っていたやわらかな木もれ日が、遊ぶようにゆらいでいる。

三十六

ちかごろ、虎徹はめっきり腕を上げた。

初めて「虎徹」の銘を切ってから二年目。寛文二年(一六六二)の秋になっている——。

江戸の新しい町並みには、華やいだ活気があふれている。舟でしか渡れなかった不忍池の弁財天にも橋がかかった。

明暦大火のときの十万人といわれる焼死者の亡骸は、両国の回向院に葬られた。あの大火は、悲恋のうちに亡くなった娘の振袖を供養していて火がついた——との風説が、まことしやかに囁かれていたが、それもしだいに昔語りになりつつある。

虎徹は、そんな世情のうつろいとはまるでべつの世界にいた。

鍛冶場に籠もり、ただひたすら鉄と炎を見つめ、刀を打ちつづけている。

このところ、気合いが充実している。

鍛えた刀は、どれも凛として、姿にゆるみがない。地鉄はよく詰んで澄み、青い光を放っている。

――いい出来だ。

研ぎ上がってきた刀をながめ、じぶんでも、満足することがある。出来、不出来の差はどうしてもつきまとうが、それも以前とくらべると少なくなった。安定して、よい刀が鍛えられるようになってきた。

とくに出来のよい刀の冴えは、われながら惚れ惚れするほどだ。それが自惚れではない証に、このごろは、人から褒められることが多い。

新しく鍛えた刀を圭海に見せれば、しきりにうなずく。

「これだ。武用専一をきわめ、なお美しい。これこそ、おまえの道だ――」

そう褒めて、励ましてくれる。

よい刀を持ち込めば、山野加右衛門は、屋敷の庭の土壇に、罪人の胴をいくつも重ね、裂帛の気合いとともに両断した。

「刃味が、冴えておる。鉄の質をよく見極めて鍛えたな」

褒めたうえで、二ツ胴切落、三ツ胴截断の金象嵌を許してくれる。

加右衛門の截断銘があれば、刀は高値で売れる。高額な加右衛門への謝礼を払っても、いくらか多めの金がはいった。

截断銘が評判を呼び、虎徹の刀を絶賛して欲しがる旗本がふえている。買い手への周旋も加右衛門がしてくれるから、虎徹に世話はない。

褒められれば、うれしいにきまっている。金が入ればありがたい。

鍛冶場でも、ときに称賛のことばを反芻して、にやりとしてしまうことがあった。

「どうしたんですか、親方」

めざとい正吉に、見とがめられると、虎徹は、すぐに首をふった。

「なんでもない」

そうだ。そんな称賛は、なんでもないのだ。風のざわめきだと思って、聞き流すがいい――。

虎徹は、じぶんに言い聞かせた。

――慢心するな。

いまのじぶんに満足しては、もうそれ以上の進歩はない。

むかしの刀鍛冶は、もっといい鉄を鍛えていた――。

相州鎌倉の鍛冶たち。ことに行光の地鉄のこまやかさはどうだ。あの短刀をまぶたに浮かべれば、とても慢心などしていられない。正宗ごとき、と詰ってしまったが、むろん悪い刀であるはずがない。

備中青江の鍛冶もなかなかだ。郷義弘もすばらしい。美濃の関にもいい鍛冶がいた。大和、山城……。謙虚な気持ちになって、古い名刀を見れば、姿の凜冽さ、地鉄の冴えに身がふるえる。

あれほどまで緻密な鉄を鍛えた男たちがいた――。

熱に火照り、汗と炭にまみれ、鎚をふるって、素晴らしい鉄を鍛えた男たちが、たしかにこの国にいたのだ――。

そのことを思えば、鳥肌がたつ。

名刀を残した鍛冶たちがみな、世に認められて安穏な暮らしを送ったわけではあるまい。むしろ、認められず、赤貧のうちに死んでいった鍛冶のほうが多いだろう。病苦にさいなまれながらも、ひたすらよい鉄を目ざして鍛錬しつづけた鍛冶もいたはずだ。どの鍛冶も苦悩を抱え、なにかに煩悶し、腹を空かせ、家族を泣かせてもなお、山吹色に沸いた鉄を打ちつづけたにちがいない。

虎徹は、越前で貧苦にあえぎ、飢えと病で四人の子どもを亡くした。子が死んだときの切なさは、忘れたことがない。

しかし、戦国乱世に生き、はるかにつらい辛酸を舐めた鍛冶は多いだろう。

鍛冶は、悲しみ、苦しみをことばでつづらない。涙も嗚咽も、すべて鎚に込めて鉄を叩くしかない。物言わぬ刀には、鍛冶たちの悲哀と苦悶が叩き込まれている。だからこそ、強靭でなお美しい。

いまの虎徹は、刀が売れるようになり、暮らし向きに不自由はない。米の飯も、腹一杯食える。魚も野菜も食べられる。

そんなぜいたくな暮らしをしていて、むかしの鍛冶より劣る鉄しか鍛えられないとしたら、恥ずかしい。

上には上がある——。

腕が上がった虎徹は、むしろ、謙虚になった。素直な気持ちで、世に伝わる名刀の価値が認められるようになった。

そして、自信を深めた——。

名刀と対比したうえで、なお、じぶんの刀のよさを、認識できるようになったのである。

——おれは、まぎれもなくよい刀を鍛えている。

思い上がりではなく、冷静にして明晰な自負である。

さらに、そのうえでなお、高みを目ざして野心をたぎらせている。

——おれを越えられるのは、おれしかいない。

ひりひりした矜持に、全身が火照る。

どこまでも高い境地をめざす志があればこそ、虚心坦懐に、鉄と対峙できる。鉄と火を見つめていることが、愉しくてたまらない。

「いるかい？」

鍛冶場でつぎの刀につかう古鉄を選びながら、さまざまな思いをめぐらせていると、研師の梅蔵が顔をのぞかせた。

「いるに決まっているな。おまえさん、刀を鍛えるほかにすることなんざ、ありゃしねぇもんな」

遠慮のない梅蔵が、虎徹にはありがたい。梅蔵は、手放しで褒めず、欠点は欠点として、きちんと指摘してくれる。

手に刀袋を持っている。先日あずけておいた刀だろう。

「こんどの刀は……」

そこでことばを切った梅蔵が、虎徹を見すえた。うすく笑っている。

「なんだ。はっきりいってくれ」

じっと目を見つめられると、こころの内をのぞきこまれているようだ。

「おまえさん、慢心しているね」

そのひと言に、背筋が凍りついた。つねに戒めているつもりだが、わずかの高慢でもまじれば、すぐ研師に見透かされてしまう。

「よくなかったか……」

虎徹はうなだれた。

鉄はあつかいにくい。ひとかけらずつ鉄の質を見抜き、火床の火加減を神のごとく操ったつもりでも、すべてが見通せるわけではない。思い通りにならないことも、まだまだ多い。

梅蔵が首をふった。

「いいや。その逆さ。よすぎるよ。こんないい刀は、研いだことがない。慢心するがいいさ。男が命がけで刀を鍛えているのだ。おれが天下でいちばんだと誇りをもたずに、いいものなんかできないぜ」

梅蔵が、黒木綿の刀袋の紐をといた。晒を巻いた刀を取り出し、虎徹にさしだした。

虎徹は晒をほどいて茎をにぎった。腕を伸ばして、まっすぐ立てた。

反りの浅い二尺三寸五分（約七一センチ）の刀である。元幅は広いが、先にむかうにつれてすっきり細めに延びた姿は、凛として気品がある。

切先は、雄々しく天を突き、虎徹の志の高さをそのままあらわしているようだ。

虎徹は、左袖のたもとを腕に巻き付けて刀の棟を受け、すりつけるほどに目を近づけて鉄を見つめた。

たしかによい地鉄ができている。肌は小板目がよく詰んで、冴えている。まちがいなくいい鉄だ。

「明るいところで見るがいいさ」

梅蔵にうながされて、窓辺に寄った。不忍池の空には、晩秋の朝の太陽がまぶしい。

刀の切先を陽の光にむけた。

刃文は、ゆるやかな互の目である。瓢箪のように、山を二つ連ね、すこし浅くのたれてまた山を二つ連ねている。

谷から刃にむかって美しい光の線がしきりと走って輝いている。そんな〝足〟は、美しいばかりでなく、鉄の硬軟を複雑に交じらせるので、刀身が丈夫になる。

「どうだい。初雪に朝日がきらめいているみたいだろ。光が七色に輝いてるぜ。日輪がおまえさんの刀を好いて、遊びにくるようじゃねぇか」

　じぶんの手柄でもあるかのように、梅蔵が自慢した。

　刃文の縁は——と見れば、沸の粒が厚くついて、なお匂い口が冴えてやわらかい。そこも明るく輝いている。

「それに、焼き出しがいいね。直刃を長めに焼いたので気品がでたさ」

　それは、ちかごろの工夫である。

　刃文の山と谷は、刀身ぜんたいにわたってつけたが、茎にちかいほうは、あえて山をつくらず、まっすぐに焼き出した。これは、師匠の兼重も焼かない刃文である。

　もういちど、刀をまっすぐ立てて眺めると、焼き出しの直線が、刀身ぜんたいに気品ある締まりをつくりだしている。

　あらためて眺め、虎徹は、じぶんの腕が、たしかに一段上がっていることを確信した。

「悪くない出来だ。銘を切りたい。押さえていてくれるか」

「あいよ」

　虎徹がたのむと、梅蔵が気楽に答えた。明るい窓辺の土間に、銘切り台をすえて、梅蔵に刀をあずけた。

　茎に鏨を走らせ、きちょうめんな書体で銘を切った。

　　長曽祢虎徹入道興里

「へぇ。興の字を変えたのか。うまいもんだな」

これまで、「興」の字は、「奥」に似た略字体で刻んできた。それを、きちんとした正字にあらためたのだ。短い画が多いぶんうまく形を取りにくく略字を刻んでいたのだが、ちかごろは、じぶんでも思いのほか手が器用にうごく。腕が上がったとの自負をこめたつもりである。

「おれは、ようやくおれに近づいた気がするよ」

梅蔵がけげんな顔をした。

「みょうなことをいう。おまえは、ずっとおまえさんじゃないのかい」

「そうか。そうだったな」

虎徹は大きな声をあげて笑った。刀鍛冶になるために江戸に出てきて、ほんとうによかったと嬉しかった。

三十七

ゆきの診察を終えて階下の座敷におりると、医者の矢田部竹庵が首をふった。

「いかんな」

「いけませんか」

「ああ、いかん。このままでは、まもなく目がまったく見えなくなる。労咳もひどくなるばかりだ」

「そんなに悪くなっておりますか」

「ああ、とても悪い。わたしの薬でかろうじて病をくいとめてきたが、それも限界のようだ」

竹庵が、腕を組んで瞑目した。六十がらみのこの医者は、いつも絹の道服を着ている。ちかごろ日本橋あたりで評判の医者で、腕がよいかわりに、薬礼もとびきり高いのだが、それがまた評判となって金のある家からひっぱりだこだという。

「先生、なんとかしていただけませんか」

虎徹は、塗りの盆をさしだした。のっている紙包みのなかは、今日の薬礼十両である。

竹庵の手が紙包みにのび、すっと懐にしまった。

「治療は、病人のなかの治す力がいちばん肝腎。ただ、それを引出す術が、ないこともない……」

天井を見上げ、そうつぶやいた。虎徹は膝をのりだした。

「ならば、ぜひ。ぜひともその力を引き出してやってくださいませ。お願い申し上げます」

竹庵が、虎徹を見つめた。

「長崎に出島というのがあるのを知っておるか」

そんな話をきいた気はするが、よくわからない。

「いえ、よくは存じません」

「オランダ国の商館があるのだ。オランダ国は医術のすすんだ国でな、そこの薬をとりよせれば、労咳でも眼疾でも、たちどころによくなる」

「まことでございますか」

「医者が嘘をついてどうする」

「ならば、ぜひ、その薬を取り寄せてくださいませ」

竹庵が首をかたむけ、こめかみに人差し指をあてた。虎徹を見つめている。

「……さようだな」

みょうに口ごもった。

「なにか、さしさわりでも」

「いや、せんない話をしてしもうた。忘れてくれ」

そのまま腰をうかせた。

「お待ちください。なぜでございます。なぜ忘れねばなりませぬか？」

腰をおとした竹庵が、申し訳なさそうに口を開いた。

「金がかかりすぎるのだ。大名家や大店ならともあれ……」

部屋のなかを見まわしている。

「金なら……。いくら入り用でございましょう。この虎徹の刀、ちかごろはいささか人に知られ、高値で売れております。金なら、なんとでもいたしますゆえ、ぜひ、ゆきを治してやってください」

「三百両……」

「えっ？」

「オランダ国の薬を取り寄せるには、三百両かかるのだ」

虎徹は唾をのんだ。

いくら高値に売れると豪語しても、虎徹の刀はせいぜいが数十両である。それも加右衛門の截断銘があっての話で、それがなければ、五両から十両。

しかも、それは武士が加右衛門から買うときの値段で、虎徹が加右衛門から受けとるのは、高額の謝礼を引いた残りでしかない。それでも江戸のあたりまえの鍛冶よりは、よほど実入りがよく、これまでの竹庵への薬礼もなんとか払ってきたが、三百両となるとやはり桁がちがう。

しかし、ゆきのためだ。虎徹は腹に力をこめた。

「わかりました。その薬代、ご用意させていただきます。オランダ国の薬、ぜひともお取り寄せください。お願いいたします」

手をついて頭をさげた。頭のうえで、竹庵が鷹揚にうなずく気配があった。

二階への階段をのぼると、ゆきの咳が聞こえた。力なく、なんどもくり返している。

風の冷たい季節になると、ゆきは体がつらそうだ。

しばらく聞いていているうちに、虎徹の頰を涙がつたった。

——おれはこの女に、いったいなにをしてやれたのか。

そう思えば、胸が苦しくなった。いくらでも涙があふれてきた。

咳がやんでから、涙をぬぐい障子を開けた。

「かげんはどうだ?」

「はい。とても、よろしゅうございます」

寝たまま、笑って見せたのがいじらしい。

「そうか……」

布団のわきにすわり、ゆきの額に手をあてた。熱っぽいのに、肌が透きとおるほど青白い。

「このごろ、刀を見せてくださいませんね」

ゆきが、つぶやいた。

「ああ、おまえに見せたくなるほどの刀がないからな」

刀を凝視するのは、目の毒だろうと見せなかった。ゆきが首をふった。

「わたしは、名刀が見たいのではありません。あなたの毎日のすがたが見たいのです」

虎徹は首をかしげた。

「すがたなら、毎日見ておるではないか」

「いいえ。あなたは、このごろ嘘つきですもの。刀は嘘をつきません」

すこし頰をふくらませたゆきが、顔をむこうに向けた。

「なぜ、そんなことをいう」

「あなたは、ちっともほんとうのことを話してくださいません。お医者さまがなんとおっしゃったのか、正直にお話しくださいませ」

「だいじょうぶだ。よくなっているとおっしゃっていた。案ずるでない」

「うそばかり……」

虎徹は、ことばを詰まらせた。しばらく黙ってすわっていた。

窓の障子に、晩秋の陽射しがやわらかい。見ていると、紙の漉き目で光がきらめいている。

「よい刀を見せよう」

立ち上がると、虎徹は下におりて、刀をもって戻った。

「起きられるか？」

「はい」

いつもするように、部屋のすみに丸めてある布団を置いて、ゆきをもたれさせせた。

白鞘をはらい、抜き身の刀を持たせた。今朝、銘に「興」の正字を切ったばかりの刀である。

「きれい……」

目を細めたゆきが、ちいさくうなずいた。

「見えるか？」

「はい。よく見えます。安心いたしました」

枕元にあった手拭いで棟をうけて、顔をちかづけている。

「おまえに見てもらえば、おれのほうこそ安心だ。どうだ、その刀は？」

ゆきのことばを待った。ゆきは、じっと刀身を見つめている。

「あなたは……」

「なんだ？」

「ずいぶん、大きな鍛冶になられました」

「そうか……」

「気負って、気張ってばかりの以前の刀とはちがって、素直なあなたを見せてもらった気がします」

「……素直、か」

「ええ。あなたのいちばんいいところが出ていると思います」

ふっ、と、虎徹は笑った。

「おれに、なにかよいところがあったか」

「ありますよ」

「……さて、どんなところかな」

「ふふ」

ゆきが、うれしそうに笑っている。

「なんだ」

「おしえて、あげません」

いたずらっぽい顔をして見せた。ひさしぶりに見せた明るい表情である。

「それはひどい」

「そうですよ。だって、嘘つきの女房ですもの。ひどいのは、しかたありません」

虎徹は歯がみした。ゆきは、わざとらしく知らんふりをしている。

「障子のところにつれていってくださいませんか」

刀を鞘（さや）におさめて、ゆきがつぶやいた。

「ああ」

請われるままに、両腕でゆきを抱きかかえた。軽さにぞっとした。

窓辺にすわらせると、抱きしめていた白鞘（しらさや）をまた抜いた。

刀身を陽光にかざして見ている。

「きれい。ほんとに、きれい」

「そうか……」

「あなたのいいところはね……」

刀を見たまま、ゆきがつぶやいた。

「…………」

「じぶんに厳しく、人にやさしいところですよ」

うなずくこともできず、虎徹はゆきを見つめた。

「おれは、わがままな男だ」

ゆきが、首をふった。

「いいえ、ほんとうのあなたは、ちがいます」

「どんな男だ？」

「熱くてやさしい方……」

笑っているゆきが、虎徹にはかけがえのない宝であった。

三十八

新しい刀を持って、下谷の永久寺に行った。枯れ田を吹く風が頬に冷たい。そろそろ冬の気配である。

庫裡の座敷で刀を見た圭海は、満足げにうなずいた。

「銘を変えたか。たしかに、それだけの一振りだ」

「まずは十振りとおっしゃっておいででございました。そのお約束、この一振りにてははたさせていただきました」

十振りの刀を持って来いと、圭海がいったのは、もう六年前のことになる。

数だけでいえば、虎徹は一年に二十振りから三十振りの刀を打っている。

ただ、そのなかからほんとうに納得できる刀だけを選ぶとなると、せいぜい一振りか二振りしかない。圭海には、選びに選んだ刀を見せている。

――幕府お抱え鍛冶に推挙する。

圭海は、そういっていた。大火事のため沙汰止みになってしまったが、いまでも圭海は、そのための工作をしているらしい。

どういう狙いが圭海にあるのか、虎徹にはわからない。

虎徹の刀を気に入って――という単純な理由でないことくらいは想像がつく。なにか幕閣に政争か軋轢でもあって、その楔として虎徹の刀を打ち込むつもりか、あるいは圭海の発言力を強めるための駒として利用したいのか――。そんなところだろうと推測している。

「これまでの刀、しかるべき方々に見ていただいておる。なかなか評判がよいぞ」

「ありがとうございます」

「いろいろな方が気に入ってくださったが、ことに額田藩の松平殿の御意にかなった」

「額田藩……」

「常陸額田の二万石だ。松平頼元殿は、水戸の光圀公の弟君でな、刀がお好きだ」

圭海のことばに、虎徹は目を輝かせた。

「それはありがたいかぎり。刀を買うていただけましょうか？」

「買うのはもちろんじゃが、屋敷で鍛刀せぬかとの話がでておる」

「お屋敷で鍛刀？　お抱えになるのでございますか？」

「いや、お抱えというわけではない。当節、その家中でも、おいそれと鍛冶の新規召しかかえなどせぬことは、その方とて、よく存じておろう」

「さようでございますか」

虎徹は落胆した。刀を気に入ってくれたのなら、扶持くらいくれてもよさそうなものだ。

「なんじゃ。召しかかえになりたいのか？」

つい顔にうかんだ不満を圭海が読みとった。

「できますことならば」

「扶持がほしいのか」

「はい」

正直に答えた。

「やめておけ。額田は小藩だ。わずかの扶持をもろうてもしかたなかろう」

「わずか、とおっしゃいますと、いかばかりでございましょう」

越前康継は、松平家から二百石をもらっていた。あの腕で二百石なら、じぶんは五百石か千石の値打ちがあると思っている。

「さようだな……」

「五百石ほどもいただけましょうか」

虎徹が口にすると、圭海の顔が、不快げにゆがんだ。

「馬鹿をもうせ。なにさまのつもりか。鍛冶の扶持など、せいぜい三十俵か五十俵がいいところだ」

それでは、とても、ゆきの薬礼が捻出できない。

「ならば、刀を高く買っていただけますでしょうか？」

「高く……？　おまえにしては、めずらしいことをいう」

「いつでしたか、圭海様は、これほどの刀なら、金は惜しまぬ、とおっしゃってくださいました。その額田の殿様に、ぜひ、高くお買い上げいただくよう、お話しいただけませんか」

「ふむ。金がほしいのか」

「はい」

「いくらほしい？」

「三百両ッ」

口にした刹那、圭海の顔がこわばった。

「たわけ。そんな大金が出るものか」

圭海の不機嫌な目が、虎徹をにらみつけた。

「しかし、正宗の刀に、本阿弥は、五千貫、七千貫の値付けをしていると聞きます」

銭五千貫は、大判にして二百五十枚。小判にして二千五百両である。虎徹にすれば、三百両は、かなり遠慮したつもりだった。鍛冶としての腕からいえば、じぶんの刀にそれだけの値がついてもおかしくない——。それこそ、虎徹の大いなる自負である。

「それは正宗の話。いま打ちのおまえの刀とは格がちがうわい」

——格がちがう。

そのことばに、虎徹の頭が沸騰した。新古のべつはあっても、鍛えた鉄に遜色はない。正宗はよい刀だ。だが、おれのほうがもっとよい刀なのだ——。そう思えば、ぐつぐつと腑まで煮えくりかえった。

「おことばではございますが、正宗とそれがしの刀、斬り結べば、かならずや正宗が折れましょう。あんな刀と比べられては、不快千万」

「これ、控えよ。なにを言い出すかと思えば」

わきにすわっていた山野加右衛門が、たしなめた。

「ふん。すこしばかり褒められて、調子に乗りおったな。愚かな鍛冶よ」

侮蔑にみちた圭海の目に、虎徹の頭がよけい熱く沸きたった。言い返したいが、ことばが見つからない。あまりにも口惜しく、じっとすわっていられなかった。

圭海のわきに、いま見せたばかりの虎徹の刀が置いてある。

「ごめん」

畳を蹴って、白鞘をつかんだ。

「なにをする」

飛び出した加右衛門が、あいだに割って入った。

突き飛ばそうとする加右衛門をかわして障子を開け、庭に飛び降りた。

見まわすと、石灯籠があった。

――切れる。

直感した。

白鞘を払い、両手でしっかり柄をにぎった。大上段に振りかざし、まっすぐ石灯籠に振り下ろした。

ざくり、と、鉄が石を断つ感触があった。

笠のはしについている丸い蕨手がひとつ、にぶい音を立てて、苔の上に落ちた。

――切れる。なんでも切れる。

正宗ごときに負けてなどいない。その事実をこの目で確かめることでしか、沸騰した血を鎮められなかった。

庫裡の縁側で、圭海と加右衛門が立ったまま見ている。あきれた顔だ。

仁王立ちになった虎徹は、二人をにらみつけた。圭海が、たじろいだ。

鞘をひろって刀を納めた。そのまま地面に平伏した。

「ご無礼の段、お詫び申し上げます。なにとぞご容赦くださいませ。いずこの御屋敷なりとも不足などいわず、うかがわせていただきます。ひらに、ひらにご容赦のほどを」

両手をついて頭を下げた虎徹の口の奥で、歯と歯がぎしぎし音を立てて軋んでいた。

三十九

常陸額田藩の江戸上屋敷は、小石川吹上にあった。

なだらかな丘にひろがる敷地には、馬で駆けめぐるほど広い庭がある。谷があり、池があり、春には桜の古木が万朶の花をつけるため占春園と名がついている。

園の一隅に、鎚音が響いている。

あたらしい鍛冶小屋があるのだ。

窓を閉ざした闇のなかで、火床の炎をあびて横座にすわっているのは、虎徹である。

梃子鉄をにぎり直した虎徹は、火床から四角い鉄の塊を取り出した。

ふつふつと山吹色に沸いて蕩け、雫をしたたらせている鉄を、そのまま鉄敷にのせた。

「そりゃぁッ、よく狙えッ」

虎徹は手鎚をふり上げ、鉄塊の真ん中を叩いた。

正吉が、頭上高くふり上げた向鎚を、正確にその一点に叩きおろした。

爆発にも似た凄まじい音を立てて、おびただしい火の粒が四方八方に飛び散った。鉄塊から、不純物が叩き出されたのだ。つづいて直助、久兵衛が、向鎚をすばやく打ちおろした。

「音、立てろッ」

鎚音が高く響けば、それだけ力強く美しい鉄が鍛えられる。鎚音には、すでに充分な力がみなぎっているが、虎徹は、さらに強い音をもとめた。

これでいい——。

という到達点など、仕事にはけっしてない。かならず、もっと高みがあるはずだ——。

この日本で、いや、天竺や南蛮、紅毛碧眼の国の果てまでふくめて、どんな鍛冶も鍛えたことがないほど切れ味がよく、丈夫で美しい刀を鍛えるのだ——。

そのことだけを考えている。

永久寺で、無謀にも石灯籠を切って、虎徹のなかでなにかがふっきれた。鉄のことだけを考えるのだ。そうすれば、あとはなんとでもなる。

ゆきの薬礼は、山野加右衛門が貸してくれた。

——三百両など、なにほどのものか。刀を鍛えれば、すぐに返せる。

虎徹の腹の底に、力が湧いている。

——腕が折れても鍛えてやる。

何十振りでも、何百振りでも名刀を鍛えてやる——。

志や決意というより、それはもはや執念であった。

弟子たちのふるう向鎚が、すばやく鉄を叩きつづけている。

手鎚で鉄敷のわきを二度打ち鳴らすと、向鎚が止まった。

虎徹は手鎚を鏨に持ちかえ、鉄塊の中央にあてた。正吉が、かげんよく鏨の尻を叩き、鉄塊を半分に折り返した。

その鉄を、藁灰の山にのせると、直助が手際よく灰をまぶした。

手もとに引きよせ、柄杓で泥汁を全体にかけまわした。

火床の炭は、すでに久兵衛が端に掻き寄せている。

鉄塊を置くと、久兵衛が真っ赤な炭をそっとかけて包み、あたらしい炭を足した。

駆けて来た正吉が、鞴の柄をにぎり、火床に風を送った。

黒い炭に青い炎が立ち上がった。

虎徹は、手の甲で額の汗をぬぐった。

わずかに顎をしゃくって合図すると、久兵衛と直助が、虎徹に遠いところから、ゆっくりと窓の戸板を開けた。

鍛冶場の闇にいた侍たちが、まぶしそうに目をしかめた。

黒の紋付きを着て床几にすわっていた侍が大きくうなった。

「いや、感じ入った。鍛刀というのは、これほど凄まじいものか。まこと息を呑む気魄であったぞ」

うなったのは、額田藩主松平頼元である。

「恐れ入りましてございます」

横座の虎徹は、片手をつき、頭をさげた。鍛冶場にいるときは、直答してよいと、用人からいわれていた。

頼元は、水戸藩主徳川光圀の弟で、兄が家督を継いださいに、常陸額田に二万石の所領を分けあたえられた。まだ三十をわずかに過ぎたばかりの若さで、きわめて闊達な気性である。

武を好むがゆえに、古来の名刀に飽きたらず、じぶんの屋敷内で、新しくすばらしい刀を鍛えさせようと思い立った。

今日が、鍛冶場開きである。虎徹と弟子たちは、白い直垂に黒い侍烏帽子をかぶっていでたちだ。

鍛刀の厳しさを知ってもらいたかったので、虎徹は、いきなり激しい鍛錬をおこなった。頼元も、扈従の側近たちも、みな息を殺して見守っていた。さきほど祝詞をとなえた神主が、鍛冶場のすみで、まだ棒を呑んだ顔をしている。

「じつは、わしも鍛錬を見るのは初めて。まこと、これほどの激烈さがあればこそ、業物が鍛えられるのでありましょうな」

僧衣を着て金襴の袈裟をかけた圭海がつぶやいた。

「刀鍛冶は、だれでも、かほどに苛烈な鍛錬をおこなっておるのか」

頼元が、山野加右衛門にたずねた。

加右衛門は、床几をあたえられず、土間のいちばん端に片膝をついている。この屋敷では、ただ「人斬り」と呼ばれる身分の低い存在でしかない。

「虎徹の鍛錬はかくべつにございます。それゆえにこそ、古今に比類なき鉄味の刀を鍛える力量ありと存じまする」

「なるほど、さればこそ、あれほどに切れるか」

頼元は、すでに虎徹の刀を何振りか試している。本人を召し寄せ、屋敷に鍛冶場をつくらせたのは、刀を気に入ってのことである。

「まこと、この男の鍛える鉄は、じつに大胆にして繊細。古刀に劣らぬ深みがあります。なまなかな名人ではござらぬよ」

満足げに圭海がうなずいた。

石灯籠を切って見せてから、虎徹を見る圭海の目が変わった。もう二度と声などかからぬだろうと諦めていたが、むしろ、虎徹に一目おいてくれるようになった。なにがしかの金子も、さげわたしてくれた。

——やってみるものだな。

そう思ったが、虎徹は増長しないようにじぶんを戒めた。あんな調子で世の中がわたれると舐めてかかったら、おおまちがいだろう。

火床で鉄を沸かすあいだ、頼元に作刀の工程を説明した。

「まずは古鉄を卸し、その鉄を赤めて叩き、水圧しして割り、積みかさねて沸かし……

……」

順を追って、最後の仕上げまでていねいに説明すると、頼元はあきれ顔になった。

「さほどな手間がかかるのか」

「御意。それらのどの工程で手を抜いても、よい刀は鍛えられませぬ」

「ふうむ」

感にたえぬようすである。

「納屋に炭をずいぶん積み上げておるが、一振りの刀を打つのに、いかほどの炭をつかうのか」

「まずは二十四俵。下手な弟子ならば、三十俵、四十俵つかってもなお足りますまい」

「たくさん炭をつかったほうが、よい刀が打てるのではないのか」

「いいえ。無駄に鉄(かね)を沸(わ)かしたりしますと、鉄(かね)が馬鹿になり、切れ味のよい刀にはなりませぬ。手際よくすばやく沸かして鍛えるのが肝腎にございます。上手な鍛冶ほど、すくない炭で鍛刀いたします」

「なるほど。鍛刀の神髄、かいま見せてもろうた。応永(おうえい)以降は刀なしと思うておったが、なに、日本は広い。腕のよい鍛冶がおるものだ。のう、圭海殿」

応永(おうえい)以降、刀なし――とは、よく口にされることばである。

南北朝が終わったばかりの応永年間（一三九四～一四二八）あたりから、出雲(いずも)で、たたらの大規模化がはじまった。それが日本全国に流通して、どこの鍛冶も同じ鋼(はがね)をつかうようになったため、鉄の肌におもしろみがなくなったということであろう。

それ以前の古刀は、地方ごとに、小さなたたらで吹いた銑から鋼をつくったり、鍛冶たちが、独自に古鉄卸しを工夫して鉄をつくっていたため、鉄の肌にも鍛冶ごとの深い風合いがあったのである。

「まこと。よい鍛冶を見つけたものと、拙僧もうれしゅうてなりませぬ。夜ごと、刀を眺めては、悦にいっておりますよ」

「圭海殿が悦にいるのは、刀だけのことではあるまい。もっと恋々とされているものがあるのであろう」

頼元のことばに、圭海が首をふった。

「なんのお話でございましょう。拙僧、仏門にあって、恋々とするものなど、ありはいたしませぬ」

圭海の厚いまぶたが、なにかを隠しているように見えた。

「伊豆守が亡くなったいまこそ、圭海殿ご出世の好機でござるゆえにな」

頼元が含み笑いをしている。

知恵伊豆こと、老中松平信綱の名前は、以前に圭海の口から聞いていた。

殺された越前貞国がもっていた行光の短刀は、伊豆守の所有になっていた。だれの手をへて、そこにたどり着いたのかは謎のままだが、圭海は知っているらしい。諦めずに糸をたぐれば、貞国殺害の犯人も判明するはずだ。

気になって人にたずねたところ、老中松平伊豆守は、先代将軍家光の東叡山寛永寺霊屋（みたまや）普請奉行であり、さらになお、法事の奉行だったことがわかった。

幕閣に重きをなす伊豆守と、寛永寺の大僧都（だいそうず）として気位の高い圭海とのあいだで、軋轢（あつれき）があったことは、想像にかたくない。

その伊豆守は、この春、病で亡くなった。

――あの行光。

むろん、そのことは口にしなかった。

頼元が、虎徹に向きなおった。

「この鍛冶場で、ぜひよい刀を打ってくれ。いずれ、この屋敷に、老中や御腰物（おこしのもの）奉行を招いて試刀の会を催したい。康継（やすつぐ）の刀より、おぬしの刀のほうが、はるかによく切れること、見せつけてくれるか」

「康継……」

その名を聞いて、つい、虎徹は膝をすすめた。

「康継と競うのでございますか？」

「そうだ。江戸康継、越前康継の両方に勝たねばならない。越前三代の四郎右衛門康継が、しきりと出府して、幕閣にはたらきかけておることは知っているか？」

「存じております」

越前康継が、ちかごろ、以前にもましてしきりとさまざまな工作をしているらしいことは、才市（さいいち）叔父から聞いていた。

「あの男、なかなかしたたかでな、すでに老中の酒井雅楽頭殿を籠絡しおった」

頼元が真顔になった。

「……と、おっしゃいますと」

「後ろ盾にとりこんだのじゃよ。なんとしても、将軍家お抱えの誉れがほしいらしい。ふん、おろかなことだ」

圭海が鼻を鳴らした。

「されど、いまさら将軍家のお抱えになるなどと、さようなお取り立てが、なされますのでしょうか」

ことばを選んで、虎徹がたずねた。

「同じ康継だ。お抱え鍛冶の交代ではない。跡目相続のことゆえ、大きな問題にはなるまい。江戸三代市之丞康継の腕が悪いことは、知らぬ者がない。雅楽頭殿の後押しがあり、御腰物奉行が認めたとなれば、それですんでしまう」

頼元がおしえてくれた。

「それでは、越前の松平様は……」

「越前松平としては、おもしろくなかろうな。しかし、一門ともども江戸に出府してしまえば、あとは知らぬことであろう」

あの越前康継の根回しが、それほど効果をあげているとは思っていなかった。人の世を生き抜く処世の術は、虎徹などより、よほどしたたからしい。

虎徹は唇をなめた。

腕が悪いくせに、世渡りのたくみさで、将軍家お抱えになろうとする鍛冶など許しがたい。越前康継の横柄な顔を思い出し、むらむらと腹が立ってきた。

「わしはな、おまえを将軍家お抱えに推挙しようと思っておる」

あらためて松平頼元にいわれ、虎徹は身をひきしめた。

「ありがとうございます」

両手をついて平伏した。名誉などは望んだことがない。しかし、いまさら後にはひけない。

「ああ、当節、おまえほど腕のよい鍛冶はおらぬ。将軍家のお抱え鍛冶は、名工でなければならぬ」

頼元のことばが、素直にありがたい。将軍家のお抱えとなれば、ゆきの薬礼がいかに高くとも、なんの心配もいらない。

「ただし、おまえのことは、そう簡単にはいかぬ。当節、将軍家といえども鍛冶に新規の禄は出せない。康継をはずして、その禄を、おまえに下すことになる。となれば、三人の老中みなが納得したうえ、上様の御意も得ねばならぬ」

「上様……」

先の将軍家光が亡くなり、跡をついだのはまだ十一歳の家綱(いえつな)であった。その家綱もようやく二十歳を越えたが、生まれつき病弱で、政事(まつりごと)は、すべて幕閣がしきっている。

後見役は、叔父で会津藩主の保科正之(ほしなまさゆき)。

今の老中は、阿部忠秋(ただあき)、酒井雅楽頭忠清(ただきよ)、稲葉正則(まさのり)の三人。すでに老境の阿部にたいし、酒井と稲葉は、まだ四十になるかならぬかの若手である。

将軍家お抱え鍛冶の交代となれば、その重役みなの了解が必要となるだろう。

「案ずることはない。老中の稲葉殿は、こちらの御味方だ。おまえの刀をいたく気に入っておられる。わしの兄の光圀もむろん、後押ししてくれる。雅楽頭の好きにはさせておかんと、稲葉殿はおっしゃっておいでだ」

つぶやいた頼元が眉をひそめた。

「若いころから奏者などつとめておると、人間が高慢になっていけませんな。ああいう方がおられると、息が苦しくていかん」

圭海のつぶやきが、虎徹のこころのなかで、みょうに生臭くひびいた。そのひと言で、疑念がすべて氷解した。思っていたとおりである。

――刀のことではない。

圭海にせよ、頼元にせよ、虎徹の刀が気に入っただけで、お抱え鍛冶に推挙しようというお人好しではあるまい。

老中稲葉正則の陣営――。

同じく老中酒井雅楽頭の陣営――。

この二人の対立に、虎徹はすでに巻き込まれてしまっているらしい。

戦国の世ならば、刀で切り取った力である。

泰平の世でも、刀は、力を得るための具となるのか。

お抱え鍛冶の一件は、しょせん政争の矢玉であろう。虎徹にしても康継にしても、ただの将棋の駒にすぎまい。

虎徹は、腹に力を込めた。ここまできたら、清(せい)も濁(だく)もあるものか。どろどろの争いであることを承知のうえで、呑み込むしかない。

「お話、すべて承知いたしました。将軍家にふさわしい天下の名刀、みごと鍛えさせていただきます」

力強く言い放ち、深々と頭をさげた。

四十

吹上の額田(ぬかだ)藩邸に泊まり込んでから、何日かたった昼下がりである。

「この屋敷は、気持ちがいいな」

屋敷の庭には大木が茂り、風が梢を吹いていく。窓から見える冬のはじめの木もれ日は、ほろほろとやわらかく、見ているだけで、こころがまるくなる。

「江戸にいるのが嘘のような森です」

弟子の直助(なおすけ)が外を見ている。

「まこと、越前か出雲の森にでもいるようだ。懐かしいな」

虎徹(こてつ)はつぶやいて、人足が運んできたばかりの木箱のふたを開けた。

浅草の古鉄買(ふるがね)いが、とてもよい鉄を見つけておいてくれたのだ。

古い兜(かぶと)である。

それも、鉢の形から見て、どうやら鎌倉ごろのものらしい。すっきりと無駄なく張り合わせた兜鉢(かぶとばち)に、棘(とげ)のような星が列をなして打ってある。焼け身だが、鎚(つち)で叩き折ってみると、断面があまく冴(さ)えて輝いていた。すっきりしてよい鉄(かね)だ。そんな兜ばかり、十余りも選んで残しておいてくれたのである。

虎徹はうれしくてたまらない。

こんな古い兜を卸(おろ)し鉄(がね)にすれば、さぞやよい鉄(かね)が得られるであろう。康継(やすつぐ)との試刀合戦は、勝ったも同然である。

焼け身の兜を長い板にならべ、ひとつずつ拝礼した。

十余りの兜は壮観である。のちの戦国の世の兜とちがい、鎌倉ごろの兜は、鉢の形がすっきりしていて絶妙なふくらみがある。

威(おど)しの糸が焼けているため、首を守る錣板(しころいた)はなく、頰(ほほ)のわきの吹き返しも取れて外れてしまったものが多いが、じっと見つめていると、兜を鍛えたときの冴えた鎚音(つちおと)が聞こえてきそうだった。

ひとつを手に取った。

鉄敷の上にのせ、片手で拝むと、ためらわずに手鎚をふり下ろした。

てっぺんの八幡座からすこしはなれた一点を狙ったのだが、みごとにはじき返された。

右手が痺れている。

「じょうぶですね」

弟子の久兵衛が驚いている。

「ああ、おそろしくじょうぶだ」

天辺から放射状に接いだ鉄板をはずすつもりだったが、兜を造った鍛冶の執念が、鉄板をしっかりつなぎとめているようである。

接いである鉄板は、十枚から二十枚ばかり。

虎徹は、兜を裏返すと、内側から丹念に手鎚で叩き、板と板の接ぎ目をゆるめて板をはずした。

なかにひとつ、四十六枚もの鉄板を接ぎ合わせた兜があった。星が一列に十六も打ってある。

「すごい兜ですね」

久兵衛が目を丸くしている。

「ああ、すばらしい兜だ。わしにも、こんなのは造れない」

「ひとつくらい残しておかれたらいかがですか」

「いや、ぜんぶ卸し鉄にする。よく見ておぼえておくがいい」

「もったいない気がいたします。飾っておいてもいいのではありませんか」

「兜は飾りものではない。合戦につかう武具だ。ここにあるのは、みな焼けて運気がつきている。そんなものはつかえない」

「そういうものでしょうか？」

「卸し鉄にして、新しい命を吹きこめば、ふたたび運気も満ちてくる。そのほうが、よほど鉄のためになる」

直助と久兵衛がうなずいたとき、鍛冶場の戸が開いて、正吉が駆け込んできた。ずっと走ってきたらしく、肩で息をしている。

「親方。たいへんです」

「どうした？」

正吉は、池之端の家に行っていたのである。病人のゆきがいるので、ときどきは誰かがようすを見に行かなければならない。

「あの医者、捕まりました」

「なんだ、どの医者だ？」

「竹庵です。矢田部竹庵が、薬をもって来ないというので、日本橋の家まで行ってきました。そうしたらあの男、医術などなにも知らぬ騙りだそうで」

虎徹は手鎚をにぎったまま立ち上がり、足早に戸口にむかった。すぐに駆け出すつもりである。

「どうなさいます？」

「きまっておる。竹庵のところに行くのだ」

「もう、町奉行に捕まって小伝馬町(こでんまちょう)の牢に入れられたそうです。表の板戸が閉まったままなので、近所の人に聞いたんです。あちこちで、ずいぶん金を集めていたらしく、さて、獄門か遠島かと、みなが噂しておりました」

「そうか……」

「親方も、ずいぶん薬礼をお払いになったんでしょう」

このあいだ三百両わたしたことは、だれにも話していない。

「いや、たいしたことはない」

首をふって、もういちどくり返した。

「たいした金ではない……」

じぶんに言い聞かせた。

悔しいというより、じぶんの愚かさにあきれていた。町内の者が、近ごろ評判の医者だというので、そのまま信じて、頼みに行ったのだ。なんどか会っているのだから、心の奥を見抜けぬはずはないのに、評判を鵜呑(うの)みにしてしまった。家の立派さや、風貌、物腰のそれらしさに騙された。なんと、人を見る目のなかったことか。

全身から力が抜けていた。

立ったまま、考えた。

奉行所に行き、公事立てすれば、金のいくらかは返ってくるかもしれない――。

いや、それより、ゆきのために、ほんとうに腕のよい医者をさがすことが先決か――。

さまざまな思いが、交錯している。まず、なにをするべきなのか、なにをしていいのか、わからなかった。

虎徹はあたりを見まわした。じぶんは、なにをすればよいのか――。

ここは、鍛冶場である。

じぶんは、刀鍛冶だ。

なすべきことは、たったひとつしかないことに気がついた。

「卸し鉄をするぞ。みな手鎚を持って、兜を細かく砕け」

兜を手にして、鉄敷の前にすわった。

「親方、お女房さんのことは……」

「具合はどうだった？」

手鎚をふるいながら、たずねた。

「とくに変わっては、おられませんでした。咳き込んでおられましたが……」

「食べ物は？」

「はい。ちゃんと魚を買って届けました」

ゆきにまかせておくと、かってに女子衆に命じて、金を使わせない。だれかが、栄養のあるものを届けなければ、ゆきは粥をすすっているだけなのだ。

「それならよい。卸し鉄のしたくをしろ」

「けど……」

「新しい医者は、ちゃんと探す。今日は仕事を早めに切り上げ、才市叔父のところに行って相談してみる。また、腕のよい医者を紹介してくれるだろう」

しばらく叔父の才市に会っていなかった。夕方まで仕事をしたら、出かけてみる気になった。それでよい。それが、じぶんのなすべきことだ。

虎徹と三人の弟子は、それぞれ、鉄敷の前にすわって、黙々と兜を叩いて砕いた。小刻みにふるう手鎚の音だけが、とだえることなく、鍛冶場に響きつづけた。

四十一

御殿の縁側に、三方が置いてある。白鞘の脇差が一振りのっている。

額田藩邸の広い庭には、春の陽射しがあふれ、小鳥がよくさえずっている。刀を鍛えているうちに、また冬が過ぎて、寛文三年（一六六三）の春がやってきた。

縁側にすわった松平頼元は、白鞘をつかんで抜き払った。

まっすぐに立てて、眺めている。

虎徹は、庭のはずれで、両手をついてかしこまっていた。頭をさげているが、上目づかいに、御殿のようすをうかがっている。

縁側にすわった頼元は、身動きひとつしない。目だけをうごかして、刀身を見つめている。春の陽射しが鉄に反射して、虎徹のところまでまぶしく光った。

庭のはずれのけやきの下に、土壇が用意してある。

研ぎ上がったばかりの虎徹の脇差で、試し斬りをするのだ。すでに首のない屍がふたつ重ねて据えてある。山野加右衛門は、袴の股立ちを取り、白襷をかけた姿で、控えている。

頼元が、かたわらの老臣に、なにかをいった。とんでもない、というように、老臣が首をふっている。それにかまわず、頼元は立ち上がると、着物の片肌を脱いだ。

脇差を手に、庭に降り立った。どうやら、じぶんで試してみるつもりらしい。

土壇の前に立つと、頼元は、脇差を振り上げた。

すいっと切先が伸びたかと思うと、そのまま斬り下ろした。

脇差が土壇にめりこんでいるのが、遠目にもわかり、虎徹はほっとした。

小姓が走ってきた。

「お召しでございます。そのまま御前へお進みなされよ」

中腰で頭をさげたまま、虎徹は、頼元の前まで走って平伏した。

「みごとだ。わしが言いつけたより身幅が広いゆえ、いかがかと思ったが、なんの障りもなく、吸い込まれるように土壇まで斬り下ろせた。なにか新しい工夫でもしたか」

一尺五寸八分（約四八センチ）の脇差である。注文されたより身幅を広くしたのは、据え物斬りを意識してのことだった。そのぶん重ねを薄くした。切先を、梭子魚のあたまほど長くしたのも、斬れ味をよくするためだ。この脇差なら、三ツ胴でも、四ツ胴でもすんなり断ち斬れるだけの自信がある。

「この脇差、なによりも鉄のよさが身上でございます。古い兜を卸して鍛えましたので、鉄にしなやかさと強靱さの両方がそなわっております」

「さようか。ならば、これで兜も断ち割れるか？」

「むろんのこと。最上の兜の鉄を、最上の技で鍛え直してありますゆえ、手練れの斬り手が渾身の気魄を込めますれば、まちがいなくすっぱり両断できましょう」

「人斬りはどう見た」

頼元が加右衛門にたずねた。

「この鍛冶の申すとおりと存じまする」

「よし。ならば、一同の前にて兜割りをして見せよう。それを見れば、みな納得する。押田も、動かざるを得まい」

三月になったら、老中稲葉正則と御腰物奉行押田豊勝を、この藩邸に招くのだと聞いていた。

「それにつけても、まこと器用な鍛冶じゃな。この仁王の彫り物も、じぶんでやったのか」

鎺にちかいところに、仁王を彫った。虎徹にしてみれば、朝飯前の彫り物である。

「はい。まこと愚かにして下手くそな鍛冶でございますが、今年で半百(はんぴゃく)の五十歳。いつ死んでもおかしくない歳になってしまいました。これからは、いっそう精進してほんとうによい刀だけを、鍛えたいと存じまする。その気持ちを込めて、銘を切りましてございます」

頼元が、柄(つか)をはずして茎(なかご)をあらためた。こう刻んである。

本国越前住人至半百(はんぴゃくにいたり)居住
武州之江戸尽鍛冶之工(かじのたくみをつくす)精尓

「鍛冶のくせに、殊勝なことを申すやつ。いや、変わった男だ」

満足げな笑顔を見せた頼元は、褒美をさげわたしてくれた。

褒美は、菓子と十枚の小判であった。

御前をさがってから、小判はそのまま加右衛門にわたした。三百両の借金を、すこしでも返しておきたい。

金の包みを懐にしまうと、加右衛門がつぶやいた。

「あの男、往生際が悪かったな」

「どなたのことでございましょう」

「おまえの三百両を騙(だま)し取った偽医者だ。昨日、小伝馬町で首を刎(は)ねた」

詐欺や騙りは、盗人より罪が重く、一両騙し取っただけでも、死罪になるのだとつけくわえた。届けはしておいたが、金は返ってくるまい。

「泣いて許しを請いおった。つまらぬ男に騙されたものだ。鉄は見抜けても、人は見抜けぬか」

「はい。節穴でございましょう」

「おまえの刀で斬っておいたぞ」

虎徹はちいさく首をふった。

「騙されたわたしが、愚かだっただけ。遺恨もなにもございません」

「ずいぶん、達観しておるな」

「達観ではなかろうと存じます。五十になりました。刀以外のことなど、煩わされておる暇はございません」

死ぬまでに、いったいあと何振りの刀が打てるのか。そのうち、古来稀な名刀として評価されるものが、何振り残せるか——。

虎徹は、そのことばかりを考えている。

菓子の箱を大事に持って、池之端の家に帰った。

「殿様からご褒美をいただいた」

箱を捧げて、ゆきの布団のわきにすわった。風呂敷包みをとくと、木箱があらわれた。

ふたには、雲居桜と書いてある。

紅白の水引をといてふたを開けると、菓子が二十ばかりもはいっていた。何の材料でつくってあるのか、淡い乳白色のなかに、桜色の花びらの形がいくつか散らしてある。こんな贅沢な菓子は、見るのさえ初めてだ。

「食べるがよい」

半身を起こしたゆきに、ひとつつまんで持たせてやった。

「きれいですこと。食べるのがもったいないですわ」

「菓子だ。食べてもらわねば、つくった者が泣くだろう」

それでも、まだ食べずに菓子を見つめている。

「あなたのご褒美ですもの。あなたから先に召し上がれ」

「ああ、食べる。食べるとも」

去年の秋、才市に紹介された医者に、ゆきを見せたが、診断はかんばしくなかった。それ以来、山野加右衛門に頼み、圭海に頼み、最後は、松平家の用人にまで頼んで医者を紹介してもらったが、どの医者も結局のところいうことは同じだった。

——滋養のある物を食べさせ、養生させなさい。

砂糖をつかった菓子ならば、滋養があるだろう。すこしは、病を追い払う力になるだろう。命が何日かでも延びるだろう。

「食べなさい。おまえがさきに食べなさい」

虎徹がうながしても、ゆきは、食べようとせず、じっと菓子を見つめたままだった。

四十二

大きく枝をひろげた桜の老木が、青空のしたに霞と見まがうほどの花を咲かせている。額田藩邸の大きな門をくぐって、長い行列が到着した。黒漆に蒔絵をほどこした駕籠から、壮年の侍があらわれた。聡明そうな風貌をしている。

頼元は、玄関でいんぎんに賓客を迎えた。

「これは稲葉様、よくぞお運びいただきました」

老中稲葉正則である。

「名高い桜ゆえにな、いちどは見せてもらいたいと思うておった。天気がよくてなによりである」

まんざら世辞でもなかった。青山の池田邸、溜池の黒田邸とならんで、江戸の三名園と称されるほどの庭である。

「まこと、本日は日和がよくてなによりでございます。いささか趣向をよういしておりますので、お楽しみくださいませ」

庭の桜のそばに敷いた緋毛氈に案内した。

稲葉は、先に来ていた水戸の徳川光圀と挨拶をかわし合った。光圀の水戸藩は二十六万石、稲葉の小田原藩は九万五千石である。

圭海の兄で三河西尾の二万石を治める増山正利も来ている。圭海が如才なく場をとりもった。

下座には、御腰物奉行押田豊勝ら数人の旗本と本阿弥光温など、刀剣に関わる者が招かれているが、老中や大藩の藩主がいるのでかしこまっている。

酒をくみ交わし、しばらく歓談したあと、光圀が、小姓をやって押田豊勝を招きよせた。

「御腰物奉行を勤められるとは、押田殿は、やはり、三河以来のお家柄かな」

飲み干した盃を差し出してたずねた。老年の押田を気づかって、ことばがていねいだ。

「いえ、古くは近江の出と聞いておりますが、戦国乱世のころ下総にうつり、太閤殿下の小田原攻め以来、東照宮様におつかえしております」

盃を受け取り、押田がかしこまって答えた。

「さようか。それはよいご先祖がおいでであったな」

「おそれいりまする」

その東照宮家康の孫に手ずから酒をつがれ、四百石取の老旗本はこわばっている。

「御腰物奉行というのは、なかなかの重職で気が抜けぬ。さぞ、ご苦労が多かろう」

「老骨ゆえ、お役に立ちませぬが、まちがいのないよう、努めております。ありがとうございます。ちょうだいいたします」

押田は、盃を両手でいただいて干した。

将軍家につたわる名刀のあれこれについてたずねたあと、ふっ、と思い出したように光圀がつぶやいた。

「ときに、お抱え鍛冶の康継だがな、そのむかし、東照宮様が、鍛錬のすさまじさに感じ入ってお召し抱えになった、という話がつたわっておるな。あれは、まことであろうか?」

「そのように聞きおよびもいたしますが、康継は、越前にてはやくから結城秀康様の御意を得ていたとの話もつたわっており、どちらとも判然といたしませぬ」

秀康は、家康の子だが、妾腹のため外に出され、越前松平家の祖となった男である。

「なるほど。すでに昔語りとなって、わからぬか」

「東照宮様か、秀康様か、どちらが先に目利きをなさったかは存じませんが、いずれにしましても、お目が高かったことと存じます。康継の刀、さすがの業物でございます」

光圀が鷹揚にうなずいた。

「たしかに、康継の刀は業物だ。とくに、駿府打ちの豪壮さは怖ろしいほどである」

「御意。それがしも、拝見させていただいておりますが、あれを手にいたしますと、身の毛がよだちまする」

「まことまこと、なればこそ、東照宮様は、葵の紋をゆるされたのであろう。たしかに初代の康継は葵の紋に恥じぬ名人であった」

語尾にふくみをもたせた光圀が、押田を見つめている。

「いまの三代康継の刀、残念ながらわしはまだ眼福にあずかったことがない。名人の血をひいておるゆえ、さぞや名工であろうな」

押田は、一瞬、のどをつまらせたが、すぐに頭をさげた。

「まこと、名人でございます」

「しかし、よからぬ流説も耳にしております」

ことばをはさんだのは、弟の松平頼元である。

「ほう。どのような説であろうか」

となりにいた老中稲葉正則が、興味をしめした。

「ここだけの話でございますが、死んだ二代康継は、六方者であったと聞いたことがあります。白柄組などと称する乱暴な旗本がおるのをご存じでございましょう」

頼元の話に、稲葉が大きくうなずいた。

「それなら知っておる。江戸の町のやっかい者である。いずれ、頭目の水野十郎左衛門には、なにか処分をせねばならぬと考えておったところ。そうか、二代康継が六方者とは知らなんだ」

なんどもうなずく稲葉に、頼元が首をふって見せた。

「いえ、ただそう聞いたばかり。よく考えてみれば、将軍家お抱え鍛冶が六方者などであったはずがありません。流説でございましょう。のう、押田殿。すでに死んだとはいえ、万が一そうならば、大きな問題であろう」

　押田はからだをかたくこわばらせている。

「はい。六方者だなどと、さようなことはございませぬ」

「それならよい。いやいや、そうでなければならぬ」

　ひとりでうなずいていた頼元が、扇子で膝をひとつ打ち鳴らした。

「思い出した。さよう。これも風聞でござるが、その水野十郎左衛門、葵紋の康継で町奴と喧嘩。ぼろぼろに刃こぼれして逃げおったそうな」

「それは、まことですかな」

　圭海が絶妙なあいづちを打った。

「いや、ただの流説。まさか康継が刃こぼれなどいたすまい」

「しかし、噂のたねとなったなにごとかがあったのでございましょう」

「ふむ。水野の家が、東照宮様から康継を拝領したという話は聞いたことがない。さだめし葵の御紋をかってに切った贋物が出まわっておるのであろう。のう。押田殿、康継の刀なら、たとえ二代、三代の作でもそのように簡単に刃こぼれいたすはずがない。そうであろう」

「まこと、康継の刀が、おいそれと欠けたりしては一大事でございます」

　康継の家では、葵紋を切った刀を自由に売ることができる。江戸、越前いずれの三代康継も、どんな凡作にも葵紋を切り、好きに売っている——。そのことを話題にする者はいなかった。

「稲葉様は、刀の鍛錬をご覧になったことがおありでしょうか？」

松平頼元がたずねた。

「かねて見たいと思うておるが、ついぞ機会がないまま今にいたっておる」

「兄上は、いかがですか？」

「いや、見たことがない」

「それは御不覚。武士の魂、いかに鍛えられておるか、いちどは見ておかれるのがよろしかろう」

「ああ、そうしたいものだが、なにせ鍛冶場に出向くなどというと、警固の者がたいそう気を揉む。それを思えば、簡単に行くわけにもいかんではないか」

頼元が笑顔で首をふった。

「なんの、出向くことなどありますまい。鍛冶を屋敷に呼べばよろしかろう」

「屋敷では鉄(かね)が打てまい」

「鍛冶場をつくらせればよいだけのこと。簡単でござる」

「ほう。そんなものが屋敷にできるか」

稲葉正則が感心している。

「できまする」

力強くうなずいた頼元がつづけた。

「そもそも、鉄というもの、火と風があれば沸いて蕩けます」

「いや、ちょっと待て。湯でもあるまいに、鉄が沸いたりするものか」

「とんでもない。鉄は沸きます。湯と同じように沸きます。沸けばこそ、鎚で鍛えて美しく鍛えることができるのです」

「見てきたようなことをいう」

「見たどころか、この手が、火床でふつふつと沸く鉄の感触をおぼえておりますとも。あまりに面白げなので、それがしも打ってみました。火と風があればよいだけのこと。なに、じつは、そこに造らせておきました」

頼元が手をあげて合図すると、桜の木のむこうに張ってあった幔幕が取り払われた。野外に、鍛冶場の火床がつくられ、鞴がすえてある。すでに火が熾っている。

そのわきで、白い直垂を着た男が平伏している。うしろに三人ならんで叩頭しているのは弟子であろう。

「長曽祢虎徹という鍛冶の一門でござる。なに、康継のような名人ではござらぬが、その意気やよし。みごとな鍛刀を見せてくれますぞ」

四十三

真新しい直垂を着せられた虎徹は、じぶんが猿回しの猿になった気分である。

——猿にでもなってやる。

それでも、かまわないと開き直っていた。見せ物になってもいい。いまは、認められて葵の紋をゆるしてもらうのだ。

——そうすれば、金が入る。

借金を返し、ゆきをもっとよい医者に見せられる。菓子でもなんでも、滋養のつく物を買ってやれる。

拝領した菓子を、ひとくち食べたときのゆきの笑顔が忘れられない。嬉しそうな、ほんとうに溶けてしまいそうな笑顔だった。

ゆきは、どんなに勧めても、一日に半分しか菓子を食べなかった。数をかぞえて、虎徹や弟子たちにちゃんとわけた。女子衆（おなごし）にも食べさせた。

甘くて滋養のある菓子を買いに行って、虎徹は驚いた。怖ろしいことに、ひと折りの菓子が、安物の刀より、よほど高いのである。

「それほど高いのか……」

店先でつぶやいた虎徹を見て、菓子屋の手代があわれむような顔になった。

「うちに来て、値段に驚くお客さんは久しぶりです」

江戸の人間なら、みな、上等な菓子の値がとびきり高いことを知っているらしい。そんなことさえ、虎徹は知らなかった。あたりまえの饅頭や餅なら、何文か出せば買えるが、虎徹は、ゆきのとろけるような笑顔をもういちど見たい。

だから、見せ物でもなんでもするつもりである。それで、虎徹の刀が認められ、高値で売れるなら気にならない。

「鍛錬せよ」

頼元の声で、虎徹は、横座にすわった。鞴で風を送り、鉄を沸かした。

梃子鉄にふつふつとした感触がつたわってきた。手箒を水桶につけ、鉄敷をたっぷり濡らした。火床から鉄を取り出して、鉄敷に置くと、すかさず正吉が一撃をくわえた。

大砲でも放ったほど大きな音がして、熔けた鉄の粒がはげしく飛び散った。案の定、見ている者たちがとたんに真顔になった。

どうせ花見の余興である。せいぜい度肝を抜いてやるつもりだった。鉄敷をたっぷり濡らしておけば、凄まじい音がするのはあたりまえだ。

つづけて、久兵衛、直助が、すばやく鎚をふるった。

手鎚をにぎって気合いをかける虎徹に、桜の花びらが舞い散り、鉄敷のうえにも何枚かが落ちた。

いきおいのよい向鎚が、その花びらをすぐにはじき飛ばした。

「いや、驚いた。鍛刀とは、かくもすさまじい物か」

立ったままそばで見ていた水戸の光圀が、何歩か後ずさった。飛び散った鉄の粒で、絹の袴に焼け焦げた穴がいくつも開いた。

「これまで見なんだのは、まこと不覚であった。いや、これはぜひ、上様にもお見せしなければなるまい」

老中稲葉正則が、しきりと感心している。

「そのことでござる。ぜひ、上様にご覧いただき、奢侈にながれるいまの世を、厳しく取り締まる武のお心をもっていただきたいもの」

「いずれ機を見て、お見せしよう。たしかに、これはご覧いただく値打ちがある」

稲葉はしきりと感心しながら、蕩けた鉄を見つめていた。

折り返し鍛錬を三度見ると、頼元は虎徹に仕舞うように命じた。

「本日は、試刀をいたしたく、準備をととのえてござる」

頼元が手を叩くと、小姓が走った。庭の大きなけやきの下に、土壇がつくってある。

一同がそちらに移動した。

「刀は、三代江戸の康継。それに、いまの虎徹の作。むろん康継のほうが切れるに決まっておりますが、座興までにくらべてみまする。まずは康継から」

ならべた床几に、稲葉や光圀、増山らが腰をおろした。

白襷に袴すがたで平伏していた山野加右衛門が立ち上がった。

土壇の上に兜をすえた。兜のなかに隙間なく土が詰まるよう具合をたしかめている。

ちいさくうなずくと、片膝をついた若党が、刀をさしだした。

太く長い白木の試し柄がはまっている。柄をにぎり、しずかに引き抜いた。

刀身をさっと眺めると、土壇の前で、草鞋履きの足を二度三度、地面にすりつけてから、立ち位置をきめた。

瞑目して、呼吸をととのえた。

やがて大きく目を見開くと、ゆっくり大上段に振りかぶった。

踵が上がり、切先がすっと伸びた。

だれもが息を呑んで見守っている。

風が吹いて、むこうから桜の花びらが舞ってきた。

「お待ちくだされ」

声をかけたのは、末席にいた御腰物奉行押田豊勝である。一座の視線が、豊勝にあつまった。

「いかがした?」

頼元がたずねた。

「試刀の前に、その康継、拝見いたしとうございます。さきほど、偽銘の康継が出まわっているとのお話をうかがい、もしやと案じました」

「それならば、御懸念にはおよびませぬ。市之丞康継から、手前どもが直接おあずかりして研ぎ上げております。偽物、贋作の心配はございません」

本阿弥光温が、おだやかに説明した。

「本阿弥では、鎺や白鞘もつくるか?」

押田の顔がけわしい。

「いえ、それは、鎺師（はばきし）、鞘師（さやし）にたのんでおります」

「そのとき、鎺師と鞘師は、どこで仕事をする。そのほうの店か？」

「いえ……、刀を持ち帰ります」

「ならば、そこですり替わっておるかもしれぬではないか」

「まさか、よもやそのようなことは……」

「いいや。万が一ということがある。ともあれ、いちど拝見したい」

稲葉正則と光圀が、顔を見合わせている。年長の稲葉が裁定するようにうなずいた。

「よし。その刀、見るがよい。見せてやれ」

頼元が声をかけて許した。

大上段に振りかぶったまま、じっと凝固していた山野加右衛門が、刀を下ろした。

加右衛門から刀を受けとった押田は、刀身を一瞥して首をかしげた。おかしいといわんばかりのそぶりである。

「失礼いたす」

一同に会釈すると、じぶんの笄（こうがい）をつかって、試し柄（づか）の目釘（めくぎ）を抜いた。鉄（かね）の輪をはずし、茎（なかご）をあらためている。

「やはり……」

「いかがいたした？」

光圀がたずねた。

「これは偽物にございます。康継の銘があれば、高く売れますゆえ、ちかごろは、贋作がたくさん出まわっております」

顔色を変えたのは、本阿弥光温である。

「とんでもありませぬ。さきほども、わたくしが手入れいたしました。三代江戸康継市之丞の作にまちがいございません」

「黙れッ」

押田の声が太く、威圧するようにひびいた。

「そのほう、けっしてまちがいは犯さぬといい切れるのか。絶対に見誤ることはないのか」

押田の怒声に、光温がたじろいだ。

「それは……」

「人がいたすこと、百度にいちど、千度にひとたびは、まちがいも起こる。とがめ立てはせぬよって、いまいちど目利きしてみよ」

本阿弥光温はしばらくとまどっていたが、さしだされた刀を受けとった。見つめて首をかしげている。

「どうじゃ。銘をよく見よ。市之丞康継本人の銘ならば、継の字がちがう。糸偏の下の三画が、点となってならんでいるはず。それを知らぬ本阿弥ではあるまい」

「はい。点となっております」

「たわけ。おまえの目は節穴だ。よく見てみろ。それが点か。どうだ、しかと見よ。小の字のごとく切ってあるであろう。しかも、鏨（たがね）の使い方がたどたどしく、稚拙なことこのうえない。こんなものが真作であるはずがない」

押田の声がさらに荒くなった。本阿弥は汗をかいている。

「どうだ。まだ目利きできぬか」

脅されるようにまた、刀を見つめた。

「はっ、そういえば……」

「そうであろう。もっとよく見ろ」

「たしかに、そんな気が……」

「どうだ？」

「……だんだん、贋物に見えてまいりました」

「そうだ。ようやくおまえも、目が慣れてきたらしい。やっと見極めがついたな」

「はい。たしかにおっしゃるとおり贋物でございます。このような康継はございません」

押田豊勝が、一同に向きなおった。

「刀の目利きは、むずかしゅうございます。名人の本阿弥といえども、ときには目利き違いをなすこともござる。贋物で試斬（しざん）するわけにもいきますまい。いずれ、あらためまして、正真の作にて試刀ねがいとうございます。それがし、贋作の出所を突き止めねばなりませぬので、これにて御免」

一同があっけに取られているうちに、押田豊勝は、康継を鞘に納め、そそくさと持ち去ってしまった。

四十四

不忍池の蓮が、薄紅の花を咲かせている。青空にうかんだ太陽がまばゆく照りつけ、入道雲が白くたけだけしい。

虎徹は、卸した鉄で風鈴を打ち、短冊をつけて、二階の軒につるした。形は武骨だが、風がそよぐと、鉄がかろやかな音をたてる。

「涼しくなりますわ。うれしい」

「鍛冶屋だ。朝飯前さ」

暑くなると、ゆきはほとんどものを食べない。せめて食べやすいものをと、井戸水で冷やした豆腐や、ところてんなどを用意させているが、いまもほんの少し食べただけで、すぐに箸を置いた。

「もうすこし食べて、滋養をとらねばな」

同じ皿をふたつ用意させて、虎徹もゆきといっしょに食べている。

「その風鈴の鉄はな……」

いいかけて、みょうな気になった。食べながら話すのは、いつも鉄のことばかりだ。

「おまえは、鉄の話を聞いていておもしろいか？」

「はい。鍛冶屋の女房ですもの、いつもたのしく聞かせていただいております。なぜそんなことをお聞きなさいますの？」

「いや……」

そうやって、熱心に鉄の話をきいてくれる女がいればこそ、毎日飽きることなく、鉄と向かい合うことができるのかと思った。

遠くで、かすかに雷が鳴っている。

「今日は夕立がくるかな」

試刀の会は、あれきり沙汰がない。こんどは、公方様を招いて大々的に行うのだ——という話は、圭海から聞いているが、さすがにそうなると、根回しにも時間が必要らしかった。

「ほれ、もうひとくち食べろ」

ところてんの小鉢を、ゆきに差しだした。食べなければ、一本でも二本でも、箸で食べさせてやろうかと思ったとき、階段を気ぜわしく駆け上ってくる足音がした。

「親方ッ」

正吉の声だ。

「どうした？」

「いま、才市様のところから、おつかいの方が見えました」

「そうか。冷やした麦湯でも飲ませてやれ。じきに降りていく」

「いえ、それが、たいへんなことらしくて。すぐにおいで下さい」

小鉢をゆきの手にもたせて立ち上がった。ゆきも顔を曇らせた。

「なんでしょう」

「さて……」

廊下に出ると、正吉の顔が青ざめていた。

「なんだ？」

「才市様が、捕まったそうです」

「だれに？」

「御目付だとか……」

首をかしげながら下に降りると、才市叔父の一番弟子が来ていた。必死で走ってきたらしく、はだけた着物が汗でぐっしょり濡れている。

「どうした？」

「いきなり、店に大勢のお侍が見えたと思ったら、不届き至極とかおっしゃって、そのまま唐丸籠に押しこめられて、連れて行かれました」

それではなんのことだか分からない。弟子は、息を切らして動顛している。

「ちょっと待て。いったいなんの罪だ。なにが不届きだといっていた？」

「はい。御金蔵の鍵の開け方を教えたとかで、御納戸組の御同心もおいででした」

それならば、納得がいく——。

いや、才市叔父が、鍵の開け方など教えるはずはないが、なぜ捕縛されたのかは理解できた。才市は、江戸城内の鍵をたくさんつくっている。

「とにかく店に行こう」

着物の裾をからげて帯にはさむと、虎徹はもう駆けだしていた。


神田銀町の才市の店でわかったことは少なかった。

いきなり三十人ばかりの侍やら捕り方やらがやってきた。

侍たちは、御目付方の御用だといった。

罪状は、御金蔵の鍵の開け方を、外部に漏らしたこと。

才市の抗弁は聞かず、竹の籠に押しこめてそのまま連れ去った——。

それが、店の者の見たすべてであった。

「どうしましょうか？」

弟子たちが困惑している。才市の女房は、ただ泣き崩れているばかりだ。店の表から、近所の者がのぞいて、なにやらささやき合っている。

「おまえら、あたりまえに仕事をしていろ。長曽祢才市が罪など犯すはずがない。ちょっと心当たりにたずねてくる。気をしっかりもって、仕事にはげめ」

言い残して、虎徹は、下谷にむかって駆けだした。

葭戸に涼しい風のよく通る座敷で、ひととおり話を聞いた山野加右衛門は、顎をなでて宙をにらんだまま、口を開かない。

「才市が、鍵の秘密を人に教えたりすることなんか、絶対にありません。だれかに陥れられたんです。どうか、お力をお貸しください。お願いいたします」

加右衛門がようやく口を開いた。

「町方とちがって、御目付方となると、かなりやっかいだ」

「と、おっしゃいますと？」

「町奉行なら、わしにも手立てがないでもない。御目付は旗本の取り締まりが役目だ。わしではどうにもならん」

「才市は、旗本ではありません」

「目付は、御徒の者や小人まで取り締まる。御金蔵のことゆえ、重罪とにらまれ、目付がでてきたのだ」

「しかし、無実です」

「証拠がなければ、目付はうごかぬ。だれか、訴人でもあったのだろう」

「嘘の訴人です。きまってます」

「見えすいた嘘なら、取り上げはしない。それなりに筋が通っていたはずだ」

「御目付が、騙されているのです」

「それを証さねばならんのは、才市のほうだ」

「しかし……」

虎徹は丸い頭をなでた。

「どうすれば、助けられましょうか？」

「圭海様に、お願いしてやる。なにか分かるやもしれぬ」

「なにとぞ、なにとぞお願いいたします」

畳に額をすりつけて、虎徹は懇願した。

遠雷がひびいた。

「雨か……」

加右衛門のつぶやきに顔をあげると、さっきまでよく晴れていた夏空が、暗く曇っている。音を立てて大粒の夕立が降りはじめた。

遠くの雷鳴が、しだいにこちらに近づいてくる。

四十五

才市の捕縛から十日ばかりたった暑い日である。虎徹は寛永寺に呼び出された。

迎えに来た寺男について行くと、広い境内を奥へ奥へと進み、大きな建物のわきに連れて行かれた。

「ここでお待ちなさい」

砂利をしいた庭である。日盛りの時分だが、影ひとつない。

虎徹は、膝をそろえてすわった。剃り上げた頭を、強い陽射しがひりひり灼いた。

ずいぶん待たされてから、縁側に、金襴の袈裟をかけた僧侶があらわれた。圭海であった。

「ちかごろは用が多うてな、息抜きに下谷に行くこともかなわぬ。近う寄れ」

縁側の下まで進んだ。そこも夏の陽射しが照りつけている。

「もっと近う寄れ」

さらに近づいた。

「才市のこと、およその裏が読めた」

縁から見おろした圭海が、囁くように話した。

「どういうことでございましょうか？」

「あやつらのしわざだ」

「……あやつら、とは？」

「康継と押田だ。こちらが一手遅かった」

「江戸の康継でしょうか？」

「越前が中心らしい。まずは、こちらを潰そうとの算段。康継家の跡目争いは、それからゆっくりやるつもりであろう」

「しかし、わたしはともかく、才市叔父は、なんの関係もありませぬ」

「そんな理屈はとおらぬ。むこうにしてみれば、落としやすい城をひとつ落としたまで。酒井雅楽頭もかかわっておるのはまちがいなかろう。こちらは、稲葉様と相談して、策を講じておるが、さて、無実の罪を証すのは難儀じゃな」

「そんな……」

「むこうは、盗人をひとり仕立ておった。夜中にお城の堀端で捕まったその男が、なにやら鍵をもっておった。調べてみれば、御金蔵の鍵。盗人は、才市から教わったというておる。盗んだ金の半分をやる約束でな」

「まさか……」

「この筋書きをくつがえすのは難しい。白状せねば、拷問じゃ。逆さに吊られ、石を抱かされてみよ、いかな男でも白状する」

「やってもいないことを……」

「意地を張れば、死ぬまで痛みがつづく。十日も拷問をうければ、いっそのこと、すっぱり殺されたいと願うようになる」

「なんとか助ける手だてはありませぬか」

「それを講じておる。こちらもなんとかしたい。せっかく伊豆守が死んだと思うたら、こんどは雅楽頭がわしの邪魔をしおる」

ひさしぶりに伊豆守の名を聞いて、ふと、虎徹の頭にうかんだことがある。

「鍵をもっていた盗人というのは？」

「さて、よくわからぬがどこぞの渡り中間らしい。いずれ助けると、約束ができておるのかもしれぬ」

「中間なら、六方者ではありませんか。白柄組の仲間か手下ではありませんか」

「かもしれん」

「ひょっとすると……」

虎徹には、かねて疑っていることがあった。

「伊豆守様に、行光の短刀を献上したのは、越前の康継ではありませんか？」

思いきって口にした。

圭海が、じっと虎徹を見つめた。やがてうなずいた。

「まだ確証はないが、わしもあの男が怪しいとにらんでおる」

それこそ、長いあいだ、虎徹が疑っていたことである。

――越前康継が、六方者をつかって行光を盗ませたのではないか。

ずっとそう疑っていた。

越前康継は、白柄組に入っていた二代康継の弟である。六方者と付き合いがあってもおかしくない。六方者をそそのかすのは、簡単だろう。

――盗みに忍び込んだ六方者は、貞国に見つかったから、殺したのだ。

そうにちがいあるまい――。

そのことをずっと胸に秘めて疑っていたのだった。

「ただ、その先がわからんのだ。その先がわからなければ、康継の罪にはならぬ」

仮りに、康継から盗品が献上されたことがはっきりしても、だからといって、康継が犯人だということにはならない。

それくらいのことは、虎徹もわかる。

もっと証拠が必要なのだ。

虎徹は、地面についた手を握りしめた。熱い砂利をつかんでいた。

「なんとか、なんとか、才市叔父を、お助けください」

「できるだけのことはしてやる」

縁廊下を、若い僧侶が小走りにやってきた。

「大僧都(だいそうず)様」

「なんだ」

ふり返った圭海の顔は、見たこともないほどけわしかった。

「お城からお使者がお見えでございます」

「どなたのお使いだ？」

「御老中稲葉美濃守様でございます」

「すぐ行く」

圭海が立ち上がった。

「おまえは、軽はずみにうごくでない。よいな」

言い残すと、ふり返りもせず長い廊下を立ち去った。

四十六

寛永寺の山から巨大な入道雲がわきあがり、江戸の町を見おろしていた。不忍池に蓮の葉が茂り、大きな花が咲いている。朝だというのに、あぶら蟬の声がやかましい。池之端にある虎徹の鍛冶場は、板戸を閉ざし、闇をつくっている。火床の炎があかく燃えさかり、火の花が舞い爆ぜる。

左手で握った梃子棒に、鉄がふつふつと沸く感触があった。

「そりゃッ」

虎徹は、大声で気合いをかけると、鉄塊を火床から取り出した。

四角い塊が山吹色に蕩け、鉄の雫がとろりとしたたっている。

鉄敷にのせると、正吉がすかさず向鎚を打ち下ろした。爆発にも似たすさまじい音がとどろき、真っ赤な鉄滓が四方八方に飛び散った。

間髪をいれず、直助、久兵衛が鎚を打ち下ろす。甲高く冴えた三挺掛けの鎚音が、かろやかな旋律でくり返し響いた。

「ここ、叩けッ」

虎徹が手鎚で鉄塊を叩いたつぎの刹那、鎚音に微妙な間があった。

顔をあげると、大鎚がこちらにむかってくる。

虎徹は横座から後ろに飛びすさった。

その直後、正吉の大鎚が、横座に敷いた藁の円座を叩いた。

熱く蕩けた鉄をあつかっていると、つねに危険がつきまとう。横座にすわるとき、虎徹はいつも片膝を立て、すぐに飛び退けるよう尻を浮かしている。

そのますすわっていたら、三貫（約一一キロ）もある大鎚が、虎徹の頭を直撃していた。

「ばかもんッ」

虎徹が、正吉を怒鳴りつけた。

「……へぇ」

「なにやっとる。しっかりせんか」

「すいません」

口では謝っているものの、顔はふてくされている。わざと手をすべらせたのではないかとさえ、勘ぐりたくなった。

「なんだ、どうした。言いたいことでもあるのか」

正吉は、憮然として答えない。

「いえ、なにも……」

「ならば、とっとと……」

言いかけて、虎徹は口をつぐんだ。

炎に照らされた正吉の眼にいやな光を感じた。このまま鍛錬をつづけても、よい刀は打てそうにない。

「板戸を開けろ」

直助と久兵衛が窓を開けると、熱のこもっていた鍛冶場に、さっと風が通った。

正吉は開けはなった戸口にすわり、入道雲を見上げている。着物の背中が、汗でびっしょり濡れている。

才市（さいいち）叔父が御目付方に捕縛されて十日余り。虎徹は、昨日、寛永寺に呼ばれ、圭海（けいかい）から、軽々しく動くなと釘を刺された。

なにもできない悔しさに、鉄（かね）を鍛え始めた。いま、虎徹にできることは、それしかない。

「才市叔父のことなら、心配するな。圭海様が、手を打ってくださる」

叔父の身が心配で胸がつぶれそうなのは、むしろ虎徹である。それを口にしても詮方ない。

「そのことじゃありません」

正吉が首をふった。背中をむけたまま言葉をつづけた。

「親方には、おれが、よほど間抜けに見えるでしょ。おれは、親方に丸め込まれていたんだ」

「なんの話だ？」

「いいんです。弟子の身で、いまさら仇討ちもできやしない。おれは出ていきます。このまま親の仇の世話になんぞなっていたら、世間の笑い者だ」

立ち上がると、ふり返りもせず歩き出した。もう外に出ている。

「待て。親父殿の話だな。だれかに、なにか言われたのか」

いまになってそんなことを言いだすのは、だれかになにかを聞かされたからだろう。

「天地神明に誓うが、わしは貞国殿を殺してはおらぬ。刀のことを教えてくれた恩義ある方。わしがそこまで恩知らずで浅はかな男に見えるか」

鍛冶場から飛び出すと、虎徹は、正吉の前にまわり、両手で肩をつかんだ。目をしっかり見すえた。

しばらく、にらみ合った。

視線をそらしたのは、正吉だ。

——あの男か。

正吉になにかを吹きこむなら、あの男だろう。

「康継に会ったのか。そうであろう」

虎徹の手をはずし、正吉は不忍池の蓮をながめた。池のほとりは陽射しが強い。

「暑いや……」

「夏だ。暑いにきまっておる」

「そりゃ……」

「康継になにを言われた？」

問いにこたえず、正吉はしばらく池を見ていたが、やがて手の甲で額の汗をぬぐった。

「こんな夏の盛りに鍛錬なんかしてるのは、うちの鍛冶場くらいでしょうね」

たしかに、真夏の暑い盛りは、火をつかわず、彫り物でもしていたほうが楽だ。

だが、いまの虎徹は、激しく鉄を鍛えることでしか、胸のうちの苦しみを吐き出すことができない。

「つらいときは、鉄を打て。苦しいときは、鉄を打て。それが鍛冶の生きる力だ」

正吉が空を見上げた。つられて、虎徹も視線を上げた。朝の陽光に照らされた入道雲の端が、銀色に輝いて美しい。

「きりりと引き締まったいい匂い口だ。あんなふうに焼き入れできれば申し分ない」

雲の縁を刃文にたとえたのが、よほどおかしかったのか、こわばっていた正吉の背中がすこしほぐれた。

ふり返ると、うすく笑っている。

「親方は、刀のことしか頭にない人だ」

「あたりまえだ。刀、刀、なにをおいても、まず刀だ。わしには、それしかない」

じっと虎徹の顔を見つめていた正吉が、大きな声をあげて、愉快そうに笑った。

「なにがおかしい？」

「すみません。親方の刀好きは、病膏肓だと思ったら、なんだかおかしくて」

「刀鍛冶が、刀好きだとて、べつにおかしくもなかろう」

正吉がまっすぐな瞳で虎徹を見つめた。

「なぜですか？　親方は、なぜ、刀がお好きなのですか？　なぜ刀を打つんですか？」

虎徹が甲冑師から刀鍛冶に転じたのは、そもそも、泰平の世になって、甲冑が売れなくなったからであった。

むろん、それだけではない。

刀には、ことばに尽くせぬ不思議な魅力がある。人を惹きつける強さがある。

よい刀を手に握ると、ずっと眺めていたくて手放せなくなる。見つめていれば、目が吸い寄せられる。この世の終わりまでも瞬きもせず凝視していたくなる。

それはなぜなのか、虎徹はいつも考えている。

ちかごろ、ようやく答えらしいものを見つけた。なぜ、よい刀は手にしただけで、人を惹きつけるのか——。

「刀は、人を殺める道具だ」

「そんなのはあたりまえです」

「しかし、ただ殺めるだけではない。刀を手にした男は、まず、刀を見つめ、そして考える。刀は、斬る前に、考えるための道具だ」

「考えるための道具……？」

「武士ならば、おのれの差料を、毎日手入れしながら見つめるであろう。見つめて、そのときなにを思う？」

「………………」

「わからぬか？」

「さて……」

「わしも、ながいあいだ分からぬまま刀を鍛えてきた。だが、このごろ気づいた」

「なんでしょうか？」

正吉が真顔でたずねた。虎徹にひきこまれるように言葉がていねいになっている。

「死生だ」

「死生……」

「死と生。死ぬこと、生きること。刀は、死生の哲理をきわめる道具よ」

「死生の哲理……」

「殺すべきか、生かすべきか――。死ぬべきか、生きるべきか――。さらにいえば、人はなぜ生き、なぜ死ぬのか――。刀を手にした者は、かならず死と生を考える。どうだ、ちがうか？」

「たしかに……」

「ただ斬るだけが刀なら、美しい姿など必要ない。冴えた地鉄にこだわらずともよい。人の五人や十人、どんななまくら刀でも斬り殺せる。しかし、そんな刀を鍛えたいわけではない」

「それは……、そのとおりです」

「死生の哲理をきわめ、なおそのうえで、実際に人の生き死にをつかさどる道具であるならば、姿にも鉄にも刃文にも、気品がなければならぬ。尊厳がなければならぬ。刀鍛冶は、それを形にするのが仕事だ」

「気品と尊厳……、ですか」

「ああ、刀でいちばん大切なのは品格だ。それを打ち出そうと、日々、悪戦苦闘しながら刀を鍛えておる」

そんなことを口にするのは、初めてだった。直助と久兵衛が、鍛冶場の戸口から神妙な顔で聞いている。

「凜とした姿、閑かな鉄、大胆にして繊細な刃文。どれかがわずかに欠けてゆらいでもいかん。そのうえで、気高い品格がなくては、よい刀とはならぬ。ちかごろようやくじぶんで気づいたと思ったが、なんのことはない。思い返せば、むかし、貞国殿が、わしにそれを教えてくださった。刀は品――。十年余りやって、ようやく貞国殿のその言葉にたどり着いたのだ」

正吉が眉ひとつうごかさず耳をかたむけている。

「あの行光の短刀の地鉄を思い出してみよ。鎌倉の世に生きた藤三郎行光の誠実な人柄が、そのまま見えてくるではないか。ただ一心に、鉄を鍛えた男の顔が、まぶたに浮かんでくるであろう」

「鉄を見て、親方は鍛冶の人柄や顔がお分かりになりますか？」

「分かるにきまっておる。わしには浮かぶぞ。行光は、どこまでもひたむきな男だ。そうでなければ、あんな涼やかに冴えた鉄は鍛えられぬ」

正吉の口もとが綻んだ。

「なにがおかしい？」

「いいえ。親方が、行光を手にしたら、毎日ながめて暮らしなさるに決まっております。けっして手放したり、なさいますまい」

盗まれた行光は、だれの手をへてか、松平伊豆守が所持していた。その伊豆守は、去年、黄泉の人となった。

虎徹はうなずいた。もしもあの行光が、自分のものだったら、朝晩ながめてくらすだろう。人になど手渡すはずがない。

「すみませんでした。心が迷っておりました。続きを打たせてください」

正吉が、ていねいに頭をさげた。

「康継に会ったのか？」

虎徹は、たずねないわけにはいかない。正吉が、こくりとうなずいた。

「へぇ、三日前、神田につかいに行ったとき、紺屋町を通りかかったら、呼び止められました」

紺屋町に鍛冶場をかまえる江戸三代康継は、若い市之丞である。

「市之丞か？」

「いえ、越前のほうで……」

虎徹は愕然とした。圭海の言っていたとおり、江戸と越前の康継が、互いに手を結んでいるのか。

「なにを言われた？」

「へぇ……」

「言ってみろ」

「考えてみたら、でたらめに決まってます」

「なんだ？」

「いえ……、あの……」

「はっきり言わんか」

あきらめ顔で、正吉が首をふった。

「恩を仇で返すのが虎徹のやり口だ。才市も、気の毒に……、と」

「なぜ、才市叔父が気の毒なのだ？」

「……」

「なにを言われた？」

正吉の目がとまどっている。よほどひどいことを言われたに違いない。

「おまえが言うたことではない。康継がなにを吹聴したのか、わしは知っておきたい」

意を決したように、正吉が口をひらいた。

「才市叔父から鍵の図面を盗んだのは、親方だと言うておりました」

「なんだとッ。なぜ、わしがそんなことをせねばならん」

「お女房さんが病気で、大きな借金ができたからだと……」

「バカな。おまえ、黙ってそれを聞いていたのか」

正吉があわてて首をふった。

「とんでもない。親方がそんなことをするはずがないと言い返しました。そうしたら、おまえは、お人好しだとあざ笑われました。親の仇にのうのうと世話になっている間抜けだと罵られました」

「あの男……」

虎徹の腹がたぎったが、怒りのなかで、はっと気づいた。

――じぶんは長年の弟子に、信用されていないのだ。

「わしの不徳だ。おまえに疑われるなど、なんと情けない親方か」

「いえ、康継の口がうまかったのです。迷ったおれが愚かでした。そんなはずはありません。あのとき、すぐにお話しすればよかった」

虎徹は、いますぐにでも神田に駆けつけ、康継を殴りつけたい衝動にかられていた。しかし、軽々しく動くなと、圭海に釘を刺されている。

頭が沸騰するほど悔しいが、なんともすることができない。

「親方」

正吉が着物の帯を締め直している。

「刀を打ちましょう。刀鍛冶は、なにがあっても、刀さえ打っていればいい。そう教えてくださったのは、親方です」

虎徹はうなずいて、鍛冶場に入った。

「ああそうだ。たしかに、そのとおりだ。刀を打とう。窓を閉めろ。炭を足せ」

直助と久兵衛がすばやく板戸を閉ざし、火床に炭を足した。

「暑いぞ。気合いを入れて叩け」

「鍛冶場じゃもの。暑いにきまっております」

虎徹が、鞴の柄を抜き差しすると、青い炎が立ちあがった。火の粉が舞う。火床に吹きこむ風音が、蕩けた鉄に立ち向かう強靭なこころをかきたてた。

四十七

待ちに待った圭海からの使いが来たのは、もう、蟬が鳴かない季節になってからであった。空には鰯雲がたなびいている。

下谷の永久寺に行くと、庫裡の庭にすわらされた。ずいぶん待ってから、縁側に圭海と山野加右衛門があらわれた。

　圭海の顔が不機嫌にゆがんでいた。

「どうにもならん。諦めてもらうしかない」

　そうつぶやいた。虎徹は思わず立ち上がり、縁側に駆け寄った。

「諦めよとは、どのような仰せでございましょう。なぜ、無実の罪で捕らわれた人間が諦めねばなりません」

　縁側にしがみついて、圭海を見上げた。

「御金蔵の鍵を持って捕まった男は、才市から鍵をもらったの一点張りだ。どうやら、死罪となっても、嫁と子に、大枚を残す約束ができているらしい」

「死罪……。死罪と仰せか」

「御城内の金蔵を狙って忍び込み、鍵まで持っておったのだ。重罪にきまっておる」

「才市叔父は、いかがなります」

　遠島くらいなら——と腹をくくっている。島流しならば、いつかは帰って来られる。冤罪を晴らす機会はある。

　圭海が、天を仰いだ。

「死罪と決まった」

「そんなばかな」

　虎徹は、縁側の端から圭海の衣をつかんだ。

「なぜ、無実の叔父が死罪にならねばなりませぬ。それが御政道か」

「しかたない。才市が白状したのだ」

「白状……」

「さよう。鍵をわたしました、と申し立ておった」

「そっ、それは、拷問をうけたからでございましょう」

「そうだ。石を抱かされ、苦しさのあまり、罪を認めおった」

「もとはといえば、康継と御腰物奉行の策謀でございましょう。叔父のまったく知らぬこと」

圭海が、ゆっくりうなずいた。

「そのとおりだ」

「ならばなぜ、そんな非道がまかりとおります。御城内に正義はございませぬのか」

ふん、と、圭海が鼻を鳴らした。

「江戸の御城内は魑魅魍魎の巣よ。正義のなんのと青いことをぬかすでない。おまえを将軍家のお抱えにしてやろうとするうちに、かような顚末になった」

「わしを、お抱えにしようとして……」

「だれが良い、悪いという話ではない。おまえが出てくるのを嫌う男たちがいる。むこうは、おまえを叩きたかったが、糸口がなかった。才市を生け贄にするのが簡単だったのだ」

虎徹は、圭海の衣をつよく引っぱった。

「あんたが描いた絵だ。なんとかしてくれ。なんとか助けてくれ」

圭海が、虎徹の手をつかんで、はねのけた。思いのほか、力が強い。

「才市のことは、天運がなかったと諦めよ。御老中方が決めたこと。もはや、どうにもならぬ」

「馬鹿な。なんの天運か……」

「明日、小塚原で斬ることになっておる。線香でも手向けてやれ」

「小塚原で？」

ふつうの罪人なら、小伝馬町の牢内で首を刎ねる。小塚原なら、磔か火炙りだ。

「生き胴試しと決まった」

「……生き胴試し」

罪人の胴を、生きたまま試し斬りにつかうのが生き胴試しである。ただの斬首よりよほど罪が重いということか。

「御金蔵の鍵を盗人にわたすなど、鍵造りとして言語道断。二度とさような者を出してはならぬとの御裁断じゃ」

「あまりといえば、あまりの次第。なんとか、なんとか、助け出す術はないものか」

「稲葉様が、ずいぶん反対なさったそうだが、雅楽頭が、どうしてもゆずらなんだと聞いた。老中方の話し合いだ。もはやくつがえすのは無理だ」

老中たちに、どういう軋轢があるのか、虎徹にはまるでわからない。稲葉美濃守と酒井雅楽頭が周囲の人間をことごとく巻き込んで対立しているようだ。そんな闘争は、雲上の話でしかない。

虎徹の全身から力が抜けて、地面にくずおれた。怒りはない。悲しみはない。頭のなかが真っ白だった。

才市叔父を頼り、江戸に出て十余年。なぜ、こんなことになってしまったのか。望んだことではなかったが、圭海にそそのかされ、幕府のお抱え鍛冶になろうとした自分がまちがっていたのか。

「明日は、わしが斬る。痛うないようあの世に旅立たせて進ぜよう」

山野加右衛門が、おだやかに口を開いた。

虎徹はまた立ち上がると、縁にすわっている加右衛門の袴をつかんだ。

「ならば、ぜひともわたくしを供にお加え下さい。なにとぞ、なにとぞ」

袴をつかんで必死で懇願していた。

その夜は、一睡もできなかった。

翌朝、まだ明けきらぬうちに下谷の山野加右衛門の屋敷に行った。袴を借り、裃をつけて、若党のこしらえをつくった。髷はないが、加右衛門の弟子として押し通せぬことはあるまい。

「わかっておるだろうが、けっして乱心などいたすなよ」

加右衛門に念をおされた。

「むろんのこと。とにもかくにも、ひと目、才市叔父の顔を見たいばかり」

それ以上のことは望んではいない。いまさらどうなる仕儀でもあるまい。

「刀を見せるがよい」

加右衛門に言われ、虎徹は、持参した刀袋の紐を解いた。

何振りか出来のよい刀が手もとにあったなかでも、渾身の作をえらんだ。

反りの浅い一尺八寸（約五四センチ）の脇差である。

両手で目の高さに押しいただいてから、加右衛門は鞘を払い、刀身をあらためた。

ひと目見て、まなこを大きく見開いた。顔が刀に吸い寄せられている。

小板目のよく詰んだ地鉄には、地沸がびっしりついて、冴えきっている。のたれに互の目交じりの刃文には、しきりと足が入っている。刃文の縁の匂いが、昨日の入道雲の縁のようにきりりと締まって輝いている。

抜き身を手にしたまま、加右衛門が立ち上がった。弟子が、障子を開けた。

縁側に出た加右衛門は、昇ったばかりの黄色い朝日に脇差をかざした。刀身が陽光を弾いてきらめいた。

「よい出来だ」

なんどもうなずいている。

「この字は……、不動明王か」

昨夜、眠れぬまま、刀身に梵字と蓮台を彫った。梵字は、加右衛門が見たとおり不動明王である。

虎徹はうなずいた。

「わかった。御真言を唱えてから斬って進ぜよう」

虎徹はもう声が出なかった。なにか言おうとしても、言葉にならない。加右衛門について、ほかの若党三人とともに屋敷を出た。

四十八

小塚原は、千住大橋の手前にある。

下谷から水路にそった道を吉原の前までたどった。あたりは青々とした田がひろがっている。稲には穂がついているが、まだ青く籾のなかは軽かろう。

道中、加右衛門は口をきかず、大股に歩いた。虎徹は、刀袋を抱いて、遅れぬように続いた。着慣れぬ裃と袴が、歩きにくい。よく晴れた秋空がせつなく、胸がつぶれそうだ。

仕置き場は、奥州街道に面した野原である。

獄門台に、首がふたつ。青紫色に変じてならんでいる。わきの捨札と幟になにか書いてあるが、読む気にならない。

街道と仕置き場を仕切っているのは、杭に張りわたした縄だけである。

莚掛けの番小屋にいた男たちが、加右衛門を見て、地にひれ伏した。処刑を手伝う者たちだろう。磔なら、槍で突くのはその男たちの仕事だ。

役人と才市叔父はまだ来ていない。

加右衛門が、弟子の置いた床几に端然とすわった。膝に手を置き、おぼろな半眼で、仕置き場の虚空を見つめている。

三人の弟子たちが、後ろに蹲踞の姿勢でならんで控えた。虎徹もそれにならった。みな身じろぎひとつしない。

風が吹いている。

仕置き場のまわりは、まばらな雑木林である。みょうに甘くなまぐさい死臭がただよっている。胃の腑がせり上がり、吐き気がこみあげてきた。

ぐっとこらえ、空を仰いだ。

青空高く、筋雲がたなびいている。こんなに澄んだ青空は見たことがない。

半刻ばかり、そのままじっと待った。

裃を着た徒歩の一行がやってきた。本阿弥光温と弟子たちである。

光温が、加右衛門に目礼した。ことばは交わさず、弟子の置いた床几にすわった。ふつうなら、本阿弥本家の光温が新刀の試し斬りに立ち合うことはない。分家の者が来るはずだ。光温が自ら来たことの意味は大きい。

そろそろ巳の刻（午前十時）になろうというころ、青田のなかの街道を、行列がやってきた。

騎馬が三騎。それぞれに供の鑓持ちと黒羽織の同心たちがしたがっている。

山野加右衛門と本阿弥光温が、床几から立ち上がり、片膝をついて頭をさげた。

馬上の侍は、御腰物奉行押田豊勝であった。あとの二人は、御目付と見届け役であろう。

中間のかつぐ唐丸籠がふたつ、虎徹の前を通りすぎた。

まえの籠には、五十がらみの男。

うしろの籠が、才市叔父だ。

白い帷子を着せられ、高手小手に縛り上げられている。月代と髯が伸び、眼はくぼんでいる。窶れ方を見れば、ひどい拷問にかけられたのだろうが、肩を張り、まっすぐ前を見すえている。

駆け寄りたい衝動を、虎徹はじっとこらえた。

籠が、仕置き場の端におろされた。中間が、棹を抜き、竹籠をはずした。二人の罪人は、縛られたまま膝をそろえてすわらされた。

同心と手伝いの者たちがそれぞれの位置について片膝をついた。床几にすわった目付が、一同を見わたした。

「これより、仕置きいたす。生き胴試しゆえ、罪人が取り乱すやもしれぬ。心して執りおこなえ。山野は、ぬかりなきよう手伝いどもを指図するがよい」

「かしこまった」

山野加右衛門が、一礼した。

目付が、押田豊勝に顔をむけた。

「それでは押田殿、よろしいようにお始めなされよ」

押田がうなずいた。

「本日は、罪人が二人おるゆえ、二振りの刀を試させていただきます。まずは、越前の康継」

控えていた虎徹の全身が凍てついた。

二人を生き胴試しにするなら、たしかに二振りの刀が試せる。才市叔父のことばかり気を揉んでいたので、ここで越前康継の刀と遭遇するとは思っていなかった。

「罪人のしたくをせよ。相州無宿源八」

手伝いの男たちが、きつく縛られていた男の縄を解いて立たせ、仕置き場の真ん中に連れてきた。

「なにか言い残すことはあるか」

目付が、源八にたずねた。痩せて目の尖った男である。

「けっ。世の中なんぞ、くだらねぇ。ばっさりやってくんねぇ」

男たちが、帷子を脱がして下帯だけにさせた。目隠しの布を縛り、左右の手首にそれぞれ長い縄を結んでいる。

押田豊勝がさしだした白鞘を、加右衛門は恭しく押しいただいて受けとった。鞘を払って刀身をあらためると、白木の柄をはずし、黒糸巻きの柄に換えた。

目釘をしっかりと差し込み、右手で、二度、大きく振った。もう一度刀身を見つめてうなずき、弟子にあずけた。

袴の股立ちを高く取り、肩衣を抜いて、後ろに垂らせた。

受けとった刀を右手にさげ、加右衛門は半眼で呼気をととのえている。

二人の男が、長い縄を左右両側から引っぱると、源八が両手を案山子のようにひろげた。

源八の腰がふらついて定まらない。口では突っ張っていたが、膝も震え、いまにもしゃがみ込みそうである。

しばらく眺めていた加右衛門が、手伝いの男たちに命じた。

「縄で腰の骨をきつく縛れ」

男が、言われたとおりに縄をまわして強く締め上げた。源八の腰が、すこししゃんと立った。

「二の腕をつかみ、歩いてこさせよ」

手伝いの男たちの顔がこわばった。眉をしかめながら、両側から腕をつかんで引っぱり、そろそろ歩き出した。よろめきながらも源八は歩いている。

山野加右衛門が、居ならんだ目付と御腰物奉行に会釈し、草鞋(わらじ)の足をすった。

腰を落とし、歩幅小さく正面から源八に駆け寄った。

右上段、刀を背負うほど大きく振りかぶると、加右衛門は、さらに一歩踏み込み、裂帛(れっぱく)の気合いとともに、左袈裟(けさ)に斬(き)り下ろした。

肉と骨を断つ鈍い音。

呻(うめ)きとも叫びともつかぬ源八の絶叫。

源八の腕を引っぱっていた二人の男が、後ろにひっくり返った。

刀は左肩から右の脇腹まで、ざっくりと斬り込んで、腹から抜けている。

真っ赤な鮮血が噴き出した。

腕をつかんでいた男たちが、顔をひきつらせて手を放した。

右腕には、肩と頭と斜めに断ち斬られた胴がついている。

左腕には、斜め半分の胴と下半身。

「みごと」

目付が息をのんだ。人の死を目の当たりにして、目がひきつっている。

地に転がった源八の胴から、鼓動にあわせて血が噴き出した。二度、三度はまだ勢いがあったものの、数度くり返すうちに止まった。あたりには血が池となるほど広がっている。すんでに身をかわした加右衛門は、血しぶきひとつ浴びていない。

虎徹は、一部始終を見逃すまいと、ぴくりとも顔をうごかさなかった。生きている人間が斬られるのを見たのは初めてである。

山野加右衛門と御腰物奉行、目付、本阿弥光温らが、源八の死体を取り囲み、截断面を検分している。なにかを話しているが、虎徹のところまでは聞こえない。

張りわたした縄の外に、いつのまにか、見物人が集まっていた。さきほどまで静かだったが、いまはざわめいている。

検分が終わり、源八の骸が片づけられた。

「つぎは、虎徹を試しまする。御奉行殿に、お目にかけろ」

山野加右衛門が声をあげた。

高手小手に縛られたまま、仕置き場の端でじっと空を見上げていた才市が、にわかに顔を動かして加右衛門を見た。

虎徹は小走りに駆けると、押田豊勝の前に片膝をつき、白鞘を両手で捧げた。

押田は、初めて虎徹に気づいたらしく驚いて眉を開いた。なにかを言いかけたが、黙って刀を受けとった。

鞘を払い、刀身を立てて眺めた。しばらく黙って見つめていた。

「よかろう」

うなずいた押田が、刀を加右衛門にわたした。加右衛門から、前もって虎徹を試すと根回しがしてあったのであろう。

虎徹は、元の場所に駆け戻った。正面を向いて蹲踞すると、むこうにいる才市がこちらを見ていた。

ゆっくりと、小さく、うなずいている。

虎徹は、うなずき返した。

男たちが、才市の縛めをとき、仕置き場の真ん中に引き立てた。

「なにか、言い残すことはあるか」

目付がたずねた。

「お願いの儀がございます」

「なんだ」

「わたしをお断りになりますその刀、ぜひ間近に拝見いたしとうございます」

目付が鼻を鳴らした。

「さようなことを申して、刀を手に狼藉を働くつもりではないのか」

「いえ、この期におよんでさような真似はいたしませぬ。わが一族ながら、虎徹の評判は、ちかごろとみに高まっております。ぜひその渾身の名刀を拝ませていただきたいばかり」

目付はしばらく才市を見すえていたが、やがてうなずいて押田にたずねた。

「最期の願いだ。かなえてやりたいが、よろしいな」

押田が顔をゆがめた。

「無用のこと。見てなんとする」

「地鉄の冴えを目に焼きつけ、どのような刃味か、この体でしかと賞翫したい。あの世で待ち受け、いつか虎徹がまいったときに、刃味の善し悪しを論じまする」

才市が、強い眼で押田を見すえた。

「馬鹿な。さような願いは聞いたことがない。かまわず切り捨てなさるがよろしかろう」

しばらくの沈黙ののち、目付が口を開いた。

「押田殿。この男も鍛冶。死に臨んでなおよい鉄を見極めたいとする心、見上げた性根と存ずるがいかがか」

憮然とする押田に、目付がつづけた。

「……はて、そんな男が、御金蔵の鍵を盗人にわたしたりするかどうか。わしは、訝しゅうなった。いまさらながらではあるが、あらためて詮議しなおすべきかもしれん」

押田豊勝の顔がひきつった。

「ことここにおよんでなにをおっしゃいます。すでに、罪を白状し、老中方の御決裁がくだったこと。さっさと仕置きなさいますがよろしかろう」

「なぜ、さように急がれる。人ひとりの命、詮議の上にも詮議をかさねるべきでござらぬか。どうだ、才市。おまえ、まことに、御金蔵の鍵を源八にわたしたのか」

才市が首をふった。

「かねてより、まったく身におぼえのない濡れ衣と、申し上げておりました。されど、いまは従容と死につきたいと存じます」

目付が首をかしげた。

「なぜだ。わけを申せ」

「わたしは自分が情けない。悔しゅうてならぬ。石を抱かされ、爪を剝がされたとはいえ、あまりの痛みに耐えかね、やりもせぬ罪を白状してしもうた。もしも、捕まったのが御目付方ではなく悪党どもだとして、同じように責め立てられたら、御金蔵の鍵の開け方を教えておったでありましょう。そんな鍵造りがおめおめと生きておられますか。それこそがわしの罪。どうかお仕置きをお願いいたします」

聞いていて、虎徹は全身に鳥肌が立った。なんという叔父の覚悟か。なんという職人の矜持か。毅然とした叔父の顔が、虎徹には神々しく見えた。

「殊勝なやつ。そこまで申すなら、許してつかわす。刀を見るがよい」

押田豊勝が、目でうながすと、加右衛門がまえに進み、才市に脇差をわたした。とっさの事態に対処できるよう、油断なく半身に構えている。

才市は、脇差を押しいただいた。

まっすぐに立て、背筋をのばして眺めた。

鎺もとからゆっくり見上げ、裏返して、見下ろした。帷子の袂で棟を受け、刀身に目をちかづけた。一寸ばかりまで顔を寄せ、熱心に地鉄を見つめている。

だれも口をきかなかった。街道にいる見物人たちでさえ、静まりかえっている。

存分に見つめたのか、また刀を立てて眺め、一礼した。

「これならば虎徹の最上作。わが未熟な命を断つにはもったいないほどの出来。眼福でございました」

刃を自分に向けて、才市が脇差を加右衛門に返した。

「早々にしたくせよ」

押田の声で、手伝いの男たちが、縄を手に立ち上がった。

「無用のこと。それがし、一人で歩いてまいりますゆえ、よい頃合いでお斬(き)りくださいませ。刃筋をしっかり見極めとうござるので、なにとぞ、目隠しはなさいませぬよう」

手伝いの男たちが、押田を見た。押田がうなずいた。

立ち上がった才市が、帷子(かたびら)を脱ぎ、下帯ひとつとなった。腕と胸の筋肉が硬く盛り上がっている。火傷の跡が胸のあたりにおびただしい。

首をひとつ回してから、才市が一礼した。

加右衛門が離れた場所に立ち、虎徹の脇差を右手にさげた。目付に一礼し、踵(かかと)を浮かせて駆け出そうとした刹那、声がかかった。

「待てっ」

目付であった。

「お上を愚弄するでないぞ、才市。犯してもおらぬ罪で、人ひとり、処刑できるものではない」

才市が首をふった。

「いえ、痛みに負けて、おのれの節を曲げたことこそ、わが罪にございます。幾重に悔いても悔いきれませぬ。そんな男が、もはや大事な御公儀の鍵など作れませぬ。どうかお慈悲とおぼし召して、お断りくださいませ」

押田豊勝の甲高い声がかさなった。

「よろしいではありませぬか。御老中方の決裁があり、本人もそう申しておる。さっさと済ませなさるがなによりと存じまする」

目付がじっと才市を見すえた。

才市の目が、哀れみを請うていた。まことおのが忍耐のなさを恥じているらしい。

目付がうなずいた。

押田が加右衛門にあごをしゃくって見せた。

加右衛門が、小走りに駆けた。

才市が歩いてくる。

加右衛門が、脇差を大きく振りかぶった。

才市の目が、かっと見開いた。

加右衛門が大きく踏みこみ、右上段から袈裟に斬り下ろした。

なんの音もせず、才市の肩から脇腹まで、虎徹の脇差がすっくり通りぬけた。

才市は、まだ立っている。

厚い胸に、赤い筋が斜めに走っている。

才市が、小さくうなずいた。右足を踏み出した。

左足を出そうとしたところでゆらりと体がかたむいた。倒れながら、斜めの赤い筋からすさまじい勢いで血が噴き出した。

すぐ前にいた加右衛門が、顔から胸、腹まで鮮血を浴びた。

地に倒れた才市は、左肩から右脇腹にかけて、きれいに断ち斬られていた。離れたところから見てさえ、断面は美しくいささかの乱れもなかった。


その夜、虎徹は泣いた。

妻のゆきにしがみついて泣いた。

さんざんに泣き尽くして朝を迎えたとき、虎徹は、一点のゆるぎもない天下の名刀を鍛えたくてたまらなくなっていた。

四十九

虎徹は、鍛刀に沈澱した。

来る日も来る日も、鍛冶場の闇に沈み込み、ひたすら火床の炎を見つめ、鉄塊を叩き続けた。

山吹色に沸いた鉄を叩いていると、虎徹のなかで渦巻いている悔いと怒りと怨みと憎しみと悲しみと、あらゆる激しい感情が、四散する鉄滓とともに飛び散り、純粋なこころの芯だけが、残る気がした。

――才市叔父はなぜ、死を望んだのか。

死なずともよかったのだ。御目付はもう一度、吟味しなおすと言っていた。それなのに、なぜ自ら死を願ったのか。

鉄塊を叩く日をかさねるうちに、その疑問から、悔いや怨みなど、混ざり物が取り除かれた。

つまるところ、生と死の問題だ。

――人はなぜ生き、なぜ死ぬのか。

生まれてから死ぬまで、わずか数十年の時間である。人はそのあいだに、なにができるのか。なにをなすべきなのか。

さらに鉄を鍛える日をかさね、虎徹の疑問は、ますます純粋化された。

――生きる値打ちとはなにか。

そればかり、考えるようになった。

欲望が渦巻き、野心が奔流となり、嫉妬と羨望が吹きすさぶ現世である。殺し、殺され、盗み、盗まれ、ただ餓えずに生きることさえ難しい嵐のごとき生のさなかにあって、凛と屹立するものはなにか。毅然とした品格をもって、立ち上がるものはなにか――。

鉄塊を叩いているうちに、虎徹は、はたと思いあたった。ようやくその答えを見つけたのではないか――。

才市叔父の気持ちが、すこし分かった気がしている。

――矜持か……。

男は、志に生き、矜持に死ぬ。

才市叔父は、痛みに耐えかね、やりもせぬ罪を認めた。

挫(くじ)けたのは、肉体ではなく、こころであろう。

大事な御金蔵の鍵をつくるのであれば、どんな責め苦でも甘んじて受け、秘密を守るだけの強さがおのれの内になければならない。

それこそが鍵造りの誇りであるだろう。

誇りをくじかれた才市は生きていられなかった。

生きる意味を失った――。

虎徹は、さらに鉄(かね)を鍛えた。鍛えながら、考えた。

――おれが生きる意味は？

目の前の鉄敷(かなしき)では、満月の色に蕩(とろ)けた鉄塊(てっかい)に、弟子たちの大鎚(おおづち)が激突している。

二貫から三貫もある大鎚が、鉄塊を叩くたびに、不純物が飛び散る。

大きな鉄滓(てっさい)が、虎徹の胸元に飛んできて、肉を焦がした。

――鉄(かね)だ。

なにをどう考えても、それ以外になかった。

虎徹は越前北庄の長曽祢一族に生まれた。長曽祢は、鉄を鍛える一族であった。その一人として生まれ、物心つくまえから、鎚音を聞き、火床の炎を見つめて育った。

――冴えた強い鉄こそ、おれの志だ。おれそのものだ。それ以外に、刀鍛冶が生きる意味などあるものか。

ようやくその思いにたどり着いたときは、もう冬が過ぎて年が明けていた。

寛文四年（一六六四）の春は、風が強かった。江戸の空に砂埃が舞い、黄色く霞んでいる。

そんな風の日に、研ぎ上がったばかりの刀を、梅蔵が届けてくれた。

「お前さんの刀は、ちかごろ、ぞくっと怖ろしくなってきたな。これなんざ、研いでいて背筋が寒くなって、鳥肌が立ったさ」

仕上げ場にあがった梅蔵が差しだしたのは、去年の暮れに打った一振りである。

晒の布をほどき、茎をにぎって腕をまっすぐ伸ばして眺めた。

反り浅く、平肉のつかない二尺三寸四分（約七一センチ）の刀は、たしかに、刀身に張りつめた鋭さがみなぎり、こちらに向かって斬りつけてくるようだ。鍛えた本人が見てさえ、鳥肌が立った。

「お前さんの刀は、いままでどこか荒々しかったが、こいつは、荒々しさや刺々しさがすっかり内に秘められた感じがするよ。消えてなくなったわけじゃない。猛った龍神を泉の底に沈めて、上澄みの透明な水だけ見ている気がするのさ」

梅蔵はさすがにいいところを見てくれている。こういう目利きが、鍛冶にとってはありがたい。

「小板目の地鉄がよく詰んで地景が入っている。小沸の粒がたっぷりついて、いかにも豪壮だ。匂い口がきりりと締まって、足がしきりと入っているのもいい」

刃文は、丸い互の目を、瓢箪みたいにふたつずつ連ね、単調にならぬよう、ころあいに乱しておいた。

刀の棟を着物の左袖で受け、虎徹は刀の切先を窓にむけた。刀身に眼を寄せると、刃文の谷から刃にむかって、何本もの光の筋が見える。梅蔵のいうように、足がよく入っているのだ。

「鍛冶っていうのは、苦しみまで鎚の力にするんだな。おれは、あんたを見上げたよ。あんなことがあったのに、自棄になったりせず、たいしたもんだ。苦しみや辛さを仕事の力に変えるのが本当の男だよ。虎徹は、男のなかの男だな」

虎徹には、叔父の死をふせげなかったとの悔いばかりがある。

「男なもんか……」

忸怩たる思いをふりはらうために、鉄を鍛えているだけだ。鍛えても鍛えても、悔いはふりはらえない。

才市のせがれには、銀町の店をつづけろと説得したが、結局、母を連れて越前に帰った。もう江戸はこりごりらしかった。

弟子たちは四散した。若い弟子のなかで刀鍛冶になりたいと望む者が四人いたので、虎徹が引き取った。弟子が増えて、鍛刀はますますはかどるようになった。

刀を持って、二階に上がった。

ゆきは、ちかごろ具合がよい。新しくかかった医者に教えられ、池のほとりで鶏を何羽も飼い、毎日、卵を食べさせている。ときに鶏をひねり、鶏肉と朝鮮人参で鍋をこしらえ、滋養をつけさせているのが効いているらしい。

借金はまだあるが、刀を売ってかなり返した。虎徹の刀は、大名や大身の旗本のあいだで評判がたかまり、欲しがる者が大勢いるという。値もつり上がった。山野加右衛門が試斬し、截断銘をつけたうえ、買い手を周旋してくれている。刀さえ鍛えていれば、二、三年ですべて返せるだろう。

二階の障子を開けると、ゆきは、起きて髪を梳いていた。病を得てから、髷を結わず、黒髪をそのままたらしている。白くほっそりした顔が、黒髪に似合って美しい。

「たまには髷でも結ってみたくなりました。こんど、髪結いを呼んでもかまいませんか」

「ああ、呼ぶがいい。そんな気になったのなら、大手柄だ」

「いつもここから上野の山を見ておりますと、お参りに行きたくなったんです。あんなに近いのにもう何年も行っておりませんもの。桜のころに行けるかしら」

寛永寺は桜の名所で、酒こそ禁じられているものの、町人が弁当をひろげて花見をするのは許されている。

「駕籠を呼んでやる。いつだって行けるさ」

「ありがとうございます。でも、歩いて行きたいんです。できれば、あなたと」

「歩けるか」

「卵と鶏で、滋養がついた気がします。ときどき部屋のなかで、歩く練習をしておりますのよ」

「そうか。よいことだ」

「刀が研ぎ上がりましたの？」

「見てくれ」

「はい。拝見させてください」

晒をはずして手わたした。

ゆきが、一礼して目を細めた。

「見えるか？」

「はい。よく見えます」

見える幅は狭くなっているが、見ることはできるらしい。心配させまいと見えるふりをしていないか、虎徹はときおり確かめている。

「どうだ。どんな刀だ」

「はい……」

ゆきが小首をかしげた。

「澄みきった青空のかなたに、雷神がかくれているような……」

梅蔵も似たようなことを言っていた。だれの見る目も同じなのか。

細めたゆきの目から、ひとすじの涙が頬をつたった。

「どうした？」

ゆきがちいさく首をふった。

「正直にもうします。あなたが越前を出て、刀鍛冶になるとおっしゃったとき、いったいどうなるのだろうと、わたくしは不安でたまりませんでした。あなたのことですから、石に齧りついても名工になられると信じておりましたけれど、同じ鉄とはいえ、甲冑と刀はまるで別のもの。うまくいかず、自棄になられなければよいと、そればかり念じておりました。それが、こんなに見事な刀を……。あなたはご立派でございます」

ゆきの言葉がことのほか嬉しくて、虎徹は刀を置かせ、ゆきを強く抱きしめた。

五十

鍛冶場の闇で鉄を鍛えていると、突然、板戸が開いた。

まばゆい春の陽射しを背に、人の影がくっきりと黒い。丸い頭巾に見覚えがある。

「邪魔をするぞ」

圭海であった。僧衣はまとわず、隠居めいた茶色の羽織を着ている。つづいて山野加右衛門が入ってきた。

虎徹は小さく頭をさげた。鍛錬を続けさせるつもりだったが、突然の光に、すでに鎚音が乱れている。鉄敷のわきを二度叩いて、向鎚を止めさせた。

「窓を開けろ」

命じると、弟子たちが板戸を開いた。あかるい光が、鍛冶場に満ちた。

「なぜ、来ぬ」

立ったまま圭海がたずねた。厚ぼったい瞼が、不快げにゆがんでいる。

下谷の永久寺に来るように、使いの寺男が何度も伝言をつたえに来ていた。そのたびに虎徹は、病んでおります、と言い立てて断っていた。業を煮やした圭海が、とうとう自分からたずねて来たのである。

「病が悪しゅうございまして、出かけられません」

「元気に鍛刀しておるではないか」

「こころを病んでおります。わたしにとって鍛刀は癒しでございます」

圭海が鼻を鳴らした。ねばついた目で虎徹を見すえている。

「ちかごろ、お前の刀は、ひときわようなった。まさに一心に打ち上げた冴え冴えとした刀だ。あれなら、負けはせぬ」

鍛えた刀は、弟子に持たせ、加右衛門の屋敷に届けさせている。このあいだ梅蔵に褒められた刀は、四つの屍を重ねて胴が斬れると加右衛門が激賞したと聞いている。刀好きの主海なら、舐めるように見つめたことだろう。

虎徹は首をふった。

「わたしは勝ち負けで、刀を鍛えてはおりませぬ。なんの御用でございましょうか。御用がございませぬなら、刀を打たせていただきとうございます」

しばらく目と目がぶつかった。どちらも視線をそらさない。

「用件はな、天下第一等の刀の注文よ。九月の重陽の節句に、御老中阿部忠秋様の下屋敷に上様をお招きして、試刀をする仕儀となった。そこで、天下第一等の刀と認められれば、将軍家お抱え鍛冶に取り立てがかなう」

虎徹は窓の外に目をやった。池のむこうの上野の森に新緑が芽吹いて、ほろほろと朧にやわらかげだ。すでに葉桜だろう。花のときには、ゆきをつれて寛永寺に詣でた。虎徹の腕につかまりながらも、一歩ずつ歩く妻に、虎徹は命の強さ、したたかさを感じた。このごろのゆきは、虎徹にそれを教えたくて、懸命に養生している風でもある。

「天下第一等のなんのと、わたしには関心がございませぬ。将軍家お抱え鍛冶にもなりとうはございませぬ。日々、こころを尽くして刀を鍛えることだけが望みでございます」

深々と頭をさげた。

「水戸の光圀様がご熱心でな、当代一流の刀工の刀を集めることになった。康継は越前も江戸も出すぞ。兼重、法城寺に石堂はもとより、大坂の国助、助広、国貞（のちの真改）もそろう。みな、とびきりの最上作を用意してくるだろうが、おまえの刀が負けるはずがない」

虎徹はうなずいた。

「むろん、負けるはずがなかろうと存じます」

負けず嫌いの心が、わずかに蠢いた。

「ならば、最上の大業物を鍛えて、幕閣どもを驚かせてやれ。これぞ、わが生涯の傑作という刀を打って見せよ」

ふっ、と、笑いがこみあげてきた。

「毎日そのつもりで鍛刀いたしておりますが、下手な鍛冶ゆえ力およばず、歯がゆい思いばかりしております。ほかの鍛冶たちと競うつもりはありませぬ。わたしはただ、おのれの納得できる刀を打ちたいばかり」

圭海が鉄敷に目を落とした。鉄塊はすでに赤みが消え、黒く冷えはじめている。

「そういえば、あの行光……」

虎徹は顔をあげた。圭海のことばで、こころに突風が吹いた。

「行光の短刀でございますか」

「そうだ。あの行光だ」

ことばを切った圭海が、虎徹の顔を見すえていた。こめかみが小刻みに震えている。

「あの短刀が、いかがいたしましたか？」

「いま、わしの手もとにある」

「まさか……」

「まことだ。嘘ではない」

「あれは、松平伊豆守様の御所持とうかがいました……」

「献上した旗本が、先日、腹を切らされた。松平家では、そんな男の献上品など、持っていたくなかろう。本阿弥に口説かせて、買い取らせたのだ。いまは、わしが大切にしまっておる」

片膝をついている正吉が、顔をこわばらせた。ぐっとこらえているらしく、なにも言わない。

「腹を切ったのは……、松平様にあの行光を献上したのは、だれでございましょう」

「おまえも、名前を聞いたことがあるだろう。水野十郎左衛門という旗本だ。三千石も禄をもろうておったくせに、乱暴狼藉のかぶき者。先年、町奴を殺したのは切捨御免でお咎めなしとなったが、ちかごろ、病と称して出仕せぬくせに、市中に出ては不法の所行をなすゆえ、評定所に召し出された。あろうことか、髷も結わず、裃もつけず、白縮緬の着物であらわれおったゆえ、不敬の廉で、翌日切腹させられたのだ」

水野といえば、いつだったか京橋の太刀市で、幡随院長兵衛と喧嘩した旗本だ。白柄組と称して旗本のろくでなしを集め、首領になっていた。したい放題の蛮行がよほど目に余ったのであろう。

「されば、越前で貞国を殺したのは……」

「水野は越前に行ったことがない。残念ながら、もはや糸はたぐれぬ。蛇の道は蛇、いずれ旗本奴がからんでおろうが、もはや調べようがあるまい」

嗚咽が聞こえた。正吉がうつむいて、肩を震わせている。虎徹は、なにも出来なかった自分が口惜しくてたまらない。

「おまえが試刀会で、天下第一等と認められれば、あの行光、褒美にくれてやらぬでもない」

虎徹に出来るのは、刀を鍛えることだけだ。それなら自信がある。いま、この国で、いちばんよい刀を鍛えられるのはおれだ——。その自負が、むらむらと頭をもたげた。正吉のために、行光を取り返してやりたい。

虎徹は横座から立ち、土間に平伏した。

「あの行光、褒美にいただけると、約束してくださいますか」

「ああ、約束しよう。ただし、よいか、だれが見ても文句なしに第一等のとびきり秀でた刀を鍛えなければならぬ。それが出来るか」

虎徹は大きくうなずいた。

「むろんのこと。必ずや、なしとげてご覧にいれましょう」

「よし。それが出来ればあの行光、かならず褒美としてつかわそう」

圭海が満足げに目を細めた。

「ひとつ、おたずねしてよろしゅうございましょうか」

「なんだ」

「圭海様は、なぜそこまで、わたくしに肩入れなさってくださいます」

頭巾を脱いだ圭海が、剃り上げた頭をさすった。うすく笑っている。

「そうだな。正直にいうておこう。最初は野心であったとも。おまえの刀を梃子にして幕閣をうごかし、東叡山貫主はもとより、天台座主に登りつめようと思うておった。おまえの刀なら、それだけの力がある。しかしな……」

虎徹は、しずかに耳をかたむけた。圭海のことばに、みょうな重みを感じた。寛永寺の貫主は、京から来た法親王である。その宮を追い落とすとなれば、相当な力わざが必要となるだろう。

「いまはちがうぞ。おまえのちかごろの刀を見ているうちに、もはや、そんなことはどうでもようなった。いまの江戸三代康継の刀は、まるでよくない。越前三代にしたところで、さほどの刀ではない。それなのに、のうのうと葵紋を切って高値で売っておる。そんな鍛冶が許せるか。そんな刀があってよいものか。さような気がしてきた。おまえの刀には、おのれの生き方をふり返らせる力がそなわっておるようだ」

「ありがとうございます」

圭海が、そこまで虎徹の刀をたかく評価してくれていることが、素直に嬉しかった。

しかも、虎徹の作刀の意図をしっかりくみ取ってくれている。

圭海が手の甲で目頭をぬぐっている。

「刀はまさに人の生死をつかさどる道具。凜とした気高さがなによりも大切だ。お前の刀を見るうちに、わしは、おのれが恥ずかしゅうなってしもうた。お前の刀には、なによりも一心に鉄（かね）を鍛えんとする志が溢れておる。鍛冶として、人として、どこまでも真摯に生きんとする志が凝縮しておる。見上げた鍛冶の心ばえよ」

圭海の前で平伏した虎徹は、顔を上げることができなかった。涙がぼろぼろこぼれ落ちているのを、圭海に見られたくなかった。

五十一

——まだ届かぬか。

寛文四年（一六六四）の正月からずっと、虎徹（こてつ）が心待ちにしている荷があった。

仕上げ場にいても、表で人の気配がするたびに顔をあげるのだが、そんな軽い物ではない。届くときは重い荷車の音がするはずだ。

注文の手紙を書いたのは、去年の秋だった。

明暦の大火のあと、質のよい古鉄（ふるがね）がたくさん手に入ったが、それもそろそろ底をついてきた。これからどこのどんな鉄（かね）を使おうか、ずっと気に掛けて探していた。

ちかごろは、鉄鋼銑をあつかう大坂の問屋の江戸店がいくつかある。日本橋にできた店で、あちこちの鋼や銑の見本を見ているうちに、ひとつ、これなら、と思いついたことがあった。

「たしかに取引のあるところですが、さて、うまく取り寄せられますかどうか……」

首をかしげる番頭に、虎徹は押して頼み、代金を先払いした。手紙を書いて先方の当主に届けてくれるように託した。

「早くて三月。むこうで手間取れば半年かかるかもしれません。いや、そんなものは送れないと、断りを入れてくるかもしれない。それでもよろしいですか」

番頭に念を押されただけに、催促がしにくい。虎徹にできるのは、ただひたすら待つことだった。

ようやく池之端に、重い荷車の音がしたのは、春に芽吹いた葉が緑の濃さを増し、そろそろ梅雨に入ろうかという季節になってからだった。

「長曽祢さんの鍛冶場はここかね」

鍛冶場で古鉄卸しをしていると、野太い声がした。表通りにはちゃんとした出入り口があり、障子には、〝かたなかじ虎徹〟と墨で書いてあるので、そこから入ってくればよさそうなものだが、客のなかには、鎚音や鞴の音、炭の匂いをかぎ当てて横町から池のほとりにまわり、直接鍛冶場に入ってくる者がいる。

戸口に立った男は、武家風の編み笠をかぶり、割羽織を着て袴をつけた旅姿だ。

編み笠を取った顔を見て、虎徹は声が出なかった。

出雲の鉄師可部屋の当主桜井直重である。十余年ぶりの再会だが、精悍な顔つきは、たたらに長逗留させてもらったむかしのままだ。

「おお、ご当主自らがおいでとは……。いや、これはわざわざご苦労なこと。ありがたや」

立ち上がって迎えた。虎徹はつい顔がほころんだが、ひさびさの再会だというのに、直重は眉をしぶく顰めている。

「わしはな、こんなに腹の立ったことはないぞ。いいか、よく聞け。出雲の可部屋は、菊一印の鋼が売り物だ。江戸からの注文だというから、手紙を見たら、なんだと、うちの銑がほしいだと。たいがいにしてもらおう。よく覚えておけ。可部屋の売り物は、たたらで吹いた玉のごとき鋼だ。注文するなら、鋼を注文せんか。一等品なら、銀より金より輝くぞ。おまえもたたらで鋼を吹いたではないか。知らぬはずがなかろう」

よほど腹にすえかねていたのか、それだけ一気に吐き出した。

「いや、それは分かっておりましたが、わしは、よい銑が欲しかった。あちこちの銑を見たが、どうしても気にくわぬ。そこで思いだしたのが、可部屋の銑。あれなら、よかろう。きっと思い通りの鋼が卸せるはずと、そう思いはじめたら、いても立ってもおられんようになって注文した。いや、よくぞ来てくださった」

外に目をやると荷車に菰包みの箱が積み上げてある。直重の供が五人と人足たち。桜井家は、下手な大名などよりよほど財力があり、気位も高い。

「あほたれが。それはたしかに、たたらを吹けば、鉧のなかには銑もできる。しかしな、あんなものは、わざわざ廻船にのせて江戸くんだりまで運んでくるものではない。近在の鋳物師たちが喜んで使うてくれれば、それでええんじゃ。運ぶ値打ちがあるのは鋼。菊一の鋼ならば、蝦夷でも天竺でも、どこまででも運んでやるが、よりによって銑を注文しおるとは。わしは、おまえの手紙を読んで、悔しゅうて三晩眠れなんだ」

たたらを吹いて鉧をつくれば、できるのは鋼ばかりではない。大きな鉧のなかには、炭素の多い銑もたくさん混ざっている。もろくて刀や甲冑などには使えないが、熔ける温度が低いので、鍋、釜などの鋳物をつくるときには、銑がよい。

「おまえは、刀鍛冶になるというておったではないか。あきらめて鋳物師になったのか」

「馬鹿を言われるな。江戸で虎徹の刀といえば、これでもけっこう評判が高い」

「へっ。知らぬと思うておるか。知っておるがゆえに、悔しかった。なぜうちの鋼をつかわぬ」

桜井直重は、腰の刀にはめた柄袋をほどいて、刀を抜きはらった。

青々と冴えたよい刀である。姿が凜として覇気がある。

「よい刀だな。地鉄がなによりいいし、姿が張りつめている。惜しむらくは、いまひとつ品格に欠ける。よい鍛冶だが、惜しいな」

「ええい、つべこべぬかすと叩き斬るぞ。だれが打った刀か、よく見てみろ」

刀を受けとって、虎徹は地鉄に目を凝らした。刀身に微細な地沸がついている。

「ん？　これは、わしの作か……。もうすこし品があると思うておったが」

「間抜けな鍛冶め。腹が立つ。おまえは、自分の打った刀を忘れたのかッ」

あらためて刀の姿をながめ、虎徹はとても懐かしい気がした。どうやら、三年ほど前に打った刀らしいが、いまの自分の目から見れば、いたらぬところがたくさんある。地鉄はそれなりに完成しているものの、姿において、髪一筋、覇気が強すぎる。欲がにじみ出ているようでいやらしく感じてしまうのだ。

「親方ほど刀の姿が変わる鍛冶もめずらしいかもしれませんね。わずかずつですが、かならず前の作よりよくなっている」

正吉がつぶやいた。

「おまえは、貞国のせがれだな。どうだ、親父殺しの下手人は捕まったか」

「いえ……」

「そうか。だが、諦めるなよ。なにごとも諦めなければ、かならず天に通じる。この下手な鍛冶を見てみろ。下手なくせにいつまでも諦めぬから、なんとか形ができてきた。うちの鋼をつかえば、もっと冴えた地鉄になるのに、下手の意地を通して自分で鉄を作っておるのが、わしは悔しゅうてならぬ」

「なぜお悔しいのでございますか」

正吉がたずねた。

「ふん。この下手な鍛冶の鍛えた鉄のほうが、うちの鋼よりよいからだ。うちの鋼は冴えておるが、いかんせん、刀にするとどうしても明るく輝きすぎて鉄味が落ちる。古い青江のような深い滋味のある鉄にはならぬ。ところがどうだ、この男の鉄は、冴えていながら、なお馥郁と匂い立つほどの味がある。悔しいが、大きなたたらではこの味が出せぬ」

虎徹はうなずいた。直重は、さすがに自分のたたらのよい点も足らぬ点も、じゅうぶんに知り尽くしている。

「その男から鉧の注文だ。わしは腹が立って腹が立って、この男がうちの鉧をどう鍛えて刀にするのか、見届けねば気がおさまらぬゆえ、わざわざ出雲から江戸くんだりまで出張ってきたのだ。さあ、この鉧、いったいどう使うつもりだ」

人足たちが荷車の縄をとき、重そうな木箱を積み上げた。箱を開けると、黒々とした鉧がいっぱいに詰まっている。

拳ほどの塊を手にとった。黒ずむ感じが、ほかのたたらの鉧より、よほどしっとりしている。

――これならいける。

鍛冶の直感がそうささやいた。

「さっそく卸すぞ。火床のしたくをせよ」

卸し鉄用の火床の炭をすっかり掻き出し、弟子たちが、粉炭を敷き直した。どういうわけか、卸し鉄は、湿った梅雨の気候のほうがうまくできる。雨こそ降っていないが、上野の空はどんより曇り、風が湿っている。かっこうの卸し鉄日和だ。

「風を入れろ」

虎徹が命じると、正吉が鞴の柄を抜き差しした。

火床に起こった青い炎を、男たちが黙って見つめた。鞴の風音が、天からの風音に聞こえるほどここちよい。

ほどよく火が起きたところで、砕いた銑を投入した。

しばらく待つほどに、銑が音をたてて沸きはじめた。

正吉に代わって、虎徹が鞴の柄を握った。抜き差しするたびに、銑が熔けてしたたり落ち、しっかりした鋼に変わっていく。火床のなかは見えないが、虎徹には、羽口から噴き出す風の音と、鞴の柄の感触で、それがはっきり分かった。

よい銑を卸せるのが嬉しい。よい銑は、よい鋼になるだろう。

そして、それよりもっと嬉しいのは、直重がよい銑をわざわざ届けに来てくれたことであった。

五十二

——駄目だ。うまくゆかぬ。

いましがた焼き入れしたばかりの刀を、自分で鍛冶押しした。

仕上げ場にすえた砥石で、三寸幅だけ焼き刃土を落とし、ざっくり荒く研いだ。

――失敗だ。

長い刀身のうちのわずか三寸を見ただけでも、焼き入れの不味さが、はっきり見てとれた。

のたれをつけた互の目の瓢箪刃は浮かび上がっているのだが、刃文の縁に冴えがなくぼやけていて眠い。地沸がつかず、刃中にいまひとつ力がない。

地鉄は、出雲可部屋の銑を卸したものだ。鍛えたときの感触からいって、まちがいなく最上の鋼になっている。

焼き入れが悪いのだ。

「これでだめなんですか？」

困惑げにたずねた新しい弟子に、正吉が首をふった。あたりまえの鍛冶なら、これでもよしとするだろうが、虎徹は目が厳しい。ほんのわずかの緩みが許せない。

仕上げ場で、鍛冶押しのようすを見ていた桜井直重が、刀を手に取って目をちかづけた。直重はもう、ひと月ちかく虎徹の家にいるが、江戸の見物には出かけず、鍛刀ばかり見物している。

「やはり、湯舟を換えたからかね？」

「さように存ずる。それ以外に考えられぬ」

ながいあいだ使っていた焼き入れ用の湯舟が、すこし漏るようになったので、指物師に注文して杉板で新しく作らせた。

新しい湯舟をつかうと、材木から脂(やに)が出るせいか、最初の二度、三度は、たいていうまくいかない。それは承知だが、四度、五度と水を換えて試しても、そのたびに、ますます刃文がぼやけてしまうので困惑している。

鍛刀は、繊細な作業の積み重ねだ。

ひとつの工程でつまずくと、すべての工程を疑いなおさなければならない。

——銑(ずく)が悪いのか。卸(おろ)しが悪いのか？

鍛錬の手鎚(てづち)の感触からいえば、それは問題ないはずだ。粘りがあってしっとりしたよい鋼(はがね)ができている。

——炭が変わったのか？

炭の質も問題である。同じ炭屋から買っていても、同じ山で同じ炭焼きが焼いたとはかぎらない。炭焼きによって、松の木の選び方もちがえば、焼き具合もちがう。土気がまじっていることもある。鍛錬に影響しないはずがない。

——炭の切り方か？

炭は、才市(さいいち)のところからきた弟子たちに切らせている。正吉がきちんと教えているが、脂(やに)の多い皮を落としていなかったり、微妙に大きさが違っていたのか。炭の大きさが違えば、火床(ほど)のなかの風の通り具合が変わり、温度が違ってくる。

いや、切らせた炭は、虎徹がちゃんと自分の目で確かめている。問題はない。

――火床が湿ってきたか……。

ここの鍛冶場は、開いたときに、土を掘り出して、石と鉄板を敷き粘土を入れた。しかし、それはもう十年ちかく昔の話だ。土中で鉄板が錆び、湿気が上がってきたのかもしれない。そもそも、湿っぽい池のほとりに鍛冶場を開いたのが間違いか。

答えが見つからぬまま、そんなことまで思うようになると、頭が熱を帯びる。いらいらして、弟子たちを怒鳴りつける。たいせつな客人である桜井直重にさえ、不機嫌にあたってしまうことがある。

なんどくり返しても、焼き入れがうまくいかない。刃文が眠くぼんやりとぼやけて、柔らかく華やいだ匂いも、きりりと引き締まった沸もあらわれない。

――いったいなにが悪いのか？

虎徹は、頭を悩ませた。

せっかくよい卸し鉄で、凛とゆるぎのない刀身を鍛えても、一瞬の焼き入れに失敗すれば、すべてが無駄になる。時間と手間をかけた懸命な努力が徒労に終わる。

もう何振り失敗したことか――。

指物師を替えてべつな湯舟をつくらせてみたが、それでもうまくいかない。

――なにが悪いのか？

頭のなかを断ち割って掻きむしりたいほど悶絶しても、答えは見つからない。

いまも一振り失敗して、二階に上がった。

梅雨が明けて、開けはなした窓から、気持ちのいい初夏の空が見えている。昼前のことで、空の色が淡く、雲が白い。

「お茶をいれましょう」

ゆきは寝間着を脱いで、縞の着物を着ていた。無理をするなと厳しく命じてあるので、養生に専念していたのがよいらしく、ちかごろは顔もすこしふっくらしてきた。咳もめっきり少なくなった。

女子衆に鉄瓶を持ってこさせ、ゆきがそば茶を入れた。そばの実を焙烙で煎っただけの飲み物だが、香ばしくて味がよい。

虎徹は寝そべって煎餅をかじり、茶をすすった。明るい夏空がむしろ恨めしい。

ゆきは何も言わず、にこにこ笑っている。

「なにがおもしろい？」

「あなたが壁に立ち向かっていらっしゃるお姿は、頼もしくてなりません」

「ふん」

虎徹は、おもしろくもない。また、茶をすすった。

「お味はいかがですか？」

「ああ、うまいよ」

茶の味なんぞ、虎徹にはどうでもよい。それより、焼き入れのことだ。なぜ、美しくきりりと焼き入れできないのか。いままでは、ちゃんと匂い口も沸口も冴えていたではないか。よもやと思って、古い湯舟の穴を塞いで試してみたが、それでもうまくいかないのだ。なにがどうなったのか、まるでわからない。

「わたし、このごろ、お茶の味があまりおいしくないと思いますの」

ゆきは、きちんとすわり、両手で持った湯飲み茶碗から、しずかにそば茶を飲んだ。

「そうかね」

虎徹も茶をすすった。言われてみればそんな気もするが、よく分からない。

「そばの実の焙じ方が悪いんじゃないか」

「いいえ、井戸の水が変わったのではないかと思っておりますの」

ゆきの言葉に、虎徹ははじかれて飛び起きた。

湯飲みのなかの茶を見つめ、ゆっくりとすすった。

「井戸の水が変わった……？」

そばの味が香ばしいので、やはりよく分からなかった。

「このあたりも、家が建て込んでまいりました。不忍池の水も、昔より濁ってきた気がいたします。裏の井戸は、きっと池の水と通じておりますでしょ」

「それだっ」

「えっ？」

「焼き入れがうまくいかなくなったのは、井戸の水が変わったせいだ」

きっとそうに違いないと、虎徹は確信した。

焼き入れでは、水がなにより肝腎である。湯舟の湯温が、わずかに違っただけで、うまく焼きが入らない。湯温は秘伝で、むかし、正宗の弟子などは、湯舟に手を入れただけで、腕を叩き切られたとの伝説がある。

水質もおおいに影響する。

いちばんいけないのは、赤めた刀を浸けたとき、水泡が立ちすぎる水だ。刀身に泡がまとわりつけば、その部分は水と接しないため急冷できない。水を汲み置き、〝殺して〟からつかっていたが、水そのものが変わったことに気づかなかったのだ。

――しかし、困った。

うちの井戸が駄目だとして、ではどこの水をつかうか。池之端の井戸はみんな同じだろう。どこの水をつかえば、うまく淬ぐだろうか。

「あの……」

ゆきが、ちいさな声でつぶやいた。

「なんだ？」

「お水でしたら、寛永寺のお花畑の井戸は美味しゅうございました。ほら、お花を見に行ったとき、あなたが汲んでくださいました」

「おお」

虎徹は思わず膝を叩いた。

正面の黒門から寛永寺に入ると、左手の斜面に花畑が広がっている。まだ人のいない早朝、桜を見てから、山吹や雪柳を見た。そこの井戸だ。

「あの水は、たしかに柔らかかった」

山の上のためか、池之端の水とは味がちがっていた。水脈がちがうのであろう。あの井戸なら使えるかもしれない。

さっそく、弟子に桶を持たせ、水を汲みに行くことにした。直重もついてきた。

「江戸は水の悪いところだが、この水ならまずまずだな」

憎まれ口を叩いている。

持ち帰った水を、釜でぬるめてから湯舟に満たした。

一振り焼き入れして、さっそく一部分だけ研いでみると、思いのほかみごとに焼きが入っていた。地鉄に小沸がつき、匂い口がきりきり締まっている。

「こいつは見事だ。わしに売ってくれ」

直重が、うなって感心している。

「さしあげますとも。そのかわり、これからも、よい銑を送ってくだされ」

苦笑いした直重が、それでもしきりとうなずいて、地鉄に見とれていた。

五十三

重陽の節句を明日にひかえ、山野加右衛門が、麻布にある老中阿部忠秋の下屋敷にむかった。試刀会の準備のためである。

加右衛門は、十人ばかりの弟子を従えている。裃を着け、若党のこしらえをした虎徹は、弟子にまじって阿部屋敷の門をくぐった。

下屋敷のひろい庭には、大輪のみごとな菊や、懸崖作りにした小菊の鉢がいくつもならべてある。

庭の真ん中に、すでに幔幕が張られている。虎徹は裃を脱ぎ、弟子たちとともに、土壇を築いた。膝ほどの高さの木箱を両側に据え、真ん中に土を盛って固める。加右衛門のせがれ勘十郎も土を叩き、土壇を固めている。明日の試刀は、加右衛門ばかりでなく、弟子たちも刀を振るう。腰物方からも切り手を出すそうだ。

「明日は、兜を切る。土壇は硬く叩き締めよ」

加右衛門がつぶやいた。

「兜でございますか……」

兜は因縁が深い。虎徹はいやな気がした。

虎徹の刀はすでに加右衛門にあずけてある。三尺二寸（約九七センチ）の長身の太刀だ。試斬をするなら、長いほうが遠心力がついて打撃力が増す。渾身の力を込めて鍛えた太刀である。切れ味に自信のないはずはない。しかし、不安はいつでもつきまとう。

「案ずるな、あの刀なら、鉄炮の筒でもすっぱり両断できる。たしかに、おまえが銘を変えただけの出来栄えだ」

自分でも不思議な太刀だと感じている。鍛えているうちに、衒いも野心もすっかり消えていた。

――折れず、曲がらず、よく斬れ、なお、品のある刀。

それを目ざして、とことんまで納得できる刀を鍛えようと鍛錬しているうちに、ふっと自分が軽くなった。

自分が鍛えているのではなく、金屋子の神か、いや、八幡大菩薩でも我が身に降臨して鍛錬をしているのではないかと思うくらいに、すべてがうまくいった。そんな満ち足りた鍛錬は、鍛冶になって初めてだった。

打ち上がった太刀の姿も地鉄も、われながら満足できた。

梅蔵が研いでくれたのを眺めていると、これ見よがしに虎の尾を跳ね上げた銘を切るのが恥ずかしくなった。あれは、おのれを誇示するための銘だ。

永久寺に太刀を持参して、感じたままを圭海に相談すると、しばらく宙をにらんでいたが、紙に「乕」という字を書いてくれた。

「虎の俗字だ。なんの含みもない字ゆえ、衒いを嫌うならこちらの乕をつかうがよかろう。『金瓶梅』というてな、明国の艶っぽい物語でこの字をつかっておる。いや、おまえには、縁遠い世界であろうがな」

笑いながらそう話した。虎徹は、その字が気に入った。まっすぐ几帳面でいるくせに、みょうに姿がよい。

その字をつかって銘を刻んだ。

　乕徹入道興里

　此太刀一代三振之内作　置者也　寛文四年八月吉日

　小板目の肌がよく詰み、地沸がたっぷりついた太刀である。浅くのたれさせた刃文には互の目が交じり、足がよく入っている。刃文の縁の匂い口はしまりごころながらもわずかに柔らかく、小沸がついて冴えている。

けれん味のない、至極まっとうな太刀だ。これと同じくらい出来のよい刀を、生涯のうちに三振り鍛えられれば満足だという意味で、そんな銘を切った。明日は、いよいよその太刀を試すことになる。加右衛門は、あの太刀なら、と言ってくれたが、人の刀と比べるとなれば、やはり落ち着かない。つい、不安が頭をもたげてくる。

　汗を流して土壇のしたくをしていると、御腰物奉行押田豊勝と阿部家の用人があらわれた。幔幕のうちを点検し、上様や幕閣の床几をならべる場所を決めているらしい。

　押田豊勝が、虎徹に気づいた。

「懲りもせず、そのほう……」

　虎徹はすぐに平伏した。怒らせて追い出されては、せっかくの試刀が見られなくなる。

駆け寄った加右衛門が片膝をついた。

「押田様。この者、鍛冶ではございますが、その心ばせなかなか見上げたものがあり、わが弟子の末席にくわえております。試刀の儀、鍛冶にとっては、なによりの勉強と存じます。なにとぞ、お見逃しくださいませ」

明日の試刀に、鍛冶は呼ばれていない。将軍家綱を招き、幕閣も顔をそろえる席である。よけいな者が紛れ込んでいてよいはずがない。

「おまえは、なぜそのように、この鍛冶に肩入れするのか？」

押田がたずねた。虎徹は顔をあげられず、平伏したままだ。

「斬れるからでございます。この鍛冶の鍛える刀は、とてつもなくよく斬れまする。それがしが鍛冶に肩入れするのに、斬れる以外の理由などございませぬ」

聞いていた虎徹は思わず顔をあげた。加右衛門のことばに胸を衝かれたのだ。加右衛門がなぜ虎徹の刀を褒めてくれるのか、直截のわけを聞いたのは初めてだ。

「ふん。斬れる斬れぬも大事だが、将軍家お抱え鍛冶となるには、もっと大切なことがあるぞ」

押田が重々しく言った。

「なんでございましょうか」

加右衛門はあくまで慇懃だ。

「よいか。刀は合戦につかう武具だ。将軍家お抱え鍛冶は、業物を鍛える力量もさることながら、いざ合戦というとき、千振りの刀をすぐさま鍛えられねばならぬ」

「千振り……」

虎徹がつぶやいた。

「さよう。合戦は待ってはくれぬ。敵が攻めて来る。こちらは刀が足らぬ。さて、おまえどうする?」

押田に見すえられ、虎徹はことばを詰まらせた。なんとも答えられない。

「康継には一門が多い。声をかければ、千振りぐらい、たちまち鍛えてくる」

鉄の一族とはいえ、長曽祢を名乗る者は、甲冑や鍵、金具をつくっている。たしかに、合戦があるとしても、いきなり大量の刀は打てない。百振り鍛えよと命じられてさえ、狼狽せねばなるまい。短期間に数多く打つのもまた、鍛冶の大切な力量であろう。

「まあよい。加右衛門に免じて明日の扈従は許してやるが、康継をさしおいて天下第一等の誉れを得ようなどと、臆面もなく望むでないぞ」

頭をさげながらも、虎徹は悔しさに歯ぎしりしていた。

五十四

将軍家綱の駕籠が、老中阿部豊後守の下屋敷に着いたのは、巳の上刻(午前九時)であった。青々とよく晴れた秋空には、ひとちぎれの片雲さえ浮かばず、冴えた陽光があふれている。風がすがすがしい。

屋敷の門前では、老中酒井雅楽頭や稲葉美濃守、また水戸光圀や松平頼元らが裃に威儀を正して家綱を出迎えた。寛永寺大僧都の圭海は五条の袈裟を着けて恭しい。本阿弥光温も、端につらなっている。

二十四歳の将軍は、阿部忠秋の案内で、庭の菊を愛でたのち、幔幕のうちに座を定めた。菊の霊力で邪気を払う節句とて、まずは菊の花弁をうかべた盃が献じられた。そのあいだ、虎徹は、庭の隅にひかえる加右衛門のうしろで弟子たちとともにじっと蹲踞していた。幔幕のうちから、将軍に慇懃な礼を尽くす声が聞こえている。

――侍の家来などというのは、待つのが仕事か。

身じろぎもせずに待っているのは、加右衛門と弟子たちばかりではない。老中や大名たちの家臣も、みな幔幕のまわりでただひたすらしゃがんで待っているのだ。私語をささやくわけにもいかず、おいそれと小便に立つこともできない。

いいかげん足が痺れたところで、押田豊勝の声がひびいた。

「本日の試刀、まずは、大坂の鍛冶からお目にかけます。河内守国助を持て」

御腰物方の若い侍が、白鞘を押田にさしだすと、押田が受け取り、将軍の前にひざまずいて捧げた。

家綱が、刀を抜き、しげしげ見つめている。おだやかな風に幔幕がゆれると、ときおり内側のそんな光景が見える。

「大坂鍛冶は刃文華やかなるを得意としておりますが、なかでも当代の二代国助は、備前風な丁子乱を拳のかたちのごとく大胆に焼いております。初代国助は大坂鍛冶の祖でありますだけに、よき血を受けついだ鍛冶と申せましょう」

本阿弥光温が淡々と説明している。

国助の刀ならば、虎徹も見たことがある。しっかりした地鉄で、重ねが厚く、姿に強さがある。

幔幕のはずれに、つよく叩き固めた土壇がこしらえてある。幔幕の中央にすわる将軍が、試刀を真横から眺められる位置だ。ありがたいことに、土壇だけは虎徹の控えている場所からも見える。

土壇のうえに筋兜がすえてある。

袴の股立ちを高くとった加右衛門の弟子が、国助の刀を押しいただいた。片手で刀を捧げたまま、器用に袢をはずして背中にたらした。

一礼して、土壇の前にすすみ、渾身の気魄を込めて、国助を振り下ろした。

鈍い音がして、刀身が兜にめり込むのが見えた。御腰物方の同心が兜をはずして御前に運んだ。

「兜割とは申しますが、兜は刀を受けても割れぬよう丈夫に鍛えてありますゆえ、練達の士が斬り付けましても、なかなか両断などできるものではありませぬ。この兜は眉庇だけを残して断ち割られております。ここまで斬れればあっぱれな刀。相当な業物と申せましょう」

水戸光圀の声らしい。ひ弱な将軍に、なんとか尚武の心を植え付けようとしているのだろう。

試刀は、大坂鍛冶の助広、国貞と進み、江戸鍛冶の法城寺、石堂の刀に移った。御腰物方と山野一門の若い侍たちが代わる代わる兜を切ったが、いずれも一寸から二寸ばかりめり込むだけで、両断はできない。

それでも将軍を取り巻く幕閣たちは、「見事な刀」「いや、これは兜があっぱれ」などと称賛している。華やいだ空気が虎徹にはわずらわしい。

虎徹の師匠の兼重は、歳のため、めっきり弱って作刀していないので、せがれの二代兼重の刀が試された。

加右衛門のせがれが試し、兜の半ば以上食い込ませた。上出来だろうと虎徹は胸をなで下ろした。

「越前康継を持て」

御腰物奉行の声がひびいた。

――見たい。

どうしても、越前康継の刀を見たいが、将軍の座は幔幕のなかである。

虎徹はしゃがんだまま幔幕に近寄り、隙間から目を細めた。将軍に捧げられたのは、三尺に余る長刀である。遠目ながら、初代康継の駿州打ちにも似た豪壮な姿の刀と見た。

「東照君様にお仕えした初代康継は名工でございまして、南蛮鉄を鍛えるのを得意としておりました。越前康継は、初代の三男。これもまた南蛮鉄をもって鍛えております。

慶長以降の新刃のなかでは、品格も高く、まこと古今に比類なき名刀と存じます」

本阿弥光温の話を聞いて、色白の将軍が刀を手にうなずいた。

——歯の浮くようなことを。

本阿弥は、越前康継に籠絡されているのだろう。越前康継の刀のどこに品格があるのか、首を絞めてでも聞き出してやりたい。

腹を立てていると、後ろから肩を叩かれた。

「なにをしておる」

背中に冷水を浴びせられたほど驚き、とっさに平伏した。

「後ろに控えておれ」

加右衛門の声だった。安堵したが、脂汗がびっしょり流れた。

「申しわけありません」

小声で謝って、弟子たちの列にもどった。

切り手の侍が、越前康継の刀を手にしている。足を擦ってしっかり踏みしめ、伸び上がるように大きく振りかざした。

奇声とともに、振り下ろすと、刀は兜を両断し、土壇深くまでめり込んだ。

——ちっ。

虎徹は思わず舌打ちした。越前康継の刀で、あそこまで斬れるはずがない。斬りやすい細工が兜にしてあるのだ。

後ろをふり向いた加右衛門が、目だけで笑って見せた。まさに図星だろう。

むしろ、気が楽になった。

この試刀会に虎徹がまぎれ込むのを、押田が許したのは、度量の広さからではない。そういう仕掛けがあったのだ。土壇を築いたのは加右衛門の一門だが、兜のしたくは、すべて腰物方の同心や与力がおこなっている。細工をするのはなんでもあるまい。

「虎徹を持て」

幔幕の内で、押田の声が響いた。同心が小走りに駆ける衣擦れの音だけが聞こえる。幔幕が風でゆれたが、なかのようすは見えなかった。

「虎徹はもともと甲冑師でありましたが、三十路も半ばを過ぎてから刀鍛冶に入門。そもそも鉄のことを知り尽くしておりますゆえ、じつに精妙な刀を打っております。武用専一にして、派手なところはありませんが、まさに質実剛健、武家の差料にはもっともふさわしき刀と存じまする」

言上したのは、松平頼元だろう。ありがたくて涙が出そうなほどの賛辞である。

土壇では侍たちが兜のしたくをしている。

兜の内側に詰める土を盛り直している与力が、懐からなにかを取り出した。将軍や幕閣たちに気づかれぬよう、こちらを向いているので、かえって虎徹からは見える。

――石だ。

目を凝らした。兜の頂（いただき）の八幡座にあたるところに、握り拳（こぶし）ほどの大きな石を埋めようとしているのだ。なんとしても、兜を割らせないつもりらしい。

虎徹は必死で凝視した。

よくみれば石ではない。なにか別のものだ。

――あれは、鋼（はがね）だ。鋼の塊（かたまり）だ。

きらっと白銀に光ったところを見れば、鉧（けら）を割り砕いた鋼であろう。あんなものが斬れるはずがない。

膝を立てた。

立ち上がろうとした虎徹の前に、手が伸びた。加右衛門が、前を向いたまま、腕を突き出して遮（さえぎ）っている。

行くな、というのか――。

「しかし、あれでは、あまりの仕打ち……」

加右衛門の耳元に囁（ささや）いた。加右衛門は、立ち上がって袴（はかま）の股立（ももだ）ちを取った。裾（すそ）が高くあがり、白い足袋がまばゆい。

そのまま小走りに駆けて、幔幕の内に入った。

風がそよぎ、庭をかこむ欅（けやき）の葉がそよいだ。空は青く、爽やかすぎるほどの日和である。虎徹の目の前には、幔幕しかない。

太刀を手にした加右衛門が、土壇の前にあらわれた。

肩衣を背に落とし、目を炯々と光らせている。

天地が静まりかえった。

加右衛門の気魄が、全身から凜々と迸っている。

閑かに瞼を閉ざすと、加右衛門は虎徹の太刀を高く振り上げた。

そのまま、すうっと後ろに振りかぶって、切先が地に届くほど上体をそらせた。

カッと目を開いた。

歯を食いしばった面相で、なんの音声も発せず、太刀を振った。

刃筋に、天地の軸を断ち割るほどの勢いと鋭さがあった。白銀色のまっすぐな太刀筋が、目に焼き付いた。

音がしたのか、しなかったのか。

虎徹の太刀は、土壇の下まで深々とめり込んでいる。

兜は両断されている。あの鉄塊までも、真っ二つに断ち切ったのだ——。

——切れた。

土壇の土から、加右衛門が、太刀をそっと引き抜いた。

まっすぐ天にかざすと、陽射しを浴びて輝いている。

虎徹は、思わず駆け寄った。懐紙をさしだすと、加右衛門が太刀をぬぐった。刀身はまっすぐで歪みもなく、刃こぼれひとつしていない。

一座はしずまりかえって、誰も声を発しなかった。

「あっぱれ見事な太刀。まこと、虎徹は日本一の鍛冶である」

声の主は、将軍家綱であった。

五十五

寛永寺の花畑に、萩の花が咲き乱れている。

緋毛氈を敷いて笠を立て、圭海が茶を点てている。釜の水は、さきほど花畑の井戸で汲んだばかりだ。

前に置かれた茶碗を押しいただいて、虎徹はゆっくりと薄茶を飲んだ。

飲み干して顔をあげると、山の下に、不忍池がひろがっている。秋の昼下がりの陽光を浴びて、銀色に燦めいている。

「それにしても、痛快であった。あのときの押田の顔といったら、思い出すだけでも、愉快でならぬわい」

あの日、最後に試した江戸三代康継の刀は、腰物方の侍が、渾身の力を込めて振るったが、兜にわずか一寸ばかりめり込んだだけであった。

面目をなくしたのか、御腰物奉行押田豊勝は、数日して辞任したと聞いた。表向きは高齢が理由だったそうだが、やはり、いたたまれなくなったのであろう。

「上様はことのほか虎徹がお気に召したらしく、葵の紋を許してくださったぞ」

「葵紋を、わたしの刀に切ってよろしいのですか」

「勝手次第とのこと。これで、ますますお前の刀の評判は上がるであろうな」

「ありがたいかぎりでございます」

圭海が、虎徹を見すえた。

「どうだ。お前が望むなら、将軍家お抱えの話、進めてやれるぞ。いまのお前なら、二百石は大丈夫だ。あの鋼の塊のこと、幕閣たちはみな承知。むしろ、お前をお抱えにと、推す声が多いくらいだ」

「それもまた、ありがたいかぎり」

一礼した虎徹は、圭海にたずねた。

「わたくしがお抱え鍛冶となりましたら、圭海様御出頭の願いも、うまく叶いますでしょうか？」

圭海が首をふった。

「ばかばかしい。そんな野心を持っておったのが、いまは不思議なくらいだ。栄達のなんのを望むより、お前の刀でも愛でていたほうがよほど心が晴れるわ。才市の供養もさせてもらわねばならぬ。日々、我が身を深く恥じておるとも」

虎徹はゆっくりとうなずいた。

「ならば、お抱えのお話、ご辞退いたしたいと存じます。出頭のなんのより、よい刀を鍛えることだけに専念できるのが、鍛冶としてなによりの幸せでございます」

「そうか。そうだな」

圭海が、もう一服茶を点てくれた。井戸の水がよいのか、甘露が口中にひろがった。

茶碗をさげると、圭海が短刀を虎徹の前に置いた。

鞘、柄ともに黒漆の拵えだが、少し青みがかっている。

「行光だ。よい拵えだろう。青貝の微塵を蒔いてある」

一礼して手に取ると、青貝の粒子が、満天の星のごとく輝いて見える。

「拝見してよろしゅうございますか」

圭海がうなずいた。

「お前への褒美だ……。いや、礼というべきか。わしに、人の生き方を教えてくれた礼として受けとってくれ」

虎徹はいまいちど短刀を頭上に押しいただき、鞘を払った。

八寸五分（約二六センチ）の引き締まった短刀があらわれた。地鉄の澄んだ潤いは、かねて瞼に焼きつけていたそのままだ。冴えていながら深みがあり、地鉄そのものに品位がある。真摯な鍛冶が、どこまでもひたむきに鍛え上げなければ、こんな地鉄はつくれない。

虎徹はふり返ると、離れて控えていた正吉を手招きした。

正吉が腰を落として駆けてきた。

さしだすと、丁寧に受け取り、目を皿にして見つめている。

「行光……」

「まこと、鍛冶の鑑、いや、おそらくは人の鑑となるべき男であったろうな。行光の人となりなど知るすべもないが、そんな気がしてきた」

「御意。どこまでも仕事にひたむきな鍛冶であったと存じます。この短刀こそ、行光の人となりそのものでございます」

虎徹は、正吉が手にしている行光に視線を投げた。

「そういえば、ほれ……」

圭海が、加右衛門に顔を向けた。

「貞国殺しの下手人が捕まったというておったな」

背の高い加右衛門が、背筋をまっすぐ伸ばしたままうなずいた。

「さようでございます。白柄組水野十郎左衛門の手下で金時金兵衛という下賤な男。先般べつの罪で捕まり、御目付が追及しましたところ、あれこれと余罪を白状し、そのなかに越前での貞国殺しもあったと申します」

その名前にはおぼえがある。いつぞや京橋の太刀市で見かけた男だ。

「それは……」

虎徹は膝をすすめた。

「やはり、康継がそそのかしたのでございますか？　康継がわたしの偽銘を……」

「いや、そこまでは白状しておらぬらしい。御目付としても、お抱え鍛冶を、人殺しの一味にするのは、はばかられよう」

虎徹は正吉を見た。顔色はすこしも変わらない。

「して、その下手人はなんとなります」

「小身(しょうしん)ながらも御家人ゆえ、本来は切腹だが、その罪あまりに重きをもって、明日、生き胴試しといたす。どうだ。仇(かたき)を討つならば、刀を握らせてやるぞ。お前が打った刀をつかってもよい」

加右衛門が、正吉を見ている。正吉は、このところ、何振りか習作を鍛え、加右衛門に批評してもらっている。

正吉が、首をふった。

「お言葉ありがとうございます。されど、さような気持ちにはなりませぬ。わが手で人を殺(あや)めることはできませんし、わたしの刀は、できれば人を生かすために鍛えたいと存じます」

圭海がうなずいた。

「それもよかろう。しばらくは合戦など起こりそうにない。泰平の世には、我が身の生と死を見つめさせてくれる刀こそあらまほしい。おまえはいずれ、貞国の名を継ぐのであろうな」

正吉がまた首をふった。

「いえ。父はよい鍛冶でしたし、貞国の名には愛着もございます。しかし、虎徹親方は、もっとすごい鍛冶です。親方の一字をいただいて、いずれ興正（おきまさ）とでも名乗らせていただければ、鍛冶としての喜び、それ以上はありません」

「そうか」

「はい。ぜひそうさせていただくつもりです」

圭海がしきりにうなずいた。秋空のはるか高くに、筋雲がたなびいている。この空の下で生きているのが、なによりも嬉しかった。

寛永寺の黒門から不忍池におりた。

池にかかる橋をわたり、島の弁財天に詣でた。すぐちかくに鍛冶場をかまえていても、ここに参ることはめったにない。

堂の前に、見覚えのある女の背中があった。頭を深くたれて、熱心に祈っている。

虎徹は、うしろからじっと見ていた。

ふり返った女が、恥ずかしそうにうつむいた。妻のゆきである。

「どうした。なにを祈っておった？」

ゆきが笑って首をふった。

「内緒でございますよ。よろしいではございませんか」

含み笑いをして、池を見つめた。蓮（はす）の花が終わって、蜂巣（はちす）のような萼（がく）が茶色く枯れている。

「また来年、きれいに咲きますかしら」

「咲くに決まっておる。うちの二階からいっしょに楽しめるぞ」

「そうだったら、いいんですけど……」

「ああ、だいじょうぶだ。おまえもおれも、長生きできるさ」

ゆきがこくりとうなずいた。

「行光の短刀が返ってきた。正吉、見せてやってくれるか」

うなずいた正吉が、錦の刀袋から短刀を取り出した。

両手で受けとったゆきが、池のかたわらにしゃがんで、鞘を払った。

黙って見つめている。

「きれいですこと……」

「ああ、美しかろう」

「ゆれているんですね」

「…………」

「ゆらいで、ふるえているんですね。鉄も、光も、池も、蓮も、風も、空も、音も匂いも、わたしの命も、あなたの命も、みんなゆらいでふるえているんですね」

じっと短刀を見つめたまま、ゆきがそんなことをつぶやいた。

「ゆらいでふるえている……」

ゆきに言われると、虎徹もそんな気がしてきた。あれだけ硬い鉄でさえ、沸かせばゆらいでふるえるのだ。世にあるすべては、ゆらいでふるえているにちがいない。

「命のほんの刹那……」

ゆきが、短刀を見つめたままつぶやいた。つぶやいたまま、あとを続けなかった。

「ほんの刹那の命ゆえ、懸命に生きたいものだな……」

虎徹は、妻の白いうなじを見ながら、そうつぶやき返した。

長曽祢虎徹は、それからも作刀に精進をつづけ、幾多の名刀を鍛え上げた。

まことに一点のゆるぎもない生涯最高の傑作を鍛えたのは、このときから、なお十年ちかくのち、還暦を迎える前後であったと推定されている。

その時期に、虎徹は、生涯に一振りだけ、茎に三葉葵の紋を刻んだ短刀を残した。本人もよほど気に入っていたのか、几帳面な鏨で、八幡大菩薩、天照大神、春日大明神の神名も刻んである。自分が鍛えたというより、神が降臨して、虎徹に鍛えさせたと思ったのかもしれない。

虎徹は六十五歳まで生きて、作刀を続けた。

妻女ゆきの死について、古い記録はなにも語らない。

【取材にご協力いただいた方々】（五十音順）
小笠原信夫　元東京国立博物館刀剣室長・工芸課長
河内國平　刀匠
木原明　日本美術刀剣保存協会日刀保たたら村下
鈴木卓夫　元日本美術刀剣保存協会たたら課長
藤代興里　研師

【主な参考資料】
『たたら製鉄と日本刀の科学』鈴木卓夫（雄山閣出版）
『長曾祢乕徹新考』小笠原信夫（雄山閣出版）
『乕徹大鑒』日本美術刀剣保存協会編・刊
「康継代々小論」〈上・中・下〉藤代興里（『刀剣美術』昭和六十一年 五〜七月号）
『康継大鑑』佐藤貫一（日本美術刀剣保存協会刊）
『首斬り浅右衛門刀剣押形』〈上・下〉福永酔剣（雄山閣出版）

解説

細谷正充（文芸評論家）

武士の魂ともいわれる刀は、歴史時代小説に欠かせぬ重要な道具である。刀による斬り合い――いわゆる〝チャンバラ〟を、大きな読みどころとした作品は多い。優れた刀の使い手を主人公にした剣豪小説は、歴史時代小説のジャンルとして定着している。また現在でも美術品として、刀を愛好する人は多い。さらに実在の刀を擬人化した女性向けゲーム『刀剣乱舞』の爆発的なヒットにより、広く刀に注目が集まるようにもなったのである。

それに伴い、刀鍛冶の知名度も昔に比べれば高くなった。とはいえ今でも、一般に名の知られた刀鍛冶は、正方と村正、そして虎徹（長曽祢興里）くらいではなかろうか。虎徹の名が知られているのは、新選組局長・近藤勇の佩刀が虎徹だったからだ（贋作説あり）。かつて講談などで使われた、「今宵の虎徹は血に飢えている」という近藤のセリフは、あまりにも有名である。

さらにいえば司馬遼太郎の『新選組血風録』に、虎徹へのこだわりを通じて近藤を描いた「虎徹」が収録されている。この本を原作にした連続テレビ時代劇『新選組血風録』が、一九六五年からNET（現テレビ朝日）系列で放送されたが、記念すべき第一話が「虎徹という名の剣」だ。小説は未読でも、ドラマで虎徹の知識を得た人もいるだろう。

　このように刀の虎徹を通じて、刀鍛冶の興里も知名度を獲得している。だが、彼を扱った歴史時代小説はほとんどなかった。柴田錬三郎の短篇「虎徹」くらいだろうか。しかし歳月を経て、興里を主人公にした長篇が現れた。山本兼一の『いっしん虎徹』である。

　作品の内容に触れる前に、作者の興里へのこだわりについて指摘しておきたい。二〇一三年に作者は、刀鍛冶の河内國平の仕事を取材したノンフィクション『仕事は心を叩け。刀匠・河内國平　鍛錬の言葉』を刊行した。この本の「はじめに」で作者は、「刀鍛冶の虎徹を主人公にした小説を書きたいと構想をめぐらせていたわたしは、なんとしても刀鍛冶の方に直接お目にかかり、仕事をつぶさに見せていただく必要があった」と語っている。そして人伝に紹介してもらった河内國平から、仕事の仕方や刀鍛冶としての心構えなどを聞き、やがて本書へと結実させたのである。

　なお作者は、骨董屋の夫婦を主人公にした「とびきり屋見立て帖」シリーズや、町の刀屋の婿になった元武士の光三郎が活躍する「刀剣商ちょうじ屋光三郎」シリーズでも、虎徹を題材にした作品を執筆している。本当に虎徹に、深い関心を抱いていたのであろう。

『いっしん虎徹』は、「別冊文藝春秋」二〇〇五年十一月号から翌〇六年十一月号にかけて連載。二〇〇七年四月に文藝春秋から単行本が刊行された。物語の冒頭で長曽祢興里は、腕はよいが極貧の甲冑師として登場する。四人の子供はやせ衰えて、病で死んだ。妻のゆきも、病で臥している。行き詰まった興里は、江戸に出て刀鍛冶になろうとする。頼りになるのは自分の腕だけだ。

このとき興里は三十六歳。当時としては、遅いセカンド・ライフのスタートである。だが、やる気は満々。病身の妻を越前に残し、まず出雲のたたら場に行き、刀の鍛造の知識を蓄える。ここで興里の刀鍛冶に対する尋常ではない想いが露わになり、一気に物語に引き込まれるのだ。

一方で越前から、刀鍛冶の貞国の息子・正吉がやってきて、興里が父親を殺し、行光を盗んだと喚く。たしかに旅立つ前日に貞国のところにいき、行光を見せてもらったが、寝耳に水の話だ。興里を犯人だと決めつける正吉。だが、興里の言動を見ているうちに誤解だと悟り、彼の弟子になるのだった。この貞国殺しの犯人と行光の行方が、物語を貫くひとつの柱になっている。

さて、ゆきと正吉を伴い江戸に出た興里は、五年の修業を経て独立。上野池之端に鍛冶場を開き、刀鍛冶として本格的な活動を始める。以後、何度も悩み苦しみ、時に命を懸けながら、刀鍛冶の道を歩んでいくのである。試刀家の山野加右衛門や、寛永寺大僧都の圭海の指摘を受け、自分が思い上がっていたことを知った興里が、さらにレベルアップする過程など、読んでいて実に気持ちがいい。

だが、圭海が興里を将軍家お抱えの刀鍛冶にしようとしたことで、幕閣の政争に巻き込まれ、大きな悲劇を体験することになる。そのような状況の中で、興里ができることは何なのか。刀を鍛造することである。自分の刀を武用専一と思っていた興里が、長き研鑽により〝死生の哲理〟に行きつき、「ああ、刀でいちばん大切なのは品格だ」という場面は感動的であった。

それにしても興里の一心不乱ぶりは凄い。たとえば、町奴の幡随院長兵衛と旗本奴の水野十郎左衛門が斬り合う場面で、興里が気にするのは刀のことだけである。また、明暦の大火で江戸が焼けると、すぐに古鉄買いの元締めがいる浅草を目指す。いつでもどこでも、とにかく刀、刀、刀。その一途な生き方が魅力的なのだ。

とはいえ興里は、スーパーヒーローではない。作刀に迷い、ゆきに八つ当たりをしたりする。いい鉄を値段など気にせず買い、ゆきが薬も飲めないでいるのに、正吉にいわれるまで気づきもしない。家庭人としては問題ありだ。

しかし興里は興里なりに、ゆきを大切にしている。ゆきも興里の刀鍛冶としての一心不乱な生き方と、純粋な心を愛している。互いを想い合う夫婦の姿も、本書の大きな読みどころになっているのである。

さらに、実在人物や史実の組み込み方にも留意したい。物語の途中で行光の行方が分かるのだが、持ち主は意外な実在人物であった。先にもちょっと触れた水野十郎左衛門も、面白い使われ方をしている。終盤では将軍まで登場。さらっと織り込まれた実在人物や史実が、物語をより豊かにしているのだ。

最後に作者のことに言及しておこう。山本兼一は、一九五六年、京都市に生まれた。同志社大学文学部美学及び芸術学専攻卒。出版社・編集プロダクション、フリーライターを経て、一九九九年、小説ＮＯＮ創刊１５０号記念短編時代小説賞を「弾正の鷹」で受賞。二〇〇二年には長篇『戦国秘録 白鷹伝』を刊行した。さらに二〇〇四年、織田信長に安土城築城を命じられた棟梁親子を主人公にして、巨大プロジェクトの全貌を描いた『火天の城』で、第十一回松本清張賞を受賞。この作品によって多くの読者から注目を集めるようになった。以後、順調に作品を発表し、二〇〇九年には、凝った構成で千利休という巨人の根源に迫った『利休にたずねよ』で、第百四十回直木賞を受賞した。二〇一四年二月、逝去。亡くなる数日前まで執筆をしていたという。

そんな作者の現時点での最後の著書が、鉄砲鍛冶でありながら、さまざまな物づくりをしようとした国友一貫斎を主人公にした『夢をまことに』である。また、二〇一二年には、幕末の刀鍛冶・源清麿を主人公にした『おれは清麿』も上梓している。『火天の城』→『いっしん虎徹』→『おれは清麿』→『夢をまことに』という流れを見ると、作者もまた一心不乱に、己の書きたいものを追求していたことがよく分かる。だから興里の人生を、これほど深く描き切ることができたのではないか。そう思えてならないのだ。

本書は二〇〇九年十月に文春文庫として刊行されました。

いっしん虎徹(こてつ)

山本兼一(やまもとけんいち)

令和6年 5月25日　初版発行

発行者●山下直久

発行●株式会社KADOKAWA
〒102-8177　東京都千代田区富士見2-13-3
電話　0570-002-301(ナビダイヤル)

角川文庫 24174

印刷所●株式会社暁印刷
製本所●本間製本株式会社

表紙画●和田三造

●お問い合わせ
https://www.kadokawa.co.jp/（「お問い合わせ」へお進みください）
※内容によっては、お答えできない場合があります。
※サポートは日本国内のみとさせていただきます。
※Japanese text only

ISBN 978-4-04-115014-6　C0193

◇◇◇

角川文庫発刊に際して

角川源義

第二次世界大戦の敗北は、軍事力の敗北であった以上に、私たちの若い文化力の敗退であった。私たちの文化が戦争に対して如何に無力であり、単なるあだ花に過ぎなかったかを、私たちは身を以て体験し痛感した。西洋近代文化の摂取にとって、明治以後八十年の歳月は決して短かすぎたとは言えない。にもかかわらず、近代文化の伝統を確立し、自由な批判と柔軟な良識に富む文化層として自らを形成することに私たちは失敗して来た。そしてこれは、各層への文化の普及滲透を任務とする出版人の責任でもあった。

一九四五年以来、私たちは再び振出しに戻り、第一歩から踏み出すことを余儀なくされた。これは大きな不幸ではあるが、反面、これまでの混沌・未熟・歪曲の中にあった我が国の文化に秩序と確たる基礎を齎らすためには絶好の機会でもある。角川書店は、このような祖国の文化的危機にあたり、微力をも顧みず再建の礎石たるべき抱負と決意とをもって出発したが、ここに創立以来の念願を果すべく角川文庫を発刊する。これまで刊行されたあらゆる全集叢書文庫類の長所と短所とを検討し、古今東西の不朽の典籍を、良心的編集のもとに、廉価に、そして書架にふさわしい美本として、多くのひとびとに提供しようとする。しかし私たちは徒らに百科全書的な知識のジレッタントを作ることを目的とせず、あくまで祖国の文化に秩序と再建への道を示し、この文庫を角川書店の栄ある事業として、今後永久に継続発展せしめ、学芸と教養との殿堂として大成せんことを期したい。多くの読書子の愛情ある忠言と支持とによって、この希望と抱負とを完遂せしめられんことを願う。

一九四九年五月三日